T0243750

PERROS

ALMA CLÁSICOS ILUSTRADOS

PERROS

RELATOS CLÁSICOS
con una mirada canina

Selección y prólogo de Ana Mata Buil

Ilustrado por
Iratxe López de Munáin

ÍNDICE

PERROS QUE HABLAN

FUERZA Y ASTUCIA CANINAS

DE PERROS Y PERSONAS

PRÓLOGO

Tengo de criar un perro,
ya que en este mundo estoy.
No me importa lo que sea,
alano, galgo o bulldog.

RUBÉN DARÍO

Intentar elegir casi una treintena de textos literarios cuyo protagonista sea un perro entre el mar de obras donde los canes son mucho más que un mero «acompañante» es como ir a una protectora de animales e intentar elegir un perro o una perra al que adoptar. Allí vemos cachorros tiernos y juguetones, animales viejos con pocas posibilidades de tener otro hogar, perros cojos o casi ciegos, que también despiertan ternura, otros con pedigrí, pero igualmente abandonados... Y, claro, por una razón u otra, nos entran ganas de llevárnoslos a todos a casa.

Luego se impone la razón, o la realidad, como queramos llamarla, y nos planteamos: ¿qué espacio podré ofrecerle? Y ¿de cuánto tiempo dispondré para ese futuro miembro de la familia? ¿Con qué otros animales tendrá que convivir, hay otras mascotas en casa? Y, todavía más importante, ¿con qué personas compartirá techo? Por último, ¿qué me mueve a adoptarlo? ¿Busco compañía, amistad, una responsabilidad? ¿O es un acto más altruista, que nace del deseo de ayudar a otro ser vivo? Tener esas variables en mente nos ayudará a discernir, junto con el impulso y la afinidad inmediata hacia algún animal concreto, qué opción de entre las existentes es más acertada en nuestro caso.

9

Pues bien, por analogía, esas cinco variables (espacio, tiempo, relación con otros animales, relación con las personas y motivación) pueden servir para justificar la selección ofrecida en estas páginas.

La variable del espacio se ha visto determinada por la intención de crear una antología manejable, en un solo libro no demasiado voluminoso, sintético y coherente. Eso nos ha obligado a cribar, a descartar textos excesivamente largos o fragmentarios... También nos ha ayudado a limitar el número final de ejemplos recogidos.

El tema de la disponibilidad, del tiempo que cada uno pueda tener para leer, nos ha llevado a ceñir la selección a relatos completos y poemas independientes. Así, cada persona puede emprender la lectura como prefiera, de forma continua o más espaciada, por secciones enteras o picoteando relatos y poemas de aquí y de allá según su situación, con la seguridad de contar siempre con una unidad literaria, de abarcar una historia completa (en verso o en prosa) cada vez que lea una propuesta. Esa premisa nos ha hecho prescindir de algunas obras geniales, como la famosa novela *Colmillo blanco*, de Jack London, o la hilarante *Tres hombres en una barca (sin contar al perro)*, de Jerome K. Jerome, con el fin de evitar meros fragmentos de capítulos privados de contexto. No obstante, sí han tenido cabida otros relatos independientes de Jack London y de otros muchos referentes del cuento y la poesía que enseguida presentaremos.

En tercer lugar, nos planteamos con qué «otros animales», es decir, con qué otros relatos y poemas, convivirían los escogidos. Aunque cada texto sea autónomo, hemos intentado ver la antología también como un todo coherente, en cierto modo ordenado, en el que los relatos y poemas dialoguen, se complementen, evoquen (con la ayuda de las ilustraciones presentes en el libro) distintas facetas relacionadas con los perros y con la simbología que las personas les hemos dado a lo largo de la historia. Así pues, lejos de ofrecer una mera sucesión de ejemplos o de limitarnos a exponerlos por orden cronológico, hemos preferido un orden conceptual, flexible —dado que las categorías nunca pueden ser estancas en literatura—, pero marcado. En concreto, se presentan cuatro bloques: «Canes inolvidables», «Perros que hablan», «Fuerza y astucia caninas» y «De perros y personas».

La primera sección, «Canes inolvidables», rinde un emotivo homenaje a esos perros que dejan una huella indeleble en sus supuestos «dueños», como reflejan el cuento de Antón Chéjov o el poema de Miguel de Unamuno. La segunda parte, «Perros que hablan», a ratos reflexiva y a ratos hilarante y siempre ingeniosa (igual que Gipsy, la perra del relato de Virginia Woolf), cede la palabra directamente a los protagonistas de cuatro patas, en un conjunto de relatos en los que el diálogo y la intertextualidad son continuos. Así se refleja, por ejemplo, en el principio de «Memorias de un perro amarillo», de O. Henry: «Supongo que ninguno de los presentes se quedará de piedra al leer un cuento narrado por un animal. El señor Kipling y otros muchos han demostrado que los animales pueden expresarse en un idioma humano digno de remuneración». La tercera parte, «Fuerza y astucia caninas», incide en las distintas cualidades que las personas asociamos con estos animales: fidelidad, constancia, inteligencia, fuerza... Las veremos encarnadas, entre otros, en Verdun Belle, la perrita del cuento de Alexander Woollcott, y en Teem, el protagonista de uno de los cuentos de Rudyard Kipling. Por último, la cuarta sección, «De perros y personas», recoge cuentos y poemas en los que la simbiosis entre perro y ser humano es casi absoluta, tal como se refleja en la historia de Katherine Mansfield; pero también hay otros relatos en los que las emociones despertadas no siempre son positivas... de entrada (como en «Temor a un perro», de Mary E. Wilkins Freeman).

A continuación, a la hora de seleccionar, pensamos en las personas que hay detrás de las composiciones literarias: tanto quienes las han escrito como quienes las han traducido cuando ha sido necesario y quienes las leerán luego. En cuanto a los autores, hemos procurado que fueran variados con respecto a la geografía, época, clase social y género, con la salvedad de que, como es bien sabido, en el pasado las mujeres se enfrentaban a tantas trabas para entrar en el mundo literario que pretender que haya paridad en la muestra es una quimera. No obstante, insistimos, hemos intentado que la antología fuese lo más panorámica posible y, junto con los nombres consagrados por la tradición (Mark Twain, Virginia Woolf, G. K. Chesterton, Jack London...), ofreciera algunas voces quizá olvidadas o no tan conocidas en nuestro entorno (Katherine Mansfield, Cecil Aldin,

Marie von Ebner-Eschenbach). La voluntad de presentar diferentes perspectivas nos ha hecho elegir relatos y poemas en español de ambos lados del Atlántico (desde Emilia Pardo Bazán hasta Horacio Quiroga, pasando por Rubén Darío y Federico García Lorca), así como intercalar entre ejemplos de autores franceses y anglosajones de diversas procedencias (no podían faltar Guy de Maupassant, Mary Wollstonecraft, Rudyard Kipling y O. Henry) otros de origen ruso (Lev Tolstoi, Antón Chéjov) o germánico (desde Franz Kafka hasta los hermanos Grimm).

Como es natural, tal variedad lingüística de los originales ha requerido de la labor de numerosos profesionales de la traducción, que han contribuido con traducciones recuperadas (por ejemplo, «Hagamos un concurso de perros cruzados», de Aldin; «Dandy, la historia de un perro», de Hudson, y «Gipsy, la perra mestiza», de Woolf), retraducciones de relatos o poemas encargados para nuestra antología (como los cuentos «Los perros y el cocinero», de Tolstoi, y «Un perro amarillo», de Harte, así como el poema «El poder de un perro», de Kipling) e incluso traducciones de textos inéditos en español hasta este momento (entre ellos, los relatos «Krambambuli», de Ebner-Eschenbach, y «Temor a un perro», de Wilkins Freeman). En la página de créditos aparece el nombre de quienes han hecho posible que los leamos en castellano. Contar con sus voces y sus reinterpretaciones ha dado aún más polifonía a la obra.

Todo ese esfuerzo carecería de sentido sin las personas que ahora tenéis el libro en las manos y os disponéis a leerlo. Con vosotros en mente hemos buscado un equilibrio entre relatos y poemas entretenidos, conmovedores y, por qué no, también provocadores, como algunas de las reacciones por parte de perros y humanos recogidas en estas páginas. Asimismo, hemos procurado ofrecer una muestra amena y que complemente otras antologías de temática similar existentes en español, de modo que, tanto los lectores aficionados a esta clase de obras como quienes abordáis por primera vez una antología dedicada a los canes, podáis encontrar aquí algo novedoso y estimulante.

Y eso nos lleva a la quinta pregunta, que nos servirá también de conclusión: ¿cuál es el propósito de este libro? En primer lugar, como apuntábamos hace unas líneas, pretendemos dar una panorámica amplia y variada, que a la vez deje espacio para voces menos conocidas y estilos no siempre fáciles. En segundo lugar, hemos querido «empezar por el principio», es decir, limitarnos a ejemplos clásicos (en su mayoría, del siglo XVIII, XIX y principios del XX), para dar una idea a los lectores contemporáneos de qué concepto se tenía antaño de estos animales, ahora considerados parte de la familia, pero que en otros tiempos no siempre gozaron de tantos mimos, como se refleja en algunos pasajes recogidos. En tercer lugar, igual que quienes escribieron estos cuentos y poemas, pretendemos que la antología, plagada de personificaciones, exageraciones y parodias, nos ayude a comprender mejor algunas actitudes y sentimientos humanos a partir del comportamiento canino. Esperamos que el libro llame la atención de muchas personas y estas decidan adoptarlo, cuidarlo y completar con sus propias experiencias las de los personajes y voces autorales de esta particular manada.

ANA MATA BUIL
Barcelona, noviembre de 2023

CANES INOLVIDABLES

Desde que los primeros perros se acercaron al fuego de las hogueras hace más de quince mil años, el ser humano empezó a fantasear con domesticarlos y conseguir que lo sirvieran y le fueran fieles. A lo largo de la historia, se han convertido incluso en tristes objetos del capricho de gente sin escrúpulos, como se refleja en el crudo cuento de Mark Twain. No obstante, en numerosos relatos se revela otra verdad: hasta qué punto los supuestos «dueños» de esos perros los quieren tanto que harían cualquier cosa por ellos, como en la historia de Emilia Pardo Bazán; los recuerdan siempre, como en el cuento de Antón Chéjov; y lloran su pérdida con tal dolor que escriben elegías, como la de Miguel de Unamuno, o irónicas advertencias, como la de Rudyard Kipling.

HAGAMOS UN CONCURSO DE PERROS CRUZADOS

CECIL ALDIN

E n Inglaterra tenemos una temporada para todo, una temporada para carreras de caballos, una temporada de fútbol, una temporada de tiro y caza, e incluso una temporada de carreras de galgos —de hecho, una temporada para todos nuestros deportes y pasatiempos—. Ahora, al escribir estas líneas, me doy cuenta de que la temporada de concursos de perros cruzados, o cómicos, ha comenzado. Percibo esto porque la cantidad de correo matutino se ha incrementado alarmantemente. Las señoras promotoras de concursos cómicos de perros inundan mi mesa con preguntas sobre las reglas, las regulaciones y las categorías, de tal forma que parece que mi tiempo, alrededor de la primavera, está totalmente ocupado en contestar mi numerosa correspondencia sobre el tema.

Pero esta correspondencia ha de cesar —he de trabajar para ganarme la vida—, y para mí la forma más fácil de hacer esto es decirles aquí y ahora lo poco que se sabe sobre los concursos de perros cruzados.

En primer lugar, los concursos de perros cruzados solo han de realizarse para ayudar a las asociaciones caritativas, pero, aparte de perros cruzados, hay dos o tres cosas que son necesarias para llevar a cabo satisfactoriamente el concurso. Lo primero es un promotor o maestro de ceremonias con un sentido del humor muy desarrollado.

Un concurso de este tipo no tiene nada de serio, y siempre ha de tener un aire de ligereza y de irresponsabilidad. Además no deben producirse «esperas», o, como dicen en el mundo del teatro, «demoras». El escenario debe ser muy grande, ya que el concurso, si tiene éxito, ha de ser un asunto muy íntimo, y el maestro de ceremonias ha de estar en contacto directo con el público toda la tarde. No debe durar más de dos o tres horas, y únicamente se han de dar diez minutos para que se juzgue cada categoría.

Asegurarse de que el límite temporal no es sobrepasado es uno de los deberes del maestro de ceremonias; no hay nada más cansado para los espectadores que tener que esperar mucho a que se tome una decisión.

Los miembros del jurado, así como el maestro de ceremonias, han de ser graciosos, y cuanto menos sepan de perros, mejor. Cuando empecé con estos concursos un funcionario del Club Inglés de Perros, que obviamente no tenía ni una pizca de humor, me escribió una serie de cartas, amenazando con espantosas y terribles consecuencias y con mi expulsión de todos los concursos del Club de Perros y la de todos los participantes en mi concurso de perros cruzados. Contesté que, por lo que yo podía haber averiguado, no era muy probable que los perros cruzados participasen en concursos del Club de Perros, y que por lo tanto las amenazantes consecuencias eran nulas y vanas. También le expliqué que mis mejores jueces y gerentes estaban escogidos entre aquellos que no sabían nada de perros, siendo la única cualificación necesaria saber algo de aritmética (ver categoría V, el perro con más manchas), ser jueces expertos en ojos compasivos, trajes elegantes, colas largas y hocicos cortos, y tener una paciencia infinita para poder juzgar cuál es el perro más pedigüeño.

Sin embargo, mi corresponsal seguía escribiendo cartas muy serias sobre el tema, y creo que ahora me encuentro excomulgado por el Club. Por lo tanto todos los organizadores de concursos cómicos de perros quedan advertidos, ya que probablemente recibirán una voluminosa correspondencia respecto al tema por parte de esta austera autoridad.

Antes de anunciar un concurso de perros cruzados prepare el programa de acontecimientos y anuncie las categorías en sus carteles, o en la forma en que vaya a anunciar el concurso.

Las inscripciones siempre se cobran sobre el terreno. La forma más fácil es cobrar seis peniques por cada evento y garantizarle cinco chelines al ganador, dos chelines seis peniques al segundo, y seis peniques o un chelín al tercero.

Los expositores pagan la entrada al subir al escenario de cada categoría, y reciben el dinero de su premio al salir. Hay un motivo siniestro para que la dirección pague el dinero del premio de inmediato: aquellos que lo reciben —como los jugadores en las mesas de los casinos europeos— invariablemente devuelven un chelín a los fondos del concurso antes del final del día para ediciones posteriores.

El programa de perros cruzados ha de empezar con una categoría simple como:

El perro con la cola más larga.

Este es un buen comienzo, ya que los expositores al principio son tímidos, y todo el mundo puede entender una categoría de este tipo. Superar «el miedo del expositor» es algo muy fácil. Un amigo de la dirección es el primero en pagar los seis peniques para entrar en el escenario con un perro faldero o alguna raza por el estilo con un apéndice muy corto. Otros expositores, al ver el tamaño de la cola de este perro, rápidamente se dan cuenta de que en estos concursos se da el dinero «por nada», que se pueden ganar fácilmente cinco chelines con un gasto de seis peniques, e inmediatamente pagan sus seis peniques y entran con sus perros de colas largas, y con cada entrada nueva aumenta el tamaño de la cola respecto a los que ya están en el escenario. Nosotros como nación —por lo menos todo el mundo menos yo somos financieros— tenemos el espíritu financiero muy desarrollado, y puede confiar en que su primera categoría funcionará si lleva a cabo este pequeño truco.

Una vez que esta categoría ha comenzado y ha obtenido una carcajada, las preocupaciones del maestro de ceremonias han tocado a su fin.

La categoría II puede ser:

El perro más pequeño (mayores de un año).

Aquí, de nuevo, si un perro irlandés es el primero que entra en el escenario, se conseguirá un lleno absoluto. Pero no hay que abusar de esto. Hasta los financieros a veces tienen sospechas.

En la categoría III tenemos:

El peor perro cruzado.

Aquí todo el mundo tiene una posibilidad con su perro. De hecho, he visto a expositores salir corriendo a la calle y tomar un perro para la ocasión con la esperanza de ganar cinco chelines por seis peniques.

El maestro de ceremonias, o los que cobran en la pista, no deben cometer el error de aconsejar a la dueña de un perro pequinés que participe en esta categoría asegurándole que su perro va a ganar. Probablemente dejará el concurso muy enojada y nunca le volverá a hablar. Los jueces han de ser advertidos de que los sealyham, los corgis galeses y los perros salchicha de pelo largo *no* son perros cruzados. Una vez vi a un ejemplar bastante bueno de border terrier recibir el premio de peor perro cruzado, con gran disgusto de su dueño.

La siguiente es la categoría IV:

El perro con los ojos más compasivos.

En esta categoría hay siempre un campeón entre las damas. Simplemente se arremolinan en el escenario, y el maestro de ceremonias ha de advertir tanto a los jueces (hombres) como a las expositoras (mujeres) que los ojos de las dueñas no pueden de ninguna forma influir sobre el veredicto. También es aconsejable, antes de entregar los premios en esta categoría, que los jueces contraten un seguro de vida.

La categoría V puede ser:

El perro con más manchas.

Una pareja de especialistas veterinarios suele ser el mejor jurado en esta categoría.

Algunas personas prohíben a los dálmatas competir, o también a los perros con muchas manchas, ya que se tarda demasiado en contárselas. Yo creo que esto está mal, puesto que los jueces siempre le pueden pedir ayuda a un empleado de banca para que haga con rapidez las cuentas, ya que un empleado de banca es capaz de pasar el dedo por el costado de un dálmata y decir de inmediato la cifra total.

En la categoría VI podemos tener:

Competición de perros disfrazados

y los expositores siempre se tomarán una increíble cantidad de tiempo y de preocupaciones en este evento.

He llegado a tener entre treinta y cuarenta participantes en esta categoría; algunos de los ropajes que llevaban eran dignos del baile de disfraces de los hijos del alcalde en la casa consistorial. Pierrots, policías, enfermeras de hospital, colombinas, bebés y trajes de baño forman un abigarrado calidoscopio sobre el escenario. El desfile de disfraces es siempre un éxito.

Categoría VII:

El perro con las patas más curvadas.

La parte más divertida de esta categoría es que invariablemente los expositores intentan arquear lo más posible sus propias piernas cuando le enseñan su perro al jurado. Tras unos minutos de desfile en el escenario hasta los jueces empiezan a tener ese «sentido de arqueamiento».

A los bastante patizambos jueces se les arquean las piernas antes de que sus diez minutos de deliberación hayan expirado, e incluso se sabe que miembros del público han desarrollado por simpatía piernas arqueadas mientras veían a los perros en el escenario.

Aunque estrictamente hablando no está entre las categorías autorizadas por la Asociación Internacional de Concursos de Perros Cruzados, un buen modo de volver a poner rectas las piernas de los expositores y del público es intercalar aquí como categoría VIII un descanso de

Carrera de perros cruzados

tras una liebre o un gato mecánicos.

Esto se puede hacer con una licencia especial de la Asociación de Carreras de Galgos, el Jockey Club, o alguna otra augusta asociación, pero originalmente fue inventada por mi propio bull terrier, Cracker.

La parte mecánica de esta invención consiste en una máquina que contiene el estómago y los cuartos traseros de una bicicleta con marchas altas. Su mecanismo es simple pero efectivo, porque cuando doscientas yardas de fuerte cuerda para pescar son atadas a un extremo y un conejo o gato de juguete o de lana se ata al otro extremo, y se le da rápidamente cuerda, ningún perro cruzado se puede resistir a perseguirlo.

Se puede, si uno es imprudente, permitir a los perros correr detrás sin que sus amos los tengan sujetos, pero mi consejo es que ¡¡¡NO SE HAGA!!! Ya habrá bastante con resolver las celosas disputas caninas cuando la presa llegue a la meta a pesar de que estén sujetos por sus dueños, no hace falta buscar jaleo permitiendo que los que compiten corran sueltos y empiecen a pelearse durante la carrera. *Ante todo, seguridad. Todos los perros han de estar atados,* es la mejor consigna para estos concursos.

Si tiene un gran número de concursantes, divídalos en dos secciones, perros de más de dieciséis pulgadas de altura en la cruz y perros por debajo de esta medida.

El método para llevar a cabo estas carreras es simple, y es mejor no tener más de cuatro perros (sujetos por sus dueños) en cada carrera.

La presa se lleva tranquilamente al punto de partida y se pone suavemente en posición sentada en una mancha de césped. Entonces los respectivos dueños llevan a los cuatro competidores a la línea de salida, situándose al menos a ocho yardas detrás de la liebre, en cuclillas. Cuando todos están preparados, el hombre que controla la bicicleta, desde la meta hasta el final de la pista, mueve la liebre muy lentamente unos pasos, y cuando el juez dice «¡Adelante!» a los competidores, la mantiene moviéndose justo delante del perro en cabeza. Si las marchas de la bicicleta son lo suficientemente altas, esto es fácil de hacer, incluso con el perro cruzado más rápido.

Según avanzan por la pista, los perros que no compiten ladran al ver a la presa, y esto excita a los competidores para esforzarse más, y la carrera acaba en una pelea en la meta, mezclándose corredores y los otros perros en un amigable alboroto. Esto es mejor que las carreras de galgos.

Cuando los perros y dueños heridos han sido apartados del terreno por las ambulancias de la cruz roja o azul que están a la espera, el concurso puede continuar; pero algunas autoridades consideran que es mejor hacer la carrera de perros cruzados al final de todo, así las peleas pueden continuar.

Si hace falta, otras categorías pueden ser:

El perro más rápido.
El perro con el hocico más corto.
El perro con la cola más curva.

Pero cualquier promotor de estos espectáculos puede inventar tantas variedades como a él o a ella les gusten.

Si la semieléctrica carrera de la liebre no concluye, terminen con

El perro más pedigüeño

porque puede que los jueces tengan que esperar toda la noche sentados.

Los competidores, con sus dueños frente a ellos con azúcar o chocolate, se alinean en una fila recta en el centro del terreno. El maestro de ceremonias cuenta hasta veinte en un tono muy fuerte, y cuando llega al número veinte cada competidor debe sentarse sobre sus cuartos traseros con las patas delanteras en alto; el último que abandone la actitud de pedir será, por supuesto, el vencedor.

Recuerdo en una ocasión a un sealyham, con especial propensión a mendigar, y a un codicioso pequinés, que eran los únicos que quedaban. Nada los hacía moverse, hasta que el pequinés estornudó, y eso lo tiró al suelo, porque de otra forma imagino que estarían todavía pidiendo.

Habitualmente estas competiciones terminan de modo inesperado cuando dos perros se ponen a pelear en el terreno, se posa una mosca en el hocico de alguno, o por un repentino catarro.

En cualquier caso, la categoría *El perro más pedigüeño* es una excelente manera de cerrar el día y concluir la exhibición.

HISTORIA DE UN PERRO

MARK TWAIN

CAPÍTULO I

Mi padre era san bernardo y mi madre collie, pero yo soy presbiteriana. O eso me dijo mi madre, yo no sé hacer tan claramente esas distinciones. Para mí es poco más que palabrería resultona, pero ella tenía debilidad por esa clase de palabras rimbombantes; le gustaba pronunciarlas y ver la reacción de sorpresa o envidia que suscitaba en los demás perros, como preguntándose de dónde había sacado tanta cultura. Aunque en realidad no era auténtica cultura, era todo pose: había aprendido aquellas palabras escuchando en el comedor o en el salón cuando había visitas, y acudiendo con los niños a catequesis los domingos, atenta; cada vez que oía una palabreja rimbombante se la repetía mentalmente sin parar, y así la memorizaba hasta que se celebraba una reunión canicular en el vecindario; entonces la soltaba y sorprendía y consternaba a todos, desde el perrillo más minúsculo hasta el mastín, y eso compensaba sus desvelos. Si había algún forastero, se podía dar por seguro que su reacción sería de suspicacia, y cuando lograba recomponerse le preguntaba qué había querido decir. Y ella siempre se explicaba. El otro no se lo veía venir, convencido de que la iba a pillar en un renuncio; así que cuando ella respondía, le tocaba avergonzarse, confiado como estaba de que iba a ser mi madre la avergonzada. Los demás siempre esperaban ese momento, y se alegraban y estaban orgullosos de mi madre, porque no les venía de nuevas. Cuando explicaba el significado de una palabra rimbombante se quedaban todos tan embelesados que jamás hubo perro que le ladrase ni que dudara de su veracidad; y era natural, porque, para empezar, replicaba con tal celeridad que parecía un diccionario parlante, y en segundo lugar, ¿cómo iban a comprobar si era verdad o no?, dado que allí era la única perra cultivada. Una vez, siendo yo más mayor, volvió a casa con la palabra «antiintelectual», la metió con calzador a lo largo de toda la semana en diversos corrillos, y cosechó no poca aflicción y desaliento; y fue durante aquella semana cuando observé que le preguntaban por el significado en ocho reuniones distintas y ella se sacó de la manga una definición distinta todas y cada una de las veces, cosa que me reveló que tenía más presencia de ánimo que cultura, aunque no dije nada, evidentemente. Había una palabra que siempre tenía a mano, lista como un salvavidas, una especie de palabra de emergencia a la que agarrarse cuando de pronto se encontraba a punto de salir disparada por la borda: era la palabra «sinónimo». Cuando echaba mano de una palabreja campanuda que ya había tenido su momento de gloria semanas atrás y cuyos significados preparados ya habían acabado en la pila de los desperdicios, si había allí algún forastero lo dejaba grogui un par de minutos, por supuesto, y para cuando se recuperaba, mi madre ya iba a rebufo de otra ráfaga y no se esperaba más preguntas; de modo que cuando este la interrumpía y le rogaba que se explicase, yo (el único perro al tanto de sus tejemanejes) la veía barajar papeletas por un instante —pero solo por un instante— y enseguida se descolgaba con su respuesta concisa y ufana con toda la calma de un día estival: «Es un sinónimo de "supererogación"», o cualquier otra palabrita pagana y reptilínea del estilo, y proseguía con toda la tranquilidad del mundo jugando esa baza, tan campante, ya me entienden, y dejaba al forastero con cara de profano y abochornado, y los iniciados azotaban el suelo con sus colas al unísono y el rostro transfigurado de felicidad como unos benditos.

Y lo mismo pasaba con las frases. Como se topara con una frase mayestática, se la traía a casa y la echaba a escena seis noches y dos matinés, y la explicaba de una manera distinta cada vez; no le quedaba otra, puesto que a ella lo que le interesaba era la frase, no el significado, y sabía que aquellos perros no eran tan avispados como para pillarla. Pues sí, ¡era una fuera de serie! Se lo montaba para no temer nada, tenía tal confianza en la ignorancia de aquellas criaturas... Incluso tenía la desfachatez de traer a colación anécdotas que había oído contar a la familia y celebrar con risas y exclamaciones a los invitados de una cena; y, por regla general, solía engarzar elementos que no tenían ni pies ni cabeza; cuando soltaba el remate se tiraba al suelo y se revolcaba riéndose y ladrando como una loca, y yo me daba cuenta de que se estaba preguntando por qué no parecía tan gracioso como cuando lo había oído en la casa. Pero aquello era inofensivo; los demás se revolcaban por el suelo y ladraban a su vez, avergonzados interiormente por no pillar el chiste y sin sospechar jamás que no era culpa suya ni había nada que pillar.

Ya van viendo que era mi madre de una naturaleza bastante superficial y frívola; aun así, tenía virtudes, y suficientes como para compensar, creo yo. Era de buen corazón y cariñosa, nunca guardaba rencor por ningún prejuicio que se le hubiera ocasionado, sino que pasaba página y lo olvidaba con facilidad; y ese comportamiento enseñó a sus crías, y de ella aprendimos también a ser valientes y resolutivas en los momentos de peligro, y a no huir y afrontar el riesgo que amenazase a un amigo o desconocido, y a ayudarlo sin pararnos a pensar en cuánto podía costarnos. Y no nos enseñó únicamente de boquilla, sino mediante el ejemplo, que es la mejor manera y, sin duda, la más sólida y duradera. ¡La de proezas valerosas y espléndidas que la vimos llevar a cabo!, era toda una señora perra; y bien modesta. En fin: era inevitable admirarla y era inevitable imitarla; ni siquiera un king charles spaniel habría conservado toda su mezquindad a su lado. Así que, como ven, su carácter no podía reducirse a su cultura.

CAPÍTULO II

Cuando por fin estuve bien crecidita, me vendieron y se me llevaron, y no volví a verla nunca más. Aquello le rompió el corazón, igual que a mí, y lloramos; pero ella me consoló como buenamente pudo y dijo que venimos a este mundo con un propósito sabio y bueno, y que tenemos que cumplir con nuestro deber sin quejarnos, conformarnos con la vida que nos toca y convivir respetando al prójimo sin preocuparnos del resultado; eso no es de nuestra incumbencia. Dijo que la gente que así obraba obtenía, llegado el momento, una hermosa recompensa en otro mundo, y aunque los animales no íbamos allí, comportarse bien y con justicia sin esperar nada a cambio otorgaba un sentido y una dignidad a nuestras breves vidas que podía considerarse, en última instancia, una recompensa. Había ido recopilando estos saberes poco a poco cuando asistía a catequesis con los niños, y los había guardado en su memoria con más cuidado que aquellas otras palabras y frases; y los había estudiado en profundidad, por su bien y por el nuestro. Se puede ver por esto que tenía un cerebro sabio y reflexivo, pese a tanta ligereza y vanidad.

De modo que nos despedimos para siempre y nos miramos por última vez a través de las lágrimas; y lo último que me dijo —creo que se lo dejó para el final para que yo pudiese recordarlo mejor— fue: «Para honrar mi memoria, cuando alguien esté en peligro, no pienses en ti, piensa en tu madre y en lo que ella haría».

¿Creéis que podría olvidar algo así? No.

CAPÍTULO III

¡Mi nuevo hogar era preciosísimo!: una casa espléndida, llena de cuadros, decorada con buen gusto, mobiliario opulento y ninguna lobreguez sino la gama más refinada de colores bañaba todo en luz solar; y lo espacioso del conjunto, y aquel jardín enorme... ¡Ay, césped, árboles añejos y flores hasta decir basta! Y yo era un miembro más de la familia; y me querían, me acariciaban, y no me dieron otro nombre, sino que me llamaron por el mío de siempre, que me era muy querido porque me lo puso mi madre: Aileen Mavourneen.

La señora Gray tenía treinta años, y no os podéis imaginar lo dulcísima y encantadora que era; Sadie tenía diez y era clavada a su madre, una copia en miniatura más esbelta con unas coletas color caoba colgando a la espalda y sus vestiditos; el bebé tenía un año, una criatura rolliza con hoyuelos que me cogió mucho cariño y nunca se cansaba de tirarme de la cola y achucharme, riéndose con aquella alegría inocente suya; y el señor Gray tenía treinta y ocho y era alto, delgado y guapo, le clareaba un poco el pelo por delante, era vivaz, rápido de movimientos, expeditivo, diligente, decidido, nada sentimental ¡y tenía una de esas caras como cinceladas que parecían destellar de gélida intelectualidad! Era un reputado científico. No sé qué significa esa palabra, pero mi madre habría sabido cómo usarla y darle relumbrón. Habría sabido cómo deprimir a un rat terrier con ella o hacer que un perrillo faldero se arrepintiese de haber venido. Pero esa no es la mejor: la mejor era «laboratorio». Con una palabra así de rara mi madre habría sido capaz de organizar un *trust* para que toda la manada se librase de la placa de sus collares. El laboratorio no era un libro, ni un cuadro, ni un sitio donde lavarse las manos, como había dicho la presidenta de la facultad perruna, no: eso es un lavadero; el laboratorio es algo bastante distinto, y está lleno de tarros, botellas, aparatos eléctricos, cables y máquinas extrañas; y cada semana otros científicos vienen y se sientan ahí y usan las máquinas, conversan y hacen lo que llaman experimentos y descubrimientos; y a menudo yo entraba también y me quedaba por allí escuchando, intentando aprender en honor y afectuoso recuerdo de mi madre, aunque se me hacía cuesta arriba al darme cuenta de lo que ella se estaba perdiendo sin que para mí fuese de ningún provecho; porque, por más que me esforzara, nunca fui capaz de sacar nada en claro de todo aquello.

Otras veces me limitaba a quedarme tendida en el suelo de la habitación de la señora de la casa y dormir mientras ella me empleaba como un cojín para los pies, consciente de que a mí me gustaba porque era como una caricia; en otras ocasiones me pasaba una hora en el dormitorio del bebé y acababa con el pelaje bien alborotado y feliz; otras veces me quedaba vigilando junto a la cuna cuando el bebé dormía y la niñera quedaba libre de la criatura por unos minutos; otras, salía disparada a corretear por el terreno y el jardín con Sadie hasta que nos cansábamos, luego dormitaba en la hierba a la sombra de un árbol mientras ella leía un libro; otras, me iba a visitar a otros perros vecinos, dado que había algunos bastante agradables no muy lejos, y uno muy atractivo, cortés y grácil, un setter irlandés de pelo rizado de nombre Robin Adair, presbiteriano como yo y propiedad del ministro escocés.

Los criados de la casa me trataban con amabilidad y cariño, de manera que llevaba, como ven, una vida apacible. No había perro más feliz ni más agradecido que yo en el mundo. Está mal que yo lo diga, pero es que es la pura verdad: siempre intenté obrar de la mejor manera para honrar la memoria y las enseñanzas de mi madre y hacerme digna de la felicidad que me había tocado en gracia.

Llegado el momento, tuve un cachorrito, y entonces mi felicidad ya llegó a su colmo, era perfecta. Era la criaturita titubeante más preciosa que se pueda imaginar, y qué ojitos más afectuosos, qué carita más dulce e inocente; y me enorgullecía tanto lo mucho que los niños y la madre lo adoraban y cómo le hacían arrumacos y exclamaban ante cualquier pequeña maravilla que hacía. No podía pedir más...

Entonces llegó el invierno. Un día estaba yo de guardia en el cuarto del bebé. Es decir: estaba durmiendo junto a la cama. El bebé dormía en la cuna, que estaba junto a la cama, pegada a la chimenea. Era una de esas cunas con una especie de tendal como de gasa semitransparente encima. La niñera había salido, así que los dos dormilones estábamos solos. Saltó una chispa de la chimenea y prendió uno de los lados del dosel. Supongo que siguió un silencioso intervalo, luego me despertó un chillido del bebé ¡y allí estaba aquel dosel llameando hasta el cielo! Sin pararme a pensar, salí disparada por el suelo muerta de miedo y al segundo estaba casi en la puerta; pero acto seguido resonó en mis oídos la despedida de mi madre y volví a la cama. Metí la cabeza entre las llamas y agarré con la boca la goma de la cintura de la ropita del bebé, di un tirón y caímos los dos al suelo en medio de una nube de humo; agarré por otro lado y arrastré a la criatura pegando chillidos hasta salir por la puerta y girar en el salón, y fue cuando aún tiraba, agitada, feliz y orgullosa, cuando la voz de mi dueño atronó: «¡Largo de aquí, maldito animal!», y yo pegué un brinco para salvar la vida; pero él actuó con rápida furia, me persiguió golpeando fuera de sí con su bastón mientras yo lo esquivaba a un lado y a otro aterrorizada, hasta que finalmente un porrazo acertó en la pata delantera izquierda y yo gañí y me caí indefensa por un instante; el bastón se alzó para descargar otro golpe, pero no llegó a descender, porque la voz de la niñera retumbó con fuerza de lejos: «¡El cuarto del niño está en llamas!». Mi dueño se precipitó en aquella dirección y el resto de mis huesos quedó a salvo.

El dolor era tremendo, pero aun así no tenía tiempo que perder; podía volver de un momento a otro, así que renqueé con tres patas hasta el otro extremo del pasillo, donde había una escalerita oscura que llevaba a una buhardilla donde se guardaban cajas viejas y cosas así, y donde la gente rara vez entraba. Me las arreglé para subir hasta allí, después me abrí paso a oscuras entre las pilas de trastos y me escondí en el sitio más recóndito que pude encontrar. Era de tontos tener miedo allí, pero tenía miedo; tanto que me contuve y no solté ni un gemido, aunque hubiese sido de gran consuelo gemir, porque eso alivia el dolor, ¿saben? Pero podía lamerme la pata, algo es algo.

Durante media hora hubo en el piso de abajo conmoción, griterío y pasos apresurados, y luego de nuevo se hizo el silencio. Unos minutos de silencio que me reconfortaron muchísimo porque empezó a calmarse mi miedo; y es que los miedos son peores que los dolores (¡uy, mucho peores!).

Entonces oí un ruido que me dejó helada. Me estaban llamando, gritaban mi nombre, ¡venían a por mí!

Me llegaba amortiguado por la distancia, pero eso no disminuyó mi terror, y era la cosa más horripilante que había oído en mi vida. Lo repitieron por todas partes allí abajo: por los pasillos, por todas las habitaciones, en ambas plantas, en el sótano y en la bodega; después fuera, y más lejos, mucho más lejos... luego de nuevo dentro y otra vez por toda la casa, y yo pensando que nunca pararían. Pero por fin pararon, horas y horas después de que el vago crepúsculo de la buhardilla quedara opacado por la negra oscuridad.

Entonces, en aquella bendita quietud, fue remitiendo mi terror, me tranquilicé y me dormí. Descansé bien, pero me desperté antes de que hubiese vuelto el crepúsculo. Me sentía bastante cómoda y podía pensar un plan. Urdí uno muy bueno que consistía en salir a hurtadillas, bajar las escaleras, esconderme tras la puerta de la bodega y escabullirme cuando el vendedor de hielo viniese al amanecer y se pusiera a llenar la nevera; luego me escondería todo el día y emprendería el viaje al caer la noche; mi viaje a... bueno, a cualquier sitio donde no me conociesen y me entregasen a mi dueño. Casi me sentía animada; entonces, de pronto, pensé: ¿pero qué clase de vida tendré sin mi cachorro?

Qué desesperación. El plan no valía, lo vi claro; tenía que quedarme donde estaba; quedarme, esperar y apechugar con lo que viniese: no estaba en mi mano; así era la vida, había dicho mi madre. Entonces... bueno, ¡entonces empezaron otra vez a llamarme! Otra vez me entraron los siete males. Me dije: mi dueño no me perdonará jamás. No sabía qué había hecho para que se mostrase tan cruel e indignado, aunque colegí que sería algo que un perro no podía comprender pero que para un hombre estaba claro y era espantoso.

Llamaron y llamaron, se me antojó que días y noches. Tanto tiempo que el hambre y la sed estuvieron a punto de volverme loca, y caí en la cuenta de que me estaba debilitando tremendamente. Cuando estás así duermes muchísimo, y eso hacía yo. Un día me desperté asustadísima: ¡me había parecido que me llamaban dentro de la propia buhardilla! Y así era: era la voz de Sadie, y lloraba; mi nombre salía entrecortado de sus labios, pobrecilla, y no daba crédito a mis oídos cuando la oí decir:

—Vuelve con nosotros... ay, vuelve con nosotros, perdónanos..., qué tristes estamos sin nuestra...

Solté un leve gañido AGRADECIDÍSIMO y al instante tenía a Sadie lanzándose y revolviendo entre la oscuridad y las vigas gritando para que la oyera toda la familia:

—¡La he encontrado! ¡La he encontrado!

Los días que siguieron... bueno, fueron maravillosos. La madre, Sadie y los criados... a ver, como si me adorasen. Se desvivían por hacerme la mejor cama; y en cuanto a comida, no se conformaban con nada que no fuese caza y exquisiteces fuera de temporada; y los amigos y los vecinos acudían a diario a oír las historias de mi heroicidad: es la palabra que empleaban, que significa «agricultura». Recuerdo una vez mi madre blandiéndola y explicándola así en una caseta, aunque luego no dijo qué significaba «agricultura» salvo que era sinónimo de «incandescencia intramuros»; y la señora Gray y Sadie contaban la historia montones de veces al día a los recién llegados, y decían que yo había arriesgado mi vida para salvar la del bebé, y que ambos teníamos quemaduras que lo demostraban, y luego la gente iba pasando y me acariciaba y se admiraba, y en la mirada de Sadie y su madre quedaba patente cuánto se enorgullecían de mí; y cuando la gente quería saber por qué cojeaba, parecían avergonzadas y cambiaban de tema y a veces, cuando la gente insistía con preguntas sobre el asunto, me miraban como si fuesen a echarse a llorar.

Pero eso no era todo, no: vinieron los amigos de mi dueño, como una veintena de hombres de lo más distinguido, me hicieron entrar en el laboratorio y discutieron si era yo una especie de descubrimiento; y alguno comentó que era hermosa aquella demostración de instinto, la más espléndida de la que tenían noticia, en un animal estúpido; pero mi dueño afirmó con vehemencia: «Va más allá del instinto; es RAZÓN, y más de un hombre que ostenta el privilegio de la salvación y de ir con todos nosotros a un mundo mejor por derecho propio tiene menos que este pobre cuadrúpedo estúpido predestinado a perecer»; y entonces soltó una risotada y añadió: «Porque, mírenme... ¡qué ridículo!, tanto presumir de inteligencia y lo único que deduje fue que el perro se había vuelto loco y estaba destrozando al niño, cuando de no ser por la inteligencia de este animal (¡se trata de RAZÓN, les repito!) el bebé habría muerto!».

Debatieron y debatieron, y yo era el tema central de toda la conversación, y pensé que ojalá mi madre pudiera haber sabido que disfrutaría yo de aquel gran honor; se habría sentido orgullosa.

Luego conversaron sobre óptica, como la llamaban, y sobre si cierta lesión cerebral produciría ceguera o no, pero no fueron capaces de ponerse de acuerdo y dijeron que habría que comprobarlo con un experimento cuando hubiese oportunidad; y a continuación charlaron de plantas, y eso me interesó, porque en verano Sadie y yo habíamos plantado semillas —yo la ayudé a cavar los agujeros, ¿saben?— y después de días y días brotó un arbusto o una flor allí, y aquello me pareció un milagro; pero así fue, y ojalá pudiera hablar: se lo habría contado a aquella gente y les habría enseñado cuánto sabía y lo mucho que entendía del tema; pero lo de la óptica me daba igual, eso era farragoso, así que cuando retomaron el tema me aburrí y me fui a dormir.

Pronto llegó la primavera, el sol y el buen tiempo, y la dulce madre y los niños nos dieron palmaditas de despedida a mí y a mi cachorro y se marcharon a visitar a sus parientes, y mi dueño no nos hacía demasiada compañía, pero nosotros dos jugábamos juntos y lo pasábamos bien, y los criados eran amables y amistosos, así que fuimos tirando contentos y contando los días a la espera de que la familia regresase.

Y un día volvieron aquellos hombres y dijeron vamos con la prueba, y se llevaron al cachorrito al laboratorio y yo los seguí renqueando a tres patas, porque me enorgullecía de que le dispensasen atención, cómo no. Conversaron y experimentaron, y entonces, de repente, el cachorrito soltó un chillido, lo pusieron en el suelo y empezó a tambalearse de aquí para allá sangrando por la cabeza y mi dueño aplaudió y exclamó: «Ahí lo tienen, he ganado... ¡admítanlo! ¡Ciego como un murciélago!».

Y los otros:

«Así es... Ha demostrado su teoría, y la humanidad sufriente tiene una gran deuda con usted a partir de ahora», y lo rodearon y le estrecharon la mano cordialmente, agradecidos, deshaciéndose en elogios.

Pero yo apenas veía ni atendía a aquello, porque corrí al momento hacia mi hijito, lo achuché donde estaba y le lamí la sangre, y él apoyó su cabecita contra la mía gimiendo por lo bajo y supe en lo más hondo que era un consuelo para él en medio de su dolor y su aflicción notar el tacto de su madre, aunque no me viese. Al poco se derrumbó, y su naricita aterciopelada se apoyó en el suelo, se quedó quieto y ya no se volvió a mover.

Mi dueño se interrumpió enseguida, llamó a un sirviente y le dijo: «Entiérrelo al fondo del jardín», y reanudó su conversación; yo troté junto al sirviente, muy contenta y agradecida, porque sabía que mi cachorrito ahora no sufría, puesto que estaba dormido. Fuimos al fondo del jardín, donde los niños, la niñera, el cachorrito y yo solíamos jugar en verano a la sombra del enorme olmo, y allí el sirviente cavó un agujero y vi que iba a plantar a mi cachorro, y me alegré, porque sabía que brotaría y crecería todo un perro bien hermoso, como Robin Adair, y que sería toda una sorpresa para la familia cuando regresara a casa; así que intenté ayudarlo a cavar, pero la pata coja no iba bien, tan rígida, ¿saben?, y es que se necesitan dos, si no, no hay manera. Cuando el sirviente acabó de tapar del todo al pequeño Robin, me palmeó la cabeza con los ojos llenos de lágrimas y dijo: «Pobre perrita, ¡y eso que tú salvaste a su hijo!».

¡Llevo dos semanas enteras vigilando y no brota! La última semana, un temor empieza a apoderarse de mí. Creo que aquí sucede algo terrible. No sé qué es, pero el miedo me pone mala y soy incapaz de tragar bocado, aunque los criados me traen la mejor comida; y también me acarician, y hasta vienen de noche y lloran y me dicen: «Pobre perrita... déjalo ya y vente a casa; ¡nos rompes el corazón!», y todo eso me aterroriza aún más, y me confirma que algo ha sucedido. Y estoy tan débil... Desde ayer no puedo mantenerme en pie. Y ahora los criados, mirando hacia donde desaparecía el sol y empezaba la noche fresca, hablaban cosas que yo no entendía pero que me helaban el corazón.

«¡Esas pobres criaturas! Ni lo sospechan. Volverán a casa mañana preguntando entusiasmadas por la perrita valerosa, y ¿quién de nosotros tendrá fuerzas para decirles la verdad?: "Aquella humilde amiga se ha ido donde van los animales cuando mueren"».

ELEGÍA A LA MUERTE DE UN PERRO

MIGUEL DE UNAMUNO

La quietud sujetó con recia mano
al pobre perro inquieto,
y para siempre
fiel se acostó en su madre
piadosa tierra.
Sus ojos mansos
no clavará en los míos
con la tristeza de faltarle el habla;
no lamerá mi mano
ni en mi regazo su cabeza fina
reposará.
Y ahora, ¿en qué sueñas?
¿Dónde se fue tu espíritu sumiso?
¿No hay otro mundo
en que revivas tú, mi pobre bestia,
y encima de los cielos
te pasees brincando al lado mío?

¡El otro mundo!
¡Otro..., otro y no este!
Un mundo sin el perro,
sin las montañas blandas,
sin los serenos ríos
a que flanquean los serenos árboles,
sin pájaros ni flores,
sin perros, sin caballos,
sin bueyes que aran...
¡el otro mundo!
¡Mundo de los espíritus!
Pero allí ¿no tendremos
en torno de nuestra alma
las almas de las cosas de que vive,
el alma de los campos,
las almas de las rocas,
las almas de los árboles y ríos,
las de las bestias?
Allá, en el otro mundo,
tu alma, pobre perro,
¿no habrá de recostar en mi regazo
espiritual su espiritual cabeza?
La lengua de tu alma, pobre amigo,
¿no lamerá la mano de mi alma?
¡El otro mundo!

¡Otro..., otro y no este!
¡Oh, ya no volverás, mi pobre perro,
a sumergir los ojos
en los ojos que fueron tu mandato;
ve, la tierra te arranca
de quien fue tu ideal, tu dios, tu gloria!
Pero él, tu triste amo,

¿te tendrá en la otra vida?
¡El otro mundo!...
¡El otro mundo es el del puro espíritu!
¡Del espíritu puro!
¡Oh, terrible pureza,
inanidad, vacío!
¿No volveré a encontrarte, manso amigo?
¿Serás allí un recuerdo,
recuerdo puro?
Y este recuerdo
¿no correrá a mis ojos?
¿No saltará, blandiendo en alegría
enhiesto el rabo?
¿No lamerá la mano de mi espíritu?
¿No mirará a mis ojos?
Ese recuerdo,
¿no serás tú, tú mismo,
dueño de ti, viviendo vida eterna?
Tus sueños, ¿qué se hicieron?
¿Qué la piedad con que leal seguiste
de mi voz el mandato?
Yo fui tu religión, yo fui tu gloria;
a Dios en mí soñaste;
mis ojos fueron para ti ventana

del otro mundo.
¿Si supieras, mi perro,
qué triste está tu dios, porque te has muerto?
¡También tu dios se morirá algún día!
Moriste con tus ojos
en mis ojos clavados,
tal vez buscando en estos el misterio
que te envolvía.
Y tus pupilas tristes
a espiar avezadas mis deseos,
preguntar parecían:

¿Adónde vamos, mi amo?
¿Adónde vamos?
El vivir con el hombre, pobre bestia,
te ha dado acaso un anhelar oscuro
que el lobo no conoce;
¡tal vez cuando acostabas la cabeza
en mi regazo
vagamente soñabas en ser hombre
después de muerto!
¡Ser hombre, pobre bestia!
Mira, mi pobre amigo,
mi fiel creyente;
al ver morir tus ojos que me miran,
al ver cristalizarse tu mirada,
antes fluida,
yo también te pregunto: ¿adónde vamos?
¡Ser hombre, pobre perro!
Mira, tu hermano,
ese otro pobre perro,
junto a la tumba de su dios, tendido,
aullando a los cielos,

¡llama a la muerte!
Tú has muerto en mansedumbre,
tú con dulzura,
entregándote a mí en la suprema
sumisión de la vida;
pero él, el que gime
junto a la tumba de su dios, de su amo,
ni morir sabe.
Tú al morir presentías vagamente
 vivir en mi memoria,
 no morirte del todo,
 pero tu pobre hermano
 se ve ya muerto en vida,
 se ve perdido
 y aúlla al cielo suplicando muerte.
 Descansa en paz, mi pobre compañero,
 descansa en paz; más triste
 la suerte de tu dios que no la tuya.
 Los dioses lloran,
 los dioses lloran cuando muere el perro
 que les lamió las manos,
 que les miró a los ojos,
 y al mirarles así les preguntaba:
 ¿adónde vamos?

SIN CORAZÓN

SIR HUGH WALPOLE

El señor y la señora Thrush poseían una pequeña y muy agradable casa en Benedict Canyon, Los Ángeles. Es decir, el distrito postal era el de Los Ángeles, pero Benedict Canyon es un barrio de Hollywood, el más típico. A los Thrush les gustaba entre otras razones por eso, y además le proporcionaba a William Thrush muchísima satisfacción poder oír los grandes tráileres tronando mientras bajaban por el Canyon cuando se dirigían al rodaje de exteriores entre las siete y las ocho de la mañana. Esto fue lo más cerca que estuvo del mundo del cine. No le interesaba acercarse más porque tenía cierto orgullo, no mucho, pero suficiente como para desear vivir en una sociedad donde fuese apreciado. Todas las mañanas leía las columnas de cotilleo acerca de las estrellas en su diario y siempre le hacía el mismo comentario a Isabelle: «¡Dios mío, vaya vida que llevan!». Luego ambos se sentían felices y también un tanto superiores.

Isabelle Thrush tenía más orgullo que William. De hecho tenía un orgullo muy grande y se pasaba la mayor parte del tiempo alimentándolo o provocando a la gente para que la halagara. ¿Diría usted que se trataba de una pareja feliz? Si no los conociese bien, probablemente sí. Si los conociera muy bien, probablemente lo dudaría, de la misma forma en que lo dudaba

William. Había algo que no marchaba entre Isabelle y él, aunque llevaban casados diez años y en muy contadas ocasiones habían reñido. No reñían porque William se negaba. Sin lugar a dudas Isabelle era muy irritable, especialmente cuando no conseguía lo que deseaba. Claro que no podía conseguir todo lo que quería porque William, que era un empleado de uno de los bancos más importantes de Los Ángeles, ganaba un salario más bien modesto. Sin embargo ocurrió que su tía, que poseía mucho dinero, había muerto hacía tres o cuatro años y le había dejado una buena suma de dinero. Él lo invirtió con sabiduría, de modo que a pesar de la Depresión permaneció a buen recaudo. Pero Isabelle tuvo cuanto quiso y un poco más.

A veces se preguntaba a sí mismo, en la intimidad de la noche, si ella era una codiciosa. No podía estar seguro, porque con frecuencia leía en las revistas artículos sobre la tiranía de la esposa americana y con qué avidez desangraba al marido. Bueno, la verdad es que Isabelle no era tan terrible. ¡Vaya! ¡Se iba a enterar ella si intentaba con él algo por el estilo! De modo que, porque era más cómodo para él, decidió que ella era mejor que la mayor parte de las esposas norteamericanas. Isabelle se consideraba una criatura fuera de serie, llena de virtudes: coraje, sagacidad, abnegación, amor y constancia. Pensaba que William tenía muchísima suerte por estar casado con ella. Y este sentimiento la hacía mostrarse maternal cuando él se encontraba cerca, como si ella dijera «Hombrecillo, te cuidaré. No tengas miedo», para añadir «¡Qué suerte tienes!».

Los Thrush no tenían críos. Era Isabelle la que lo había deseado porque sostenía que era perverso traer un crío al mundo cuando no puedes ofrecerle lo mejor de lo mejor. En cierta ocasión, cuando William estaba de mal humor debido a una indigestión, él le comentó que el dinero de su tía podría cubrir holgadamente las necesidades de un niño. Pero Isabelle se indignó y le respondió que había algo muy cruel en su naturaleza y que debía vigilarse o se convertiría en un auténtico sádico.

Como no tenía hijos, Isabelle pensó que sería agradable tener un perro. Muchas de sus amigas lo tenían. La verdad es que había más clínicas veterinarias que hospitales para seres humanos en Beverly y en Hollywood. Y todo el mundo decía que las clínicas veterinarias alcanzaban tal grado de perfección que merecía la pena tener un perro solo por ello. Isabelle quería un perro, pero había que resolver ciertos problemas. Comprendía que, a menos que lo comprara de cachorro, nunca se encariñaría con ella. Por otro lado, a los cachorros hay que enseñarles y durante el proceso sufrían las preciosas alfombras de uno. Entonces ¿qué clase de perro debía tener? Estaban los tiernos cocker, los adorables terrier escoceses, los divertidos dachshund y los grandes y espléndidos setter y airedale. Algunas mujeres muy solitarias tenían pequineses, y luego estaban los bulldogs franceses. No podía decidirse y solía preguntarle a William qué tipo prefería. William, mientras intentaba adivinar lo que ella quería que él dijese, la observaba con esa lenta y desconcertante mirada que Isabelle siempre interpretó como un gratificante tributo a su belleza y brillantez. En realidad, lo que él quería decir era «¿Qué le ocurre a Isabelle? Se ha marchado a otro sitio y no estoy muy seguro de adónde».

Vivían la vida social de las damas y caballeros moderadamente adinerados en Hollywood. Eso significa que asistían a los estrenos de las películas famosas, en verano se sentaban en el Bowl y se secaban el sudor de las manos mientras escuchaban de manera confusa sinfonías de Brahms y Beethoven; en ciertas ocasiones, con gran atrevimiento por su parte, se iban con uno o dos amigos a un espectáculo de variedades en Los Ángeles; jugaban al *bridge* bastante mal y daban pequeñas cenas en las cuales la sirvienta de color nunca lo hacía bien del todo. A grandes rasgos, era una vida feliz.

Un día en que William se encontraba sentado a solas, haciendo un crucigrama en el patio de su pequeña casa española, llegó una visita. Isabelle estaba fuera jugando al *bridge* con unos amigos y él disfrutaba de una maravillosa y tranquila puesta de sol, que parecía una sábana cayendo desde el cielo y protegiendo el Canyon. La luz se desvanecería en una media hora, el aire se volvería frío y cortante y tendría que meterse en casa para leer su periódico de la tarde, encender la calefacción y preguntarse por qué no era tan feliz como debía serlo. Entonces vio entrar en su pequeño jardín, a través de un agujero de la cerca, a un bulldog francés.

El perro lo husmeó todo, le miró a distancia con una expresión nerviosa y luego se dirigió lentamente hacia él, retorciendo y doblando su grueso cuerpo como si estuviese hecho de una sustancia elástica. William Thrush miró al perro y no le gustó nada. Él nunca había tenido gran pasión por los perros desde que, años y años atrás, su madre, en un arranque de mal humor, le había zarandeado y le había dicho que era tan tonto como un cachorro de terrier. De modo que creció sin que le gustasen los perros. Y como era un hombre bajo y pequeño, con grandes gafas y piernas relativamente arqueadas, los perros bajitos le resultaban especialmente desagradables.

De cualquier forma, este le parecía el más feo que había visto nunca, parecía tan feo que llegó a sentir hasta náuseas. Le dijo «¡Vamos, lárgate!». Pero sin lugar a dudas el perro estaba acostumbrado a ser rechazado. Recordando aquel su primer encuentro, William cayó en la cuenta de que el perro se le parecía en que, si a alguien le producía cierto rechazo, le sobrevenía una especie de parálisis que le impedía irse, aunque sabía que debía marcharse. Y así hizo el perro. No se dirigió hacia William pero se tumbó todo lo largo que era en la hierba a una corta distancia y le miró con sus ojos saltones y feos, de una forma poco agradable, casi humana.

William fue hacia él pensando que podría espantarlo del jardín. Pero, en lugar de eso, el perro se tumbó boca arriba, meneando su estómago y sus patas débilmente en el aire. «¡Eres horrible!», dijo William en voz alta. «No me gustan los perros y nunca me han gustado. ¡Por Dios, largo de aquí!»; y tras decir esto tuvo la horrorosa sensación de haberse hablado a sí mismo, pidiéndose irse de casa y del jardín, a otro lugar. El perro se dio la vuelta, se sentó, echando una mirada íntima pero a la vez suplicante, mientras decía «Te conozco mucho mejor de lo que te crees. Nada podría destruir nuestra intimidad». Y luego se marchó sigilosamente fuera del jardín.

Su esposa volvió más tarde, irritada porque había perdido al *bridge*.

—¡Qué cartas, cariño, ni que tuvieran gafe! No sé qué hacer al respecto. ¡Vaya cartas que he tenido últimamente!

Él le contó lo del perro, pero ella no mostró el menor interés, y tras su distraído «¿Sí, de verdad? ¡Qué asco!», continuó hablando durante un buen rato sobre una tienda en Los Ángeles donde podías adquirir un abrigo de visón, y si no era de visón se le parecía mucho, mediante el pago de una pequeña suma semanal y que ni te enterabas de que lo estabas pagando.

—No, claro que no te enterarías —dijo William, que se mostró repentinamente irritado—, porque tendría que pagarlo yo.

La verdad es que eso a ella la disgustó muchísimo. Detestaba a la gente mezquina y de repente allí, en el jardín que el sol había abandonado dejándolo frío y muerto, se dio cuenta de que William *era* mezquino y que ella había estado viviendo con un hombre mezquino durante años y años y que había sido casi un milagro aguantarle. Extrañamente William, por su parte, sintió que ella se había comportado con él igual que él con el perro. «¡Maldito perro!», pensó, «no me lo puedo quitar de la cabeza».

Sin embargo a la mañana siguiente, una vez más, Isabelle se encontraba de muy buen humor porque Helena Peters la había telefoneado y le contó que poseía los más encantadores cachorros de cocker. La verdad es que tenía dos, hembra y macho.

¿Cuál de ellos prefería Isabelle? Parece ser que la raza era perfecta y su precio en cualquier mercado era de cincuenta dólares cada ejemplar, pero Helena se lo regalaba a Isabelle, y no era más que un acto de amistad porque ella la quería muchísimo.

—No sé por qué lo hace —le dijo Isabelle a William—. Querrá algo a cambio. Helena nunca da algo por nada, pero parece que se trata de un cachorro maravilloso. Iré por él esta misma mañana.

William, con poco entusiasmo, sugirió las desventajas de tener cachorros: el deterioro del mobiliario, los desagradables olores escondidos, la seguridad de que el perro tendría moquillo y moriría, etc. Isabelle hizo caso omiso de todas estas objeciones. A ella misma se le habían pasado por la cabeza estos pensamientos antes de que William los mencionase. Pero, como solía ocurrir, su cerebro, tan superior al de William, insistió en que cualquier cosa que él dijese sería una estupidez. De modo que se puso manos a la obra y fue a buscar al cachorro.

Estaba de pie, en la entrada, a la hora de comer y con la cara sonrosada por la alegría, agarrando al cachorro entre sus brazos, apretándolo contra su vestido de color verde, con aquellos ojitos de color azabache que la miraban, su lengua repentinamente lamiendo la mejilla de ella, su suave cuerpo de color marrón, sus sedosas orejas. Era un cuadro tan tierno que a

William le dio un vuelco el corazón y se preguntó por qué no la amaba más intensamente.

El cachorro volvió la cabeza despacio hacia William y le observó. ¿Había en sus ojos, ya desde el primer momento, cierto desprecio? ¿Se había imaginado, con todo lo joven que era, que se encontraría en William a alguien muy diferente? ¿Acaso su mirada se dirigía a su incipiente barriga, a sus piernas arqueadas, y se alzaba una vez más hacia su redonda y bastante patética mirada, donde sus ojos, lo más presentable de William, se escondían tras las aburridas y destellantes gafas?

De pie, juntos en la cómoda sala de estar, mientras el cachorro andaba cautelosamente de la mesa a la silla, de la silla al sofá, pensó que Isabelle estaba por encima del nivel social del perro y él, ¡mira por dónde!, por debajo. El cachorrito se sentó.

—¡Cuidado! —gritó William—. Creo que lo mejor va a ser ponerlo en el jardín.

Isabelle le contempló desdeñosamente:

—*Este* cachorro es inteligente. Helena cuenta las historietas más increíbles sobre él. Técnicamente no está entrenado para la casa, claro está, pero es maravillosamente maduro para tratarse de un cachorro. Helena dice que evita todas las alfombras de auténtico valor.

Y la verdad es que el cachorro sí parecía increíblemente sofisticado. No es que no fuera un auténtico cachorro: corría como un loco, mordía todo y a todo el mundo que se encontraba a su alcance, jugaba con una cuerda como si por fin hubiese descubierto el secreto del movimiento continuo y se dormía de repente en los brazos de cualquiera de la forma más adorable del mundo. Tenía todo aquello que debía tener cualquier cachorro. El problema es que sabía que era encantador. Era plenamente consciente de que cuando se tumbaba de costado, con una sedosa oreja sobre un ojo, resultaba absolutamente fascinante. Y cuando fingía estar enfadado, gruñendo, mostrando sus pequeños colmillos blancos y echando chispas por sus ojos color azabache, nadie en el mundo se le podía resistir.

Isabelle insistió en que debía llamarse Roosevelt.

—¿Por qué? —preguntó William.

—Bueno, creo que es el hombre más maravilloso del mundo, y ahora, cuando la gente se le echa encima y dice cosas horripilantes sobre el New Deal y que si es socialista y todas esas cosas, una tiene que salir en su defensa y tomar partido.

—No veo que llamar Roosevelt al cachorro vaya a significar un acto heroico en defensa del presidente Roosevelt —dijo William.

—Es una forma de protesta. Después de todo, ¿acaso no es este cachorrito la cosa más dulce del mundo?

—No creo que a Roosevelt le gustase que le llamasen la cosa más dulce del mundo —dijo William malhumoradamente—. No es de ese tipo de hombres.

Ella le miró reflexivamente. ¿Qué le había ocurrido a él?

¿Podía ser que a lo mejor ella comenzaba a darse cuenta de con quién se había casado? Y si ella le descubría un poco más, ¿qué ocurriría después? ¿Podría ella soportarlo?

No hay duda de que tras la llegada del cachorro discutían mucho. Un matrimonio feliz depende enteramente de la comprensión mutua entre dos personas, a no ser que uno de los componentes de la pareja sea un auténtico cobarde al que no le importa lo que le hagan. Isabelle era un alma caritativa con todo el mundo y para todo el mundo, pero su caridad era de un tipo muy especial. No funcionaba a no ser que su orgullo fuese, previamente, halagado. Desafortunadamente, William continuó cada vez con mayor frecuencia mirándola con esa expresión de desconcierto que irrita tanto a las mujeres.

Además el cachorro no haría más que confirmar el creciente sentido de la injusticia que ella padecía. La gente quiere a los perros porque son muy aduladores. Si es usted injusto con un amigo y siente cierto remordimiento, su perro restaura con discreción la confianza en usted mismo. Nunca sabrá que ha sido mezquino, celoso o avaro. Le alienta para que sea amable con él, y cuando responde, le quiere.

Roosevelt, el cachorro, debía haber nacido cortesano, ya que su tacto era absolutamente increíble. Por ejemplo, cuando llegaba a la habitación por las mañanas y saludaba a las camas gemelas con cortos ladridos de un placer que se tornaba arrebato, casi de golpe diferenciaba entre la cama de

Isabelle y la de William. Primero se dirigía hacia la de William de tal modo que Isabelle, que estaba encantadora con su adormilado desconcierto matinal, tenía la oportunidad de decir «¿Es que no va a venir mi pequerrucho a visitar a su mamuchi?», y la consiguiente leve sonrisa de satisfacción que se dibujaba en su rostro cuando corría hacia ella como si William no pintase nada era algo verdaderamente digno de ser visto.

Cuando había invitados, como pasaba a menudo, ¡cómo adoraban a Roosevelt! Y es increíble cómo el cachorrito hacía creer que era gracias a Isabelle por lo que parecía tan encantador. Mordisqueaba delicadamente el vestido de una mujer, o masticaba juguetonamente la esquina de un bonito bolso mientras miraba de refilón a Isabelle como si le estuviese diciendo a las señoras «Lo hago porque la quiero mucho. Es que es tan encantadora. La razón por la que me comporto así es porque es un sol». William nunca había tenido especial afecto por las amigas de Isabelle, y generalmente evitaba las ocasiones en las que se encontraban presentes. Esa era una de las quejas de Isabelle. Pero ahora es que simplemente no podía soportar estar allí. El aire protector que empleaba Isabelle con su marido era una cosa, pero Isabelle y Roosevelt juntos eran mucho más de lo que pudiera soportar cualquier hombre. Así que tuvieron una discusión.

—Te estás comportando ridículamente respecto a ese perro.

—¿Ridículamente? —eso fue algo que Isabelle nunca perdonaría—. Lo odias —afirmó ella, con sus ojos echando chispas—, desde el día en que llegó. Y ¿por qué?, ¿por qué?, ¿te lo digo yo?

—Sí, por favor —dijo William con cara de póquer.

—Porque me prefiere a mí y siempre ha sido así.

—Maldito perro.

Mientras tanto, el bulldog francés aparecía de vez en cuando, pero nunca cuando Isabelle se encontraba en casa. Aunque a William le disgustase, comenzó, con mucha reticencia, a interesarse por su personalidad. Estaba muy ansioso por que lo quisiesen, y era evidente que nadie lo quería. Cerca de la casa había un edificio en construcción. Y William, tras afeitarse por las mañanas mirando por la ventana, observaba que el perro se acercaba a los obreros, meneando su cuerpo y saltando con fuerza arriba y abajo, y cómo todos lo rechazaban. Eran hombres buenos, amables, sin duda, como lo son la mayoría de los obreros norteamericanos, pero pensaban como William, es decir, que era demasiado feo para soportarlo. Lo bautizó con el nombre de Feo y tan pronto como le hubo dado un nombre le pareció que tenía con él una relación más íntima.

«¡Fuera, Feo, perro inmundo!», solía decir. Y el perro parecía estar en un éxtasis de felicidad porque al menos tenía un nombre. Una vez, abstraído, sentado, preguntándose por qué se encontraba tan solo y por qué todo estaba fallando con Isabelle y qué era lo que a ella le faltaba, Feo se le acercó y, sin saber lo que hacía, William le acarició el lomo y le rascó detrás de una oreja. Entonces sintió una ola de afecto que casi le aterrorizó. Cuando William se dio cuenta de lo que había hecho, se apartó mientras murmuraba irritadamente. El perro no le siguió, sino que se mantuvo erguido, observándole. ¡Qué poco placentero es este sentimentalismo desnudo en este mundo moderno y realista! ¡Cómo nos evadimos del sentimiento y qué bueno es que lo hagamos! Y sin embargo William también era un sentimental. Alguien le quería y, aunque detestaba al perro, ya no se encontraba tan solo como antes.

Ocurrió, claro, que Roosevelt y Feo tuvieron varios encuentros. Feo cruzaba el sendero que llevaba al jardín, y al encontrarse allí con Roosevelt, esperaba que jugara con él. Pero Roosevelt, aunque era joven, solo jugaba con los de su mismo estatus social. No gruñía a Feo. No hacía nada ordinario o común. Le permitía que lo oliese como si le suplicara que caminara a su alrededor, incluso que saltara y se pavonease un poquito, y luego se metía en casa tranquilamente. Y fue cuando Isabelle se dio cuenta de que existía Feo.

—¡William, mira ese perro repugnante! ¿Qué hace aquí? ¡Vamos, vamos, largo de aquí, horrible animal!

Y Feo se marchó. William se descubrió a sí mismo, para su sorpresa, defendiendo a Feo:

—Pues no está tan mal —dijo—. No hay mucho que mirar, claro está, pero es amigable, obediente y un perro bastante bueno.

—¿Cómo puedes decir eso? —preguntó Isabelle—. Has necesitado al animal más repulsivo que he visto en mi vida para sentirte a gusto. William, no sé lo que te ocurre.

William le sonrió y dijo muy dulcemente:

—Yo tampoco sé lo que ocurre.

Luego hizo, casi como si fuera el propio Feo el que le había dado las instrucciones, un serio intento de persuadir a Isabelle para que volviese a quererle. Era muy paciente, generoso y reflexivo. Algunas personas en el mundo sabían que William Thrush poseía un encanto extraordinario, incluso cierto ingenio agudo cuando quería. Pero el encanto de William era inconsciente. Fracasaba cuando trataba de sacarlo a relucir. Y ahora, cuanto más lo intentaba, más irritante le resultaba a ella.

La brecha se fue agrandando, e Isabelle les confesó a sus amigos más íntimos que no sabía si podría soportarlo durante mucho más tiempo. Luego, ya que nada permanece donde está, sino que siempre avanza hacia un desenlace predeterminado, ocurrió la catástrofe.

Uno de los problemas entre William e Isabelle siempre había sido que a William le gustaba leer y a Isabelle no. A William le gustaban las novelas muy largas y tenía preferencia por las que trataban de la vida familiar. Novelas que parecían no terminar nunca y en las cuales podías perderte totalmente. Novelas que te decepcionaban con profusos y amistosos descuidos que se convierten en una especie de cumplidos personales. Isabelle, por otro lado, no podía soportar la lectura. Echaba un vistazo a la columna de sociedad del periódico y a veces leía una revista mensual de cine o de modas. Pero la mayor parte del tiempo, como decía ella, le encantaba leer, aunque «sencillamente no tenía tiempo para abrir un libro».

Esto, en el pasado, entristecía mucho a William, quien en sus felices años mozos se imaginaba sentado al lado del fuego leyendo en voz alta a su querida y pequeña esposa, la cual cosería ropitas para el bebé y a la vez sería capaz de entenderlo todo y de conversar sobre los personajes. Bueno, ese día en concreto se encontraba inmerso en la lectura de una novela cuyo autor era uno de esos novelistas ingleses que introducen tantos personajes en su familia que necesitan un árbol genealógico al final del libro. Consultaba a menudo este árbol con la agradable sensación de que visitaba la más maravillosa de las casas con una enorme familia de primos. Leía a gusto. La puerta que llevaba al porche estaba abierta y el sol de la tarde entraba a raudales. Entonces se dio cuenta de que había ocurrido algo. No se oía un alma ni se movía una hoja, pero, al mirar hacia arriba, tuvo una visión horrible.

Feo avanzaba hacia él, y uno de sus ojos, una bola de color rojo sangre, lo tenía casi separado de su cabeza. El perro no hacía el más mínimo ruido. Simplemente se acercaba a William solo levantando de vez en cuando la pata débilmente como si estuviera absurdamente intrigado por lo que le había ocurrido. Cuando estuvo junto a William se agachó y, sin emitir un ruido, le miró a la cara.

Lo primero que sintió William fueron náuseas. Detestaba ver sangre. Su sensible espíritu se angustiaba ante la visión de cualquier sufrimiento físico. Aquello le pareció horrible. Luego se quedó abrumado por la compasión. En la vida, jamás había sentido tanta lástima por nadie. Algo en la desgraciada y confiada paciencia del perro ganó completamente y para siempre su corazón. Que el animal estuviese tan callado, sin quejarse, le pareció que le indicaba cómo tendría que comportarse. Así es como le gustaría actuar en el caso de que le ocurriese una cosa tan terrible. Como, estaba seguro, no se comportaría.

No dijo nada, pero se levantó de su silla y se dispuso a coger al animal en sus brazos, y se preparaba a llevarlo a la clínica veterinaria más próxima cuando de pronto entró Isabelle y Roosevelt salió disparado de un cuarto cercano. Ella sonreía y estaba feliz. Saludó al cachorro de cocker con grititos de bebé:

—Oh, mi pocholito, mi amorcito, ¿no es un angelito por venir a ver a su mamuchi? —luego vio al otro perro. Feo había vuelto la cabeza y la observaba. Ella gritó. Se cubrió el rostro con las manos—. ¡Oh, William, qué horror! ¡Qué miedo! ¡Hay que matarlo de inmediato!

William se levantó, cogió al pesado y sangrante perro en brazos y, sin mediar palabra, pasó por delante de ella y se marchó.

Se fue al garaje, puso al animal sobre una vieja alfombra, sacó su coche, volvió a recoger al perro, se metió en el coche con él y condujo hacia la clínica veterinaria. Allí habló con un hombrecillo regordete y atento y le preguntó si habría que sacrificar o no a Feo. Cuando el hombrecillo lo tomó en sus brazos para examinarlo, el perro giró la cabeza lentamente y con su único ojo observó a William como diciendo «Si crees que esto es lo que deben hacerme, lo aguantaré». William inclinó la cabeza dirigiéndose al perro y entre ellos pareció establecerse un entendimiento silencioso.

—Parece que no hay heridas en ningún otro lugar —dijo el veterinario—. Se lo hizo, por supuesto, otro perro. Se hacen cosas así. Se agarran a una parte cualquiera y no la sueltan. ¡Pobrecillo! —el veterinario lo acarició—. De todas formas no es muy guapo, ¿verdad?

—Bueno, no lo sé —dijo William—, pienso que tiene un carácter especial.

—¿Es su perro? —preguntó el médico.

—No. Creo que no es de nadie, pero a veces viene a nuestro jardín. Le he ido tomando cada vez más cariño.

—Bueno, le puedo decir —señaló el veterinario— que supongo que se curará. Lo coseremos de manera que usted casi no se lo notará. No es que vaya a quedar hecho una belleza, ya sabe.

—Sí, ya sé —dijo William, que tampoco era una belleza, y volvió a su casa.

Sea por lo que fuere, Isabelle estaba muy trastornada por el incidente. Se sentó y le dio a William un tremendo sermón, cuyo resumen era que él se había ido abandonando. En realidad se había convertido en un sensiblero, casi en un afeminado.

—¿Un afeminado? —dijo William, indignado.

—Bueno, ya sabes lo que quiero decir. Te estás volviendo horriblemente sentimental. Siempre has tenido esa tendencia, pero es que últimamente es terrible. Y mis amigos se han dado cuenta.

No sé por qué, pero no hay nada tan irritante en el mundo como que le digan a uno que sus amigos han estado observando silenciosa, misteriosamente sus fallos. William, por primera vez en su matrimonio, perdió el dominio de sí mismo. Se puso en pie y se desahogó. Dijo que no importaba si se había vuelto sentimental o no, pero que, de cualquier manera, serlo no era malo. ¡Lo importante era que Isabelle era egoísta, fría y desagradable! Ella no tenía ni idea de en qué clase de mujer tan horrible se había transformado. Isabelle le replicó oportunamente. Los dos perdieron los estribos. Y mientras seguían, Roosevelt estaba sentado en el regazo de Isabelle mordisqueando su vestido y sus hermosos dedos. Allí sentado, miraba a William con un sarcasmo realmente terrible con sus ojos blancos y ambarinos: sarcasmo y desprecio.

—Te voy a decir una cosa —gritó William en un frenesí final—. ¡Odio a este perro! Los cachorros deberían ser bonitos, amables, encantadoras criaturas. ¡Mira a este! Es duro como el acero y el más horrible de los esnobs.

Entonces Isabelle rompió en sollozos, se fue a su habitación y cerró la puerta. Siguieron días de tenso silencio, y después William fue a la clínica veterinaria.

—Le diré que es un perro de lo más paciente —observó el médico—. Ni un quejido. Parece haberle tomado también cariño a usted.

William se sorprendió por el placer que sintió al escucharlo. Llegó el día en que el ojo de Feo había desaparecido, la cuenca vacía se había hinchado, y el perro tenía el aire de un viejo soldado veterano de varias guerras. ¿Qué iba a hacer con él? William, que se daba cuenta de que la crisis de su vida se le venía encima, decidió que, si Isabelle tenía a su Roosevelt, él tendría a su Feo. Volvió a su casa y se lo dijo. Eso fue durante el desayuno. Ella no dijo palabra y él se marchó a su trabajo en la ciudad.

Cuando volvió al final de la tarde había un extraño silencio en la casa. Había reflexionado y había decidido que, de una manera u otra, ese desagradable problema con Isabelle debía acabar. Después de todo, seguramente la amaba. O si no, al fin y al cabo eran marido y mujer. ¡Cuán desdichado, cuán perdido se sentiría sin ella! ¿Qué sería de él? Ante esta espantosa pregunta, su espíritu se conmovió. Así que volvió a casa con la intención de que todo marchara bien, aunque no sabía muy bien lo que tendría que hacer.

Feo le dio la bienvenida al entrar en el jardín, revolcándose por el suelo, enseñando los dientes, en pleno arrebato de placer. Pero Isabelle no estaba, ni tampoco Roosevelt. En la mesa del estudio de él había dejado esa nota tan peculiar de los dramaturgos y novelistas que han aprendido su oficio. En ella Isabelle le decía que se había ido con su madre a Santa Bárbara y que se quedaría allí. Deseaba que William le concediera el divorcio. Hacía mucho tiempo que se había dado cuenta de que las cosas se habían vuelto imposibles. Se llevaba a Roosevelt consigo.

William leyó la nota y sintió una terrible vergüenza y desesperación. Su primer impulso fue marcharse inmediatamente a Santa Bárbara. Y lo hubiera hecho si no fuera por Feo. No podía dejarlo. El perro era nuevo en la casa y los sirvientes no sentían un especial afecto por él. Lo haría en uno o dos días. Pero no lo hizo. Pasaron los días y siguió sin hacerlo.

Le había ocurrido una cosa tremenda. Descubrió que le gustaba más la casa sin Isabelle que con ella. Descubrió que le encantaba su libertad. Que ahora podía tener una libertad de acción y de pensamiento que le revelaba lo que en todos aquellos años había perdido. Descubrió otras muchas cosas. Se daba largos paseos por el Canyon con Feo. Hablaba con el perro y le parecía que este le respondía. Lo más extraño es que se sentía menos solo que cuando estaba con Isabelle. Era como si durante años hubiera tenido un candado en la mente. Algo, alguien había inhibido su pensamiento durante ese tiempo.

Llegó una carta de Isabelle e hizo su descubrimiento. En la carta ella le decía que estaba dispuesta a volver. Santa Bárbara ya no era ni la mitad de lo que había sido y su madre en muchos aspectos era una antipática, y a él le encantaría escuchar que ella, Isabelle, echaba de menos a su viejo William. Al escribir la respuesta a la carta, William resolvió su problema. He aquí la carta que escribió:

> Querida Isabelle:
>
> No quiero que vuelvas. Suena antipático y grosero por mi parte, pero he pensado en muchas cosas en las últimas semanas y sé que debo ser honrado. Durante mucho tiempo he estado pensando en lo que iba mal entre tú y yo. Te admiro mucho. Tú eres mucho mejor que yo.
>
> Has sido tan buena y cariñosa durante tanto tiempo que me parece absurdo decirte que te hago falta. Pero así es. No tienes corazón. Esto

suena a novela, pero lo que quiero decir es justamente eso. No creo que seas peor por no tenerlo, es que mientras estaba aquí solo he descubierto que en eso estriba la verdadera diferencia entre los seres humanos: tienes corazón o no lo tienes. Lo que quiero decir es que el corazón o es la parte del cuerpo que funciona más que las otras o no. Esa es la única diferencia insuperable entre la gente. No importa que seas fascista o comunista, americano o francés, abstemio o borracho, listo o estúpido. Todo eso se puede superar fácilmente. No digo que las personas que tengan corazón sean preferibles a las que no lo tienen. Creo que posiblemente es justo lo contrario. Las personas con corazón casi siempre son demasiado sentimentales, demasiado emotivas, impiden que se haga lo que hay que hacer en el mundo, se interponen en el camino de los verdaderos pensadores. Tal como va el mundo lo que necesitamos son personas sin corazón. Pero la diferencia está ahí. No puedo por menos de emocionarme con las cosas. Tú no puedes evitar lo contrario. Por eso no debemos seguir viviendo juntos. Esa es una diferencia que nadie puede superar.

Con afecto, William

P. S. Existe la misma diferencia entre Roosevelt y Feo.

Cuando hubo depositado la carta en el buzón en la última y fría luz del sol sobre el Canyon, con Feo correteando a su lado, pensó que posiblemente nunca había escrito una carta tan tonta. Y aun así sentía que había hecho un maravilloso descubrimiento. Miraba a todos sus amigos, hombres y mujeres, y la línea divisoria con absoluta claridad. Miraba más allá, a las personalidades mundiales: Einstein tenía corazón, incluso Hitler.

Por otro lado, Mussolini posiblemente no. Y Simon Callahan, el gerente de su banco en Los Ángeles, ¡seguro que no! Feo, cuya visión de las cosas desgraciadamente había disminuido, vio una hoja dorada, uno de los primeros signos del otoño, girando en el aire. Saltó tontamente, corrió un poquito y se volvió a William. William le sonrió, animándolo. Luego volvió hacia su casa; Feo le siguió encantado.

CANELA (UNA HISTORIA)

ANTÓN CHÉJOV

CAPÍTULO I.
MAL COMPORTAMIENTO

Una joven perra de color castaño, mezcla de salchicha y perro callejero, cuya jeta recordaba mucho la de un zorro, corría por la acera mirando a todos lados con atención. A cada rato se detenía y, gimoteando, levantaba una u otra pata delantera, como si las tuviera ateridas, intentando entender de una vez por qué se había perdido. Recordaba perfectamente cómo se había desarrollado el día y cómo había acabado, a fin de cuentas, en aquella acera desconocida. Comenzó con que su amo, el carpintero Luka Aleksándrich, se encasquetó el gorro, se acomodó bajo el brazo un objeto de madera que llevaba envuelto en un pañuelo rojo, y gritó: «¡Canela, vamos!». Al escuchar su nombre, el perro mestizo salió de debajo del banco de carpintero, donde dormía sobre las virutas, se estiró suavemente y echó a correr detrás de su amo. Los clientes de Luka Aleksándrich vivían terriblemente lejos, de manera que antes de llegar a ellos, el carpintero se veía obligado a entrar en alguna taberna para recuperar fuerzas. Canela recordaba que se comportó de manera muy indecente a lo largo del camino. De tan alegre que estaba porque la sacaran de paseo, no paraba de pegar brincos, se arrojaba ladrando a las vagonetas tiradas por caballos, se colaba en los patios y perseguía a los perros. El carpintero la perdía de vista de tanto en tanto, y entonces se paraba, rabioso, y la llamaba a gritos. En una ocasión llegó a coger una de sus orejas de zorro y, apretándola en el puño, le dijo estirando las palabras: «¡Oja...lá te mueeeeras, asquerooosa!». Tras visitar a sus clientes, Luka Aleksándrich pasó un instante por la casa de su hermana, donde bebió y comió alguna cosa. De allá fue a visitar a un encuadernador amigo suyo y, al salir de casa de este, fue a una taberna, que abandonó para tomar el camino de la casa de su compadre, y así sucesivamente. En resumidas cuentas: cuando Canela fue a parar a la acera desconocida, el carpintero ya estaba borracho como una cuba. Avanzaba agitando los brazos y, entre hondos suspiros, farfullaba: «¡En la culpa nací, pecador me concibió mi madre! ¡Ay, los pecados, los pecados! Ahora vagamos por estas calles como si tal cosa, mirando los farolillos como si nada, pero cuando muramos, arderemos en el fuego eterno...». O, con las mismas, se tornaba dulce y generoso, llamaba a Canela y le decía: «Tú no eres más que un insecto, Canela: eso es todo lo que eres. Comparada con un hombre, eres lo mismo que un carpintero comparado con un ebanista». Y mientras le hablaba de esa guisa comenzó a sonar una música. Canela miró en dirección al origen de la melodía y advirtió que un regimiento de soldados avanzaba a su encuentro por el medio de la calle. Como no soportaba la música, que la ponía de los nervios, Canela se agitó y comenzó a aullar. Entretanto, para su sorpresa, en lugar de protestar, aullar o ponerse a ladrar, su amo exhibió una sonrisa de oreja a oreja, se irguió tanto como le permitió su estado y se llevó la mano a la frente con los cinco dedos perfectamente alineados. Canela aulló con mayor fuerza aún al constatar la complacencia de su amo, y, totalmente fuera de sí, se arrojó a la calle y la cruzó hasta la acera opuesta. Cuando recuperó la calma, ya la música se había apagado, a los soldados no se los veía por ninguna parte. Entonces, Canela cruzó la calle de vuelta hasta el lugar donde había abandonado a su amo, pero, ay, ya no estaba allí. Canela corrió hacia delante, corrió hacia atrás, cruzó de nuevo la calle de un lado a otro, pero nada de nada: al carpintero se lo había tragado la tierra... Entonces Canela se puso a olisquear la acera a ver si daba con el rastro de su amo, pero algún imbécil había pasado por allí antes con unas de esas nuevas botas de goma y ahora los olores suaves habían desaparecido bajo la fuerte peste a caucho, de modo que no se podía sacar nada en claro. La noche cayó sobre la ciudad mientras Canela corría de un lado a otro. Las farolas ardieron a ambos lados de la calle. Aparecieron luces en las ventanas. Caía una nieve de copos grandes y espesos que iba tiñendo de blanco el firme de la calle, las grupas de los caballos, los gorros de los cocheros. A medida que la noche se hacía más oscura, más blancos eran los objetos. Toda suerte de recaderos pasaba junto a Canela caminando en todas direcciones, cortándole el campo de visión, empujándola con los pies. Canela dividía a la humanidad en dos grupos muy desiguales: los señores y los recaderos. Y veía una gran diferencia entre unos y otros: los primeros tenían derecho a pegarle, mientras que a los segundos era ella la que tenía derecho a meárseles en los zapatos. Los recaderos llevaban prisa y no le prestaban la menor atención a Canela. Cuando cayó completamente la noche, la perra extraviada fue presa de la angustia y el terror. Entonces se coló en un zaguán, se pegó a la pared y comenzó a llorar amargamente. La jornada corriendo junto a Luka Aleksándrich la había agotado, tenía las orejas y las patas cansadas, y, encima, se estaba muriendo de hambre. En todo el día solo había conseguido comer algo en un par de ocasiones: le robó un poco de engrudo al encuadernador y, en una de las tabernas, se encontró una piel de salchichón junto a un banco. Y eso había sido todo. Si hubiera sido un humano, y no un perro, es seguro que habría pensado: «¡Así no se puede vivir! ¡Tengo que pegarme un tiro!».

CAPÍTULO II.
UN MISTERIOSO DESCONOCIDO

Pero Canela no pensaba en nada. Solo lloraba. Cuando la nieve suave y mullida le cubrió completamente la cabeza y el lomo, y la inmovilidad comenzó a conducirla a un profundo sueño, la puerta que unía el zaguán y el edificio se estremeció con un golpe del cerrojo, crujió al abrirse y la golpeó en un flanco. Canela pegó un brinco. El hombre que salía del edificio pertenecía al colectivo de los recaderos, y como Canela, al saltar, le había caído encima de los pies, no pudo evitar reparar en ella. De modo que se inclinó sobre ella y le preguntó: «¿De dónde has salido, perrita? ¿Te he hecho daño? Ay, ¡pobre, pobre! No te enfades, va: ¡no te enfades! La culpa es toda mía». Canela examinó al desconocido mirando a través de los copos de nieve que se le habían adherido a las pestañas y vio a un hombrecito de corta estatura y más bien regordete con la cara redonda y perfectamente rasurada, un sombrero de copa y un abrigo de pieles desabotonado. «¿Por qué me miras así?», continuó él y, con el dedo, le quitó un poco de nieve del lomo. «¿Dónde está tu amo? Te has perdido, ¿verdad? ¡Pobre perrita! ¿Qué vamos a hacer contigo ahora?». Al percatarse de la nota de simpatía en la voz del desconocido, Canela le lamió la mano y lo miró con ojos aún más lastimeros. «¡Qué mona y qué graciosa eres! ¡Pareces una zorra! Te vendrás conmigo. ¡Va, y sirves para algo! ¡Vamos!». El hombre juntó los labios y le lanzó un beso a Canela animándola a seguirlo. Ella obedeció. Poco menos de media hora más tarde, estaba sentada en el suelo de una habitación grande y bien iluminada y, con la cabeza ladeada en señal de humildad y curiosidad, contemplaba al desconocido que comía sentado a la mesa. A medida que comía, el hombre le iba arrojando trozos de comida. Primero, le dio pan y la corteza verdosa del queso. Después le arrojó un poco de carne, medio bollo y los huesos del pollo, que, de lo hambrienta que estaba, la perra se comió tan deprisa que no alcanzó a descubrirle el sabor. Lo malo era que cuanto más comía, más hambre le entraba. «¡Hay que ver lo mal que te alimentan tus amos!», dijo el desconocido observando la salvaje velocidad con la que se tragaba los trozos de comida, sin masticarlos siquiera. «¡Por eso estás tan flaca! ¡Eres toda piel y huesos, y nada más!». Canela comió muchísimo, pero en lugar de saciar el hambre, se embriagaba de comida. Después de comer, se tumbó en medio de la habitación y estiró las patas. Sentía una agradable modorra; agitó la cola. Mientras contemplaba a su nuevo amo, que se había acomodado en una butaca y fumaba un puro, Canela continuó moviendo la cola al tiempo que se preguntaba dónde se estaba mejor, si con el desconocido o con el carpintero. El piso del desconocido se veía pobre. Aparte de la butaca, el diván, las lámparas y las alfombras, no había gran cosa y la habitación se veía muy vacía. El carpintero, en cambio, tenía el apartamento lleno de toda clase de enseres. Tenía una mesa, el banco de trabajo, el montón de virutas, cepillos, gubias, serruchos, una jaula con un pardillo y una cubeta. En la vivienda del desconocido no olía a nada, mientras que la del carpintero estaba siempre envuelta en una suerte de niebla preñada con los aromas del pegamento, la laca y el serrín. No obstante, el desconocido presentaba una gran ventaja sobre el carpintero: le gustaba dar de comer y, en honor a la verdad, Canela tenía que reconocer que, durante todo el rato que permaneció sentada frente a él mirándolo con humildad, no le pegó, ni la pateó ni le gritó una sola vez aquello de «¡Vete al cuerno, maldita!». Tras terminarse el puro, el nuevo amo salió un instante y volvió con un pequeño cojín que colocó en una esquina del diván. «¡Ven acá, perrita!», llamó a Canela: «¡Acuéstate aquí! ¡Duerme!». Después, apagó la lámpara y se marchó. Canela se acomodó en el cojín y cerró los ojos. Un perro ladró en la calle y tuvo deseos de responderle, pero, en ese instante, se sintió triste de repente. Se acordó de Luka Aleksándrich y su hijo Fediushka, también del cómodo rinconcito debajo del banco del carpintero... Recordó que, en las largas noches de invierno, cuando el carpintero cepillaba la madera o leía el periódico en voz alta, Fediushka se ponía a jugar con ella... La sacaba a la fuerza de debajo del banco tirando de sus patas traseras y le hacía cosas tan bárbaras que Canela veía las estrellas y le dolían todas las articulaciones. Fediushka la obligaba a andar sobre las patas traseras o la convertía en una campana, lo que significaba que le tiraba de la cola de un lado a otro como si fuera un badajo, lo que provocaba que Canela aullara de dolor y ladrara de rabia. También la obligaba a oler tabaco... El niño hacía una cosa que le provocaba un singular tormento: ataba un trozo de carne a un cordel y se lo daba a comer a Canela. Después, cuando ella ya se lo había tragado, Fediushka tiraba del cordel y extraía la carne de nuevo, mientras soltaba colosales risotadas. Cuanto más vívidos eran esos recuerdos, más Canela se angustiaba y entristecía. Pero pronto el cansancio y el bienestar provocado por la habitación bien caldeada se impusieron sobre la tristeza. Canela se amodorró. En su mente adormecida echaron a correr unos perros. Entre otros pasó corriendo, por cierto, el caniche viejo y lanudo con el que se había cruzado ese mismo día en la calle. Iba con una monstruosidad en un ojo y un montón de pelo en torno al hocico. Fediushka corría detrás del púdel blandiendo una gubia, hasta que de repente también él comenzó a verse cubierto por un montón de lana, ladró alegremente y corrió hacia Canela. Entonces, juntos los dos, Canela y Fediushka se olieron mutuamente los hocicos y se echaron a correr en la calle...

CAPÍTULO III.
UN ENCUENTRO NUEVO, Y MUY AGRADABLE

Cuando Canela despertó, ya era de buena mañana y, desde la calle, llegaba ese ruido que solo se genera en pleno día. Estaba sola en la habitación, de modo que después de estirarse y bostezar, recorrió la pieza entre malhumorada y sombría. Olisqueó los rincones y los muebles, y se asomó al recibidor, donde no encontró nada de interés. Había otra puerta, aparte de la que conducía al recibidor, y Canela, tras pensárselo unos instantes, la arañó con las patas delanteras, la empujó y acabó abriéndola. En el hombre que había allí tumbado en la cama y cubierto con una manta enguatada, reconoció al desconocido de la víspera. Canela inició un gruñido, pero, recordando el banquete de la noche anterior, meneó la cola y se puso a olisquear el lugar. Primero, olió la ropa y las botas del desconocido y descubrió que olían mucho a caballo. Después, reparó en que había otra puerta en el dormitorio, cerrada también. Canela se dirigió a la puerta, la empujó con el pecho y en cuanto la hubo abierto percibió un olor tan extraño como sospechoso. La habitación era pequeña. El papel pintado de las paredes estaba muy sucio. Anticipando un encuentro desagradable, Canela avanzó gruñendo y mirando a todos lados. De repente, vio algo inesperado y espantoso que la obligó a recular. Pegando la cabeza al suelo, abriendo las alas y graznando como poseído, un ganso de color gris avanzaba hacia ella. A su lado, tumbado en un cojincillo, había un gato de color blanco que, al percatarse de la presencia de Canela, se levantó de un salto, arqueó el espinazo, agitó la cola, erizó el pelo y se puso a bufar... Todo aquel revuelo le dio un susto de muerte a Canela, pero, consciente de que hacía mejor disimulando el miedo, ladró con fuerza y se abalanzó sobre el gato... Ante el súbito ataque, el gato arqueó todavía más el espinazo, bufó con más fuerza y le pegó un zarpazo en la cabeza a Canela, que se tumbó dispuesta a saltar de nuevo, y alargando la jeta en dirección al gato, ladró atolondrada y ferozmente. El ganso aprovechó la situación en el campo de batalla para rodear a Canela y pegarle un doloroso picotazo en la grupa. A esa afrenta Canela solo podía responder abalanzándose sobre él... «Pero ¿qué demonios está ocurriendo ahí?», se escuchó gritar con voz bronca al desconocido, que no tardó en irrumpir en la habitación vestido con una bata y con un puro entre los labios. «¡Quietos todos!», mandó, y avanzó hacia el gato. Le pellizcó suavemente el lomo y le dijo: «¿Qué te pasa, Fiódor Timoféich? ¿Te has metido en una pelea? ¡Ay, ay, ay, viejo pillo!». Después se volvió hacia el ganso y le gritó: «¡Y tú no te muevas, Iván Ivánich!». El gato se tumbó obedientemente en el cojincillo y cerró los ojos. A juzgar por la expresión de su cara y la disposición de su bigote, no se enorgullecía de haber perdido los papeles y acabar metido en una pelea. Canela adoptó una apariencia lastimera, mientras que el ganso estiró el cuello y soltó una andanada de palabras encendidas y claras, aunque nada comprensibles. «¡De acuerdo! ¡De acuerdo!», le replicó el amo bostezando: «Hay que vivir en paz, que es como se vive entre amigos». Seguidamente acarició a Canela y le dijo: «Y tú no temas, perrita... Estos dos son muy buena gente y no te harán daño. Ah, espera, ¿qué nombre te ponemos? Tienes que tener algún nombre, hermanita».

El desconocido pensó unos instantes y anunció: «¿Sabes qué? Te llamarás Chica. ¿Qué te parece? ¡Chica!». Y después de repetir unas cuantas veces el nombre abandonó la habitación. Canela se sentó y examinó el lugar. Tumbado en el cojincillo, el gato simulaba dormir. El ganso, por su parte, seguía hablando apresurada y efusivamente mientras daba pasos, pero sin moverse del lugar. A todas luces, se trataba de un ganso especialmente inteligente, porque después de cada una de sus peroratas, miraba atrás como sorprendido y se comportaba como si lo embargara una gran admiración por el discurso que acababa de pronunciar... Tras escucharlo y responderle con un suave gruñido, Canela se puso a oler los rincones. En uno había un pequeño comedero en cuyo interior había guisantes húmedos y cáscaras de centeno. Probó los guisantes: no le gustaron nada. En cambio, las cáscaras de centeno las encontró sabrosas y se puso a comerlas. Al ganso no le causó el menor disgusto que un perro desconocido se estuviera comiendo su ración. Por el contrario, pronunció otras encendidas palabras, se acercó al comedero y tragó algunos guisantes.

CAPÍTULO IV.
MILAGROS EN EL TAMIZ

Al rato apareció nuevamente el desconocido trayendo un objeto muy raro que se asemejaba a una puerta o a la letra rusa П. De la traviesa superior de aquel artefacto hecho toscamente de madera colgaba una campanilla. También había una pistola sujeta con una cuerda. Tanto el badajo de la campana como el gatillo de la pistola tenían atadas sendas cuerdas. El desconocido colocó el objeto en el centro de la habitación, se tomó unos minutos atando y desatando las cuerdas y, volviéndose por fin hacia el ganso, le dijo: «¡Haga el favor, Iván Ivánich!». Al oírlo, el ganso se aproximó a él y se le paró delante en actitud expectante. «Empecemos por el principio», propuso el hombre. Y continuó: «Lo primero es que te inclines y hagas una reverencia. ¡Adelante!». El ganso estiró el cuello, lo meneó en todas direcciones y golpeó el suelo con una pata. «¡Muy bien!», lo felicitó el desconocido: «Y ahora, hazte el muerto», le ordenó. Entonces el ganso se tumbó de espaldas y agitó las patas por encima de su cuerpo. Después de hacer dos o tres trucos más del mismo estilo, el desconocido se llevó de repente las manos a la cabeza, puso cara de estar aterrorizado y gritó: «¡Socorro! ¡Fuego! ¡Ardemos!». Al escuchar estos gritos, Iván Ivánich corrió hacia el artefacto en forma de Π y tiró de una de las cuerdas que asió con el pico. La campana comenzó a tañer con gran agitación. El desconocido estaba más contento que unas pascuas. Acarició el cuello del ganso y lo felicitó: «¡Has estado muy bien, Iván Ivánich! Ahora quiero que te figures que eres un joyero que trabaja con piezas de oro y diamantes», le dijo. Y continuó: «Imagina que un día llegas a tu taller y te encuentras a dos ladrones dentro. ¿Qué harías en ese caso?». Ahora el ganso sujetó la segunda cuerda con el pico, tiró de ella y se escuchó un disparo ensordecedor. A Canela le fascinó el fogonazo, tanto que se puso a correr como una loca sin parar de ladrar. «¡Quieta, Chica!», le ordenó el desconocido: «¡Calla!». Iván Ivánich no paró ahí. El desconocido lo tuvo una hora entera corriendo de un lado a otro, mientras le daba palmadas en el lomo. El ganso, que iba sujeto a una cuerda, tenía que saltar obstáculos, pasar por el aro y ponerse en cuclillas, lo que en su caso consistía en sentarse sobre la cola y agitar las patas. Canela no podía apartar la vista de Iván Ivánich, aullando de puro contento y corriendo detrás de él mientras ladraba sin parar. Tras haber atormentado un buen rato al ganso y a sí mismo, el desconocido se secó el sudor de la frente y gritó: «¡María, tráeme acá a Javronia Ivánovna!». Enseguida se escucharon unos peculiares gruñidos... Canela gruñó a su vez, adoptó una pose muy grave y, por si acaso, se colocó a corta distancia del desconocido. Una vieja se asomó por la puerta que ella misma abrió, dijo algo y dejó pasar a un cerdo negro y notablemente feo. Sin prestar atención a la beligerancia de Canela, el cerdo avanzó hasta el centro de la habitación, levantó el hocico y gruñó alegremente. Por lo visto, se alegraba mucho de ver a su amo, al gato y a Iván Ivánich. El cerdo se aproximó al gato y lo empujó suavemente con el hocico. Después entabló una breve conversación con el ganso. Tanto en sus movimientos como en el tono de su voz y la suave agitación de su enroscada cola, Canela percibió una gran bonhomía. Y supo enseguida que no valía la pena gruñir o ladrar a semejantes criaturas. El amo de la casa apartó el artilugio en forma de Π y dijo: «¡Fiódor Timoféich, haga el favor!». Entonces el gato se levantó, se estiró sin entusiasmo y se acercó al cerdo con el paso desganado de quien está haciendo un favor. «Comencemos con la pirámide egipcia», propuso el desconocido, quien después de dar una larga explicación, contó con voz de mando: «¡Uno, dos y... tres!». Al escuchar la palabra «tres», Iván Ivánich agitó las alas y se encaramó de un salto a lomos del cerdo... Cuando, tras muchos movimientos del cuello y de las alas, el ganso hubo recuperado el equilibrio sobre el lomo peludo, Fiódor Timoféich trepó también a la grupa del cerdo, con un desdén que dejaba a las claras el desprecio que le producían aquellas expresiones artísticas, y, desde allí, se encaramó sobre el ganso con idéntica desgana y se paró sobre sus patas traseras. A la figura que formaron es a lo que el desconocido llamaba «la pirámide egipcia». Canela soltó un aullido de admiración, pero en ese mismo instante el viejo gato bostezó y, perdiendo de esa manera el equilibrio, se desplomó sobre el ganso, quien, a su vez, también trastabilló y cayó. El desconocido pegó dos gritos, agitó los brazos con desesperación y empezó a dar prolijas explicaciones. Después de dedicar una hora entera a la pirámide, el incombustible amo se puso a enseñar a Iván Ivánich a cabalgar sobre el gato, trató de enseñar al gato a fumar, etc. Cuando las clases hubieron acabado, el desconocido se secó el sudor de la frente y se marchó. Fiódor Timoféich lo despidió con un bufido, se tumbó en el cojincillo y cerró los ojos. Iván Ivánich se encaminó al comedero, mientras la vieja se llevaba al cerdo. La jornada, tan cargada de nuevas experiencias, transcurrió deprisa para Canela. Cuando llegó la noche, tanto ella como su cojín fueron conducidos a la habitación del papel pintado sucio, que ahora compartiría con Fiódor Timoféich y el ganso.

CAPÍTULO V.
«¡CUÁNTO TALENTO! ¡CUÁNTO TALENTO!»

Transcurrió un mes entero. Canela ya se había acostumbrado a tomar una buena cena cada tarde y a que la llamaran Chica. También se había habituado al desconocido y a sus nuevos compañeros de convivencia. La vida le iba como la seda. Todos los días comenzaban de la misma manera. Iván Ivánich solía ser el primero en despertarse. Inmediatamente, se acercaba a Chica o al gato y, haciendo grandes aspavientos con los movimientos de su cuello, les hablaba en un tono exaltado y convincente, aunque sus palabras continuaran siendo incomprensibles. De tanto en tanto, dirigía la mirada al techo y se embarcaba en larguísimos monólogos. Durante los primeros días que pasó allí, Canela tomó al ganso por un tipo inteligente y veía en ello la razón de que hablara tanto. Pero bastó muy poco tiempo para que le perdiera todo el respeto. Desde entonces, cuando el ganso se le acercaba para soltarle sus peroratas, Canela no agitaba la cola saludándolo, sino que le mostraba su desdén, el que se tiene por un charlatán empedernido que no deja dormir a nadie, y le respondía con insistentes gruñidos. Fiódor Timoféich, en cambio, era un caballero hecho de otra pasta. Cuando se despertaba no emitía sonido alguno, ni se movía, ni abría los ojos siquiera. De hecho, le habría encantado no despertar de su sueño, porque se veía a las claras que la vida no le hacía ni pizca de gracia. Nada le interesaba, su actitud hacia todo estaba marcada por la desgana y el desprecio general, y aun la sabrosa comida que le daban la tomaba refunfuñando. Cada mañana, Canela comenzaba la jornada recorriendo las habitaciones y oliendo los rincones. Solo ella y el gato gozaban del derecho a pasearse libremente por los aposentos. Al ganso no se le permitía salir de la habitación del papel pintado sucio y Javronia Ivánovna vivía fuera, en una suerte de cobertizo que había en el patio, y solo entraba en el apartamento para recibir las lecciones. El amo se levantaba tarde, tomaba un té muy cargado, y se aplicaba enseguida a entrenar sus trucos. Cada día se traía a la habitación de los animales el artilugio en forma de Π, el látigo y el aro y repetía la misma secuencia. Los entrenamientos se prolongaban durante tres o cuatro horas, de manera que a veces Fiódor Timoféich acababa mareado como un borracho, Iván Ivánich con el pico abierto y ahogándose, y el amo con la cara toda roja y cubierto de un sudor que no alcanzaba a secar. Las lecciones y la comida dotaban de interés el transcurso del día. Las noches, en cambio, eran la mar de aburridas. Lo más habitual era que el amo saliera por las noches llevándose con él al gato y al ganso. Chica se quedaba sola y, tristona, se tumbaba en el cojín... La tristeza se iba adueñando de ella poco a poco, como hacía la penumbra con los rincones de la habitación. Primero, le robaba las ganas de ladrar, comer, correr por las habitaciones y hasta de mirar en derredor. Después, dos figuras se aparecían en su imaginación. Podían ser perros, o tal vez personas; sus semblantes lucían amistosos, cordiales, aunque indiscernibles. Chica agitaba la cola en cuanto veía aparecer esas figuras y tenía la impresión de que las había visto antes, las había querido antes... Y, en ocasiones, mientras se iba hundiendo en el sueño, experimentaba la sensación de que esas figuras olían a pegamento, a virutas, a barniz. Cuando Canela ya estuvo completamente habituada a su nueva vida y la enclenque perra callejera que fue se convirtió en un perro doméstico bien cuidado y alimentado, una tarde, a punto de comenzar las clases, el amo le acarició la cabeza y le dijo: «Ya es hora de que te dediques a algo, Chica. Basta de holgazanear. Quiero convertirte en toda una artista... ¿Quieres?». Y a partir de ese momento, el amo comenzó a enseñarle toda suerte de cosas. La primera lección le sirvió para aprender a andar sobre las patas traseras, algo que le produjo el mayor de los contentos. En la segunda, consiguió saltar sobre las patas traseras y alcanzar los trozos de azúcar que el maestro mantenía muy por encima de su cabeza. Las siguientes lecciones las dedicaron a que Canela aprendiera a bailar, saltar a la cuerda, aullar al son de la música, tañer la campana y disparar la pistola. Un mes más tarde ya Canela era capaz de sustituir con éxito a Fiódor Timoféich en «la pirámide egipcia». Canela aprendía con mucho gusto y estaba feliz con sus progresos. Lo mismo saltando a la cuerda con la lengua afuera que pasando por el aro o cabalgando sobre el viejo Fiódor Timoféich, el placer que experimentaba era enorme. Cada vez que conseguía dominar un nuevo movimiento, Canela lo celebraba con sonoros y entusiastas ladridos. El maestro se frotaba las manos, estupefacto: «¡Cuánto talento! ¡Cuánto talento! —repetía—. ¡Un talento incuestionable! ¡Vas a tener mucho éxito!». Chica se habituó tanto a la palabra «talento» que saltaba y miraba a su amo cada vez que este la pronunciaba, como si fuera el mote por el que la llamaran.

CAPÍTULO VI.
UNA NOCHE DE INQUIETUD

Chica soñó un sueño de perros en el que la perseguía un portero blandiendo una escoba. El miedo la despertó. La minúscula habitación estaba a oscuras y en silencio. Hacía mucho calor. Las pulgas no paraban de picarle la piel. Canela nunca había tenido miedo a las penumbras, pero se lo tuvo ahora y quiso ladrar. El amo suspiró profundamente en la habitación de al lado; unos instantes después, como si esperara intencionalmente, el cerdo gruñó allá en su cobertizo. Después volvió el silencio. Pensar en la comida suele calmar los pesares del alma, de manera que Chica recordó que esa tarde le había robado una pata de pollo a Fiódor Timoféich, que había escondido en el salón, entre el armario y la pared, un lugar lleno de polvo y telarañas. ¿No sería una buena idea acercarse allí ahora a ver si todavía estaba entera la pata de pollo? Bien podía ser que el amo la hubiera encontrado y se la hubiera comido. Pero las reglas de la casa impedían abandonar la pequeña habitación antes del amanecer. Chica cerró los ojos para quedarse dormida, porque sabía por experiencia que cuanto antes se quedase dormida antes amanecería.

Pero de repente escuchó un grito que la hizo estremecerse y pararse sobre sus cuatro patas. El grito provenía de Iván Ivánich y no era uno de sus acostumbrados chillidos penetrantes y con ánimo de conversación, sino un chillido salvaje, rústico y nada natural. Era un grito que recordaba la apertura de una puerta con las bisagras mal engrasadas. Como no alcanzaba a ver nada en medio de aquella oscuridad, Chica sintió más miedo aún y gruñó: Grrrr... Pasó un rato, tanto como se necesita para dar cuenta de un buen hueso, y el grito no se repitió. Chica se calmó un poco y volvió a dormitar.

Soñó con dos inmensos perros de color negro con mechones de pelo en el lomo y los costados que tendrían al menos un año de antigüedad. Engullían ávidamente restos de comida de una tina de la que salía un vapor de color blanco y un olor sabroso. De tanto en tanto, los perros se volvían hacia Canela, le enseñaban los dientes y le decían: «¡No compartiremos nada contigo!». Ahí, de repente, salió un campesino de una casa y echó a los perros a latigazos. Chica aprovechó la circunstancia para acercarse a la tina y comer, pero bastó que el campesino entrara de nuevo en la casa para que los perros volvieran y se abalanzaran sobre ella. En eso se escuchó un chillido estridente: «Gueeee», voznó Iván Ivánich. Chica se despertó, pegó un salto y, sin abandonar el cojín, comenzó a ladrar. Tuvo la impresión de que no era Iván Ivánich el que pegaba aquellos chillidos, sino alguien distinto. El cerdo volvió a gruñir allá en el cobertizo y se escucharon los pasos del amo, que abrió la puerta vestido con una bata y alumbrándose con una vela. La luz temblorosa apartó la penumbra y avanzó a saltos por el papel pintado y el techo de la habitación. Chica pudo asegurarse de que no había ningún intruso allí. Iván Ivánich estaba sentado en el suelo, despierto. Tenía las alas desplegadas y el pico abierto. Parecía estar muy cansado y necesitado de beber. Tampoco dormía el viejo Fiódor Timoféich. Por lo visto, también a él lo había despertado el chillido. «¿Qué te sucede, Iván Ivánich? ¿Por qué gritas así? ¿Te encuentras mal?», preguntó el amo. El ganso no dijo palabra. El amo le palpó el cuello y le acarició la espalda. «¡Hay que ver lo raro que eres!», lo reconvino: «Ni duermes ni dejas dormir». En cuanto el amo abandonó la habitación, volvió la penumbra. Chica tuvo miedo. El ganso no volvió a chillar, pero Chica tuvo nuevamente la impresión de que había alguien más allí, alguien ajeno a ellos. Y lo que más miedo le daba era el hecho de que no encontraba cómo morder al extraño, porque era invisible y carecía de una forma concreta. También la embargó la idea de que aquella noche iba a suceder algo muy terrible allí. Fiódor Timoféich también se mostraba inquieto. Chica lo escuchó dar vueltas sobre su cojín, donde no paraba de agitar la cabeza y bostezar. Alguien cerró con fuerza un portón y el cerdo volvió a gruñir en su cobertizo. Chica gimió suavemente, estiró las patas delanteras y apoyó la cabeza en ellas. Tanto en el golpe del portón como en los gruñidos del cerdo insomne, la penumbra y el silencio, Chica percibía la misma nota pesarosa y terrible que resonaba en los chillidos de Iván Ivánich. ¿Qué provocaba toda aquella inquietud, aquel desasosiego? ¿Quién era el extraño que no se dejaba ver? De repente, dos luceros de un apagado color verde aparecieron junto a Chica. Era la primera vez que Fiódor Timoféich se acercaba a ella desde que se conocieron. ¿Qué querría? Chica le lamió una pata y sin molestarse en preguntarle qué quería, aulló suavemente y en varios tonos. «¡Gue!», chilló Iván Ivánich: «¡Gue!, ¡gue!», repitió. La puerta se abrió de nuevo. Era el amo, que volvía con la vela. El ganso permanecía en la misma posición: las alas extendidas y el pico muy abierto. Tenía los ojos cerrados. «¡Iván Ivánich!», lo llamó el amo sin conseguir su atención. El amo se sentó en el suelo frente al ganso, se estuvo un ratito mirándolo y dijo: «¡Ay, Iván Ivánich! ¿Qué te sucede? ¿Acaso te estás muriendo?». Y, enseguida, llevándose las manos a la cabeza, gritó: «¡Oh, espera! ¡Ahora me acuerdo! ¡Ahora me acuerdo! ¡Ahora ya sé lo que te pasa! Fue por el caballo que te pegó un pisotón hoy. ¡Oh, Dios mío, Dios mío!». Chica no entendía lo que decía el amo, pero comprendió, por la expresión de su rostro, que él también esperaba un suceso terrible y, acercando la cabeza a la ventana oscura en la que creyó percibir la presencia del extraño, aulló. «Se está muriendo, Chica», dijo el amo y abrió los brazos en señal de desconsuelo: «¡Sí, sí, se nos muere! La muerte ha venido a visitarnos. ¿Qué podemos hacer?». Pálido y asustado, el amo volvió a su habitación entre suspiros y sacudidas de cabeza. Chica no quiso quedarse en la penumbra y siguió sus pasos. El amo se sentó en la cama y repitió varias veces: «¿Qué voy a hacer, Dios mío? ¿Qué voy a hacer?». Chica no entendía por qué se sentía tan angustiado y todo se había vuelto patas arriba en la casa. Sin apartarse de las piernas de su amo, seguía cada uno de sus movimientos tratando de entender algo. Fiódor Timoféich, quien rara vez abandonaba su cojincillo, entró también en el dormitorio de su amo y se frotó contra sus piernas. Sacudía la cabeza de tanto en tanto, como si quisiera librarse de alguna idea incómoda, y miraba bajo la cama con aire de sospecha. El amo llenó de agua un platillo y se lo llevó al ganso. «¡Bebe, Iván Ivánich!», lo animó en tono cariñoso colocándole la bebida delante. «Bebe, querido mío», insistió. Pero Iván Ivánich no se movió, ni abrió los ojos siquiera. El amo acercó la cabeza del ganso al platillo e introdujo el pico en el agua, pero aquello no provocó más reacción en Iván Ivánich que hacerlo abrir aún más las alas, mientras su cabeza quedaba apoyada en el inútil bebedero. «¡Ya no hay nada que hacer!», dijo el amo, y suspiró: «Todo ha acabado ya para Iván Ivánich! ¡Está perdido!». Y entonces dos gotas brillantes rodaron por sus mejillas, como las que bajan por los cristales de las ventanas en un día de lluvia. Incapaces de entender la situación que estaban viviendo, Chica y Fiódor Timoféich se apretaban contra él y miraban al ganso con mucha pena. «¡Pobre Iván Ivánich!», sin dejar de suspirar con tristeza: «Yo que pensaba que en verano te llevaría conmigo a la dacha y daríamos largos paseos por la hierba fresca. ¡Ay, te me has ido, animal dulcísimo! ¿Cómo voy a vivir ahora sin ti?». Chica se sintió súbitamente identificada con esa tristeza y creyó que también ella cerraría los ojos, estiraría la pata y abriría la boca concitando todas las miradas de los testigos horrorizados. Por lo visto, esas mismas ideas estaban visitando la mente de Fiódor Timoféich. Nunca se vio al viejo gato tan dominado por la pesadumbre y el dolor. Amanecía ya y la presencia extraña que se había colado en la habitación, y tanto asustó a Chica, ya la había abandonado. Cuando se hubo hecho de día completamente, un portero entró, agarró al ganso por las patas y lo sacó de la habitación. La vieja entró poco después para llevarse el comedero. Chica fue al salón a mirar detrás del armario: el amo no se había comido la pata de pollo, que allí estaba, cubierta de polvo y telarañas. Y, sin embargo, Chica se sentía aburrida y triste, tenía ganas de llorar. En lugar de entretenerse oliendo la pata de pollo, se metió debajo del sofá y se puso a gemir quedamente.

CAPÍTULO VII.
UN DESAFORTUNADO DEBUT

Un buen día el amo entró en la habitación del papel pintado sucio y frotándose las manos dijo: «¡Ajá!». Dio la impresión de que aún quiso decir algo más, pero calló y se marchó. Durante las largas sesiones de entrenamiento, Chica había estudiado muy bien el rostro del amo y la entonación de su voz, de manera que ahora pudo ver enseguida que estaba preocupado, tenso y, tal vez, algo enfadado. Al poco rato, el amo volvió: «Hoy me llevaré a Chica y a Fiódor Timoféich», dijo. Y añadió: «Tú, Chica, vas a sustituir al difunto Iván Ivánich en la pirámide egipcia. ¡Y que sea lo que Dios quiera! ¡Con tan pocos ensayos, no tenemos nada preparado ni mucho menos aprendido! ¡Lo haremos de pena! ¡Será un sonoro fracaso!». Manifestadas sus protestas, salió y volvió enseguida vestido con su abrigo de piel y tocado con un sombrero de copa. Precisamente debajo del abrigo, junto a su pecho, colocó al gato, al que izó antes tomándolo de las patas delanteras. Fiódor Timoféich, por cierto, no mostró emoción alguna mientras lo cargaban y acomodaban; ni siquiera se molestó en abrir los ojos. Por lo visto, todo le daba igual: continuar tumbado en el cojín, que tiraran de él por las patas para alzarlo o que se lo guardaran bajo el abrigo... «Andando, Chica», mandó el amo. Ignorante de lo que la esperaba, Chica echó a andar detrás de él meneando la cola. Unos instantes después ya viajaba en el trineo acomodada bajo los pies del amo, que, encogido por el frío y el desasosiego, no paraba de farfullar sus quejas: «¡Lo haremos de pena! ¡Será un sonoro fracaso!». El trineo acabó deteniéndose frente a una casa grande y algo extraña, que se asemejaba a una sopera ladeada. El largo zaguán que daba acceso a su interior estaba precedido por tres puertas de cristal e iluminado por una docena de resplandecientes antorchas. Las puertas se abrían sin cesar para tragarse a las numerosas personas que se agolpaban en la entrada. Era mucha gente en verdad la que iba llegando en vehículos tirados por caballos. Perros no se veían. El amo tomó a Chica en brazos y se la guardó debajo del abrigo, donde ya había acomodado a Fiódor Timoféich. Allí dentro estaba oscuro y el aire era irrespirable, pero se estaba calentito. Dos ascuas de color verde se encendieron un instante: fueron los ojos del gato, molestado por el roce de las patas frías y huesudas de su compañera. Chica le lamió una oreja y, al intentar colocarse en una posición más cómoda, se agitó, aplastó al gato con sus patas gélidas y sacó la cabeza por el cuello del abrigo, aunque la volvió a esconder enseguida con enfado. En ese breve instante, le pareció haber visto un recinto inmenso, mal iluminado y lleno de toda suerte de monstruosas criaturas. Detrás de las rejas y las distintas barreras que se extendían a ambos lados del recinto, asomaban terribles cabezas: caballunas jetas, testas astadas, grandes orejas, y hasta una cabezota inmensa que tenía una cola en el lugar de la nariz y dos inmensos huesos blanquísimos saliéndole de la boca. El gato maulló con rabia entre las patas de Chica, pero en ese mismo instante, el amo abrió el abrigo de golpe y gritó: «¡Pie a tierra!». Obedientes, Fiódor Timoféich y Chica saltaron al suelo. Ahora se hallaban en una pequeña habitación hecha de tablones de color gris. Dentro no había más que una mesilla, un espejo, un taburete y varios trapos colgados sin orden ni concierto. A modo de lámpara, ardía una lucecita en forma de abanico que brotaba de una suerte de tubo clavado en la pared. Fiódor Timoféich se lamió la piel que Chica le había estrujado y fue a tumbarse debajo del taburete. Sin abandonar su nerviosismo, patente en el temblor de sus manos, el amo comenzó a desvestirse... Se desvistió como solía hacerlo en casa cuando se disponía a meterse bajo la manta de retales. Es decir, que se quedó en paños menores. Después se sentó en el taburete y, con la mirada fija en el espejo, comenzó a hacer unas cosas muy raras. Lo primero fue colocarse en la cabeza una peluca provista de un largo mechón y dos turgentes rizos que parecían cuernos. Después se pintó la cara de blanco, se dibujó cejas y bigotes y, con colorete, se dio un poco de rubor en las mejillas. ¡Y no paró ahí! Después de empolvarse la cara y el cuello, se puso un traje tan peculiar que no se parecía a nada que Chica hubiese visto antes ni en las casas ni en las calles. Imaginaos los pantalones de percal más anchos que sean concebibles, estampados con grandes flores, como si se tratara de género destinado a las cortinas o a tapizar los muebles de alguna casa rica. Pantalones, por cierto, que llegaban hasta las axilas y se sujetaban de los hombros. El percal de una de las patas era de color marrón; la otra era de color amarillo claro. No contento con haber desaparecido bajo aquellos pantalones, el amo se encasquetó además una chaqueta con el cuello acabado en picos, que tenía una gran estrella dorada en la espalda, se enfundó unas mallas multicolores y se calzó unas botas de color verde... Chica solo veía pasar manchas de colores por delante de sus ojos y su alma. Aquella figura de cara blanca y aspecto de bolsa olía al amo, y de ella salía una voz que le resultaba muy familiar, pero en algunos momentos Chica tenía dudas y se sentía tentada a alejarse de la variopinta figura a la carrera y ladrarle desde lejos. Aquel lugar desconocido, la luz en forma de abanico, los olores y la metamorfosis experimentada por el amo le inspiraban un gran miedo y la hacían anticipar un inminente encuentro con alguno de los monstruos que había visto antes, como aquella jeta de la que brotaba una cola donde debía estar la nariz. Por si ello fuera poco, del otro lado de la pared llegaba una música odiosa y, de tanto en tanto, el incomprensible rugido de una multitud. Chica solo tenía un motivo de sosiego: el ánimo imperturbable de Fiódor Timoféich. El gato, en efecto, continuaba dormitando debajo del taburete y no se inquietaba ni ante los movimientos del mueble. Un hombre que vestía frac y una chaquetita blanca se asomó a la puerta y dijo: «Ahora es el turno de la señorita Arabella y después saldrá usted». El amo no pareció darse por enterado. Solo extrajo una maletilla de debajo de la mesa y continuó su espera. El temblor que recorría sus labios y sus manos indicaba su preocupación. Chica apreció un temblor adicional, el de su respiración. «¡Es su turno, *monsieur* Georges!», llamó alguien desde el otro lado de la puerta. El amo se levantó y se persignó tres veces. Seguidamente sacó al gato de debajo del taburete y lo guardó en una maleta. «Ven aquí, Chica», dijo con voz queda. Chica, que aún no se enteraba de nada, se acercó; él la besó en la cabeza y la colocó junto a Fiódor Timoféich. Se hizo muy oscuro... Chica pisoteó al gato y arañó las paredes de la maleta. El terror que la embargó de repente la hizo enmudecer. Entretanto, la maleta se mecía como si flotara sobre las olas del mar, y temblaba toda... «¡Y aquí estoy yo por fin!», gritó de pronto el amo: «¡Aquí estoy por fin!». La maleta golpeó contra una superficie y dejó de mecerse. Ahí se desató un rugido espeso y sonoro: alguien palmeó un lomo y el que recibió los golpes, probablemente el monstruo que tenía una cola en el lugar de la nariz, rugió y rio tan alto que temblaron las cerraduras de la maleta. El amo respondió a ese rugido con una risa penetrante y chispeante que jamás había mostrado antes en la casa. «¡Ajá!», gritó intentando superar el rugido de la multitud: «¡Respetable público! Habéis de saber que vengo directamente de la estación de ferrocarril. ¡Resulta que mi abuela estiró la pata y me dejó una herencia! Esta maleta la contiene y, como pesa tanto, deduzco que está llena de oro. ¡Ajá! ¿Y si resulta que tengo un millón de rublos? ¿Eh? Ahora la abriremos y lo comprobaremos...». El cierre de la maleta se abrió con un chasquido. La luz hirió los ojos de Chica, que saltó a tierra y, ensordecida por el rugido de la gente, se puso a correr y a ladrar como una loca en torno al amo. «¡Ajá!», gritó el amo: «¡Tío Fiódor Timoféich! ¡Querida hermana Chica! ¡Qué demonios hacéis aquí, mis queridos parientes!». Después se dejó caer barriga en tierra, agarró al gato y a Chica y se puso a abrazarlos. Mientras las expresiones de cariño se sucedían, Chica aprovechó para ver el mundo al que la había arrojado la suerte. En un primer momento, la pasmó y entusiasmó su espectacularidad. Pero después se zafó de los abrazos y de la impresión, y se puso a dar vueltas sobre sí misma como un lobezno. El nuevo mundo era enorme y estaba inundado de luz. Y dondequiera que una mirara, había rostros y más rostros y más nada que rostros, llenándolo todo desde el suelo hasta el techo. «¡Siéntese, hermana Chica, se lo ruego!», mandó el amo. Chica recordó aquella orden y saltó de la silla para ir a sentarse en el suelo. Desde allí miró al amo, cuyos ojos mostraban la misma ternura y gravedad de siempre, aunque su rostro y especialmente sus labios se vieran transformados por una espantosa e inmóvil sonrisa. Entretanto, el amo no paraba de reírse, pegar saltos, agitar los hombros y demostrar que se divertía horrores en presencia de aquellos miles de rostros. Chica, que juzgó genuina la alegría del amo, de repente percibió con todo su cuerpo que aquel millar de ojos estaban clavados en ella y, entonces, levantó su cabeza lampiña y aulló de alegría. «Quédese ahí tranquila, hermana Chica, que ahora el tío y yo vamos a hacer el baile del campesino borracho», le avisó el amo. Con su habitual indiferencia, Fiódor Timoféich llevaba ya un rato esperando a que le tocara hacer las tonterías que le solían requerir, mientras miraba a todos lados. Bailó con desgana, torpemente y con aire sombrío. Los movimientos de su cola y sus bigotes mostraban a las claras cuánto despreciaba a la multitud, a las luces, al amo y a sí mismo... Cuando hubo concluido su número, el gato bostezó y se sentó. Ahora el amo se volvió a Chica: «Bueno, querida mía, ahora le toca a usted. Vamos a cantar un poco y después bailamos. ¿Le parece bien?», le dijo antes de sacar una flauta del bolsillo y comenzar a tocar. A Chica la música le pareció espantosa, de modo que se movió un poco en la silla y comenzó a aullar. Su gesto fue recibido con gritos y aplausos por la multitud. El amo hizo una reverencia al público y, cuando cesaron los gritos, continuó tocando... Las notas se sucedían y en un momento, durante una muy alta, una voz infantil gritó desde las gradas: «¡Pero si es Canela!». «Oh, sí, es Canela», confirmó una voz pesada y temblorosa, como la de un borracho: «¡Es Canela, Fediushka, vaya por Dios!». Se oyó un silbido muy fuerte y dos voces, la de un niño y la de un hombre, llamaron a coro: «¡Canela! ¡Canela!». Chica se estremeció y miró al lugar desde el que provenían los gritos. Dos rostros la miraban. Uno era peludo, beodo y sonriente. El otro era rollizo, de mejillas sonrojadas y dejaba ver algo de susto. Verlos golpeó a Chica como la había golpeado la luz antes... Los recordó enseguida, saltó de la silla, se revolvió unos instantes en la arena y, ladrando de puro contento, echó a correr hacia las dos figuras que la llamaban. Un rugido ensordecedor se levantó de la multitud, pero, por fuerte que fuera, los silbidos y los penetrantes gritos infantiles que convocaban a la perrita podían con él: «¡Canela! ¡Canela!». Chica saltó la barrera que separaba al público de la arena, superó el hombro de alguien, acabó corriendo gradas arriba por la primera hilera. Llegar a las siguientes gradas requería saltar por encima de un muro alto. Chica dio un gran salto, pero no consiguió llegar a lo alto de la pared y resbaló hacia abajo. Después fue pasando de mano en mano, lamiendo brazos y rostros, y trepando cada vez más alto hasta alcanzar los bancos más elevados, los del gallinero... Media hora más tarde, Canela avanzaba por la calle siguiendo los pasos de dos personas que olían a barniz y a cola. Luka Aleksándrich avanzaba bamboleándose y, siguiendo los dictados de su instinto, largamente alimentado por la experiencia, se mantenía apartado del borde de la acera… «En el abismo del pecado, me hundo en mi vientre…», iba farfullando. Y también: «Comparada con un hombre, Canela, eres lo mismo que un carpintero comparado con un ebanista». Fediushka andaba junto a su padre, cuyo gorro se había encasquetado en la cabeza. Canela miraba las espaldas de los dos y sentía que llevaba mucho tiempo siguiéndolos, a la vez que se alegraba de que nada hubiera interrumpido el curso de su vida jamás. Y recordaba la habitación con el papel pintado sucio, al ganso, a Fiódor Timoféich, las buenas comidas, el adiestramiento y el circo, pero todo eso le parecía ahora un sueño largo, confuso y pesado…

SOLUCIÓN

EMILIA PARDO BAZÁN

Más fijo era que el sol: a las tres de la tarde en invierno, y a las cinco en verano, pasaba Frasquita Llerena hacia el Retiro, llevando sujeto por fuerte cordón de seda roja cuyo extremo se anudaba a la argolla del lindo collarín de badana blanca y relucientes cascabeles argentinos, a su grifón Mosquito, pequeño como un juguete. El animalito era una preciosidad: sus sedas gris acero se acortinaban revueltas sobre su hociquín, negro y brillante; y sus ojos, enormes, parecían tras la persiana sedeña dos uvas maduras, dulces de comer. Cuando Mosquito se cansaba Frasquita le cogía en brazos. Si por algo sentía Frasquita no tener coche, era por no poder arrellanar en un cojín de su berlina al grifón.

Solterona, y bien avenida con su libertad, Frasquita no se tomaba molestias sino por el bichejo. Ella lo lavaba, lo espulgaba, lo jabonaba, lo perfumaba con colonia legítima de Farina; ella le servía su comida fantástica, crema de huevo, bolitas de arroz; ella le limpiaba la dentadura, con oralina y cepillo. De noche, en diciembre, saltaba de la cama descalza, para ver dormir al cusculeto sobre almohadón de pluma, bajo una manta microscópica de raso enguatado. De día lo sacaba en persona «a tomar aire puro». ¿Confiarlo a la criada? ¡No faltaría sino que lo perdiese o se lo dejase quitar!

Una esplendorosa tarde de abril, domingo, subiendo por la acera atestada de la calle de Alcalá, Frasquita notó una sensación extraña, como si acabase de quedarse sola entre el gentío. Antes de tener tiempo de darse cuenta de lo que le sucedía se cruzó con un conocido, señor machucho, don Santos Comares de la Puente, alto funcionario en el Ministerio de Hacienda. La saludó, sonrió y, según la costumbre española, la paró un instante informándose de la salud. Cuando el buen señor se perdió entre la densa muchedumbre que aguardaba el «desfile» de la corrida de toros, Frasquita percibió otra vez la soledad; el cordón rojo flotaba, cortado; Mosquito había desaparecido.

Tenía Frasquita un carácter reconcentrado y enérgico, frecuente en las mujeres que han llegado a los cuarenta años sin la sombra y el calor de la familia. No gritó, no alborotó: a fuer de solterona, temía a las cuchufletas. Miró a su alrededor; ni andaba por allí el perro, ni nadie que tuviese trazas de habérselo llevado. Interrogó a los porteros de las casas; avisó y ofreció propina a los guardias; puso anuncios en los diarios; votó una misa a san Antonio, abogado de las cosas perdidas. Mosquito no estaba perdido, sino robado…, y el santo se inhibió; los ladrones no son de su incumbencia.

Al cabo de dos meses, no habiendo aparecido el grifón, Frasquita enfermó de ictericia. Para espantar la tristeza le mandaron pasear mucho, entre calles, por sitios alegres y concurridos. Parada delante de un escaparate, en la Carrera, de pronto el claro vidrio reflejó una forma tan conocida como adorada: ¡el encantín! Se volvió, conteniendo un grito de salvaje alegría…, y, lo mismo que cuando había desaparecido el perro, vio ante sí la figura poco gallarda de don Santos Comares, saludando y preguntando machacona y cordialmente: «¿Qué tal esa salud?…». Solo que, bajo el puño de la manga izquierda del empleado, entre el brazo y el cuerpo, asomaban la cabecita adorable, los ojos como uvas en sazón, y oía el cómico ladrido, en falsete, de Mosquito, jubiloso al reconocer a su antigua ama.

—¡Hijo! ¡Tesoro! ¡Encanto de mi vida! ¡Cielín!

Se abalanzó ella para apoderarse del chucho, pero ya don Santos, a la defensiva, daba dos pasos atrás, y protegía la presa con un «¡Señora!», indignado y escandalizado, que hizo volverse irónicos y risueños a los transeúntes.

—¡Me gusta! Ese perro es el mío, y ahora ya comprendo quién me lo cogió. Fue usted, usted mismo, aquella tarde, en la acera de la calle de Alcalá —declaró fuera de sí Frasquita, pronta a recurrir a vías de hecho.

—¡Señora! —repitió don Santos, retrocediendo otro poco y dispuesto a vender cara su vida—. ¿Me toma usted por ladrón de bichos? Este perrito me pertenece, lo he comprado (y no barato) por mi dinero; lo tengo empadronado, y a nadie consentiré que me dispute su propiedad.

—¡Bien habrá usted leído en el collar mis iniciales y el nombre del animalito! Verá usted cómo atiende, cómo me mira. ¡Mosquitín! ¿No me conoces, hechizo, no?

—El perro, señora, cuando lo adquirí, venía desnudo de toda prenda; este collar se lo encargué a Melerio, y le puse Togo: soy admirador de los marinos japoneses. Toguín, Toguín; ya lo ha visto usted, menea la cola.

Frasquita, desesperada, sintió que dos lágrimas iban a saltar de sus lagrimales. La gente empezaba a formar corro; se oían dicharachos. El decoro se sobrepuso a la pasión. Temblona, habló en voz baja, roncamente:

—Bueno, señor Comares, bueno... llévese ese usted..., lo que no es suyo. Cuando le dé a usted vergüenza tal proceder, espero que restituirá. Creí que era usted un caballero. Allá usted, si tiene alma para aprovecharse de que me hayan robado indignamente... ¡Así estamos en España, porque se consienten estas picardías!

Y volviendo las espaldas, sin tender la mano a su contrincante, tomó hacia la calle de Sevilla, seguida por cien miradas de curiosidad y chunga malévola...

Su padecimiento se agravó. El médico que la asistía supo la causa moral que destruía aquel cuerpo y torturaba aquel espíritu, y al visitar para recetar aguas minerales al señor Comares, que era de sus clientes, le enteró de lo que pasaba. No era el alto empleado ningún hombre sin corazón. Solicitó ver a Frasquita, llevó consigo a Mosquito y lo colocó en el regazo de la solterona.

—Señora, yo estoy disgustado; advierto a usted que disgustadísimo... No me es posible ceder a usted otra vez el perro; pero se lo traeré siempre que tenga cinco minutos disponibles, para que usted lo acaricie y vea que está gordito y sano.

—¿Se burla usted de mí? —saltó furiosa ella—. En esa forma, no quiero que mi chuchín se ponga delante de mi vista. ¿Traérmelo y quitármelo? Ni que usted lo piense, señor mío; ¿qué se ha figurado?

—Cálmese usted, Frasquita... Considere usted... Todos somos de carne y hueso, todos tenemos nuestros afectos y nuestra sensibilidad. Desde que perdí a mi chico único, que daba tantas esperanzas, y de resultas a mi pobre mujer, y con una serie de penas que si se las contase a usted se enternecería..., no hay a mi alrededor nadie que me acompañe... Resulta que le he cogido cariño al animalillo... Es un gitano... Tráteme usted todo lo mal que guste; no le devuelvo a Togo. No, señor; es ya una cuestión personalísima.

Frasquita callaba, ceñuda, meditando. De improviso se alzó de la *chaise longue,* se apoderó del perro, abrió la ventana, y alzando en el aire al grifón, exclamó trágicamente:

—Intente usted robármelo otra vez, y va a la calle.

Don Santos se quedó hecho un marmolillo. Veía ya a su Togo estrellado sobre la acera, cerrados los enormes ojos, rota la cabezuela contra las losas, flojas las sedas, frías las patas... La mujer había vencido; la furia pasional arrollaba al tranquilo y nostálgico querer...

A la mañana siguiente, Frasquita recibió una atenta esquela de don Santos. El viudo le pedía permiso para frecuentar la casa; así vería alguna vez a Togo y le llevaría bombones de chocolate.

No era posible rehusar. La triunfadora acogió amablemente al derrotado. A causa de la oposición de sus genios, congeniaron; se habituaron a verse y a tolerarse sus manías de almas rancias y solitarias, sus herrumbres de cuerpos en decadencia. Al cabo de un año, el perrito fue de ambos con igual derecho, y paseó en la berlina de los consortes. Pero el esposo siempre le llamó Togo, y Mosquito la esposa.

EL PODER DE UN PERRO

RUDYARD KIPLING

Ya hay bastantes penas en este mundo
para llenar la vida hasta el último segundo;
y si estamos seguros de que no faltará el llanto,
¿por qué nos empeñamos en buscar más quebranto?
Hombres y mujeres, cuidado, os lo advierto,
no deis el corazón para que lo destroce un perro.

Comprad un cachorro y el dinero comprará
amor incondicional que no miente jamás...
Pasión perfecta y adoración que potencia
un golpe en las costillas o una caricia en la cabeza.
Aun así, es arriesgado entrar en el juego
de ofrecer el corazón para que lo destroce un perro.

Cuando los catorce años que da la Naturaleza
se agoten con asma o tumor o vileza
y el veterinario insinúe la receta callada
de cámaras letales o pistolas cargadas,

entonces sabréis —quizá sea un consuelo—
pero... habréis dado el corazón para que lo destroce un perro.
Cuando el cuerpo que vivía para vuestros deseos
y raudo os recibía esté quieto (¡cuán quieto!).
Cuando el alma que respondía a todos vuestros humores
se haya ido para siempre —donde vayan los animales nobles—,
descubriréis lo hondos que son vuestros desvelos;
habréis dado el corazón para que lo destroce un perro.

Ya tenemos bastantes penas en este mundo
al enterrar el cristiano barro en lo profundo.
Nuestros amores no se dan, solo se prestan
con intereses del cien por cien, vaya apuesta.
Mas no siempre ocurre, no nos engañemos,
que si más tiempo viven, más lloramos luego.
Pues, al pagar estas deudas, aunque parezca raro,
ambos préstamos, corto y largo, son igual de malos...
Entonces, ¿por qué (antes de llegar allí), santo cielo,
damos el corazón para que lo destroce un perro?

DANDY, LA HISTORIA DE UN PERRO

W. H. HUDSON

Era un perro cruzado, y se suponía que tenía sangre de un dandie dinmont, de ahí su nombre. Un animal desgarbado con un áspero pelaje velludo de color gris azulado y blanco en el cuello, y de patas toscas. Parecía un perro sussex spaniel con las patas reducidas a la mitad de su tamaño normal. Cuando yo lo conocí, se estaba haciendo viejo, se estaba quedando sordo y perdiendo visión, pero por lo demás tenía buena salud y ánimo, y siempre estaba de muy buen humor.

Hasta que conocí a Dandy siempre había supuesto que la historia del perro de Ludlam era mera fantasía, y me atrevo a decir que esta es la opinión generalizada al respecto; pero Dandy me hizo recapacitar sobre el tema, y finalmente llegué a pensar que el perro de Ludlam existió una vez, a lo mejor hace siglos, y que, si había sido el perro más vago del mundo, Dandy no le iba a la zaga. Es verdad que no apoyaba la cabeza contra la pared para ladrar; exhibía su holgazanería de otras formas. Ladraba a menudo, aunque nunca a extraños; daba la bienvenida a todos los visitantes, incluso al recaudador de impuestos, agitando la cola y sonriendo. Se pasaba gran parte del tiempo en la amplia cocina, en la que tenía un sofá para dormir, y cuando los dos gatos de la casa querían descansar durante una hora se hacían un ovillo sobre uno de los velludos costados de Dandy, prefiriendo esta cama a un cojín o a la alfombra. Para él eran como una caliente manta que le cubría, y era una especie de sociedad de socorros mutuos. Después de dormir durante una hora Dandy salía a dar un corto paseo hasta la cercana vía pública, donde tropezaba con la gente, agitaba su cola para todo el mundo, y luego volvía. Salía seis u ocho o más veces al día, y, como las puertas y las vallas estaban cerradas y tenía predisposición a la vagancia, le costaba mucho salir y entrar. Primero se sentaba en el vestíbulo y ladraba, ladraba, ladraba, hasta que alguien venía a abrirle la puerta, después de lo cual iba contoneándose lentamente por el camino del jardín, y si encontraba la cerca cerrada, se sentaba de nuevo y volvía a ladrar. Y los ladridos, y más ladridos, seguían hasta que alguien llegaba para dejarle salir. Pero si tras haber ladrado veinte o treinta veces nadie venía, abría deliberadamente la cerca él mismo, lo que podía hacer perfectamente, y salía. En veinte minutos más o menos estaba de vuelta en la cerca y ladrando para que lo dejasen una vez más entrar, y finalmente, si nadie le prestaba atención, entraba por sí mismo. Dandy siempre comía algo a las horas correspondientes, pero también le gustaba un tentempié entre comidas una o dos veces al día. Las galletas para perro se guardaban en una caja abierta en el cajón inferior del aparador, así que podría coger una «cuando le apeteciese», pero a él no le gustaba la dificultad que ello entrañaba, así que se sentaba y empezaba a ladrar, y como tenía un ladrido que era tan profundo como sonoro, después de repetirlo una docena de veces a intervalos de cinco segundos, cualquier persona que estuviese en o cerca de la cocina prefería darle una galleta para que reinara la paz y el silencio. Si nadie se la daba, la sacaba él solo y se la comía.

Entonces ocurrió que durante el último año de la guerra las galletas para perro, como muchos otros artículos de comida para hombres y animales, escasearon, y finalmente desaparecieron. En cualquier caso esto es lo que ocurrió en la ciudad de Dandy, Penzance. Echaba mucho de menos sus galletas y a menudo nos lo recordaba ladrando; entonces, por miedo a que nosotros pensásemos que ladraba por otra cosa, iba y olía y golpeaba la caja vacía. A lo mejor pensaba que todo se debía a que aquellos de la casa que salían todas las mañanas a hacer la compra habían caído en el hábito de volver sin las galletas para perro en la cesta. Un día, durante el último invierno de escasez y ansiedad, fui a la cocina y me encontré con el suelo lleno de fragmentos de la caja de galletas de Dandy. El mismo Dandy lo había hecho; había sacado la caja de su sitio hasta el centro de la habitación, y luego deliberadamente se había puesto a morderla y a romperla en trocitos y a esparcirlos. Se le cogió justo cuando terminaba el trabajo, y la amable persona que lo sorprendió sugirió que la razón de que rompiese de esa forma la caja era que al morderla en trocitos obtenía cierto sabor a galletas. Mi propia teoría era que, como la caja estaba allí para guardar galletas y ahora no había, él la veía inútil —por decirlo de alguna forma, había perdido su función— y también porque su presencia era un insulto a su inteligencia, una constante tentación a parecer un idiota por ir a verla media docena de veces al día y encontrarla, como siempre, vacía; por lo que era mejor deshacerse de ella, ¡y sin duda cuando lo hizo, lo hizo con saña! Dandy, desde la primera vez que lo vi, era estrictamente abstemio, pero en días distantes y pasados le había gustado beber. Según me contaron, si alguien elevaba ante él un vaso de cerveza, movía la cola celebrándolo anticipadamente, y siempre se le ponía un poco de cerveza a la hora de comer. Luego pasó por una experiencia que, tras vacilar un poco, he pensado que es mejor contarla, ya que probablemente es el incidente más curioso de la hasta cierto punto plácida vida de Dandy.

Un día Dandy, que, como todos los de su especie, se había pegado a la persona que estuviese siempre dispuesta a sacarlo de paseo, siguió a su amigo hasta un cercano bar, donde el susodicho amigo tenía que hablar de negocios con el dueño. Entraron en la taberna, y Dandy, viendo que el asunto iba para largo, se tumbó a dormir un rato. Pero ocurrió que un barril que acababa de ser abierto tenía un tapón que goteaba, y el dueño había puesto una palangana en el suelo para recoger lo que se salía. Dandy, al despertarse de su siesta y oír el goteo, se levantó, y acercándose a la palangana apagó su sed, después de lo cual volvió a dormirse. Pero poco después se despertó de nuevo y bebió una segunda vez. En total se levantó y bebió cinco o seis veces; entonces, habiendo terminado ya la plática sobre negocios, salieron juntos, pero tan pronto como estuvieron al aire libre Dandy empezó a mostrar signos de embriaguez. Se iba de lado a lado, chocando contra los que pasaban, y finalmente cayó de la acera a un veloz arroyo que en ese lugar se metía en la cuneta a un lado de la calle. Al salir del agua volvió a andar, intentando mantenerse junto a la pared para salvarse de otra zambullida. La gente lo miraba con curiosidad, y se preguntaba qué le pasaría. «¿Le va a dar un ataque a su perro o qué?», preguntaban. El amigo de Dandy decía que no lo sabía, algo le ocurría, sin duda, y lo iba a llevar a casa lo antes posible a ver qué era.

Cuando por fin llegaron a casa Dandy se tambaleó hasta el sofá, consiguió subirse y, arrojándose sobre el cojín, inmediatamente se durmió, y durmió sin pausa hasta la mañana siguiente. Entonces se levantó bastante fresco y parecía haber olvidado todo; pero ese día, cuando alguien a la hora de comer dijo «Dandy» y elevó un vaso de cerveza, en lugar de agitar la cola como hacía siempre la metió entre sus piernas y se dio la vuelta claramente asqueado. Y desde ese momento nunca volvió a probarla, y estaba claro que, cuando intentaban tentarle, poniéndole cerveza delante e invitándole alegremente a beber, sabía que se estaban riendo de él, y antes de darse la vuelta emitía un gruñido por lo bajo y mostraba los dientes. Era algo que le sacaba de sus casillas y le hacía enfadarse con sus amigos y compañeros de toda la vida.

No habría contado este incidente si Dandy siguiese vivo. Pero ya no está con nosotros. Era viejo, entre quince y dieciséis años; parecía como si hubiese esperado al final de la guerra, ya que tan pronto como se proclamó el armisticio empezó a decaer rápidamente. Se quedó sordo y ciego, seguía insistiendo en dar varios paseos al día, ladraba como siempre ante la cerca, y si nadie venía para dejarlo entrar o salir, la abría él solo como antes. Esto ocurrió hasta enero de 1919, cuando algunos de los chicos que conocía volvían a Penzance y a la casa. Entonces se instaló en el sofá, y supimos que se le acercaba el fin, ya que dormía todo el día y la noche, rehusando la comida. Es una costumbre en este país darle cloroformo a un perro y luego una dosis de estricnina para «aliviarlo en su sufrimiento». Pero en este caso no fue necesario, ya que no sufría; nunca emitió ni un gruñido al levantarse o al dormirse; y si le ponías una mano encima te miraba y agitaba la cola solo para decirte que estaba bien. Y en su sueño murió —un caso perfecto de eutanasia— y se le enterró en el amplio jardín junto al segundo manzano.

PERROS
QUE HABLAN

Además de hablar con la mirada y con sus gestos, en algunos relatos los perros presentan el don de la palabra y se convierten casi en oráculos. Nos cuentan su historia familiar, nos dan consejos (aunque no siempre sepamos entenderlos), como en las memorias del perro amarillo de O. Henry; o reflexionan sobre la vida y la muerte, como en el cuento de Horacio Quiroga. En otras ocasiones, con sus disertaciones intentan desvelar cómo es el alma humana, como el reflexivo perro de Franz Kafka, que retoma el tema y el estilo de la novela cervantina, e incluso utilizan la dialéctica para lograr propósitos más prosaicos pero también importantes, como los dos perros del poema de Félix María de Samaniego.

MEMORIAS DE UN PERRO AMARILLO

O. HENRY

Supongo que ninguno de los presentes se quedará de piedra al leer un cuento narrado por un animal. El señor Kipling y otros muchos han demostrado que los animales pueden expresarse en un idioma humano digno de remuneración, y no hay revista que vaya a la prensa hoy en día sin una historia contada por un animal, salvo las mensuales ya anticuadas que todavía sacan imágenes de Bryan y la atroz erupción del monte Pelée.

Pero no esperen encontrar ni pizca de esa literatura estirada en mi relato, ni expresiones rimbombantes como las que emplean Osón, el oso, Serpenta, la serpiente, y Tamanu, el tigre en los libros de la selva. De un perro amarillo que ha pasado la mayor parte de su vida en un piso barato de Nueva York, durmiendo en un rincón sobre una enagua de satén (la prenda que mi dueña se manchó con oporto en el banquete de *lady* Longshoremen) no pueden esperarse demasiadas virguerías con el arte de la oratoria. Nací siendo un cachorro amarillo; fecha, localidad, pedigrí y peso desconocidos. El primer recuerdo que tengo es el de una vieja que me tenía metido en una cesta en Broadway con la calle Veintitrés e intentaba venderme a una señora gorda. La vieja madre Hubbard alardeaba de mí diciendo que era un genuino fox terrier pomerania, hambletoniano, rojo, irlandés, de la Cochinchina, precioso y tragón. La señora gorda buscó una moneda de veinte centavos entre las muestras de franela de grogrén de la bolsa de la compra hasta que la atrapó y se quedó satisfecha. A partir de ese momento me convertí en una mascota: el cariñín chiquirritín de una auténtica matrona. Díganme, amables lectores, ¿alguna vez los ha cogido en brazos una mujer de noventa kilos con aliento a queso de camembert y olor a colonia Peau d'Espagne y les ha pasado la nariz por todo el cuerpo, comentando sin cesar en un tono de voz digno de la soprano Emma Eames: «Ay, cuchi, cuchi, chiquitín, cariñín mío, travieso, chiquirritín»? De ser un cachorro amarillo con pedigrí pasé a convertirme en un perro amarillo anónimo que parecía un cruce entre un gato de Angora y una caja de limones. Pero a mi dueña no le importaba en absoluto. Pensaba que los dos cachorros ancestrales que Noé había metido en el arca no eran más que una rama colateral de mis antepasados. Hizo falta la intervención de dos agentes de policía para impedir que me metiera en el Madison Square Garden dispuesta a ganar un premio al mejor sabueso siberiano.

Les contaré cómo era el piso. El edificio era una cosa anodina de Nueva York, con baldosas de mármol de Paros en el vestíbulo y adoquines por encima de la primera planta. Nuestro refugio estaba tres buenos tramos de escaleras más arriba. Mi dueña lo había alquilado sin amueblar y lo había llenado con lo típico: un conjunto de muebles de salón antiguos de 1903 sin tapizar, cromolitografías de *geishas* en una tetería de Harlem, una planta de plástico y un marido.

¡Cielos! Vaya si sentía pena por ese bípedo. Era un hombrecillo con el pelo rubio arena y bigotes muy parecidos a los míos. ¿Calzonazos y gallina? Bueno, tenía parte de tucán, de flamenco y de pelícano. Fregaba los platos y escuchaba a mi dueña mientras esta le describía toda la ropa barata y ajada que la señora del abrigo de piel de ardilla del segundo piso colgaba en el tendedero. Y todas las noches, mientras ella preparaba la cena, le mandaba que me sacara a pasear sujeto con una correa.

Si los hombres supieran cómo pasan el rato las mujeres cuando están solas, jamás se casarían. Laura Jean Libbey, guirlache de cacahuete, un poco de crema de almendras en los músculos del cuello, los platos por fregar, media hora de charla con el vendedor de hielo, leer un fajo de cartas antiguas, un par de pepinillos y dos botellas de extracto de malta, una hora de espiar el piso de enfrente por el agujero de la persiana de la ventana que da al patio de luces… a eso se reduce todo. Veinte minutos antes de que él vuelva del trabajo, la mujer adecenta la casa, se recoloca el relleno del peinado para que no se le vea y saca un montón de costura para dar el pego en diez minutos. En aquella casa yo llevaba una vida de perros. Es decir, me pasaba la mayor parte del día en mi rincón, observando cómo esa mujer gorda mataba el rato. A veces me dormía y soñaba cosas imposibles, como que salía a perseguir gatos por los sótanos y gruñía a las ancianas con mitones negros, como se espera de un perro. Entonces mi dueña se abalanzaba sobre mí con toda esa palabrería enrevesada y absurda de caniche y me besaba en la nariz… Pero ¿qué podía hacer yo? Los perros no comemos ajos.

Empecé a sentir lástima de Hubby, que se me lleven los gatos si no es así. Nos parecíamos tanto que la gente se daba cuenta cuando salíamos; así que pateábamos las calles por las que baja ese taxi de Morgan y teníamos por costumbre subirnos a los montículos de la nieve caída el diciembre anterior en las calles donde vivía la gente pobre.

Una noche, mientras paseábamos sin rumbo y yo trataba de poner cara de San Bernardo de trofeo y el viejo intentaba poner cara de no tener ganas de asesinar al primer organillero al que oyese tocar la marcha nupcial de Mendelssohn, lo miré y, a mi manera, le dije:

—¿Por qué pones esa cara tan agria, langosta con los bigotes pelados? A ti no te da besos. No tienes que sentarte en su regazo y oír sus peroratas, que hacen que el libreto de una comedia musical parezca la obra magna de Epícteto. Deberías dar gracias por no ser un perro. Prepárate, Benedick, y dile adiós a la tristeza.

Aquel accidente matrimonial me miraba con una inteligencia casi canina en la cara.

—Ay, perrito —me dice—, perrito bueno. Y hasta parece que puedas hablar. ¿Qué pasa, perrito? ¿Son los gatos?

¡Gatos! ¡Que si puedo hablar!

Pero, claro, no me entendía. Los humanos han negado a los animales la capacidad de hablar. El único terreno común para la comunicación en el que los perros y los hombres pueden encontrarse es en la ficción.

En el piso de enfrente vivía una señora con un terrier de color negro y marrón. Su marido le ataba la correa y lo sacaba a pasear todas las tardes, pero el hombre siempre volvía a casa alegre y silbando. Un día, el negro y marrón y yo nos frotamos el hocico en el rellano y hablé con él por si podía aclararme una cosa.

—Eh, oye, Culo Inquieto —le digo—, ya sabes que no está en la naturaleza de un verdadero hombre el jugar a niñera de perros en público. Nunca había visto a ninguno atado con la correa a un chucho que no pusiera cara de querer dar una paliza a cualquier otro hombre que se lo quedara mirando. Pero tu jefe vuelve del paseo todos los días tan alegre y animado como un prestidigitador aficionado que hace el truco del huevo. ¿Cómo lo consigue? No me digas que le gusta.

—¿A él? —dice el negro y marrón—. Bueno, usa el Remedio de la Naturaleza. Se pone como una cuba. Al principio, cuando salimos está tan tímido como el hombre del barco de vapor que preferiría jugar a las cartas cuando haya premio gordo para todos. Cuando ya hemos estado en ocho salones, le da igual si lo que tiene en el extremo de la correa es un perro o un pez gato. He perdido dos dedos de la cola intentando esquivar todas esas puertas batientes.

La pista de sabueso que me había dado el terrier —directores del vodevil, por favor, tomen nota— me dio qué pensar. Una tarde, alrededor de las seis, mi dueña le ordenó que se diera prisa y sacase a hacer sus necesidades a Amorcín. Lo he ocultado hasta ahora, pero así era como me llamaba. El negro y marrón se llamaba «Pajarillo». Considero que le doy mil vueltas y le saco tanta ventaja como una liebre cuando la persiguen. Pero aun así, «Amorcín» es algo así como una lata terminológica atada en la cola del respeto por uno mismo.

En un lugar tranquilo de una calle segura tiré de la correa de mi custodio hasta quedar enfrente de un salón atractivo y refinado. Me coloqué con el hocico señalando las puertas y gemí como los perros de las noticias cuando avisan a la familia de que la pequeña Alice se ha ahogado mientras recogía azucenas en el arroyo.

—¡Que me aspen! —dice el viejo, con una sonrisa—. ¡Que me aspen si el hijo color azafrán de una limonada con soda no me está pidiendo que vaya a echar un trago! Vamos a ver... ¿cuánto hace que no ahorro suela apoyando un pie en el taburete? Creo que voy a...

Entonces supe que lo tenía en el bote. Whisky escocés a palo seco se tomó, sentado a una mesa. Se pasó una hora despotricando de todo. Yo me quedé sentado a su lado, dando golpes con la cola para llamar la atención del camarero y comiendo gratis un almuerzo incomparable con todo lo que mamá compra en la tienda de *delicatessen* y lleva al piso ocho minutos antes de que papá vuelva a casa.

Cuando se agotaron todos los productos de Escocia salvo el pan de centeno, el viejo me desató de la pata de la mesa y tiró de mí para sacarme de la taberna igual que un pescador tira de un salmón. Una vez fuera me quitó el collar y lo tiró a la calle.

—Pobre perrito —me dice—. Perrito bueno. Ya no te dará más besos. Esa mujer es una desgracia. Perrito bueno, márchate y que te atropelle un tranvía y seas feliz.

Me negué a marcharme. Salté y retocé alrededor de las piernas del viejo, tan feliz como un caniche en una alfombra.

—Ay de ti, persiguemarmotas con la cabeza llena de pulgas —le dije—, ay de ti, viejo sabueso que aúlla a la luna, robahuevos y cazarratones, ¿es que no ves que no quiero dejarte solo? ¿Es que no ves que los dos somos Cachorros en el Bosque y que la señora es el tío cruel que te persigue a ti con el trapo de cocina y a mí con el antipulgas y un lazo rosa para atármelo a la cola? ¿Por qué no cortamos con todo eso y somos compañeros para siempre?

Puede que crean que no me entendió... tal vez no lo hiciera. Pero digamos que controló un poco los whiskies escoceses y se quedó quieto un minuto, pensando.

—Perrito —me dice al final—, no vivimos más que una docena de vidas en esta tierra, y muy pocos vivimos más de trescientos años. Si vuelvo a pisar ese piso soy un panoli y merezco que me pisen, y si lo pisas tú, aún te pisarán más; y no me pises las palabras. Me apuesto sesenta a uno a que Westward Ho! gana por el largo de un perro salchicha.

No iba atado, pero troté al lado de mi amo hasta el ferri de la calle Veintitrés. Y los gatos que nos topamos por el camino tuvieron motivos para agradecer el estar dotados de garras prensiles.

Al llegar a Jersey, mi amo le dijo a un desconocido que estaba al lado comiendo un bollo con pasas:

—Mi perro y yo vamos a las Montañas Rocosas.

Pero lo que más me gustó fue cuando mi viejo me tiró de las orejas hasta que aullé y dijo:

—Tú, chucho con cabeza de mono y cola de rata, hijo de un felpudo de color azufre, ¿sabes cómo voy a llamarte?

Pensé en «Amorcín» y gemí con gran pena.

—Voy a llamarte Pete —dice mi amo; y aunque hubiera tenido cinco rabos, no habría podido menearlos lo suficiente para hacer justicia a la situación.

LOS PERROS Y EL COCINERO

LEV TOLSTOI

El cocinero estaba preparando la comida, mientras los perros estaban echados a las puertas de la cocina. El cocinero mató un ternero y arrojó las tripas al patio. Los perros cogieron las tripas al vuelo y se las zamparon.

—Es un buen cocinero, guisa muy bien.

Al rato, el cocinero se puso a limpiar guisantes, nabos y cebollas y arrojó al patio los restos. Los perros se abalanzaron sobre ellos, apartaron los hocicos y dijeron:

—Este cocinero ya no vale para nada: antes guisaba muy bien, pero ahora es una calamidad.

Pero el cocinero no prestaba atención a los perros y se limitaba a guisar la comida según su propio entender. Los señores de la casa, y en modo alguno los perros, comieron la comida que el cocinero preparó y la elogiaron.

LOS DOS PERROS

FÉLIX MARÍA DE SAMANIEGO

Procure ser en todo lo posible,
el que ha de reprender, irreprensible.

Sultán, perro goloso y atrevido,
en su casa robó, por un descuido,
una pierna excelente de carnero.
Pinto, gran tragador, su compañero,
le encuentra con la presa encaminado
ojo al través, colmillo acicalado,
Fruncidas las narices y gruñendo.
«¿Qué cosa estás haciendo,
desgraciado Sultán?». Pinto le dice;
«¿No sabes, infelice,
que un Perro infiel, ingrato,
no merece ser Perro, sino gato?
¡Al amo, que nos fía
la custodia de casa noche y día,
nos halaga, nos cuida y alimenta,

le das tan buena cuenta,
que le robas, goloso,
la pierna del carnero más jugoso!
Como amigo te ruego
no la maltrates más: déjala luego».
«Hablas, dijo Sultán, perfectamente.
Una duda me queda solamente
para seguir al punto tu consejo:
di, ¿te la comerás, si yo la dejo?».

GIPSY, LA PERRA MESTIZA

VIRGINIA WOOLF

—Tenía una sonrisa encantadora —recordó Mary Bridger. Una noche, ya tarde, los Bridger y los Bagot charlaban junto al fuego de viejas amistades. Helen Folliott, la chica de la sonrisa encantadora, se había esfumado. Ninguno sabía qué había sido de ella. Tuvo algún percance, eso habían oído, y siempre supieron que le ocurriría algo así, siempre lo habían pensado y, cosa extraña, ninguno la había olvidado.

—Tenía una sonrisa encantadora —repitió Lucy Bagot.

Y así empezaron a hablar de la rareza de las relaciones humanas: de lo fortuito que era hundirse o salir a flote, por qué se recuerdan unas cosas y se olvidan otras, hasta qué punto puede cambiarlo todo una nimiedad y cómo personas que se ven a diario desaparecen de la noche a la mañana y no vuelven a verse más.

Después se quedaron callados. Por eso oyeron un silbido —¿era un tren o una sirena?—, un silbido lejano y débil que recorrió las llanuras de Suffolk y se extinguió poco a poco. El silbido debió de avivar algún recuerdo, al menos en los Bagot, porque Lucy, mirando a su marido, dijo:

—*Ella* también tenía una sonrisa encantadora.

Su marido asintió:

—Es imposible ahogar a un cachorro que le sonríe a la muerte —señaló. La frase sonaba a cita. Los Bridger parecían extrañados.

—Era nuestra perra —explicó Lucy.

—Contadnos la historia de vuestra perra —insistieron los Bridger. A todos les gustaban los perros.

Tom Bagot se mostró reacio al principio, como quien se sorprende a sí mismo sintiendo más emoción de lo razonable. Aclaró que no era una historia; era un estudio psicológico, y lo tomarían por un sentimental. Pero los Bridger lo apremiaron y Tom fue directo al grano:

—Es imposible ahogar a un cachorro que le sonríe a la muerte. Eso decía Holland. Lo dijo aquella noche de nieve, mientras sostenía a la perra encima del aljibe. Era un granjero de Wiltshire. Había oído a los gitanos... es decir, un silbido. Salió a la nieve con un látigo en la mano. Se habían ido; pero se dejaron algo que parecía una bola de papel arrugada en el seto. Era un cesto, uno de esos cestos de mimbre que llevan las mujeres cuando van al mercado, y dentro, bien encerrada para que no pudiera escaparse, había una perrita diminuta. Le habían dejado un trozo de pan y un montón de paja...

—Lo que demuestra —interrumpió Lucy— que no tuvieron valor para matarla.

—Y a Holland le pasó lo mismo —añadió Tom Bagot—. Estaba a punto de meterla en el agua cuando —se atusó el bigotito canoso que le cubría el labio superior— la perrita le sonrió a la luz de la luna. Y la perdonó. Era una perra mestiza, muy fea, como las que suelen llevar los gitanos, mezcla de fox terrier con Dios sabe qué. Parecía como si no hubiera comido en la vida. Tenía el pelaje áspero como la lija. Pero también tenía... ¿cómo se dice cuando perdonas a una persona doce veces al día aunque el sentido común te dicte todo lo contrario? ¿Encanto? ¿Personalidad? Fuera lo que fuese, la perra lo tenía. O ¿por qué Holland se quedó con ella? Respondedme a eso. La perra se convirtió en una carga para él. Tenía a todo el vecindario en contra. Cazaba gallinas. Molestaba a las ovejas. Holland estuvo a punto de matarla en varias ocasiones. Pero no fue capaz... hasta que mató al gato, el favorito de su mujer. Fue ella quien insistió. Y una vez más, el granjero sacó a la perra al patio, la puso contra la pared y ya estaba a punto de apretar el gatillo cuando ella volvió a sonreír; se reía de la muerte, y Holland no tuvo valor para matarla. Se la dieron al carnicero; él haría lo que ellos no eran capaces de hacer. Y entonces... otra vez el azar. Fue un pequeño milagro que nuestra carta llegara precisamente esa mañana. Pura chiripa, se mire por donde se mire. En ese momento vivíamos en Londres... teníamos una cocinera, una irlandesa mayor empeñada en que había oído ratas. Ratas en el desván. No estaba dispuesta a quedarse ni una noche más en casa. También por casualidad (habíamos pasado un verano allí) me acordé de Holland y le escribí para preguntarle si podía vendernos un perro, un terrier que cazase a las ratas. El cartero se encontró con el carnicero; fue el carnicero quien entregó la carta. Y Gipsy volvió a salvarse por los pelos. Os aseguro que Holland se alegró muchísimo. La mandó directamente al tren con una nota. «No se deje llevar por las apariencias —citó de nuevo Bagot—. Créame, es una perra de gran carácter». La pusimos en la mesa de la cocina. En la vida habíamos visto cosa más miserable. «¿Y esto caza ratas? Se la van a comer», dijo la vieja Biddy. Pero nunca volvimos a oír hablar de las ratas.

Tom Bagot se detuvo. Al parecer había llegado a una parte del relato que le resultaba difícil contar. A un hombre le cuesta decir por qué se enamora de una mujer, pero aún más le cuesta decir por qué se enamora de una perra mestiza. Y eso era a todas luces lo que había ocurrido... la perrita ejercía una fascinación indescriptible sobre él. Lo que contaba Tom era una historia de amor, ni más ni menos. Mary Bridger estaba segura, por cierto matiz en su voz. Se le ocurrió la descabellada idea de que Tom había estado enamorado de Helen Folliott, la chica de la sonrisa encantadora. Que en cierto modo la relacionaba con la perra. ¿No están relacionadas todas las historias?, pensó, y entre medias se le escaparon un par de frases de Tom. Cuando volvió a prestar atención, los Bagot estaban recordando anécdotas absurdas que no les gustaba mucho contar, aunque estaban cargadas de significado.

—Lo aprendió todo sola —dijo Tom—. Nunca le enseñamos nada. Y cada día aprendía algo nuevo. Un truco detrás de otro. Me traía las cartas en la boca. A veces, Lucy encendía una cerilla y ella la apagaba... así —explicó, aplastando una cerilla con el puño—, con la pata. O ladraba cuando sonaba el teléfono. «Maldito teléfono», decía con toda claridad. Y las visitas... ¿te acuerdas de cómo agarraba a nuestros amigos, como si fueran de su propiedad? «Puedes quedarte...», y en ese caso saltaba y te lamía la mano. «A ti no te queremos...», y entonces iba corriendo hasta la puerta, para indicarles la salida. Y nunca se equivocaba. Juzgaba a las personas tan bien como el que más.

—Sí —corroboró Lucy—, era una perra con mucho carácter. Aunque mucha gente no se daba cuenta. Y esa era otra razón para tenerle simpatía. Luego un hombre nos regaló a Hector.

Bagot retomó el relato.

—Se llamaba Hopkins —dijo—. Era agente de bolsa. Muy orgulloso de su casita en Surrey. Ya sabéis... De esos que van siempre con botas y polainas, como en las fotografías de las revistas deportivas. Aunque yo creo que era incapaz de distinguir una parte del caballo de otra. Pero «no soportaba vernos con una perra mestiza tan miserable» —Tom Bagot volvía a citar. Era evidente que los Bagot llevaban esas palabras clavadas como un aguijón—. Y tuvo la osadía de hacernos un regalo. Un perro que se llamaba Hector.

—Un setter irlandés —explicó Lucy.

—Con el rabo tieso como una vara —añadió Bagot— y un *pedigree* más largo que un brazo. Gipsy podría haberse enfadado. Podría habérselo tomado a mal. Pero era una perra sensata. No era nada quisquillosa. Vive y deja vivir... de todo hay en la viña del Señor. Ese era su lema. Los veías a los dos por la calle principal... codo con codo, iba a decir, trotando juntos. Estoy seguro de que ella le enseñó unas cuantas cosas...

—Hay que ser justos con él, era un perfecto caballero —interrumpió Lucy.

—Estaba un poco mal de la cabeza —dijo Tom Bagot, llevándose un dedo a la sien.

—Pero tenía unos modales perfectos —insistió Lucy.

No hay nada como una historia de perros para sacar a la luz la personalidad de las personas, pensó Mary Bridger. Naturalmente, Lucy tomaba partido por el caballero; Tom por la dama. Pero los encantos de la dama acabaron por derrotar incluso a Lucy Bagot, que tendía a juzgar con dureza a su propio sexo. Era evidente que aquella perra tenía algo muy especial.

—¿Y qué pasó después? —preguntó Mary.

—Todo iba bien. Éramos una familia feliz —continuó Tom—. Nada rompía la armonía hasta que... —dudó—. Pensándolo bien —decidió—, no se puede culpar a la naturaleza. Gipsy estaba en la flor de la vida: tenía dos años. ¿A cuánto equivale eso en un ser humano? ¿Dieciocho? ¿Veinte? Estaba llena de vida... llena de alegría... como una muchacha. —Se quedó callado.

—Estás pensando en la cena —le ayudó su mujer—. En la noche en que los Harvey Sinnott vinieron a cenar. Era el catorce de febrero..., es decir —añadió con una sonrisa peculiar —, el día de San Valentín.

—En mi tierra lo llaman el día del apareamiento —dijo Dick Bridger.

—Así fue —prosiguió Tom Bagot—. El día de San Valentín: el patrón de los enamorados, ¿verdad? Bueno, los Harvey Sinnott habían venido a cenar. No los conocíamos de nada. Teníamos que vernos por asuntos de la empresa (Tom Bagot era el delegado en Londres de la gran empresa de ingeniería de Liverpool Harvey, Marsh y Coppard). Era una ocasión formal. Una prueba difícil para gente sencilla como nosotros. Queríamos ser acogedores. Nos esmeramos todo lo posible. Lucy —Tom señaló a su mujer— cuidó hasta el último detalle, lo preparó todo con varios días de antelación. Todo tenía que ser perfecto. Ya conocéis a Lucy... —y le dio una palmadita en la rodilla.

Mary Bridger conocía bien a Lucy. Se imaginó la mesa puesta; la plata brillante, todo «perfecto», como decía Tom, para los invitados de honor.

—Fue una cena por todo lo alto, sin duda alguna —añadió Tom Bagot—. Un poquito formal...

—Ella era de esas mujeres —terció Lucy— que parecen estar pensando mientras hablan contigo: «¿Cuánto cuesta? ¿Es auténtico?». Iba demasiado emperifollada. Se pasó toda la cena repitiendo que era un placer... porque se alojaban como siempre en el Ritz o en el Carlton... disfrutar de una comida sencilla y tranquila. Tan agradable, tan hogareña. Era un descanso...

—Y casi no había terminado de decir esas palabras —interrumpió Bagot— cuando hubo una explosión... Una especie de terremoto debajo de la mesa. Una refriega. Un aullido. Y nuestra invitada se levantó con toda su...

—Tom abrió los brazos para indicar lo gorda que era— panoplia —se atrevió a decir— y gritó: «¡Algo me está mordiendo! ¡Algo me está mordiendo!»

—la imitó Tom—. Miré debajo de la mesa —levantó el volante de la silla y miró debajo—. ¡Ay, esa pobre criatura abandonada! ¡Ese diablillo travieso! Ahí mismo, a los pies de la buena señora... acababa de parir... ¡Había tenido un cachorro!

El recuerdo era excesivo. Se apoyó en el respaldo de la silla, retorciéndose de risa.

—Entonces —añadió— los envolví en una servilleta. Y me los llevé a los dos. (Por fortuna el perrito estaba muerto: tieso). Intenté que Gipsy afrontara la situación. Se lo puse delante del hocico. Fuera, en el patio trasero. Fuera, a la luz de la luna, bajo la mirada inocente de las estrellas. Estuve a punto de darle una buena tunda. Pero ¿quién se atreve a pegar a una perra que se ríe...?

—¿De la moral y las buenas costumbres? —sugirió Dick Bridger.

—Podríamos decirlo así —sonrió Bagot—. ¡Pero hay que ver el carácter que tenía! Se puso a correr por el patio, la muy fresca, detrás de un gato... No, no tuve valor.

—Y los Harvey Sinnott se portaron de maravilla —dijo Lucy—. El incidente sirvió para romper el hielo. Desde ese día somos buenos amigos.

—La perdonamos —continuó Tom Bagot—. Dijimos que nunca volvería a ocurrir una cosa así. Y no ocurrió. Nunca más. Aunque ocurrieron otras. Montones de cosas. Podría contaros mil historias. Pero lo cierto es —negó con la cabeza— que no creo en las historias. Un perro tiene su propia personalidad, como nosotros, y la manifiesta igual que nosotros, con lo que decimos, con infinidad de pequeños detalles.

—El caso es que cuando entrabas en una habitación... —añadió Lucy— parece ridículo pero es verdad... te quedabas pensando: «¿por qué habrá hecho eso?», como si fuera un ser humano. Pero como era una perra no te quedaba más remedio que adivinarlo. A veces era imposible. La pierna de cordero, por ejemplo. Se la llevó de la mesa sujetándola entre las patas delanteras y riéndose. ¿Era una broma? ¿Nos estaba gastando una broma? Esa impresión nos daba. Un día intentamos engañarla. Le encantaba la fruta: las manzanas, las ciruelas, cualquier fruta cruda. Le dimos una ciruela con una piedra dentro. No sabíamos qué haría con ella. No me creeréis pero, para no herir nuestros sentimientos se quedó con la ciruela en la boca y luego, cuando creyó que no la veíamos, tiró la piedra en su cuenco de agua y volvió moviendo el rabo. Como diciendo: «¡Ahí tenéis!».

—Sí —dijo Tom Bagot—, nos dio una buena lección. Me he preguntado muchas veces qué pensaba de nosotros cuando se tumbaba en la alfombra, junto al fuego, entre un montón de botas y cerillas usadas. ¿Cómo era su mundo? ¿Ven los perros lo mismo que nosotros o ven algo distinto?

Los cuatro bajaron la vista hacia las botas y las cerillas usadas y trataron de apoyar un momento el hocico entre las patas y mirar en el interior de las cavernas rojas y las llamas amarillas con los ojos de un perro. Pero no fueron capaces de responder a esa pregunta.

—Teníais que haberlos visto ahí tumbados —añadió Bagot—: Gipsy a un lado del fuego, Hector al otro, tan parecidos como un huevo a una castaña. Era cuestión de cuna y de educación. Él un aristócrata. Ella una perra del pueblo. Naturalmente, porque su madre era una cazadora furtiva, el padre no se sabía quién y el amo un gitano. Los sacábamos de paseo a los dos. Hector estirado como un policía, siempre respetuoso de la ley. Gipsy saltando vallas, asustando a los patos, pero siempre del lado de las gaviotas: aves vagabundas como ella. La llevábamos por el río, donde la gente daba de comer a las gaviotas. «Toma un poquito de pescado —decía Gipsy—. Te lo has ganado». No me creeréis pero la vi alimentar a una gaviota con la boca. Eso sí, no tenía paciencia con los niños mimados: los perritos falderos. Parecía discutir el asunto con Hector, tumbados ahí en la alfombra junto a la chimenea. ¡Y acabó por transformar a ese viejo *tory*! Tendríamos que haberlo previsto. Sí, muchas veces me siento culpable. Pero siempre pasa lo mismo: es muy fácil ver cómo habrían podido evitarse las cosas cuando ya no tienen remedio.

Se le ensombreció la cara, como si recordara una pequeña tragedia que, como bien decía, podría haberse evitado, aunque para el oyente no tuviera mayor importancia que la caída de una hoja o la muerte de una mariposa ahogada. Los Bridger se prepararon para escuchar la historia. Tal vez la había atropellado un coche, o tal vez la habían robado.

—Fue el bobo de Hector —dijo Bagot—. Nunca me han gustado los perros bonitos —explicó—. No es que tengan nada de malo, pero les falta carácter. Puede que tuviera celos. Desde luego no tenía el buen juicio de Gipsy para discernir lo que era oportuno y lo que no. Cuando Gipsy hacía algo, Hector intentaba superarla. En resumidas cuentas... un buen día Hector saltó la tapia del jardín, se estrelló contra el invernadero del vecino, pasó corriendo entre las piernas de un anciano y chocó con un coche sin hacerse el más mínimo rasguño, aunque abolló el capó. Ese día nos costó diez libras y una visita a comisaría. Gipsy era la culpable de todo. Sin ella Hector sería tan dócil como un corderito. El caso es que uno de los dos tenía que irse. En justicia tendría que haber sido Gipsy. Pero veámoslo de otro modo. Pensad, por ejemplo, que tenéis dos criadas y no podéis quedaros con las dos; una de ellas no tendrá ninguna dificultad para encontrar trabajo, pero la otra... No es plato de todos los gustos y podría verse en un buen apuro. No lo dudaríais... haríais lo mismo que nosotros. Regalamos a Hector a unos amigos; nos quedamos con Gipsy. Puede que fuera injusto. El caso es que ahí empezaron los problemas.

—Sí, las cosas fueron de mal en peor desde entonces —dijo Lucy—. Gipsy se sentía culpable de haber echado de casa a un buen perro. Lo demostraba de mil maneras, con pequeños detalles, que es al fin y al cabo la única forma que tiene un perro de demostrarlo —Lucy guardó silencio. La tragedia, fuera cual fuese, estaba cada vez más cerca: una pequeña y absurda tragedia tan difícil de recordar y tan difícil de olvidar para aquella pareja de mediana edad.

—Hasta entonces no nos dimos cuenta de la cantidad de sentimientos que tenía Gipsy. Los seres humanos, como dice Lucy, pueden hablar. Pueden decir «Lo siento», y con eso se arregla todo. Un perro no puede. Los perros no hablan. Pero —añadió— los perros recuerdan.

—Gipsy recordaba —asintió Lucy—. Lo demostraba. Una noche, por ejemplo, entró en la sala de estar con una vieja muñeca de trapo. Yo estaba sola. Gipsy la trajo y la dejó en el suelo, como si fuera un regalo... para sustituir a Hector.

—Otra vez —dijo Bagot— apareció en casa con un gato blanco. Era un animal enfermo, lleno de llagas; ni siquiera tenía cola. El gato no quería irse. Nosotros no lo queríamos. Gipsy tampoco. Pero significaba algo.

¿Intentaba compensar lo de Hector? ¿No sabía hacerlo de otra manera? Quizá...

—O puede que hubiera otra razón —interrumpió Lucy—. Nunca he llegado a aclararme. ¿Intentaba darnos una pista? ¿Prepararnos para algo? ¡Si hubiese podido decírnoslo! Entonces habríamos podido razonar con ella, habríamos intentado convencerla. Lo cierto es que ese invierno teníamos la vaga impresión de que algo no iba bien. Gipsy se quedaba dormida y empezaba a aullar, como si estuviera soñando. Luego se levantaba y se ponía a dar vueltas con las orejas de punta, como si hubiera oído algo. Yo salía a la puerta a mirar. Pero no había nadie. Otras veces se echaba a temblar de un modo espantoso, mitad miedo, mitad angustia. Si se hubiera tratado de una mujer cualquiera habría dicho que una tentación se estaba apoderando de ella poco a poco. Era como si intentara resistirse a algo y no pudiera, como si tuviera algo en la sangre, por así decir, que no podía soportar. Eso nos parecía... Y ya no quería salir de paseo. Se quedaba sentada en la alfombra, junto a la chimenea, escuchando. Pero lo mejor es ceñirse a los hechos, para que juzguéis vosotros mismos.

Lucy se quedó callada. Tom le hizo una señal con la cabeza.

—Cuenta tú el final —le pidió, por la sencilla razón de que él no se sentía capaz, aunque parezca absurdo.

Lucy Bagot empezó a contarlo; hablaba ceremoniosamente, como si leyera una crónica periodística.

—Una tarde de invierno, el 16 de diciembre de 1937, Augustus, el gato blanco, se sentó a un lado de la chimenea. Gipsy se sentó al otro. Estaba nevando. El ruido de la calle parecía amortiguado por la nieve. Tom dijo: «Se oiría incluso caer un alfiler. Hay tanto silencio como en el campo». Y prestamos atención. Pasó un autobús por una calle lejana. Sonó un portazo. Se oyeron pasos que se alejaban. Todo parecía desvanecerse, perderse en la nieve. Y entonces... lo oímos porque estábamos muy atentos... se oyó un silbido, un silbido largo y suave... que se extinguió poco a poco. Gipsy lo había oído. Levantó la vista. Se echó a temblar. Luego sonrió... —Lucy se detuvo. Dominó la voz y añadió—: A la mañana siguiente ya no estaba en casa.

Se hizo un silencio sepulcral. Tenían la sensación de estar rodeados por un vacío inmenso, de que los amigos desaparecían para siempre, llamados por una voz misteriosa a perderse en la nieve.

—¿No la encontrasteis? —preguntó Mary Bridger al cabo de un rato.

Tom Bagot negó con la cabeza.

—Hicimos todo lo posible. Ofrecimos una recompensa. Fuimos a la policía. Corría el rumor... de que alguien había visto pasar a los gitanos.

—¿Qué creéis que oyó Gipsy? ¿Por qué sonreiría? —preguntó Lucy Bagot—. ¡Ay, aún sigo rezando —exclamó— para que no fuera el final!

INVESTIGACIONES DE UN PERRO

FRANZ KAFKA

¡**C**ómo ha cambiado mi vida y cómo no ha cambiado en el fondo! Ahora que rememoro el pasado y evoco los tiempos en que aún vivía en medio de la comunidad perruna, participaba de todo cuanto le interesaba, un perro más entre otros perros, descubro, mirándolo bien, que desde siempre algo no encajaba, que siempre hubo una pequeña fractura, que un ligero malestar se apoderaba de mí en medio de los actos populares más solemnes, y a veces ocurría incluso en círculos familiares, no, no a veces, sino con suma frecuencia, que la mera visión de un prójimo por el que sentía cariño, visto de pronto desde una perspectiva nueva, me turbaba, me asustaba, me dejaba indefenso y hasta me desesperaba. Procuraba tranquilizarme en la medida de lo posible, los amigos con los cuales me sinceraba me ayudaban, y volvían a venir tiempos más calmados, tiempos en que aquellas extrañezas no faltaban, no, pero eran recibidas con mayor serenidad, insertadas en la vida con mayor serenidad; puede que cansaran o entristecieran, pero por lo demás me dejaban seguir siendo como era, un perro un tanto frío, reservado, temeroso y calculador, qué duda cabe, pero aun así un auténtico perro en resumidas cuentas. ¿Cómo habría podido alcanzar, sin tales períodos de descanso, la edad de que ahora disfruto, cómo habría podido abrirme camino, sin tales períodos, hasta la calma con que ahora contemplo los horrores de mi juventud y soporto los de la vejez, cómo habría podido llegar, si no, a sacar las debidas consecuencias de mi constitución —lo admito— desdichada o, para expresarlo con más cautela, no muy feliz y vivir casi del todo conforme a ellas? Retirado, solitario, ocupado única y exclusivamente en mis pequeñas investigaciones carentes de esperanza, pero para mí indispensables, así vivo, pero a todo esto no he perdido de vista a mi pueblo; aun desde la distancia, a menudo me llegan noticias y doy, de cuando en cuando, alguna señal de vida. Me tratan con respeto, no entienden mi forma de vivir, pero no me la toman a mal, y ni siquiera los perros jóvenes que a veces veo pasar corriendo a lo lejos, una nueva generación cuya infancia apenas recuerdo vagamente, me niegan un respetuoso saludo. No hay que olvidar, desde luego, que a pesar de mis evidentes singularidades no soy del todo ajeno a mi especie. Pensándolo bien, que para eso tengo tiempo, ganas y facultades, la situación de la comunidad perruna es, en términos generales, muy singular. Además de nosotros, los perros, existen por doquier numerosas y variadas especies de criaturas, seres pobres todos ellos, mudos, inferiores, limitados a ciertos gritos; muchos de nosotros, los perros, los estudiamos, les hemos puesto nombres, tratamos de ayudarlos, de dignificarlos, etcétera; a mí, cuando no tratan de molestarme, me resultan indiferentes, los confundo, los ignoro, pero llama poderosamente la atención, tanto que no podía escapárseme, lo poco que se solidarizan entre ellos en comparación con nosotros, los perros, cómo pasan cual extraños el uno al lado del otro, cómo no los unen ni altos ni bajos intereses, cómo, antes bien, cualquier interés los separa aún más de lo que suele ocurrir en el normal estado de tranquilidad. ¡Nosotros, los perros, en cambio…! Se puede afirmar, sin temor a equivocarse, que vivimos literalmente apelotonados en un único montón, todos, por muy diferentes que seamos a raíz de las innumerables y profundas diferencias que se han ido generando en el curso de los tiempos. ¡Todos en un montón! Algo nos impulsa a juntarnos y nadie puede impedirnos satisfacer este impulso, todas nuestras leyes e instituciones, las pocas que aún recuerdo y las innumerables que he olvidado, se remontan a esta máxima dicha de la que somos capaces, la cálida convivencia. Pero ahora viene la otra cara. A mi juicio, ninguna criatura vive tan dispersa como nosotros los perros, ninguna presenta diferencias tan grandes, tan inabarcables, de clases, tipos y ocupaciones; nosotros que queremos solidarizarnos —y siempre lo conseguimos, a pesar de todo, en momentos de éxtasis—, precisamente nosotros vivimos muy separados los unos de los otros, dedicados a profesiones peculiares, incomprensibles incluso para el perro de al lado, aferrados a normas que no son las propias de la comunidad perruna, sino más bien contrarias a ella. Son asuntos complejos, cosas que es preferible no tocar —entiendo este punto de vista, lo entiendo mejor que el mío—, y, sin embargo, me tienen del todo cautivo. ¿Por qué no actúo como los otros, por qué no vivo en armonía con mi pueblo y acepto sin chistar aquello que perturba la armonía, por qué no lo ignoro cual si fuese un insignificante error en el gran cálculo y me vuelvo hacia aquello que felizmente amalgama, en vez de volverme hacia todo cuanto nos arranca una y otra vez, irresistible, del círculo del pueblo? Recuerdo un incidente ocurrido en mi juventud, me hallaba por aquel entonces en uno de esos momentos de excitación dichosos e inexplicables que cada cual experimenta, sin duda, cuando es niño; era todavía un perro muy joven, todo me gustaba, todo se refería a mí, creía que grandes cosas acontecían a mi alrededor, cosas cuyo protagonista era yo, a las que yo debía prestar mi voz, cosas que habían de quedar tristemente tiradas en el suelo si yo no corría en su busca, si no meneaba el cuerpo por ellas; en resumen, fantasías pueriles que se desvanecen con los años, pero en aquel entonces eran muy fuertes, me tenían embelesado, y luego ocurrió, en efecto, algo extraordinario que pareció dar la razón a las exageradas expectativas. Pensándolo bien, no fue nada extraordinario, más tarde he visto cosas parecidas y hasta más curiosas todavía en numerosas ocasiones, pero en aquel momento me impactó como una primera impresión fuerte, imborrable, que marcaría la dirección de muchas cosas que sucederían a continuación. Resulta que me topé con un pequeño grupo de perros o, mejor dicho, no me topé con él, sino que vino a mi encuentro. En aquel momento llevaba yo un buen rato corriendo por la oscuridad, presintiendo importantes acontecimientos —se trataba de un presentimiento que, desde luego, engañaba con facilidad, puesto que lo tenía siempre—, llevaba, digo, un buen rato corriendo por la oscuridad, a diestro y siniestro, guiado únicamente por un deseo impreciso, cuando me detuve de pronto con la sensación de hallarme en el lugar exacto, alcé la vista, vi que era un día más que luminoso, empañado tan solo por una ligera bruma, y saludé a la mañana dando confusas voces; en eso, procedentes de las tinieblas y metiendo un ruido espantoso que yo nunca en mi vida había oído, emergieron a la luz —como si los hubiera invocado— siete perros. Si no hubiese percibido con claridad que eran perros y que ellos mismos generaban aquel ruido, aunque no podía precisar cómo lo hacían, habría huido en el acto, pero, viendo lo que veía, me quedé. Por aquel entonces aún no sabía casi nada de la musicalidad concedida únicamente al género de los perros, había escapado a mi todavía poco desarrollada capacidad de observación, y su existencia solo se me había insinuado ligeramente; tanto más me sorprendieron esos siete grandes artistas de la música, hasta el punto de dejarme casi paralizado. No hablaban ni cantaban, sino que, en general, callaban casi con cierta obstinación, pero, como por arte de magia, hacían aparecer la música del espacio vacío. Todo era música. La manera como alzaban y bajaban las patas, ciertos giros de la cabeza, la forma de correr y descansar, las posturas que adoptaban el uno respecto al otro, las relaciones propias de una ronda que establecían entre sí cuando, por ejemplo, uno apoyaba las patas delanteras sobre el lomo del otro, y así sucesivamente hasta llegar al séptimo, de tal modo que el primero cargaba con todos los otros; o cuando formaban figuras entrelazadas con sus cuerpos que casi se arrastraban pegados al suelo sin equivocarse jamás, ni siquiera el último, el cual, aun mostrándose un tanto inseguro, aun no encontrando siempre enseguida la conexión con los otros, aun titubeando a veces, como quien dice, en el momento de entrar la melodía, solo era inseguro, a decir verdad, en comparación con la impresionante seguridad de los otros, y aun si hubiera mostrado una inseguridad mucho mayor, absoluta, no habría podido estropear nada, hasta tal punto guardaban los otros, los grandes e impertérritos maestros, el compás. A todo esto, sin embargo, apenas se los veía, apenas se veía a ninguno. Aparecieron; los saludaba uno como a perros en su interior, muy perturbado, eso sí, por el ruido que los acompañaba, pero así y todo eran perros, perros como tú y yo, uno los observaba como solía hacer normalmente, como a perros que encontraba en el camino, deseoso de acercárseles, de intercambiar saludos, porque, además, estaban muy cerca esos canes que, aun siendo mucho mayores y no de pelo largo y lanudo como soy yo, tampoco eran muy diferentes en cuanto a forma y tamaño, sino bastante familiares más bien, pues a muchos de características tales o semejantes conocía uno; mientras permanecía sumido en estas reflexiones, sin embargo, la música se iba imponiendo poco a poco, se apoderaba literalmente del oyente, lo arrebataba de esos perros pequeños y reales, y, muy en contra de su voluntad, resistiéndose con todas sus fuerzas, aullando como si le causase dolor, no podía concentrarse en nada que no fuese la música que venía de todas partes, de las alturas, de las profundidades, de todos sitios, que lo rodeaba, lo sepultaba, lo aplastaba y que, incluso después de anonadarlo, se hallaba tan cerca que parecía lejos, haciendo sonar, apenas audibles, los clarines. Y uno quedaba entonces al margen, por estar demasiado agotado, demasiado aniquilado, demasiado débil para seguir escuchando, quedaba al margen y volvía a ver a los siete perritos realizar sus desfiles, dar sus saltos, y, por muy inaccesibles que parecieran, quería llamarlos, pedirles información, preguntarles qué hacían allí —yo era una criatura y siempre me creía autorizado a preguntar a todo el mundo—, pero apenas empezaba, apenas sentía la buena y familiar conexión perruna con los siete, reaparecía la música, me aturdía, me hacía girar, como si yo mismo fuese uno de los músicos y no solo su víctima, me arrojaba a un sitio y a otro, por mucho que implorara clemencia, y por último me salvaba de su propio furor aplastándome contra un montón de árboles que en aquella zona se alzaban en derredor sin que yo me hubiera dado cuenta y que ahora me abrazaban firmemente, me hacían agachar la cabeza y me daban un pequeño respiro, por mucho que siguiera tronando la música allá fuera. En verdad, más que el arte de los siete perros —el cual me resultaba incomprensible, no guardaba, además, ninguna relación conmigo y era ajeno a mis capacidades—, me asombraba su valor para exponerse plena y abiertamente a aquello que producían y su fuerza para soportarlo con serenidad, sin que se les quebrara el espinazo. Por supuesto, observando con más detalle desde mi escondite, me percaté de que no trabajaban tanto con serenidad, sino más bien con extrema tensión, esas patas movidas con aparente seguridad temblaban, de hecho, a cada paso con unas sacudidas incesantes y angustiosas, y se miraban los unos a los otros con la fijeza de la desesperación, y la lengua, a pesar de los repetidos intentos de controlarla, siempre volvía a colgar, fláccida, de su boca. No podía ser el miedo al fracaso lo que los ponía tan nerviosos; quien a tanto se atrevía, quien tanto conseguía, no podía sentir miedo. ¿Miedo a qué? ¿Quién los obligaba a hacer lo que allí hacían? Y yo ya no pude contenerme, sobre todo porque de golpe me parecieron tan incomprensiblemente necesitados de ayuda, y, superando el ruido, formulé a voz en cuello y tono exigente mis preguntas. Pero ellos —¡inaudito!, ¡inaudito!— no respondieron, hicieron como si no existiese, perros que no contestaban a la llamada de un perro, cometiendo así un atentado contra las buenas costumbres, que no se perdona en ningún caso ni al más pequeño ni al más grande de los perros. ¿No eran perros acaso? Pero cómo no iban a ser perros si yo incluso acababa de escuchar, aplicando el oído, exhortaciones proferidas en voz baja, con las cuales se daban ánimo, se llamaban la atención sobre ciertas dificultades, se advertían de posibles errores, y veía, además, al perro más pequeño, al último, al que iban dedicadas la mayoría de las advertencias, mirarme a menudo de soslayo, como si ardiese en deseos de contestarme y se reprimiese porque no podía ser. Pero ¿por qué no podía ser, por qué no podía ser esta vez aquello que nuestras leyes exigían sin reservas? Indignado en lo más hondo, casi olvidé la música. ¡Esos perros violaban la ley! Por grandes magos que fueran, la ley valía también para ellos; yo, un simple cachorro, lo entendía perfectamente. Y a partir de allí observé más cosas. Tenían verdaderos motivos para callar, siempre y cuando callaran por un sentimiento de culpa. ¡Cómo se comportaban! La música era tan intensa que no me había dado cuenta del detalle hasta el momento; en efecto, habiéndose despojado de todo pudor, los miserables hacían algo que era al mismo tiempo de lo más ridículo y de lo más indecente: caminaban erguidos sobre las patas traseras. ¡Qué asco! Se desnudaban y exhibían altivos su desnudez; se enorgullecían de ello y cuando, en alguna ocasión, obedecían al sano instinto y bajaban las patas delanteras, se asustaban literalmente como si de un error se tratase, como si la naturaleza fuese un error, volvían a levantar a toda prisa las patas y parecían pedir perdón con la mirada por haber interrumpido por un momento su pecaminosidad. ¿Estaba el mundo al revés? ¿Dónde me encontraba yo? ¿Qué había ocurrido? Llegado a este punto, ya no podía hesitar, por mor de mi propia existencia, me zafé de los árboles que me resguardaban, me adelanté de un salto, dispuesto a dirigirme a los perros: yo, el pequeño alumno, debía convertirme en maestro, debía hacerles comprender lo que estaban haciendo, impedirles que siguieran pecando. «¡Perros tan viejos, perros tan viejos!», repetía una y otra vez para mis adentros. Pero tan pronto como me zafé, y solo dos o tres saltos me separaban de los perros, el ruido volvió a apoderarse de mí. En mi afán, quizá habría podido oponerle resistencia, porque ya lo conocía, si no fuera porque a través de toda su plenitud, que era horrorosa, sí, pero aun así combatible, sonó, obligándome a hincar la rodilla, un tono claro, severo, siempre constante que llegaba sin variación alguna literalmente desde una distancia inconmensurable, y que acaso era la verdadera melodía en medio del ruido. ¡Ay, qué música seductora la de esos perros! Yo no podía más, ya no quería aleccionarlos, por mucho que abrieran las patas, cometieran pecados y sedujeran a otros a cometer el pecado de la contemplación silenciosa; yo era un perro pequeño, quién podía exigir de mí algo tan difícil, fingía ser más pequeño de lo que era y gimoteaba, y si los perros me hubieran preguntado en aquel momento por mi opinión, tal vez les habría dado la razón. Por cierto, el espectáculo no duró mucho, y desaparecieron con todo el ruido y toda la luz en las tinieblas de las cuales habían surgido.

Como ya he señalado, este incidente no contiene nada extraordinario; en el transcurso de una vida se encuentra uno con numerosas situaciones que, sacadas de contexto y vistas desde la perspectiva de un cachorro, resultan mucho más asombrosas. Además, a esto, como a todo, se le puede «dar vueltas y más vueltas», como dice con acierto la expresión, y demostrar al cabo que siete músicos se reunieron para tocar música aprovechando la quietud matutina y que un perro pequeño se perdió por ahí, un oyente molesto al que trataron de ahuyentar mediante una música particularmente espantosa o sublime, pero por desgracia en vano. Los importunaba con preguntas. ¿Debían ellos, bastante fastidiados ya por la mera presencia del extraño, consentir, para colmo, esta molestia y agravarla respondiendo? Y aunque la ley obligue a responder a todo el mundo, ¿es un perro así, diminuto y venido de no se sabe dónde, alguien digno de mención? Lo más probable es que ni siquiera lo entendiesen, pues sin duda farfullaba sus preguntas de manera bastante incomprensible. O acaso lo entendían, sí, y le contestaban sobreponiéndose al rechazo, pero él, el pequeño, poco habituado a las artes musicales, no era capaz de distinguir la respuesta de la música. Y en cuanto a las patas traseras, quizá fuera verdad que caminaban sobre ellas, excepcionalmente, ¡y es un pecado, no cabe la menor duda! Pero los siete amigos estaban solos, estaban entre amigos, en una reunión íntima, entre sus propias cuatro paredes, como quien dice, completamente solos, como quien dice, porque los amigos, claro, no son el público, y donde no hay público, tampoco lo genera un perro callejero pequeño y entrometido, así que ¿no es, en este caso, como si no hubiese ocurrido nada? No es del todo así, pero casi, y los padres deberían enseñar a sus crías a andar menos por ahí y, en cambio, a callar mejor y a respetar la edad.

Cuando uno llega a este punto, la cuestión queda zanjada. Claro que lo que queda zanjado para los grandes, no lo está todavía para los pequeños. Iba yo de un sitio a otro, relataba y preguntaba, acusaba e investigaba y quería arrastrar a todos al lugar donde se había producido el suceso, deseoso de mostrar a todo el mundo dónde había estado yo y dónde los siete, y dónde y cómo habían bailado y hecho su música, y si alguien me hubiese acompañado, en vez de sacudirme de encima y de reírse de mí como hicieron todos y cada uno, sin duda habría sacrificado mi inocencia y habría intentado ponerme sobre las patas traseras para ilustrar lo ocurrido con la máxima precisión. Eso sí, a un cachorro todo se le toma a mal, pero al final todo se le perdona. Yo, empero, he conservado el carácter infantil y así he llegado a perro viejo. Así como entonces no cesaba de comentar en voz alta el suceso, que, desde luego, hoy juzgo mucho menos importante, así como no paraba, digo, de desmenuzarlo, de contrastarlo con los presentes sin consideración alguna hacia la compañía en que me hallaba, siempre solo interesado por el asunto que se me antojaba tan fastidioso como a los demás, pero que —he ahí la diferencia— precisamente por eso deseaba resolver de una vez por todas mediante el análisis, con el objeto de volver a tener por fin la mente despejada para la vida corriente, tranquila y feliz del día a día, exactamente así he seguido trabajando luego, aunque con recursos menos infantiles —la diferencia, no obstante, no es muy grande—, y hoy por hoy no he avanzado mucho más.

Sin embargo, todo empezó con aquel concierto. No me quejo, es mi carácter innato el que actúa y el que, de no haber existido aquel concierto, sin duda habría encontrado otra oportunidad para manifestarse, pero el hecho de que ocurriera tan pronto a veces me da lástima, porque me privó de gran parte de mi infancia, porque la vida dichosa de los perros jóvenes, que más de uno es capaz de estirar durante años, en mi caso apenas duró unos cuantos meses. ¡Qué más da! Cosas hay más importantes que la infancia. Y a lo mejor me espera en la vejez, como premio por una vida dura, una felicidad infantil mayor que la que un cachorro de verdad tal vez sea capaz de soportar con sus fuerzas, que, llegado el momento, yo posiblemente sí tendré.

Por aquellas fechas empecé mis investigaciones sobre los asuntos más nimios, que materia para ello no me faltaba; por desgracia, añado, pues precisamente la abundancia me desespera en las horas sombrías. Empecé a investigar de qué se alimentaba la comunidad perruna. Desde luego, no es un asunto sencillo, si se quiere expresar así, la cuestión nos ocupa desde tiempos inmemoriales, es el principal objeto de nuestras reflexiones, son innumerables las observaciones, experimentos y opiniones en este campo, convertido en una ciencia que por sus gigantescas dimensiones no solo supera la capacidad intelectual del individuo, sino también la de todos los eruditos en su conjunto, y que solamente puede ser sostenida por la comunidad de los perros en su totalidad, y aun esta solo lo consigue entre suspiros y nunca del todo, pues algo se desmorona una y otra vez en el viejo acervo adquirido hace tanto tiempo, y es preciso complementarlo a base de grandes esfuerzos, por no hablar de las dificultades y de los requisitos de las nuevas investigaciones, casi imposibles de cumplir. A mí todo esto no se me puede objetar, todo esto ya lo sé como lo sabe cualquier perro medio, ni se me pasa por la cabeza inmiscuirme en la verdadera ciencia, le tengo todo el respeto que se merece, pero carezco del saber, de la aplicación, de la tranquilidad y sobre todo —en particular desde hace unos años— del apetito necesarios para incrementarla. Devoro la comida cuando la encuentro, pero no merece a mi juicio el más mínimo estudio agrícola metódico y sistemático. En este sentido, me conformo con la quintaesencia de todas las ciencias, con la pequeña regla con que las madres destetan a sus pequeños y los sueltan a la vida: «Riega todo cuanto puedas». ¿Acaso no lo contiene casi todo? ¿Le ha añadido la investigación, empezando por nuestros antepasados, algo decisivo y esencial? Detalles y más detalles, y qué inciertos todos; esta regla, en cambio, se mantendrá mientras los perros existan. Se refiere a nuestro principal alimento; sin duda, contamos con otros recursos, pero en caso de necesidad, y si los años no son demasiado aciagos, podemos vivir de este alimento principal, lo encontramos en la tierra, pero la tierra necesita nuestras aguas, se nutre de ellas y solo a este precio nos suministra nuestro alimento, cuya provisión, no olvidemos, se puede acelerar mediante sentencias, cánticos y movimientos. Esto es todo a mi entender, desde este punto de vista no se puede agregar nada esencial al asunto. En este sentido estoy de completo acuerdo con la gran mayoría de la comunidad perruna y me aparto rigurosamente de todas las opiniones heréticas al respecto. Efectivamente, no me interesan las peculiaridades, ni me interesa tener razón, y me siento feliz cuando puedo coincidir con los miembros de mi pueblo, que es lo que ocurre en este caso. Mis investigaciones van en otra dirección. La observación me enseña que la tierra, cuando se la rocía y se la trabaja conforme a reglas científicas, produce alimentos, concretamente de tal calidad, en tal cantidad, de tal tipo, en tales lugares, a tales horas, según exigen las leyes establecidas de forma plena o parcial por la ciencia. Aun admitiendo todo esto, planteo, sin embargo, la siguiente pregunta: «¿De dónde saca la tierra este alimento?». Una pregunta que casi todos pretenden no entender y a la que en el mejor de los casos se contesta así: «Si no tienes suficiente comida, te daremos de la nuestra». Obsérvese la respuesta. Ya lo sé: no forma parte de las prioridades de la comunidad perruna repartir los alimentos una vez conseguidos. La vida es dura; la tierra, tacaña; la ciencia, rica en conocimientos, pero bastante pobre en resultados prácticos; quien posee comida, se la queda; no es egoísmo, sino todo lo contrario, ley perruna, decisión unánime del pueblo, consecuencia de la superación del interés egoísta, pues los que poseen están siempre en minoría. De ahí que esa respuesta: «Si no tienes suficiente comida, te daremos de la nuestra», sea más bien una frase hecha, una broma, una burla. No lo he olvidado. Tanto mayor relevancia tenía para mí, sin embargo, que en aquel entonces se dejaran de bromas en mi presencia, cuando recorría el mundo con mis preguntas; bien es verdad que todavía no me daban de comer, pero... ¿de dónde iban a sacar la comida? Y cuando precisamente tenían comida por alguna casualidad, el hambre feroz les hacía olvidar cualquier otra consideración, claro está, pero aun así la oferta iba en serio, y una que otra vez recibía, en efecto, una menudencia, siempre y cuando me mostrara lo bastante rápido para atraparla. ¿De dónde venía entonces que me trataran de ese modo tan particular, que me respetaran y me privilegiaran? ¿Porque era un perro flaco y débil, mal alimentado y demasiado poco interesado en la alimentación? De hecho, corren por ahí perros mucho peor alimentados y, cuando pueden, les quitan de la boca hasta el más miserable alimento, no por voracidad muchas veces, sino por principio. Lo cierto es que se me privilegiaba; no podía demostrarlo con detalles, sino más bien por cierta impresión que tenía. ¿Les divertían mis preguntas y les parecían particularmente inteligentes? No, ellos no se divertían y las consideraban todas estúpidas. No obstante, solo las preguntas podían granjearme ese interés. Era como si prefiriesen cometer una monstruosidad, taparme la boca con la comida —no lo hacían, pero lo deseaban—, antes que tolerar mis preguntas. En tal caso, sin embargo, habría sido preferible que me echaran y me prohibieran preguntar. Pero no, no querían eso; bien es cierto que no querían escuchar mis preguntas, pero precisamente por mis preguntas no querían echarme. Por mucho que se rieran de mí, que me tratasen de animalito estúpido, que me empujasen de un sitio a otro, fue aquella, a decir verdad, mi época de mayor prestigio, nunca más se repitió nada parecido, tenía acceso a todos los lugares, nada se me negaba; so capa de proporcionarme un trato rudo, se dedicaban, de hecho, a lisonjearme. Y todo ello única y exclusivamente por mis preguntas, por mi impaciencia, por mi afán investigador. ¿Querían adormecerme de ese modo, apartarme sin violencia, casi con amor, de un camino equivocado cuya falsedad, sin embargo, no era tan incuestionable como para permitir el uso de la violencia? Además, cierto respeto y temor impedía el empleo de la violencia. Por aquel entonces yo ya intuía algo parecido y hoy lo sé a ciencia cierta, mucho mejor que quienes así actuaron en aquel momento: querían atraerme para apartarme de mi camino. No lo lograron, consiguieron precisamente lo contrario, mi atención aumentó. Descubrí incluso que era yo quien quería atraerlos y que, en efecto, logré hasta cierto punto seducirlos. Solo con la ayuda de la comunidad perruna empecé a comprender mis propias preguntas. Cuando preguntaba, por ejemplo, de dónde saca la tierra tal alimento, ¿me importaba la tierra, como acaso podía parecer, me importaban las preocupaciones de la tierra? En absoluto, era, como no tardé en darme cuenta, del todo ajena a mí, puesto que solo me importaban los perros, única y exclusivamente los perros. Pues ¿qué existe aparte de los perros? ¿A quién se puede invocar, si no, en el mundo ancho y vacío? Todo el saber, la totalidad de las preguntas y respuestas, está contenido en los perros. ¡Si este saber pudiese ponerse en práctica, si pudiese sacarse a la luz del día, si no supiesen infinitamente más de lo que confiesan, de lo que se confiesan incluso a sí mismos! Hasta el perro más locuaz es más reservado de lo que suelen ser los lugares que albergan las mejores comidas. Uno ronda al prójimo, espumajea de deseo, se azota a sí mismo con la cola, pregunta, ruega, aúlla, muerde y consigue... ¿Qué consigue? Bueno, lo que igual

conseguiría sin esfuerzo alguno: atención amable, contactos amistosos, olisqueos comedidos, abrazos estrechos, tu aullido y el mío fundidos en uno solo; todo se centra en hallar el olvido en el éxtasis, pero lo que se quería conseguir por encima de todo, o sea, la confesión del saber, queda vedado; a este ruego, se manifieste mudamente o en voz alta, solo responden en el mejor de los casos, cuando uno ha llevado la seducción al extremo, expresiones apáticas, miradas torcidas, ojos turbios y velados. No es muy diferente de lo que ocurrió aquella vez, cuando, todavía niño, llamé a los perros músicos y no me contestaron. Una vez llegados a este punto, podría argumentarse lo siguiente: «Te quejas de tus prójimos, de su mutismo respecto a las cosas decisivas, les achacas saber más de lo que confiesan, más de lo que desean manifestar en sus vidas, y este silencio, cuyo motivo y misterio también callan, por supuesto, envenena, a tu juicio, la vida, te la hace insoportable, de modo que no te queda más remedio que cambiar de vida o abandonarla, puede ser, pero tú mismo también eres un perro, claro que sí, también posees el saber perruno, o sea que exprésalo, no solamente en forma de pregunta, sino también como respuesta. Si lo expresas, ¿quién se te resistirá? El gran coro de la comunidad perruna saltará como si hubiese esperado la señal. Y entonces tendrás verdad, claridad, confesión, tanta como quieras. El techo de esta vida ruin, a la que tantas cosas reprochas, se abrirá, y todos nosotros, perro pegado a perro, ascenderemos a las cimas de la libertad. Y aunque no se consiguiera esto último, aunque todo fuera a peor, aunque la verdad plena resultara más insoportable que la media verdad, aunque se confirmara que los silenciosos tienen razón por el hecho de conservar la vida, aunque la mínima esperanza que en estos momentos todavía abrigamos se convirtiera en absoluta desesperanza, la palabra merecería ser intentada, toda vez que no quieres vivir como te dejan vivir. Así pues, ¿por qué reprochas a los otros su mutismo y tú mismo guardas silencio?». La respuesta es sencilla: porque soy un perro. Básicamente tan hermético como los demás, oponiendo resistencia a mis propias preguntas, endurecido por el miedo. Mirándolo bien, ¿pregunto yo a la comunidad perruna con la intención de que me responda, al menos desde que soy adulto? ¿Concibo yo esperanzas tan estúpidas? ¿Contemplo los fundamentos de nuestra vida, intuyo su profundidad, veo a los obreros en la construcción, en su sombrío trabajo, y confío así y todo en que a mis preguntas todo esto se dé por concluido, se destruya y se abandone? No, en verdad ya no confío en ello. Con mis preguntas ya solo me azuzo a mí mismo, pretendo animarme para atravesar el silencio, que es lo único que me responde en derredor. ¿Hasta cuándo aguantarás que la comunidad perruna calle, y calle para siempre, cosa esta de la que eres cada vez más consciente en virtud de tus investigaciones? Hasta cuándo lo aguantarás, esa es mi verdadera pregunta vital, por encima de todas las preguntas particulares; solo va dirigida a mí mismo y no molesta a nadie más. Por desgracia, me resulta más fácil responder a ella que a las preguntas particulares: es de prever que aguantaré hasta mi muerte natural, la quietud de la vejez es cada vez más refractaria a las preguntas inquietantes. Con toda probabilidad, moriré en silencio, rodeado de silencio, en paz, y aguardo el momento casi con aplomo. Como si fuese por malicia, a nosotros, los perros, nos han sido dados un corazón admirablemente fuerte y unos pulmones que no se desgastan antes de tiempo, nos resistimos a todas las preguntas, incluso a las propias, que eso somos, baluartes del silencio.

En los últimos tiempos repaso mi vida una y otra vez, busco el error decisivo que acaso cometí, el causante de todo, y no lo encuentro. Y debo de haberlo cometido, desde luego, porque si no lo cometí y aun así no pude conseguir lo que deseaba a pesar de dedicar toda una larga vida a trabajar honestamente, solo se demostrará la imposibilidad de lo deseado, y la consecuencia sería la desesperanza absoluta. ¡Observa la obra de tu vida! Primero las investigaciones relativas a la pregunta: ¿de dónde saca la tierra el alimento para nosotros? Perro joven, básicamente ávido y deseoso de vivir, como es lógico, renuncié a los placeres, di un amplio rodeo a las diversiones, escondí la cabeza entre las patas ante las tentaciones y me puse manos a la obra. No fue un trabajo científico, ni por erudición, ni por método, ni por objetivo. Fue un error, sin duda, pero no puede haber sido decisivo. Aprendí poco, puesto que a temprana edad me separé de mi madre, temprano me acostumbré a ir por mi cuenta, llevé una vida libre, y la independencia precoz es refractaria al aprendizaje sistemático. Pero vi y oí mucho, hablé con numerosos perros de las más diversas razas y profesiones, lo capté todo perfectamente, creo yo, y supe asociar entre sí las observaciones aisladas, lo cual suplió en cierta medida la falta de erudición; por otra parte, la autonomía, desventajosa para el aprendizaje, supone una gran ventaja para la investigación personal. En mi caso resultaba tanto más necesaria cuanto que no podía seguir el verdadero método de la ciencia, esto es, utilizar los trabajos de los predecesores y ponerme en contacto con los investigadores contemporáneos. Al depender única y exclusivamente de mí mismo, empecé desde cero y, por añadidura, con la conciencia, placentera para la juventud pero deprimente en sumo grado en la vejez, de que el punto final que yo pusiera por casualidad sería también el definitivo. ¿He estado realmente tan solo con mis investigaciones, desde siempre y también ahora? Sí y no. Es imposible que no haya habido siempre y no haya también hoy, aquí y allá, otros perros aislados en circunstancias iguales a las mías. Mi situación no puede ser tan grave. No estoy ni un ápice al margen de la esencia perruna. Todo perro siente como yo el impulso de preguntar, y yo tengo, como todo perro, el impulso de callar. Todos sienten el impulso de preguntar. De lo contrario, cómo habría provocado, por medio de mis preguntas, esas ligeras sacudidas que a menudo tuve la suerte de contemplar con entusiasmo, sí, con exagerado entusiasmo. Y el que yo tenga el impulso de callar no requiere, por desgracia, una prueba especial. Así pues, no soy fundamentalmente distinto de cualquier otro perro, de ahí que todos me reconozcan a pesar de los rechazos y de las diferencias de opinión y que otro tanto haga yo con todos los perros. Solo la mezcla de los elementos es distinta, una diferencia muy notable para el individuo e insignificante para el pueblo. ¿Cabe pensar que la mezcla de unos elementos que han existido siempre, en el pasado como en el presente, nunca se haya producido de una manera similar a la mía y que, si mi mezcla se quiere calificar de infeliz, no se haya producido de una manera mucho más infeliz incluso? Eso sería contrario a toda la experiencia habida. Nosotros, los perros, ejercemos las profesiones más extrañas, profesiones que uno creería imposibles si no contara con informaciones dignas de crédito sobre ellas. Pienso, en este caso, sobre todo en el ejemplo de los perros aéreos. La primera vez que oí hablar de uno, me eché a reír y de ningún modo me dejé convencer de su existencia. ¿Cómo?

¿Existía un perro del tipo más pequeño, no mucho más grande que mi cabeza, incluso en edad avanzada, y este perro, un ser debilucho, claro está, artificioso, inmaduro, peinado con exagerado esmero según todas las apariencias, incapaz de dar un salto decente, este perro, decían, se movía por lo común en los aires, pero sin realizar ningún trabajo visible, sino descansando? Vamos, querer convencerme de la existencia de tales cosas suponía, a mi entender, aprovecharse en exceso de la ingenuidad de un perro joven. Pero poco más tarde me enteré por otra fuente de la existencia de otro perro aéreo. ¿Se habían reunido para tomarme el pelo? Luego, sin embargo, vi a los perros músicos y a partir de esa fecha lo consideré todo posible, ningún prejuicio limitaba mi capacidad mental, anduve a la caza de los rumores más absurdos, los perseguí hasta donde pude, lo más absurdo me parecía más probable que lo sensato en esta vida absurda y particularmente productivo para mi investigación. Y así los perros aéreos. Me enteré de muchas cosas sobre ellos; bien es cierto que hasta el día de hoy no he logrado ver a ninguno, mas estoy firmemente convencido, desde hace tiempo, de su existencia, y ocupan un lugar importante en mi visión del mundo. Como la mayoría de las veces, en este caso tampoco es el arte lo que me mueve a la reflexión. Resulta maravilloso, quién lo va a negar, que estos perros sean capaces de flotar en el aire, y comparto en este sentido el asombro de la comunidad perruna. Pero mucho más maravilloso es, a mi entender, el sinsentido, el silencioso sinsentido de estas existencias. No se le suele buscar ninguna justificación, ellos flotan en el aire, y ahí queda la cosa, la vida sigue su curso, se habla de vez en cuando del arte y de los artistas, y eso es todo. Pero ¿por qué, bondadosísima comunidad perruna, por qué flotan estos perros? ¿Qué sentido tiene su profesión? ¿Por qué no se puede obtener de ellos ni una sola palabra de explicación? ¿Por qué flotan allá arriba, dejan atrofiarse las patas, orgullo de todo perro, se separan de la tierra nutricia, no siembran, aunque sí cosechan, y hasta son alimentados particularmente bien, dicen, a costa de la comunidad de los perros? Me felicito de haber removido un poco estos asuntos a través de mis preguntas. Se empieza a buscar una justificación, a improvisar una suerte de justificación, se empieza, pero, a decir verdad, tampoco se irá más allá de este comienzo. De todos modos, algo es algo. Bien es cierto que así no se manifiesta la verdad —nunca se llegará tan lejos—, pero sí algo del profundo arraigo de la mentira. Pues resulta que todos los fenómenos absurdos de nuestra vida, y cuanto más absurdos mejor, se pueden justificar. No del todo, por supuesto —he ahí la broma diabólica—, pero de manera suficiente para protegerse de preguntas embarazosas. Tomemos, una vez más, a los perros aéreos como ejemplo. No son arrogantes, como podría creerse en un principio, sino más bien particularmente necesitados de sus prójimos; para entenderlo, baste el intento de ponerse en su lugar. Ya que no pueden pedir perdón abiertamente —sería faltar al deber de callar— y están obligados a disculparse de alguna manera por su forma de vida o, al menos, a desviar la atención de ella, a sumirla en el olvido, lo hacen mediante una locuacidad casi insoportable, según me dicen. Siempre tienen algo que contar, sea sobre las reflexiones filosóficas a las que pueden dedicarse sin descanso, puesto que han renunciado a todo esfuerzo físico, sea sobre las observaciones que hacen desde su elevada posición. Y a pesar de que no se distinguen particularmente por sus facultades intelectuales, lo cual es lógico teniendo en cuenta su vida desordenada, y de que su filosofía carece de valor, lo mismo que sus observaciones, a pesar de que la ciencia apenas puede sacar algún provecho de ellas y, por otra parte, tampoco depende de fuentes tan deplorables, a pesar de todo esto, digo, cuando uno pregunta qué es lo que pretenden los perros aéreos, siempre recibirá la respuesta de que contribuyen en gran medida a la ciencia. «Es verdad», dice uno entonces, «pero sus contribuciones son molestas y carentes de valor». A lo que se responde con un encogimiento de hombros, recurriendo al circunloquio, enfadándose o riéndose, y al cabo de un rato, cuando uno vuelve a preguntar, se entera de nuevo de que contribuyen a la ciencia, hasta que por último, cuando a uno mismo se le plantea la pregunta, ya perdido el control, acaba contestando del mismo modo. Tal vez sea bueno no ser demasiado terco y resignarse: no reconocer el derecho a la vida de los perros aéreos ya existentes, cosa a todas luces imposible, pero tolerarlos. Más no se puede exigir, sería ir demasiado lejos; pero aun así, se exige. Se exige tolerar más y más perros aéreos conforme van apareciendo. No se sabe a ciencia cierta de dónde vienen. ¿Se multiplican por reproducción?

¿Poseen la energía necesaria para eso, ellos que son poco más que un pelaje bonito? ¿Qué se puede reproducir en ese caso? Y si lo inverosímil es, a pesar de todo, posible, ¿cuándo ocurre? Desde luego, uno siempre los ve solos, autosuficientes, allá arriba en el aire, y cuando alguna vez condescienden a correr, solo lo hacen durante un rato, dando unos pasos afectados, siempre rigurosamente solos y supuestamente sumidos en pensamientos, de los cuales no consiguen librarse por mucho que se esfuercen, al menos eso afirman. Pero si no se reproducen, ¿puede uno imaginar la existencia de perros que renuncien voluntariamente a la vida a ras de tierra, se conviertan voluntariamente en perros aéreos y elijan, a cambio de cierta comodidad y habilidad, esa vida monótona allá encima de esos cojines? No es imaginable; ni la reproducción ni la incorporación voluntaria resultan imaginables. La realidad demuestra, no obstante, que siempre hay nuevos perros aéreos, de lo que se deduce que, aunque los obstáculos parezcan insuperables a nuestro entendimiento, una especie de perros existente en un momento dado, por muy extraña que resulte, no se extingue de buenas a primeras, o al menos no lo hace con facilidad, no lo hace porque en toda especie hay algo que opone resistencia con éxito durante largo tiempo. Pero si esto vale para una especie tan marginal, absurda, inviable y de aspecto extrañísimo, ¿no debo suponer lo mismo en lo que respecta a mi especie? Por mi parte, no tengo un aspecto extraño, pertenezco a la clase media y corriente, al menos por estos pagos, no destaco por nada en particular ni resulto despreciable por nada en particular, en mi juventud y en parte también de mi edad adulta, mientras no me abandoné e hice mucho ejercicio físico, fui un perro

bastante guapo, alababan sobre todo mi aspecto visto de frente, las patas delgadas, la hermosa postura de la cabeza, pero también gustaba mucho mi pelo gris, blanco y amarillo que solo se ensortijaba en las puntas; nada de eso resulta extraño, insisto, lo único extraño es mi carácter que, sin embargo, cosa que no debo olvidar nunca, está perfectamente arraigado en el carácter común a todos los perros. Si incluso el perro aéreo no está solo, y en el ancho mundo canino siempre se encuentra alguno aquí o allá, y hasta ellos son capaces de extraer, una y otra vez, nuevas generaciones de la nada, entonces bien puedo abrigar la esperanza de no estar abandonado. Desde luego, los de mi tipo deben de tener un destino muy especial, y su existencia jamás me servirá de ayuda, al menos de una manera visible, por el mero hecho de que difícilmente llegaré a reconocerlos. Somos aquellos que se sienten oprimidos por el silencio, que quieren romperlo por hambre de aire, por así decirlo; los otros, por el contrario, parecen sentirse a gusto en el silencio, aunque solo sea una impresión, así como los perros músicos, centrados en su música con aparente calma, estaban, de hecho, sumamente nerviosos; así y todo, la impresión es fuerte, uno trata de superarla, pero se resiste a cualquier ataque. ¿Cómo se las arreglan los de mi tipo? ¿Cómo son sus intentos de vivir a pesar de todo? Muy diferentes, a buen seguro. Yo lo intenté por medio de mis preguntas cuando era joven. Podría remitirme, pues, a ellos, a quienes preguntan mucho, y dar así con mis semejantes. De hecho, lo intenté durante un tiempo, sobreponiéndome a mí mismo, sobreponiéndome, digo, porque, a decir verdad, me interesan sobre todo los que deben responder y me repugnan quienes no cesan de importunarme

con preguntas a las que, en general, no sé qué contestar. Además, ¿a quién no le gusta preguntar mientras es joven, y cómo descubrir entre los numerosos preguntadores a los verdaderos? Una pregunta suena igual que otra, lo que vale es la intención, pero esta se mantiene oculta, muchas veces incluso para el propio preguntador. Por otra parte, preguntar es una peculiaridad de los perros, todos preguntan sin orden ni concierto, es como si de este modo se pretendiese borrar las huellas de los verdaderos preguntadores. O sea que no; no encuentro a los de mi tipo entre los preguntadores, los jóvenes, como tampoco entre los taciturnos, los viejos, a los que pertenezco ahora. Pero ¿a qué vienen las preguntas? Lo cierto es que he fracasado con ellas; con toda probabilidad, mis compañeros son mucho más listos que yo y utilizan recursos muy distintos y mucho más hábiles para soportar esta vida, recursos, eso sí, que —me gustaría añadir espontáneamente— a lo mejor les sirven en caso de necesidad, tal vez los tranquilizan, los adormecen, pueden contribuir a modificar la especie de la que forman parte, pero que por lo general son tan impotentes como los míos, pues por mucho que mire en derredor, en ningún sitio veo resultados exitosos. Mucho me temo que habré de reconocer a los de mi tipo por cualquier detalle, menos por el éxito. Pero ¿dónde están entonces mis semejantes? Sí, ese es el lamento, ese precisamente. ¿Dónde están? En todas partes y en ninguna. Tal vez lo sea mi vecino, situado a tres saltos de distancia de mí, nos llamamos a menudo, él viene incluso a verme, pero yo no voy a verlo a él. ¿Es de mi tipo? No lo sé, no veo en él ningún parecido, pero es posible. Es posible y, así y todo, nada es más improbable; cuando está lejos, puedo descubrir en él, jugando y recurriendo a todos los resortes de la imaginación, algunas características que me resultan sospechosamente familiares, pero luego, cuando lo tengo delante, todas mis especulaciones resultan ridículas. Es un perro viejo, un poco más pequeño que yo, que apenas alcanzo una estatura mediana, pardo, de pelo corto, cabeza que cuelga cansada y pasos deslizantes, un perro que, además, arrastra un poco la pata trasera izquierda a causa de una enfermedad. Hace tiempo que no intimo con nadie como con él, estoy contento de soportarlo bastante, y cuando se marcha, le grito las cosas más amables, no por amor, claro que no, sino encolerizado conmigo mismo, porque, al verlo alejarse, vuelvo a considerarlo simplemente abominable, mientras se retira a paso lento, arrastrando la pata, con ese trasero demasiado bajo. A veces tengo la sensación de estar burlándome de mí mismo cuando en mis pensamientos lo llamo mi camarada. En nuestras conversaciones tampoco revela él nada que insinúe cierta complicidad entre nosotros; bien es cierto que es inteligente y, teniendo en cuenta las circunstancias aquí reinantes, bastante culto, y podría aprender mucho de él, pero ¿busco yo inteligencia y cultura? Normalmente, conversamos sobre cuestiones locales, y yo, más lúcido con el tiempo debido a la soledad, me asombro al ver cuánto espíritu necesita incluso un vulgar perro, hasta en estas circunstancias generalmente no demasiado desfavorables, para ir tirando y protegerse de los peligros más graves que por lo común nos acechan. Bien es verdad que la ciencia proporciona las reglas, pero entenderlas, aunque sea desde la distancia y en sus rasgos básicos y elementales, no resulta nada fácil, y cuando uno las ha entendido, empieza lo verdaderamente difícil, esto es, aplicarlas a las circunstancias locales, pues en esto casi nadie puede ayudar, casi cada hora genera nuevas obligaciones y cada trocito nuevo de tierra impone sus tareas particulares; nadie puede afirmar de sí mismo que esté instalado de forma duradera en ningún sitio y que, por así decirlo, su vida transcurra entonces por sí sola, ni siquiera yo, cuyas necesidades disminuyen, literalmente, día tras día. Y todo este esfuerzo infinito... ¿con qué fin? Con el único fin de enterrarse cada vez más en el silencio y de no ser sacado de allí nunca ni por nadie. A menudo elogian el progreso generalizado de la comunidad perruna a través de los tiempos y se refieren sin duda principalmente a los progresos de la ciencia. Por supuesto, la ciencia avanza, es imparable, avanza incluso aceleradamente, cada vez más rápido, pero ¿qué tiene eso de encomiable? Es como si se elogiara a alguien por el hecho de envejecer cada vez más con el paso de los años y de acercarse, por tanto, cada vez más rápido a la muerte. Es un proceso natural y, para colmo, feo, que no considero en absoluto encomiable. Solo veo decadencia, pero no quiero decir con ello que las anteriores generaciones fueran esencialmente mejores; simplemente eran más jóvenes, esa era su gran ventaja, su memoria aún no estaba sobrecargada como la actual, aún era fácil hacerla hablar, y aunque nadie lo consiguiera, la posibilidad era mayor, y esta posibilidad mayor es lo que tanto nos estimula al escuchar aquellas historias antiguas y, de hecho, ingenuas. Oímos aquí y allá alguna palabra sugerente y casi querríamos levantarnos de un salto, si no sintiéramos el peso de los siglos sobre nosotros. No, por mucho que tenga que reprochar a mi tiempo, las generaciones anteriores tampoco eran mejores que las actuales, en cierto sentido eran incluso mucho peores y más débiles. Desde luego, en aquel entonces los milagros tampoco andaban sueltos por las calles para que uno los atrapara a discreción, pero los perros, no sé expresarlo de otra manera, los perros no eran tan perrunos como ahora, la estructura de la comunidad perruna era todavía más laxa, la palabra verdadera aún habría podido intervenir, determinar la construcción, cambiar su evolución, modificarla según cada deseo, invertirla del todo, y aquella palabra existía, al menos se hallaba cerca, uno la tenía en la punta de la lengua, y cada cual podía enterarse de cuál era; adónde ha ido a parar en la actualidad, pues hoy por hoy ya podría uno introducir la mano en las tripas y aun así no la encontraría. Nuestra generación quizá está perdida, pero es más inocente que la de aquella época. Puedo entender el titubeo de mi generación, de hecho ya no es ningún titubeo, sino el olvido de un sueño soñado hace mil noches y mil veces olvidado; siendo así, ¿quién querrá guardarnos rencor precisamente por el olvido número mil? Sin embargo, también creo entender el titubeo de nuestros antepasados, seguramente no habríamos actuado de otra manera, casi diría que hemos tenido la fortuna de no haber sido quienes tuvieran que cargar con la culpa y así, en un mundo ya ensombrecido por otros, poder enfilar la muerte en medio de un silencio en que la culpa casi brilla por su ausencia. Cuando nuestros antepasados se extraviaron, difícilmente pensaron en un errar interminable, digo yo, aún veían, literalmente, el cruce de caminos, era fácil volver atrás cuando hiciera falta, y si dudaban en regresar, solo era porque aún deseaban disfrutar de la vida de perro por un breve lapso de tiempo; y si todavía no era una verdadera vida de perro y aun así ya les parecía bella y embriagadora, ¿cómo sería entonces más tarde, al menos un ratito más tarde? De modo que siguieron errando. No sabían lo que nosotros podemos intuir al observar el curso de la historia, esto es, que el alma cambia más rápido que la vida y que, cuando empezaron a disfrutar de la vida de perro, ellos ya debían de tener un alma de perro bastante viejo y no se hallaban en absoluto tan cerca del punto de partida como les parecía o como querían hacerles creer los ojos que se regodeaban en todas las alegrías perrunas. ¿Quién puede hablar aún de juventud hoy en día? Ellos eran los verdaderos perros jóvenes, pero su única ambición consistía, por desgracia, en convertirse en perros viejos, algo que por supuesto no podían dejar de conseguir, como demuestran todas las generaciones siguientes y la nuestra, la última, mejor que ninguna otra. Como es lógico, no hablo con mi vecino de todas estas cosas, pero pienso con frecuencia en ellas cuando me siento frente a él, a ese típico perro viejo, o cuando hundo el morro en su piel que ya presenta un toque del olor característico de las pieles desolladas. Sería absurdo hablar de tales asuntos, con él como con cualquier otro, claro está. Sé cómo transcurriría la conversación. Plantearía aquí y allá alguna insignificante objeción, pero al final daría su aprobación —la aprobación es la mejor arma—, y el asunto quedaría enterrado. ¿Por qué sacarlo entonces de su tumba? Pero, así y todo, quizá existe una coincidencia más profunda con mi vecino, algo que va más allá de las simples palabras. Insisto en afirmarlo, aunque carezca de pruebas y quizá sea víctima de una simple ilusión, puesto que es desde hace tiempo el único perro a quien trato y no me queda más remedio que atenerme a él. «¿Acaso eres, a pesar de todo, mi compañero? ¿A tu manera? ¿Y te avergüenzas porque todo se te ha malogrado? Pues mira, a mí me ha pasado lo mismo. Cuando estoy solo, me echo a llorar por ello; ven, que a dúo será más dulce». Esto pienso yo a veces, y lo miro fijamente. Él no baja entonces la vista, pero tampoco se le puede extraer nada, me lanza una mirada vacía y se pregunta por qué callo y por qué he interrumpido la conversación. Sin embargo, quizá sea precisamente esta mirada su forma de preguntar, y yo lo decepciono como él me decepciona a mí. En mi juventud quizá le habría preguntado en voz alta, si en aquel entonces no hubiera considerado más importantes otras preguntas y si no me hubiese bastado ampliamente a mí mismo, y habría recibido un insípido asentimiento, es decir, menos que ahora que guarda silencio. ¿Pero no callan todos igualmente? ¿Qué me impide creer que todos ellos son mis compañeros, que no solo he tenido, aquí y allá, algún colega investigador que ha caído en el olvido con sus minúsculos resultados y al que ya no puedo acceder de ninguna manera a través de la oscuridad de los tiempos o de la aglomeración del presente, sino que he contado desde siempre con compañeros, todos afanados a su manera, todos carentes de éxito a su manera, todos silenciosos o empeñados en charlar astutamente, que es lo que trae consigo esta investigación sin esperanza? En tal caso, sin embargo, no me habría visto obligado a marginarme, podría haberme quedado tranquilamente entre los demás, no tendría que haberme abierto paso a empujones, como un niño travieso, para salir de entre las filas de los adultos, deseosos de salir asimismo, pero confundidos por el entendimiento, según el cual nadie puede salir y los empellones no sirven para nada.

No obstante, estos pensamientos son claramente el efecto de mi vecino, que me confunde y me vuelve del todo melancólico; él, a su vez, es bastante alegre; cuando está en su ámbito, lo oigo cantar y gritar, hasta el punto de que me resulta molesto. Bueno sería renunciar incluso a esta última relación, no entregarme a las vagas ensoñaciones que todo trato con perros necesariamente provoca, por muy curtido que uno pretenda estar, y dedicar el escaso tiempo que me queda exclusivamente a mis investigaciones. La próxima vez que él venga, me esconderé y me haré el dormido, y lo repetiré hasta que deje de venir.

Además, el desorden ha irrumpido en mis investigaciones, voy cediendo, me canso, me limito a trotar mecánicamente cuando antes corría con entusiasmo. Traigo a la memoria la época en que empecé a analizar la pregunta: «¿De dónde saca la tierra nuestro alimento?». Desde luego, por aquel entonces vivía en medio del pueblo, me metía a empellones allí donde mayor era la aglomeración, quería convertir a todos en testigos de mi trabajo, y su testimonio me importaba más incluso que mi trabajo, pues aún confiaba en alcanzar una repercusión general. Esto me daba naturalmente un enorme estímulo, que ahora ha dejado de existir para mí, el solitario. En aquel tiempo, sin embargo, era tan fuerte que hice algo inaudito, algo que contradecía todos nuestros principios y que cualquier testigo presencial recordará como algo inquietante. En cierto sentido encontré en la ciencia, por lo común tendente a una especialización sin límites, una singular simplificación. Enseña ella que es la tierra la que produce, básicamente, nuestros alimentos y, una vez sentada esta premisa, indica los métodos necesarios para conseguir diversas comidas de mejor calidad y en mayor cantidad. Ahora bien, es cierto, claro está, que la tierra produce los alimentos, pero no es tan simple como suele exponerse, excluyendo todo análisis ulterior. Basta con observar los acontecimientos más elementales, que se repiten día a día. Si permaneciéramos del todo inactivos, como ya casi lo estoy ahora, y nos enroscáramos después de trabajar brevemente la tierra y esperásemos a ver qué pasa, encontraríamos, no cabe la menor duda, el alimento en la tierra, siempre y cuando algo se produjera. Pero tal caso no constituye la regla. Quien haya conservado una pizca de imparcialidad respecto a la ciencia —son, desde luego, pocos, ya que la ciencia traza círculos cada vez más grandes— reconocerá fácilmente, aunque no sea su intención llegar a observaciones concretas, que la gran mayoría de los alimentos que se encuentran sobre la tierra proviene de arriba y que, según la habilidad y avidez de cada cual, incluso atrapamos la mayor parte antes de que toque tierra. Con lo cual no digo nada todavía contra la ciencia; es la tierra, claro, la que produce también esos alimentos; que extraiga un alimento de su propio seno o que lo haga bajar desde lo alto tal vez no constituya una diferencia sustancial, y la ciencia, tras haber establecido que en ambos casos se requiere trabajar el suelo, quizá no deba ocuparse de tales distinciones, puesto que así reza el refrán: «Estómago lleno, corazón contento». Me parece, sin embargo, que la ciencia sí se ocupa de estas cuestiones de manera encubierta y cuando menos parcial, por cuanto admite la existencia de dos métodos principales de consecución de los alimentos, esto es, el trabajo del suelo propiamente dicho y luego el trabajo complementario y de afinado en forma de sentencias, danzas y cantos. Yo veo en ello una división que, si bien no es completa, sí resulta bastante clara y se corresponde con mi distinción. El trabajo del suelo sirve, a mi entender, para conseguir ambos tipos de alimento y resulta siempre imprescindible; las sentencias, danzas y cantos, en cambio, no se refieren tanto al alimento del suelo en sentido estricto, sino que sirven principalmente para atraer el alimento de arriba.

La tradición refuerza esta idea mía. En este punto, el pueblo parece rectificar la ciencia sin ser consciente de ello y sin que la ciencia ose defenderse. Si esas ceremonias solo hubieran de servir al suelo, como pretende la ciencia, con el fin de infundirle fuerzas, por ejemplo, para traer el alimento desde lo alto, deberían realizarse en su totalidad, por pura lógica, a ras de tierra, habría que susurrarle, cantarle y bailarle todo al suelo. De hecho, la ciencia tampoco exige otra cosa, a mi entender. Lo extraño es que el pueblo se dirija en todas sus ceremonias a las alturas. Esto no supone ninguna infracción contra la ciencia, ella no lo prohíbe, da libertad al agricultor en este punto, en sus doctrinas solo piensa en el suelo y se contenta con que el agricultor ponga en práctica sus doctrinas referidas al suelo, aunque, pensándolo bien, su razonamiento debería exigir más, a mi juicio. Y yo, que nunca he recibido una iniciación muy profunda en la ciencia, no puedo concebir que los eruditos toleren que nuestro pueblo, apasionado como es, pronuncie las fórmulas mágicas dirigiéndose hacia arriba, entone las antiguas y quejumbrosas canciones populares dirigiéndose a los aires y ejecute danzas parecidas a brincos como si quisiese alzar el vuelo para siempre. Mi punto de partida consistía en subrayar tales contradicciones; cada vez que se acercaba la época de la cosecha según las doctrinas de la ciencia, me limitaba estrictamente al suelo, lo escarbaba mientras bailaba, torcía el cuello para estar lo más cerca posible del suelo, hasta llegué a cavar un hoyo para meter el morro, y cantaba y declamaba de tal manera que solo el suelo lo oyese y nadie más, nadie ni a mi lado ni encima de mí. Los resultados de la investigación fueron escasos, a veces no obtenía el alimento, y ya me disponía entonces a lanzar gritos de júbilo por mi hallazgo, cuando la comida aparecía de nuevo, a pesar de todo, como si al principio se hubieran sentido confundidos por mi extraño comportamiento, pero luego reconocieran las ventajas que suponía y renunciaran encantados a mis gritos y saltos; a menudo, la comida llegaba incluso en mayor abundancia que antes, pero luego volvía a faltar por completo. Con un tesón desconocido hasta entonces en perros jóvenes, elaboraba yo listados precisos de todos mis experimentos y creía encontrar aquí o allá alguna pista capaz de llevarme más lejos que, luego, sin embargo, tornaba a diluirse en vaguedades. Sin duda, mi insuficiente formación científica también contrariaba mis planes. ¿Qué me garantizaba, por ejemplo, que la ausencia de comida no se debía a mi experimento, sino a una labranza del suelo contraria a los métodos científicos? Si eso era cierto, mis conclusiones no se sostenían en pie. En determinadas circunstancias habría podido realizar un experimento de una precisión casi absoluta, concretamente si alguna vez hubiera logrado, sin trabajar nada el suelo, que la comida descendiera únicamente en virtud de una ceremonia dirigida hacia lo alto, y a continuación que la comida faltara a pesar de realizar una ceremonia centrada exclusivamente en el suelo. De hecho, intenté algo parecido, pero lo hice careciendo de una fe firme y sin contar con las condiciones idóneas para realizar el ensayo, puesto que, en mi inquebrantable opinión, siempre es preciso trabajar en cierta medida el suelo, e incluso si tuvieran razón los herejes, que lo niegan, esto no podría demostrarse, por cuanto el rociamiento del suelo se produce como consecuencia de un impulso y resulta, dentro de ciertos límites, inevitable. Otro experimento, eso sí, un tanto marginal, me salió mejor y causó bastante revuelo. Basándome en la práctica habitual de atrapar el alimento en el aire, decidí no dejarlo caer, pero tampoco atraparlo. Con este fin, cada vez que llegaba el alimento, daba un pequeño salto en el aire, pero calculando de tal manera que no fuera suficiente; en general, el alimento acababa cayendo al suelo a pesar de todo, indiferente e inconmovible, y yo me abalanzaba sobre él con la rabia no solo del hambre, sino también de la decepción. En casos aislados ocurría, no obstante, algo bien distinto, algo verdaderamente milagroso, la comida no caía, sino que me seguía en el aire, el alimento perseguía al hambriento. No duraba mucho rato, su trayecto era breve, luego caía a pesar de todo, o desaparecía por completo, o —el caso más frecuente— mi avidez daba por concluido el experimento antes de tiempo y yo devoraba la comida. Sea como fuere, me sentía feliz en aquel entonces, un rumor recorría mi entorno, se percibía cierta inquietud e interés, yo encontraba a mis conocidos más accesibles a mis preguntas y veía en sus ojos un brillo que reclamaba ayuda, aunque solo fuese el reflejo de mis propias miradas, y yo, satisfecho, no aspiraba a nada más. Hasta que me enteré, claro está —y los demás conmigo—, de que el experimento había sido descrito hacía tiempo por la ciencia, que se había conseguido de una manera mucho más espectacular que en mi caso y que, si bien no se había llevado a cabo durante un largo período debido a la dificultad del autodominio que exige, tampoco era preciso repetirlo, por cuanto, supuestamente, carecía de importancia desde un punto de vista científico. Solo demostraba, decían, lo que ya se sabía, esto es, que el suelo no solo toma el alimento en línea recta desde arriba, sino también en diagonal e incluso en espirales. Así me quedé, pues, pero no me desalenté, demasiado joven era yo para eso, al contrario, este hecho me animó a conseguir el logro quizá más importante de mi vida. No di crédito a la desvalorización científica de mi experimento, pero como en este caso no sirve la fe, sino solo la prueba, me propuse presentar dicha prueba y, de paso, sacar este experimento un tanto marginal plenamente a la luz y situarlo en el centro mismo de la investigación. Quería demostrar que cuando retrocedía ante el alimento, no era el suelo el que lo atraía hacia sí en diagonal, sino yo mismo el que lo obligaba a seguirme. Sin embargo, no pude ampliar el experimento, ya que tener el alimento delante y realizar un experimento científico es algo que a la larga no se sostiene. Así y todo, quería hacer todavía otra cosa, quería ayunar sin restricciones mientras aguantara y al mismo tiempo evitar ver cualquier alimento, cualquier tentación. Me retiraría, pues, y permanecería tumbado día y noche con los ojos cerrados, sin preocuparme ni de recoger ni de atrapar el alimento, y si bien no me atrevía a afirmarlo, sí confiaba para mis adentros en que, sin ningún otro tipo de medida, solo como resultado de la inevitable e irracional rociada del suelo y de la repetición en voz baja de las sentencias y canciones (preferí abstenerme de la danza para no debilitarme), el alimento descendería por sí solo y, sin preocuparse del suelo, golpearía mi dentadura pidiendo paso; si esto llegara a ocurrir, la ciencia, bien es cierto, no quedaría refutada, pues posee suficiente flexibilidad para tolerar excepciones y casos aislados, pero ¿qué diría el pueblo que, por fortuna, no tiene tanta flexibilidad? Porque no se trataría, desde luego, de un caso excepcional como el que cuenta la tradición, de alguien que, por ejemplo, se niega a preparar, buscar o ingerir alimentos, sea por enfermedad física, sea por melancolía, y la comunidad perruna se reúne entonces para pronunciar fórmulas mágicas y consigue de tal modo que el alimento se aparte de su camino habitual y llegue directamente a la boca del enfermo. Yo, por el contrario, me hallaba pletórico de fuerzas y de salud, y, siendo mi apetito tan magnífico que durante días me impediría pensar en ninguna otra cosa, me sometería voluntariamente al ayuno, aun estando en perfectas condiciones para ocuparme del descenso del alimento; y por si fuera poco, se crea o no, lo haría prescindiendo de toda ayuda de la comunidad perruna, ayuda que me negaba decididamente a aceptar. Me busqué, pues, un lugar idóneo en un arbusto apartado, donde no pudiera oír ni conversaciones sobre la comida, ni chasquidos con la lengua, ni crujidos causados por el quebrar de huesos, comí todavía una vez más hasta hartarme y me eché. Quería pasar todo el tiempo que fuera posible con los ojos cerrados; mientras la comida no viniera a mí, viviría en una noche ininterrumpida, así durara días o semanas. No obstante, y esto era un grave inconveniente, debía dormir poco o, mejor aún, renunciar del todo al sueño, pues no solo tenía que invocar la bajada del alimento, sino estar también alerta para que su llegada no me sorprendiera dormido; por otra parte, sin embargo, el sueño me era muy bienvenido, pues dormido podía ayunar mucho más rato que despierto. Por estos motivos decidí organizar el tiempo con esmero y dormir mucho, pero siempre durante lapsos muy breves. Lo conseguí apoyando, siempre cuando dormía, la cabeza en una rama débil, que no tardaba en quebrarse y, por tanto, en despertarme. Así permanecía tumbado, dormido o despierto, soñando o canturreando en voz baja. Al principio todo transcurrió sin novedad, en el lugar de donde proceden los alimentos tal vez pasara inadvertido que yo me estaba rebelando contra el curso normal de las cosas, de suerte que todo permaneció en calma. Mi esfuerzo se veía un tanto perturbado por el temor de que los perros me echaran de menos, no tardaran en encontrarme y emprendieran una acción contra mí. Mi segundo temor era que el suelo, a pesar de ser estéril según la ciencia, produjera el llamado alimento casual por el mero hecho de haberlo regado y que su olor me tentara. Por el momento, sin embargo, no ocurrió nada de eso y pude seguir con mi ayuno. Descontando estos temores, me sentí tranquilo al comienzo, como nunca me había sentido. Aunque, de hecho, trabajaba en contra de la ciencia, me colmaban la satisfacción y la proverbial calma del trabajador científico. En mis ensoñaciones conseguía el perdón de la ciencia, en la que mis investigaciones incluso encontraban cabida, era para mis oídos un consuelo escuchar que, por mucho éxito que tuvieran mis investigaciones, y muy particularmente en ese caso, no estaba yo perdido para la vida de perro; la ciencia me miraba con buenos ojos, ella misma se encargaría de interpretar mis resultados y esta promesa ya significaba la realización propiamente dicha; mientras que hasta la fecha me había sentido expulsado en lo más hondo del alma y embestía como un salvaje las murallas de mi pueblo, ahora sería recibido con grandes honores, me vería rodeado del ansiado calor de los cuerpos perrunos allí reunidos y, aclamado, me balancearía sobre los hombros de mi pueblo. ¡Extraño efecto el del hambre primera! Mi logro me parecía tan importante que, por emoción y compasión conmigo mismo, empecé a llorar allí en el tranquilo arbusto, lo cual, sin embargo, no resultaba del todo comprensible, pues si esperaba la merecida recompensa, ¿cómo era que me echaba a llorar? Solo por sentirme tan a gusto, sin duda. Nunca me he regodeado en mi llanto. Solo he llorado cuando me sentía a gusto, lo cual ocurría pocas veces. En aquel momento, desde luego, se me pasó pronto. Las bellas imágenes se desvanecieron de forma paulatina al agudizarse el hambre y al cabo de poco tiempo, después de despedirme rápidamente de todas las fantasías y de toda la emoción, me quedé completamente solo con el hambre que me ardía en las entrañas. «Esto es el hambre», me dije entonces innumerables veces, como queriendo hacer creer que el hambre y yo éramos dos cosas diferentes y que podía sacudírmela de encima como a un amante molesto, pero en realidad éramos uno y lo mismo, lo éramos de manera dolorosa en sumo grado, y cuando yo me decía: «Esto es el hambre», era de hecho el hambre quien hablaba y de este modo se burlaba de mí. ¡Una época terrible, terrible! Me estremezco solo de pensar en ella, no solamente por lo que sufrí entonces, sino sobre todo porque no concluí el experimento, porque tendré que revivir aquel suplicio si quiero conseguir algo, pues hasta el día de hoy sigo considerando el ayuno el método más eficaz y definitivo de mi investigación. El camino pasa por el ayuno, lo supremo solo puede alcanzarse a través del esfuerzo supremo, si es que puede alcanzarse, y este esfuerzo supremo es en nuestro caso el ayuno voluntario. Así pues, cuando considero aquellos tiempos —y me encanta hurgar en ellos—, considero también los tiempos que me acechan. Se me antoja que casi es preciso dejar pasar toda una vida antes de recuperarse de un experimento como aquel, toda mi edad adulta me separa de aquel ayuno, pero aún no estoy recuperado. Cuando empiece a ayunar la próxima vez, tal vez muestre más determinación que antes, debido a mi mayor experiencia y a la mejor comprensión de la necesidad del intento, pero mis fuerzas serán menores debido precisamente a aquel primer ensayo, y como mínimo flaquearé ante la mera perspectiva de los ya conocidos horrores que me esperan. La disminución de mi apetito no me ayudará, sino que solo devaluará un tanto el ensayo y probablemente me obligará a ayunar más tiempo de lo que habría sido necesario en aquel momento. Creo tener claros estos y otros requisitos, los intentos previos desde luego no han faltado en este prolongado período intermedio; con bastante frecuencia he mordido, literalmente, el ayuno, pero aún carecía de la fuerza suficiente para llegar al extremo, y la combatividad ingenua de la juventud ha desaparecido por supuesto para siempre. Desapareció ya en aquel entonces, en pleno ayuno. Diversas consideraciones me torturaban. Se me aparecían, amenazantes, nuestros antepasados. Bien es cierto que los considero los culpables de todo, aunque no ose decirlo en público; son los causantes de la vida de perro, y a sus amenazas fácilmente podría yo responder, por tanto, con otras amenazas, pero me inclino ante su saber, que procede de fuentes que ya no conocemos; de ahí que, por mucho que sienta el impulso de luchar contra ellos, jamás me animaría a transgredir abiertamente sus leyes y, para escapar un poco, solo aprovecho los resquicios de la ley, para los que tengo un especial olfato. En cuanto al ayuno, me remito a la célebre conversación en el transcurso de la cual uno de nuestros sabios expuso la intención de prohibir el ayuno, cosa que otro desaconsejó formulando la siguiente pregunta: «¿Quién piensa en ayunar alguna vez?», de modo que el primero se dejó convencer y no propuso la prohibición. Pero entonces se plantea otra pregunta: «¿Está, de hecho, el ayuno prohibido o no?». La gran mayoría de los comentaristas lo niega, considera autorizado el ayuno, se atiene al segundo sabio y no teme, por tanto, que un comentario erróneo tenga consecuencias graves. Por supuesto, me había cerciorado de ello antes de empezar a ayunar. Luego, sin embargo, cuando me retorcía de hambre, cuando, ya sumido en cierto estado de perturbación mental, buscaba la salvación en mis patas traseras y las lamía, mordía y chupeteaba desesperadamente hasta la altura del ano, la interpretación generalizada de aquella conversación me pareció del todo errónea, maldije la ciencia exegética, me maldije a mí mismo por haberme dejado confundir, pues la conversación contenía, como bien debía reconocer cualquier cachorro —hambriento, eso sí—, contenía, digo, más de una prohibición del ayuno, pues el primer sabio quería prohibir el ayuno, y lo que un sabio quiere es cosa hecha, el ayuno quedaba por tanto prohibido, y el segundo sabio no solo se mostró de acuerdo con él, sino que consideró incluso imposible el ayuno, esto es, echó sobre la primera prohibición una segunda prohibición, la que se deriva de la propia naturaleza perruna; el primero, por su parte, lo admitió y no propuso la prohibición expresa, es decir, una vez expuesto todo esto, ordenó a los perros ser razonables y prohibirse a sí mismos el ayuno. O sea, una triple prohibición en lugar de una sola, que es lo normal, y yo la había infringido. Eso sí, habría podido obedecer entonces al menos, aunque fuese con retraso, y abandonar el ayuno, pero el centro mismo del dolor era atravesado a la par por la tentación de continuar ayunando y me entregué a ella con lascivia, como si siguiese a un perro desconocido. Ya no podía detenerme, tal vez estuviera demasiado débil ya para levantarme y refugiarme en zonas habitadas. Me revolcaba en el lecho formado por hojas del bosque, ya no podía dormir, oía ruido por doquier, el mundo, que durante toda mi vida había permanecido dormido, parecía haber despertado por causa de mi ayuno; me vino la idea de que nunca más podría comer, que para tal fin debía imponer silencio al mundo que metía bulla con tanto desenfreno, cosa que no lograría, pero, a todo esto, oía el ruido más intenso en mi vientre, apoyaba con frecuencia la oreja en él y a buen seguro ponía ojos de espanto, pues apenas podía creerme lo que oía. Y como la situación se había vuelto insostenible, el vértigo pareció afectar incluso a mi naturaleza, y esta hizo intentos de salvación absurdos; empecé a oler comidas, platos exquisitos que no había probado hacía tiempo, alegrías de mi niñez, y hasta llegué a sentir la fragancia de las mamas de mi madre; olvidé mi decisión de resistirme a los olores o, para ser más exacto, no la olvidé, me arrastré hacia todos lados con esa decisión, como si este movimiento formara parte de ella, apenas unos pocos pasos siempre, olisqueando, como si buscase las comidas con el único fin de guardarme de ellas. El hecho de no encontrar nada no me decepcionó, las comidas estaban allí, pero siempre unos cuantos pasos demasiado lejos, y antes de llegar a ellas me fallaban las patas. Al mismo tiempo sabía, sin embargo, que allí no había nada, que solo realizaba esos pequeños movimientos por temor a derrumbarme definitivamente en un lugar que ya no abandonaría nunca más. Desaparecieron las últimas esperanzas, las últimas tentaciones, iba a sucumbir allí miserablemente, de qué servían mis investigaciones, pueriles intentos de una época tan pueril como feliz, lo serio estaba ahora ahí, este era el lugar para que la investigación demostrara su valor, pero ¿dónde estaba ella? Aquí solo había un perro que boqueaba desamparado, que, bien es verdad, regaba el suelo sin cesar, sin tomar conciencia de cuanto hacía, convulsivamente y a toda prisa, que ya no era capaz de extraer de su memoria ni una sola de toda una profusión de fórmulas mágicas, ni siquiera aquel versito con el que los recién nacidos se esconden bajo su madre. Tenía la sensación de no estar separado de mis hermanos por unos pocos pasos, sino por una distancia infinita, y de morir, en realidad, no de hambre, sino de abandono. Era evidente que nadie se preocupaba de mí, nadie bajo la tierra, nadie sobre ella, nadie en las alturas, yo sucumbía por su indiferencia, y su indiferencia decía: él muere y así será. ¿Y no estaba yo de acuerdo? ¿No decía yo lo mismo? ¿No había deseado yo ese abandono? Así es, perros, pero no para acabar aquí de esta manera, sino para acceder a la verdad, para salir de este mundo de la mentira donde no se puede saber la verdad de nadie, ni siquiera de mí mismo, ciudadano nato de la mentira. La verdad quizá ya no estaba tan lejos, pero era demasiado lejos para mí, que fracasé y morí. Tal vez no estuviera demasiado lejos y yo no estuviera, por tanto, tan abandonado como pensaba, tan abandonado por los otros, digo, sino solo por mí mismo, que fracasé y morí. Sin embargo, no muere uno tan rápido como puede pensar un perro nervioso. Tan solo me desvanecí y cuando desperté y alcé la vista, tenía delante de mí un perro extraño. No sentía hambre, me sentía lleno de fuerza, percibía la elasticidad de mis articulaciones, aunque no intenté ponerlas a prueba levantándome. A decir verdad, no veía más de lo normal, ante mí se alzaba un perro hermoso, pero tampoco demasiado extraordinario, no veía otra cosa y, sin embargo, creía ver en él algo que iba más allá de lo común. Debajo de mí había sangre; en el primer momento pensé que era comida, pero enseguida me di cuenta de que era sangre que yo había vomitado. Aparté la mirada y la volví hacia aquel perro extraño. Era delgado, de patas altas, pardo, con alguna mancha blanca aquí y allá, y de mirada radiante, vigorosa, escrutadora. «¿Qué haces tú aquí?», dijo, «tienes que marcharte». «No puedo marcharme ahora», respondí sin dar más explicaciones, pues cómo habría podido explicarle todo a él, que además parecía tener prisa. «Por favor, márchate», dijo y levantó, inquieto, una pata tras otra. «Déjame», contesté, «vete y no te preocupes por mí, que los demás tampoco lo hacen». «Te lo pido por ti», dijo. «Pídemelo por lo que quieras», dije, «no puedo marcharme aunque lo desee». «No será por eso», dijo sonriendo. «Puedes andar. Precisamente porque pareces débil, te pido que te marches ahora a paso lento; si dudas, más tarde tendrás que correr». «Eso es asunto mío», dije. «Y también mío», replicó, triste por mi terquedad, y si bien se disponía por lo visto a dejarme allí por el momento, quiso aprovechar la oportunidad para acercarse a mí con intención cariñosa. En otra época habría tolerado encantado el acercamiento del hermoso can, pero aquella vez, sin acertar a entender por qué, fui presa del espanto. «¡Vete!», grité con mayor vehemencia, tanto más cuanto que carecía de otra defensa. «Ya te dejo», dijo él, retrocediendo poco a poco. «Eres extraño. ¿No te gusto acaso?». «Me gustarás cuando te marches y me dejes en paz», respondí, pero ya no me sentía tan seguro de mí mismo como quería hacerle creer. Con mis sentidos aguzados por el ayuno algo veía u oía en él, algo que solo estaba en sus comienzos, que crecía y se aproximaba, y no tardé en darme cuenta: este perro posee desde luego el poder de arrastrarte, por mucho que ahora aún no logres imaginar cómo podrás levantarte alguna vez. Lo miré con deseo creciente, a él, que a mi burda respuesta solo había sacudido levemente la cabeza. «¿Quién eres?», pregunté. «Soy un cazador», contestó. «¿Y por qué no quieres dejarme aquí?», pregunté. «Me molestas», respondió. «No puedo cazar cuando estás aquí». «Inténtalo», dije, «tal vez puedas cazar a pesar de todo». «No», dijo, «lo siento, pero debes marcharte». «¡Deja la caza por hoy!», le rogué. «No», respondió, «debo cazar». «Yo debo marcharme, tú debes cazar», dije, «todo es deber. ¿Entiendes por qué siempre tenemos deberes?». «No», dijo, «pero tampoco hay nada que entender, son cosas lógicas y naturales». «Pues no», dije, «tú lamentas que debas echarme y, sin embargo, lo haces». «Así es», dijo. «Así es», repetí yo enfadado, «eso no es una respuesta. ¿Qué renuncia te resultaría más fácil, la de la caza o la de echarme de aquí?». «Renunciar a la caza», respondió sin titubear. «Ya ves», dije, «aquí hay una contradicción». «¿Qué contradicción?», dijo, «querido perrito, ¿realmente no eres capaz de entender que deba echarte? ¿No entiendes lo que resulta tan lógico?». Ya no respondí, porque me di cuenta —y una nueva vida me inundó en aquel momento, una vida como solo la proporciona el espanto—, me di cuenta por detalles inasibles, de los que tal vez nadie salvo yo podía percatarse, de que el perro empezaba a entonar un canto desde las honduras de su pecho. «Vas a cantar», dije. «Sí», respondió en tono serio, «voy a cantar, pronto, pero todavía no». «Ya empiezas», dije. «No», dijo, «aún no. Pero prepárate». «Aunque lo niegues, yo ya lo oigo», dije temblando. El perro calló. Y entonces creí reconocer algo que ningún perro había experimentado antes de mí, la tradición al menos ni siquiera lo insinúa, y, con una sensación de angustia y vergüenza infinitas, me apresuré a sumergir el rostro en el charco de sangre que tenía delante. Creí reconocer, concretamente, que el perro cantaba sin ser todavía consciente de ello, y, más aún, que la melodía, separada de él, flotaba en el aire siguiendo una ley propia y, pasando por encima del perro como si no tuviese nada que ver con él, apuntaba hacia mí, única y exclusivamente hacia mí. Hoy en día niego todo conocimiento de este tipo, claro está, y lo atribuyo a la sobreexcitación del momento, pero aunque fuera un error, este sí posee cierta grandeza y, por mucho que sea solo aparente, es la única realidad de la época del hambre que logré rescatar y aportar a este mundo, y muestra al menos hasta dónde podemos llegar estando del todo fuera de nosotros. Pues, en efecto, estaba del todo fuera de mí. En circunstancias normales me habría encontrado gravemente enfermo, incapaz de moverme, pero no pude resistirme a la melodía que el perro, según todos los indicios, no tardó en aceptar como propia. Se hizo cada vez más intensa; su crecimiento tal vez no tenía límites y a punto estuvo de reventarme los tímpanos. Pero lo peor era que solo parecía existir por mí esa voz ante cuya majestuosidad callaba el bosque, solamente por mí, que aún osaba quedarme allí y que ante ella me acomodaba en medio de mi mugre y mi sangre. Tiritando me levanté, me miré de arriba abajo. «Esto no funcionará», pensé aún, pero acto seguido ya volaba impulsado por la melodía, dando los brincos más maravillosos. No conté nada a mis amigos; a mi llegada probablemente lo habría contado todo, pero en aquel momento me sentía demasiado débil, y más tarde ya no me pareció comunicable. Las insinuaciones que no atinaba a reprimir se perdieron sin dejar huella en las conversaciones. Físicamente, por cierto, me recuperé al cabo de pocas horas, pero aún arrastro las secuelas mentales.

Así y todo, extendí mis investigaciones a la música de los perros. Desde luego, la ciencia tampoco ha permanecido con los brazos cruzados en este caso, la ciencia de la música es quizá, si estoy bien informado, más vasta que la de la alimentación y, en cualquier caso, está mejor fundamentada. Tal circunstancia se debe a que este ámbito permite trabajar de forma más desapasionada que el otro y a que aquí se trata más de observaciones y sistematizaciones en tanto que allí, en cambio, se trata sobre todo de conclusiones prácticas. Esto tiene que ver, además, con el hecho de que el respeto por la ciencia musical es mayor que el que se muestra por la ciencia de la alimentación, aunque la primera no ha calado tan hondo en el pueblo como la segunda. A mí también, la ciencia musical me resultaba más ajena que cualquier otra, hasta que oí aquella voz en el bosque. Bien es cierto que la experiencia con los perros musicales ya me llamó la atención sobre ella, pero en aquel entonces aún era yo demasiado joven; además, no es fácil ni siquiera acercarse a esta ciencia que, considerada particularmente difícil, se aísla aristocráticamente de la multitud. Por otra parte, si bien la música era al principio lo más llamativo de aquellos perros, su carácter taciturno me pareció entonces más importante que la música; tal vez no se encontrara en ningún sitio nada similar a su espantosa música, de suerte que pude permitirme el lujo de no prestarle atención, pero a partir de ese momento me topé con su esencia en todos los perros, por doquier. Ahora bien, para penetrar en la esencia de los perros, las investigaciones sobre la alimentación me parecían las más apropiadas y las que conducían sin desviaciones a la meta. Tal vez estuviera equivocado en este sentido. Una zona limítrofe entre ambas ciencias ya despertó en aquel entonces mis sospechas. Se trata de la teoría del canto que invoca y hace descender el alimento. Una vez más, me resulta sumamente embarazoso no haberme adentrado nunca en serio en la ciencia musical y, dentro de este ámbito, no poder incluirme ni siquiera entre los medianamente cultos, siempre tan despreciados por la ciencia. Debo tenerlo presente en todo momento. Ante un erudito, no superaría siquiera el examen más fácil, y por desgracia tengo pruebas para demostrarlo. Naturalmente, esto se debe en primer lugar —con independencia de mis ya mencionadas circunstancias personales— a mi ineptitud científica, a las escasas facultades mentales, a mi mala memoria, y sobre todo a mi incapacidad de tener siempre presente el objetivo científico. Todo esto lo admito con franqueza, incluso con cierta alegría. Pues el motivo más profundo de mi ineptitud científica es, a mi juicio, un instinto, un instinto que, a decir verdad, no es del todo malo. Si quisiera fanfarronear, diría que precisamente este instinto destruyó mis aptitudes científicas, porque sería, sin duda, un fenómeno cuando menos muy extraño que yo, que demuestro una inteligencia aceptable en los asuntos corrientes y cotidianos de la vida, los cuales no son desde luego los más sencillos, y sobre todo entiendo muy bien a los eruditos, que no la ciencia, lo cual puede comprobarse mediante mis resultados, que yo, digo, me mostrase de entrada incapaz de alzar la pata siquiera hasta el primer escalón de la ciencia. Fue el instinto el que, quizá precisamente por mor de la ciencia, pero de una ciencia distinta de la que se practica hoy en día, de una ciencia postrera, me hizo apreciar la libertad por encima de cualquier otra cosa. ¡La libertad! La libertad, tal como es posible hoy en día, es desde luego una planta raquítica. Pero es libertad al fin y al cabo, un bien al fin y al cabo.

LA INSOLACIÓN

HORACIO QUIROGA

El cachorro Old salió por la puerta y atravesó el patio con paso recto y perezoso. Se detuvo en la linde del pasto, estiró al monte, entrecerrando los ojos, la nariz vibrátil, y se sentó tranquilo. Veía la monótona llanura del Chaco, con sus alternativas de campo y monte, monte y campo, sin más color que el crema del pasto y el negro del monte. Este cerraba el horizonte, a doscientos metros, por tres lados de la chacra. Hacia el oeste, el campo se ensanchaba y extendía en abra, pero que la ineludible línea sombría enmarcaba a lo lejos.

A esa hora temprana, el confín, ofuscante de luz a mediodía, adquiría reposada nitidez. No había una nube ni un soplo de viento. Bajo la calma del cielo plateado el campo emanaba tónica frescura que traía al alma pensativa, ante la certeza de otro día de seca, melancolías de mejor compensado trabajo.

Milk, el padre del cachorro, cruzó a la vez el patio y se sentó al lado de aquel, con perezoso quejido de bienestar. Ambos permanecían inmóviles, pues aún no había moscas.

Old, que miraba hacía rato a la vera del monte, observó:

—La mañana es fresca.

Milk siguió la mirada del cachorro y quedó con la vista fija, parpadeando distraído. Después de un rato dijo:

—En aquel árbol hay dos halcones.

Volvieron la vista indiferente a un buey que pasaba y continuaron mirando por costumbre las cosas.

Entretanto, el oriente comenzaba a empurpurarse en abanico, y el horizonte había perdido ya su matinal precisión. Milk cruzó las patas delanteras y al hacerlo sintió un leve dolor. Miró sus dedos sin moverse, decidiéndose por fin a olfatearlos. El día anterior se había sacado un pique, y en recuerdo de lo que había sufrido lamió extensamente el dedo enfermo.

—No podía caminar —exclamó en conclusión.

Old no comprendió a qué se refería. Milk agregó:

—Hay muchos piques.

Esta vez el cachorro comprendió. Y repuso por su cuenta, después de largo rato:

—Hay muchos piques.

Uno y otro callaron de nuevo, convencidos.

El sol salió, y en el primer baño de su luz, las pavas del monte lanzaron al aire puro el tumultuoso trompeteo de su charanga. Los perros, dorados al sol oblicuo, entornaron los ojos, dulcificando su molicie en beato pestañeo. Poco a poco la pareja aumentó con la llegada de los otros compañeros: Dick, el taciturno preferido; Prince, cuyo labio superior, partido por un coatí, dejaba ver los dientes, e Isondú, de nombre indígena. Los cinco fox terriers, tendidos y beatos de bienestar, durmieron.

Al cabo de una hora irguieron la cabeza; por el lado opuesto del bizarro rancho de dos pisos —el inferior de barro y el alto de madera, con corredores y baranda de chalet—, habían sentido los pasos de su dueño, que se detuvo un momento en la esquina del rancho y miró el sol, alto ya. Tenía aún la mirada muerta y el labio pendiente tras su solitaria velada de *whisky,* más prolongada que las habituales.

Mientras se lavaba, los perros se acercaron y le olfatearon las botas, meneando con pereza el rabo. Como las fieras amaestradas, los perros conocen el menor indicio de borrachera en su amo. Alejáronse con lentitud a echarse de nuevo al sol. Pero el calor creciente les hizo presto abandonar aquel, por la sombra de los corredores.

El día avanzaba igual a los precedentes de todo ese mes: seco, límpido, con catorce horas de sol calcinante que parecía mantener el cielo en fusión, y que en un instante resquebrajaba la tierra mojada en costras blanquecinas. Míster Jones fue a la chacra, miró el trabajo del día anterior y retornó al rancho. En toda esa mañana no hizo nada. Almorzó y subió a dormir la siesta.

Los peones volvieron a las dos a la carpición, no obstante la hora de fuego, pues los yuyos no dejaban el algodonal. Tras ellos fueron los perros muy amigos del cultivo desde que el invierno pasado hubieron aprendido a disputar a los halcones los gusanos blancos que levantaba el arado. Cada perro se echó bajo un algodonero, acompañando con su jadeo los golpes sordos de la azada.

Entretanto el calor crecía. En el paisaje silencioso y enceguecient de sol, el aire vibraba a todos lados, dañando la vista. La tierra removida exhalaba vaho de horno, que los peones soportaban sobre la cabeza, envuelta hasta las orejas en el flotante pañuelo, con el mutismo de sus trabajos de chacra. Los perros cambiaban a cada rato de planta, en procura de más fresca sombra. Tendíanse a lo largo, pero la fatiga los obligaba a sentarse sobre las patas traseras, para respirar mejor.

Reverberaba ahora adelante de ellos un pequeño páramo de greda que ni siquiera se había intentado arar. Allí, el cachorro vio de pronto a míster Jones sentado sobre un tronco, que lo miraba fijamente. Old se puso en pie meneando el rabo. Los otros levantáronse también, pero erizados.

—¡Es el patrón! —exclamó el cachorro sorprendido por la actitud de aquellos.

—No, no es él —replicó Dick.

Los cuatro perros estaban apiñados gruñendo sordamente, sin apartar los ojos de míster Jones, que continuaba inmóvil, mirándolos. El cachorro, incrédulo, fue a avanzar, pero Prince le mostró los dientes:

—No es él, es la Muerte.

El cachorro se erizó de miedo y retrocedió al grupo.

—¿Es el patrón muerto? —preguntó ansiosamente.

Los otros, sin responderle, rompieron a ladrar con furia, siempre en actitud temerosa. Pero míster Jones se desvanecía ya en el aire ondulante.

Al oír los ladridos, los peones habían levantado la vista, sin distinguir nada. Giraron la cabeza para ver si había entrado algún caballo en la chacra, y se doblaron de nuevo.

Los fox terriers volvieron al paso al rancho. El cachorro, erizado aún, se adelantaba y retrocedía con cortos trotes nerviosos, y supo de la experiencia de sus compañeros que cuando una cosa va a morir, aparece antes.

—¿Y cómo saben que ese que vimos no era el patrón vivo? —preguntó.

—Porque no era él —le respondieron displicentes.

¡Luego la Muerte, y con ella el cambio de dueño, las miserias, las patadas, estaba sobre ellos! Pasaron el resto de la tarde al lado de su patrón, sombríos y alerta. Al menor ruido gruñían, sin saber hacia dónde. Míster Jones sentíase satisfecho de su guardiana inquietud.

Por fin el sol se hundió tras el negro palmar del arroyo, y en la calma de la noche plateada los perros se estacionaron alrededor del rancho, en cuyo piso alto míster Jones recomenzaba su velada de *whisky*. A medianoche oyeron sus pasos, luego la caída de las botas en el piso de tablas, y la luz se apagó. Los perros, entonces, sintieron más próximo el cambio de dueño, y solos al pie de la casa dormida, comenzaron a llorar. Lloraban en coro, volcando sus sollozos convulsivos y secos, como masticados, en un aullido de desolación, que la voz cazadora de Prince sostenía, mientras los otros tomaban el sollozo de nuevo. El cachorro solo podía ladrar. La noche avanzaba, y los cuatro perros de edad, agrupados a la luz de la luna, el hocico extendido e hinchado de lamentos —bien alimentados y acariciados por el dueño que iban a perder—, continuaban llorando a lo alto su doméstica miseria.

A la mañana siguiente míster Jones fue él mismo a buscar las mulas y las unció a la carpidora, trabajando hasta las nueve. No estaba satisfecho, sin embargo. Fuera de que la tierra no había sido nunca bien rastreada, las cuchillas no tenían filo, y con el paso rápido de las mulas, la carpidora saltaba. Volvió con esta y afiló sus rejas; pero un tornillo en que ya al comprar la máquina había notado una falla, se rompió al armarla. Mandó un peón al obraje próximo, recomendándole cuidara del caballo, un buen animal, pero asoleado. Alzó la cabeza al sol fundente de mediodía, e insistió en que no galopara ni un momento. Almorzó enseguida y subió. Los perros, que en la mañana no habían dejado un segundo a su patrón, se quedaron en los corredores.

La siesta pesaba, agobiada de luz y silencio. Todo el contorno estaba brumoso por las quemazones. Alrededor del rancho la tierra blancuzca del patio deslumbraba por el sol a plomo, parecía deformarse en trémulo hervor, que adormecía los ojos parpadeantes de los fox terriers.

—No ha aparecido más —dijo Milk.

Old, al oír *aparecido,* levantó vivamente las orejas.

Incitado por la evocación el cachorro se puso en pie y ladró, buscando a aquel. Al rato calló, entregándose con sus compañeros a su defensiva cacería de moscas.

—No vino más —agregó Isondú.

—Había una lagartija bajo el raigón —recordó por primera vez Prince.

Una gallina, el pico abierto y las alas apartadas del cuerpo, cruzó el patio incandescente con su pesado trote de calor. Prince la siguió perezosamente con la vista y saltó de golpe.

—¡Viene otra vez! —gritó.

Por el norte del patio avanzaba solo el caballo en que había ido el peón. Los perros se arquearon sobre las patas, ladrando con furia a la Muerte, que se acercaba. El caballo caminaba con la cabeza baja, aparentemente indeciso sobre el rumbo que debía seguir. Al pasar frente al rancho dio unos cuantos pasos en dirección al pozo, y se desvaneció progresivamente en la cruda luz.

Míster Jones bajó; no tenía sueño. Disponíase a proseguir el montaje de la carpidora cuando vio llegar inesperadamente al peón a caballo. A pesar de su orden, tenía que haber galopado para volver a esa hora. Apenas libre y concluida su misión, el pobre caballo, en cuyos ijares era imposible contar los latidos, tembló agachando la cabeza, y cayó de costado. Míster Jones mandó al peón a la chacra, con el rebenque aún en la mano, para no echarlo si continuaba oyendo sus jesuísticas disculpas.

Pero los perros estaban contentos. La Muerte, que buscaba a su patrón, se había conformado con el caballo. Sentíanse alegres, libres de preocupación, y en consecuencia disponíanse a ir a la chacra tras el peón, cuando oyeron a míster Jones que le gritaba pidiéndole el tornillo. No había tornillo: el almacén estaba cerrado, el encargado dormía, etc. Míster Jones, sin replicar, descolgó su casco y salió él mismo en busca del utensilio. Resistía el sol como un peón, y el paseo era maravilloso contra su mal humor.

Los perros salieron con él, pero se detuvieron a la sombra del primer algarrobo; hacía demasiado calor. Desde allí, firmes en las patas, el ceño contraído y atento, lo veían alejarse. Al fin el temor a la soledad pudo más, y con agobiado trote siguieron tras él.

Míster Jones obtuvo su tornillo y volvió. Para acortar distancia, desde luego, evitando la polvorienta curva del camino, marchó en línea recta a su chacra. Llegó al riacho y se internó en el pajonal, el diluviano pajonal del Saladito, que ha crecido, secado y retoñado desde que hay paja en el mundo, sin conocer fuego. Las matas, arqueadas en bóveda a la altura del pecho, se entrelazan en bloques macizos. La tarea de cruzarlo, sería ya en día fresco, era muy dura a esa hora. Míster Jones lo atravesó, sin embargo, braceando entre la paja restallante y polvorienta por el barro que dejaban las crecientes, ahogado de fatiga y acres vahos de nitratos.

Salió por fin y se detuvo en la linde; pero era imposible permanecer quieto bajo ese sol y ese cansancio. Marchó de nuevo. Al calor quemante que crecía sin cesar desde tres días atrás, agregábase ahora el sofocamiento del tiempo descompuesto. El cielo estaba blanco y no se sentía un soplo de viento. El aire faltaba, con angustia cardíaca, que no permitía concluir la respiración.

Míster Jones adquirió el convencimiento de que había traspasado su límite de resistencia. Desde hacía rato le golpeaba en los oídos el latido de las carótidas. Sentíase en el aire, como si de dentro de la cabeza le empujaran el cráneo hacia arriba. Se mareaba mirando el pasto. Apresuró la marcha para acabar con eso de una vez... Y de pronto volvió en sí y se halló en distinto paraje: había caminado media cuadra sin darse cuenta de nada. Miró atrás, y la cabeza se le fue en un nuevo vértigo.

Entre tanto, los perros seguían tras él, trotando con toda la lengua afuera. A veces, asfixiados, deteníanse en la sombra de un espartillo; se sentaban, precipitando su jadeo, para volver enseguida al tormento del sol. Al fin, como la casa estaba ya próxima, apuraron el trote.

Fue en ese momento cuando Old, que iba adelante, vio tras el alambrado de la chacra a míster Jones, vestido de blanco, que caminaba hacia ellos. El cachorro, con súbito recuerdo, volvió la cabeza a su patrón, y confrontó.

—¡La Muerte, la Muerte! —aulló.

Los otros lo habían visto también, y ladraban erizados. Vieron que míster Jones atravesaba el alambrado, y por un instante creyeron que se iba a equivocar; pero al llegar a cien metros se detuvo, miró el grupo con sus ojos celestes, y marchó adelante.

—¡Que no camine ligero el patrón! —exclamó Prince.

—¡Va a tropezar con él! —aullaron todos.

En efecto, el otro, tras breve hesitación, había avanzado, pero no directamente sobre ellos como antes, sino en línea oblicua y en apariencia errónea, pero que debía llevarlo justo al encuentro de míster Jones. Los perros comprendieron que esta vez todo concluía, porque su patrón continuaba caminando a igual paso como un autómata, sin darse cuenta de nada. El otro llegaba ya. Los perros hundieron el rabo y corrieron de costado, aullando. Pasó un segundo, y el encuentro se produjo. Míster Jones se detuvo, giró sobre sí mismo y se desplomó.

Los peones, que lo vieron caer, lo llevaron a prisa al rancho, pero fue inútil toda el agua; murió sin volver en sí. Míster Moore, su hermano materno, fue allá desde Buenos Aires, estuvo una hora en la chacra, y en cuatro días liquidó todo, volviéndose enseguida al sur. Los indios se repartieron los perros, que vivieron en adelante flacos y sarnosos, e iban todas las noches con hambriento sigilo a robar espigas de maíz en las chacras ajenas.

FUERZA Y ASTUCIA CANINAS

Junto con la lealtad, reflejada en el cuento clásico del viejo Sultán, de los hermanos Grimm, las cualidades que más valoran las personas en los perros suelen ser la fuerza y la inteligencia. Nos admira que un perro de tiro sea capaz de arrastrar un peso muy superior al suyo, nos asombra que gracias a la fuerza mental, la resiliencia, pueda soportar toda clase de penalidades, como Verdun Belle, esa peculiar perrita creada por Alexander Woollcott. Y, por supuesto, nos maravillamos al comprobar que en ocasiones se comportan con auténtica sabiduría y astucia, como el perro Teem en el relato de Rudyard Kipling o el gran retriever de G. K. Chesterton, capaz de resolver misterios.

TEEM: UN CAZADOR DE TESOROS

RUDYARD KIPLING

Hay un caballero en Francia —mejor conocerlo por gusto que por azar,
Cuando aún hay tiempo para eludirle y espacio para escapar—,
Nació y lo educaron e hicieron para el negocio del ganado,
Al que llamaban Monsieur Bouvier de Brie.
«¿Cómo? ¿Brie?».
«Sí, Brie.»
«¿De donde vienen esos curiosos quesos?».
«Oui, Oui, Oui!
Pero su nombre es famoso en toda la Galia como el perro más sabio
    de todos,
Y Francia paga mucho por el Bouvier de Brie».
«*"¿De Brie?" C'est fui.*
Y si lees mi cuento, ya verás
Lo que pensaba un corazoncito leal de la Vida y el Amor y el Arte,
Y sobre todo del Bouvier de Brie,
"Mi amigo el vizconde Bouvier de Brie"».

Nada podía impedir que mi adorada madre exigiera inmediatamente el terrón de azúcar, justa recompensa por cada trufa que encontraba. Por otro lado, mi reverenciado padre se contentaba con la práctica estricta de su Arte. Tan pronto como Pierre, nuestro amo, se agachaba para cavar en el lugar indicado, mi padre se iba en busca de nuevos triunfos.

De mi padre heredé mi hocico y tal vez un toque de genio. De mi madre, una filosofía práctica sin la cual el genio es como un pájaro con una sola ala.

¿Nuestro aspecto? Mis padres proceden de una raza formada desde tiempos remotos por lo mejor de varias ramas. La espléndida flor de hoy es pequeña: de un rico dorado con toques de rojo; orejas puntiagudas y abiertas; una frente ancha y receptiva; ojos de mirada intensa pero amable, y un hocico que es una inspiración y una perfecta guía. ¿Es de extrañar entonces que mis padres se mantuvieran aparte de los demás? Sin embargo, yo no me permitiría despreciar a esos dignos artesanos entrenados por personas para buscar trufas. Proceden de razas muy distintas y poseen muchas virtudes, salvo el hocico, ese don incomunicable.

¿Yo? No soy grande. Desde luego al nacer me llamaron El Enano, pero mis primeros triunfos me ganaron el nombre de El Abad. Fue fácil. No recuerdo que me entrenara ninguna persona.

Miraba, imitaba y, cuando creía necesario, mejoraba la técnica de mis padres entre los delgados y pequeños robles del campo donde se encuentran las mejores trufas; y lo que para el mundo parecía una cadena de milagros fue para mí tan fácil como revolcarme en el polvo.

Mis patitas podían marchar de sol a sol por las pedregosas cimas de las colinas donde trabajábamos. Mi pelambrera aguantaba humedad, viento y frío, y mi tamaño me permitía que de vez en cuando me transportaran en el útil bolsillo exterior de mi amo.

¿Mis compañeros de aquellos días? Al principio Plutón y Dis, la pareja solemne, con papada, negra, macho y hembra, que tiraba del carrito de madera desde el que mi amo distribuía las trufas en el *château* blanco cercano a nuestra aldea y a ciertos tenderos en la calle de la Fuente, donde charlaban las mujeres. Aquellos dos eran, en el fondo, campesinos. Ellos me aclararon el significado de las piezas redondas, planas y blancas, y de los finos papeles que mi amo y su compañera escondían bajo la piedra de la chimenea. No solo las trufas sino otras cosas, me contó Plutón, se convierten en piezas o en papeles finos.

Pero mi gran amigo, mi preceptor, mi protector, la admiración de toda mi vida, era Monsieur le Vicomte Bouvier de Brie: un mariscal de los toros que ejercía su control en los pedregosos pastos cercanos a la casa. También había muchas ovejas de las que ni yo ni el Vicomte nos preocupábamos. El cordero es malo con el olfato y, como supe después, para el humor.

También era de raza —«de nacimiento», como yo— y así me aceptó cuando, en el precipitado abandono de la camada, me pegué a su oreja. En vez de echarme a un lado, que podría haberlo hecho con una de sus patas, me bajó suavemente con ellas, de modo que parpadeé contemplando aquel acantilado de su pecho, mirando sus ojos insondables, y «¡Pequeño malvado!», dijo, «¡si bien profetizo que llegarás muy lejos!».

Ahí, protegido entre sus patas, me acogería para dormitar, para evitar a mis enemigos o para abrumarle con preguntas. Y cuando iba a la estación de ferrocarril para recibir o enviar más toros, me pondría bajo su barriga, lanzando infantiles insultos contra todos los timoratos perros de la calle de la Fuente. Después de convertirme en un experto en mi Arte, me habló del suyo, interrumpiéndose para vociferar una orden a un joven toro que había osado acercarse demasiado al bosque donde crecían nuestras trufas, o se echaba encima de él como el granizo que caía sobre los muros que sus patas desdeñaban tocar.

Me abrumaban su fuerza y su audacia. Él, por su parte, estaba desconcertado por mis logros. «Pero, pequeño, ¿cómo se hace... tu trabajo?». No podía transmitirle a él, ni él a mí, el misterio de nuestras diversas Artes. Sin embargo me comunicaba incansablemente los frutos de su experiencia y de su filosofía. Recuerdo un día en que había perseguido a un pollo que por entonces me parecía una especie de toro. Como podía recibir un castigo de manos del propietario, me refugié bajo el cuello de mi amigo cuando estaba tomando el sol. Escuchó mi boba historieta y, como si hablara consigo mismo, dijo:

—Mis toros no son más que carne de consumo con narices y rabos con los que puedes controlarlos. Pero esas cosas negras y escondidas que únicamente quienes son como tú pueden desenterrar, ¡eso sí que no puedo entenderlo! Me encantaría añadirlo a mi repertorio.

—¡Y yo seré un conductor de toros! —grité (me estaba empezando a salir mi segunda dentadura).

—Pequeño —me respondió con infinita ternura—, hay una cosa que los dos debemos recordar siempre. Un artista nunca debe soñar fuera de su Arte.

Cuando cumplí quince meses, me encontré con cuatro hermanitos que me cansaban. Al mismo tiempo hubo un cambio en el comportamiento de mi amo. Como nunca le había tenido mucha consideración, fui el primero en percatarme de su falta de atención. Mi madre, como siempre, dijo:

—Si no es una cosa, será seguramente otra.

Mi padre dijo sencillamente:

—Cueste lo que cueste, sigue tu Arte. Eso nunca te llevará a una pista falsa.

Llegó una persona de olores abominables a nuestra casa, no solo una vez sino muchas. Un día mi amo me hizo trabajar en su presencia. Demostré, durante todo un día de aires cambiantes, una precisión impecable. Después de cenar, la compañera de mi amo le dijo:

—Tenemos la seguridad de contar por lo menos con dos buenos trabajadores para la temporada que viene, y con un enano nunca se sabe. Está muy lejos esa Inglaterra de la que habla el hombre. Despacha el asunto, Pierril.

Pasaron unos cuantos papeles finos de una mano a otra. Luego la persona me metió en el bolsillo de su gabán (la nuestra no es una raza que se deba mostrar) y después hubo para mí alternancias de luz y de oscuridad en carros: un período en el que mi mundo subía y bajaba hasta ponerme enfermo; un silencio junto al chapotear del agua bajo las estrellas; el traslado a otra persona cuyo olor y habla eran ininteligibles; otro viaje en carro; un estallido de sol naciente entre los setos; un olor de ovejas; violentos gritos y violentos balanceos; finalmente, una disolución del universo que me proyectó a través de un seto desde donde vi a mi captor debajo del carro donde una hembra blanca y negra le mordisqueaba con devoción.

Una zanja me llevó hasta el refugio de un sumidero. Me tranquilicé hasta que la luz fue repentinamente apagada por la cabeza de aquella misma hembra, que me insultó salvajemente en *lingua canina*. (Mi padre solía aconsejarme que nunca respondiera a una hembra desconocida). Me alegré cuando la voz del amo la obligó a volver a uno de sus deberes, y oí el chasquido de las patas de su rebaño por encima de mi cabeza.

Poco más tarde salí para conocer el mundo al que me habían lanzado. Era nuevo en olores y en aspecto, pero tenía ciertas similitudes con el viejo. Unos cuantos arbolillos bordeaban tupidos bosques y suaves pastos verdes, y, al fondo de una depresión coronada de bosques, había un *château* blanco todavía mayor que aquel hasta el que Plutón y Dis llevaban el carro. Me quedé entre los árboles y me alegré de que mi olfato se hubiera recuperado después de los ultrajes sufridos durante el viaje, cuando me llegó el inequívoco aroma de las trufas: desde luego, no de las de olor a fresa de mi mundo perdido, sino de otras lo suficientemente parecidas como para ponerme a trabajar.

Husmeé el viento y seguí mi senda. No me engañé. Había trufas de diferentes clases en los lugares apropiados, bajo aquellos espesos árboles. La máxima de mi madre resultó verdad. Esa era, evidentemente, «la otra cosa» de la que me había hablado; y me sentí de nuevo con fuerzas. Mientras trabajaba entre los olores casi familiares, me pareció que lo que me había ocurrido no era real, y que en cualquier momento me encontraría con Plutón y Dis con nuestro carro. Pero no llegaron; aunque los llamé no vinieron.

Una voz distante y amenazadora me interrumpió. La reconocí porque era la ruidosa hembra de mi sumidero, y me quedé quieto.

Después de unas precavidas vueltas, oí el sonido de una azada y en un claro del bosque vi a una persona allanando la tierra en torno a una pila de madera para hacer carbón. Había visto eso con frecuencia.

Mi nariz me garantizó que la persona era un auténtico campesino y (lo recordé después) que nunca había tocado a ninguno de nosotros lo suficiente como para que ese olor se hubiera quedado en él. Además, mi nariz registró que estaba impregnado de los olores propios de su trabajo y también que tenía un temperamento bondadoso, amable y equitativo.

(¿Vosotras, las personas, os extrañáis de que todos nosotros conozcamos vuestros humores antes de que los percibáis? Podéis estar seguros de que cada matiz del carácter, costumbre o sentimiento de él o de ella se anuncia en el olor de una persona. Al igual que nosotros no nos podemos engañar unos a otros, vosotras, las personas, ¡no nos podéis engañar, aunque finjamos creerlo!). Su gabán yacía en un talud. Cuando sacó su pan y su queso, me presenté. Pero llevaba tanto tiempo mirando fijamente que mi hombro, que se había herido al pasar por el seto, me hizo desfallecer. Me cogió enseguida y, con una fuerza igual a su amabilidad, encontró lo que me molestaba. Evidentemente —aunque incluso entonces me desagradó saberlo—, él sabía cómo debe tratársenos.

Me sometí a sus cuidados, comí lo que me ofreció, y reposando en el pliegue de su fuerte brazo, me llevó a una cabaña donde lavó mi herida, puso agua a mi lado y volvió a su carbón. Me dormí acunado por el ritmo de su azada y el ramillete de olores naturales en la cabaña, que incluía todos aquellos a los que yo estaba acostumbrado, salvo el ajo y, curiosamente, las trufas.

Me despertó la entrada de una persona hembra que se movía lentamente y tosía. Había en ella (hablo ahora como hablamos nosotros) la mancha del miedo, de ese Miedo Negro que nos pide levantar el hocico y aullar. Puso la comida. La persona de la azada entró. Corrí a sus rodillas. Me mostró ante los ojos opacos de la chica. Ella me acarició la cabeza, pero el frío de su mano aumentó el miedo. Él me puso sobre sus rodillas y hablaron a la luz del crepúsculo.

Un poco después su conversación derivó hacia las piezas planas y escondidas y los papeles finos. El tono era tan parecido al de mi amo y su compañera que estaba seguro de que iban a levantar la piedra de la chimenea. Pero los suyos estaban dentro de la chimenea, de donde la persona extrajo varias piezas blancas que dio a la muchacha. Llegué a la conclusión de que me habían admitido en su intimidad y me puse (debo confesarlo) a dar saltitos como un cachorro. Mi recompensa fue su alegría, sobre todo la de él. Cuando la muchacha se reía, tosía. Pero la voz de él me acogió y me poseyó antes de que me diera cuenta.

Bien entrada la noche, salieron para preparar un lecho al aire libre, protegido únicamente por un gran haz de leña. La muchacha se dispuso a dormir allí, lo cual me sorprendió (en mi mundo perdido no se duerme fuera, salvo cuando las personas quieren evitar a los guardabosques). Luego la persona de la azada puso una jarra de agua junto al lecho, y al darse la vuelta para entrar en casa dio un largo silbido. Le contestó desde el otro lado del bosque la voz inolvidable de la vieja hembra del sumidero. Me metí enseguida entre y un poco debajo de los leños más duros.

Al llegar silenciosamente la hembra saludó a la muchacha con un extravagante afecto y jugueteó con ella, hasta que las toses acabaron en un sueño inquieto. Luego, cuando no había otro ruido más que el de las polillas nocturnas, me buscó, dijo, para arrancarme la garganta.

—*Ma tante* —repliqué plácidamente desde el interior de mi fortaleza—, no dudo que podría solucionar el problema tragándome vivo. Pero primero dígame qué es lo que he hecho.

—Este es *mi* hueso —fue su réplica.

¡Era suficiente! (Una vez en mi vida había visto al pobre y honrado Plutón colocarse como un lobo furioso entre su Pierril, al que quería, y un guardabosque). Nosotros utilizamos esa palabra pocas veces y nunca con ligereza. Por lo tanto, le contesté:

—Le aseguro que no es mía. Siento el Miedo Negro.

¿Ya he dicho que nosotros no podemos engañarnos unos a otros? La hembra aceptó mi declaración; a la vez que me insultaba por mi falta de aprecio, una deformación de la mente no infrecuente entre las hembras ancianas.

Para distraerla la invité a que me contara su historia. Al parecer la muchacha la había cuidado de pequeña, cuando tuvo el moquillo. Desde entonces la hembra dividía sus deberes entre las ovejas durante el día y la vigilancia, desde la primera estrella hasta el amanecer, de la muchacha, que, me dijo, también sufría de un ligero moquillo. Esa había sido su existencia, su alegría, su devoción mucho antes de que yo naciera. Sin exigir nada más, estaba dispuesta a defender su única exigencia matándome si era preciso.

Una vez, cuando tenía dos meses, e iba a escaparme de una rana muy feroz, mi amigo el Vicomte me aconsejó que, en momentos de crisis, lo mejor era plantar cara. Un repentino impulso me hizo salir de mi refugio y sentarme a su lado. Hubo una pausa donde se decidía la vida y la muerte durante la cual pude contemplar a placer todos sus dientes. Afortunadamente, la muchacha se despertó para beber. La hembra se deslizó para acariciar la mano que había posado la jarra y esperó hasta que volvió a escucharse la respiración. Luego se volvió hacia mí (yo no me había movido) con ojos chispeantes.

—¡Cómo te atreves! —dijo.

—¿Por qué no? —respondí—. Si no es eso, será otra cosa.

—¡A quién se lo dices! —asintió—. Siempre hay otra cosa que temer: no yo sino *mi* hueso.

Entonces comenzó una conversación única, hasta entre nosotros. Mi vieja, fea y salvaje tía, como la llamaré a partir de ahora, se reconcomía de miedo por la muchacha, no tanto por su moquillo sino debido a dos personas enemigas que me describió minuciosamente con el ojo y el hocico, una como una hurona, la otra como una gansa.

Estas, dijo, preparaban una maldad contra la muchacha, frente a la cual mi tía y el padre de la muchacha, la persona de la azada, eran impotentes. Las dos enemigas llevaban consigo determinados papeles, en virtud de los cuales la muchacha podía ser apartada de la casa y de los cuidados de mi tía, de la misma forma que ella había visto a ovejas apartadas de su pasto por personas con papeles y llevadas no se sabía dónde.

Las enemigas aparecían a intervalos por la casa durante el día (cuando el deber de mi tía la retenía con sus ovejas) y siempre dejaban detrás de sí la mancha de la miseria y de la ansiedad. No es que ella temiera personalmente a las enemigas. Ella no temía a nadie más que a un tal Monsieur La Ley, que, como yo comprendí después, hasta la intimidaba.

Naturalmente, me mostré comprensivo. No conocía a ese *gentilhommier* de La Loire, pero conocía el Miedo. También la muchacha era de la misma estirpe del que me había dado de comer y me había dado la bienvenida y cuya voz me tranquilizaba. De repente mi tía exigió que, si yo me proponía residir con ellos, tendría que detallarle mis aventuras. Demostró prácticamente una carencia total de interés por todas ellas, excepto cuando servían a sus propósitos, los cuales me explicó. Ella me permitiría seguir viviendo a condición de que le informara todas las noches, junto a la pila de leña, de todo lo que había visto, oído o sospechado de cada acción y humor de la muchacha a lo largo del día; de la llegada de las enemigas, como ella las llamaba, y lo que pudiera comprender de sus gestos y tonos. En otras palabras, debía espiar para ella como esos de nosotros que acompañan a los guardas forestales y espían para sus detestables amos.

No me molestó. Había tenido experiencia con el guarda forestal. Sin embargo seguía teniendo mi dignidad y una cosa que de pronto consideré todavía más preciosa para mí.

—*Ma tante* —dije—, no lo hago por ti sino por *mi* hueso de la cabaña.

Lo comprendió.

—¿Qué ha hecho que él te necesite? —preguntó.

—Esas cosas son como las trufas —respondí—: están ahí o no están ahí.

—No sé lo que pueden ser las «trufas» —gruñó—. No tiene ninguna utilidad para mí salvo que también teme por mi muchacha. En cualquier caso tu capricho por él también te hace más útil para ayudarme en mis planes.

—Ya veremos —dije—. Pero, hablando de asuntos importantes, ¿dices en serio que no sabes qué son las trufas?

Estaba convencida de que me burlaba de ella.

—¿Es una broma de perro faldero? —preguntó. Dijo eso de las trufas, ¡de mis trufas!

El bloqueo era total. Aparte de la muchacha de la cabaña y de sus ovejas (soy testigo de que con ellas era una artista) la cuadrada cabeza de mi tía no contenía un solo pensamiento. Mi paciencia me abandonó, pero no mis modales.

—¡Alégrate, vieja! —dije—. Un corazón honrado vale más que las muchas desventajas de la ignorancia y la baja cuna...

¿Y ella? ¡Pensé que me iba a comer vivo! Cuando fue capaz de hablar, dejó claro que había «nacido» (exactamente así) de una raza cruzada y entrenada desde los días del Primer Pastor. A cambio yo le expliqué que era un especialista en el descubrimiento de delicadezas que el genio de mis ancestros había revelado a las personas desde que la Primera Persona rascó por primera vez en la primera tierra.

No me creyó (tampoco pretendo haber sido totalmente preciso en mi genealogía) pero me llamó desde entonces «mi sobrino».

Así pasó aquella maravillosa noche, con las polillas, los murciélagos, los búhos, la luna menguante y la respiración alterada de la muchacha. Al salir el sol se oyó una llamada desde más allá del bosque. Mi tía desapareció para ir a trabajar. Entré en la casa y le encontré a él atándose los cordones de una gigantesca bota. La pareja de esta estaba junto a la chimenea. Se la traje (había visto a mi padre hacer lo mismo para aquel Pierrounet, mi amo).

Se mostró ruidosamente complacido. Me acarició la cabeza y cuando entró la muchacha le describió mi hazaña. Ella me llamó para acariciarme y, aunque la Mancha Negra que tenía me hizo encoger, fui. Ella, como me di cuenta en aquel momento, le pertenecía igual que yo.

Allí empezó mi nueva vida. Durante el día le acompañaba a su carbón vegetal: único guardián de su gabán y de su pan y queso que quedaban en el talud, o, recordando el capricho de mi tía, fluctuaba entre el montículo de carbón y la cabaña para espiar a la chica, cuando ella no estaba con él. Él era todo lo que yo deseaba: el sonido de su sólida pisada, su voz profunda pero suave, la agradable textura y olor de su ropa, la seguridad de su mano cuando me metía en su gran bolsillo exterior y me llevaba a través del bosque lejano en donde trataba secretamente con los conejos. Al igual que los campesinos, que están más solos que la mayoría de las personas, hablaba en voz alta consigo mismo y a mí también, preguntándome mi opinión sobre a qué altura estaba un cable.

Aceptaba mi devoción y la correspondió desde el principio. No era capaz de comprender mi Arte. Porque, naturalmente, yo seguía mi Arte como deben hacerlo todos los artistas, hasta cuando son mal comprendidos. Si no, empiezas a preocuparte por bobadas.

Mis nuevos alrededores; el tamaño más grande y el menor espacio entre los robles; la naturaleza más pesada de las tierras; los hábitos de los perezosos vientos húmedos —cien consideraciones que el experto debe tener en cuenta— exigían cambios y adaptaciones de mi técnica... ¿Mi recompensa? Encontraba y le llevaba trufas de las mejores. Con mi hocico se las ponía en la mano. Las posaba en el umbral de la cabaña y la llenaba de su fragancia. Él y la muchacha pensaban que me divertía y las tiraban —¡las tiraban!— para que las recogiera como si fueran piedras y yo un cachorro. ¿Qué más podía hacer? El olor se perdía por aquellos terrenos.

Pero el resto era felicidad, atemperada por vívidos miedos a que, cuando estábamos separados, si el viento soplaba sin moderación, un árbol pudiera caer y aplastarle, o a que, cuando trabajaba hasta tarde, pudiera desaparecer en algunos de esos terribles pozos de río, tan corrientes en ese mundo al que yo había llegado, perdiéndose sin dejar rastro. No había peligro que no imaginara para él hasta que escuchaba sus pisadas en la sólida tierra mucho antes de que la muchacha se diera cuenta. Así que mi corazón estaba feliz a pesar de las conferencias nocturnas con mi formidable tía, que relacionaba sus propias lóbregas aprensiones con cada informe que yo le daba de la vida y acciones cotidianas de la muchacha. Por una causa u otra, las dos enemigas no habían aparecido desde que mi tía me había advertido en contra de ellas, y había menos miedo en la casa. Tal vez, como le insinué un día a mi tía, se debiera a mi presencia.

Fue un desafortunado comentario. Tenía que haber recordado su sexo. Me atacó aquella noche de una nueva manera, diciéndome que debía tener en cuenta que estaba condecorada con el Collar del Oficio, que establecía su posición ante todo el mundo. Estaba a punto de hacerle un cumplido cuando observó, con ese tono bajo de peculiar desapego que tienen las hembras de edad, que, a menos que me condecoraran, no solo estaba fuera de la Ley (aquella persona de la que, debía recordar, hablaba con frecuencia), sino que no podía ser formalmente aceptado en una casa.

¿Cómo, pregunté, podría entonces recibir esa protección? En su caso, dijo, el collar era suyo por derecho como Preceptora de las Ovejas. Conseguir un collar para mí era una cuestión de piezas, o hasta de papeles finos, de su chimenea. (Recordaba la advertencia del pobre Plutón de que todo al final se transformaba en esas cosas). Si él decidía dar sus piezas a cambio de mi collar, mi situación civil sería inexpugnable. De otra forma, al vivir sin tener oficio ni beneficio, yo era como los conejos: vivía por gracia y por casualidad.

—Pero, *ma tante* —exclamé—, tengo el secreto de un Arte superior a los otros.

—En estas partes no se entiende —replicó—. Me lo has contado muchas veces, pero no lo creo. ¡Qué lástima que no sean conejos! Eres lo suficientemente pequeño para entrar en sus madrigueras. Pero esas cosas tuyas, tan preciadas, de debajo de la tierra, que nadie salvo tú puede encontrar, eso es absurdo.

—Es, pues, un absurdo que llena las chimeneas de las personas de piezas y papeles finos. Escúchame, *ma tante* —casi aullé—: el mundo de donde procedo estaba lleno de cosas de debajo de la tierra que deseaban todas las personas. Este mundo también es rico en ellas, ¡pero yo, y solo yo, puedo desenterrarlas!

Repitió con acritud:

—Aquí no es allí. Deberían ser conejos —me volví para marcharme. No podía más—. Hablas demasiado del mundo de donde procedes —dijo desdeñosamente mi tía—. ¿Dónde está ese mundo?

—No lo sé —respondí con aire triste, y me metí bajo los leños. Como rutina, después de pasar el informe a mi tía, me colocaba al pie de la cama de él, donde estaría disponible en caso de bandidos. Pero las palabras de mi tía habían cerrado aquella puerta siempre abierta.

Mis sospechas fueron como gusanos en mi sistema. Si él lo deseaba, podía lanzarme al suelo (más allá de su voz amada) y a la rabiosa procesión de miedos y huidas de las que él me había salvado. Entonces ¿adónde iría...? Solo quedaba mi mundo perdido en el que las personas sabían el valor de las trufas y de aquellos de nosotros que podíamos encontrarlas. ¡Buscaría ese mundo!

Con esta intención, y con una amargura en mi estómago como si hubiera tragado un sapo, salí después del amanecer y hui al fondo del bosque por el que habíamos paseado tantas veces él y yo. Lo limitaba un alto muro de piedra, a lo largo del cual busqué una abertura. No encontré nada hasta que llegué a una casita junto a unos portalones cerrados. Allí un sin-autorización de los nuestros se me acercó, amenazante. No estaba como para discutir, ni siquiera para protestar, así que salí corriendo y ataqué el muro por otro punto. Pero al cabo de un rato me encontré de nuevo cerca de la casa del sin-autorización. Recomencé mi circuito, pero el muro no tenía fin. Me recuerdo gritándole con la esperanza de que se viniera abajo y me dejara pasar. Me recuerdo apelando al Vicomte para que acudiera a ayudarme. Recuerdo un vuelo de grandes pájaros negros pronunciando el mismo nombre de mi mundo perdido —Aa-or— sobre mi cabeza. Pero pronto se dispersaron en diferentes direcciones. Solo el muro continuaba, y yo ciegamente a su pie. Una vez una persona-hembra estiró la mano hacia mí. Hui, como hui de un asombrado conejo que, como yo, existía por gracia y casualidad.

Otra persona con la que me encontré me tiró piedras. Eso me hizo apartarme del muro, y así se quebró su encanto. Comencé una marcha de horas, sin rumbo, hasta que un bosque que me parecía familiar me recibió con su sombra...

Me encontré en la parte trasera del enorme *château* blanco en la depresión que había visto una vez desde lejos, el primer día de mi llegada a este mundo. A través de los arbustos vi un terreno dividido en tiras de aguas quietas y piedras. Allí había pájaros mayores que los pavos, con enormes voces y colas que se alzaban unas contra otras, mientras que una persona-hembra de pelo blanco les daba comida de un cacharro que sostenía con unas manos relucientes. Mi hocico me dijo que era incuestionablemente de pura raza, descendiente de un linaje de campeones. Me hubiera acercado, pero los envidiosos pájaros no lo permitieron. Me retiré colina arriba hacia los bosques y, movido por no sé qué agonías de frustración y desconcierto, levanté la cabeza y aullé.

La llamada dura e imperativa de mi tía atravesó mi autocompasión. La encontré trabajando en los pastos, cercados por aquel muro que encerraba mi mundo. Me acusó enseguida de tener algún asunto vergonzoso y que por ello había abandonado mi puesto cerca de la muchacha. No podía hacer más que jadear. Por fin, al ver mi angustia preguntó:

—¿Has estado buscando tu mundo perdido? —la vergüenza cerró mi boca. Ella prosiguió, en un tono más suave—: Salvo en lo concerniente a *mi* hueso, no te tomes en serio todo lo que digo. Hay otros tan tontos como tú. Espera mi vuelta.

Me dejó con una afectación, casi coquetería, de extremada fatiga. A su cargo habían añadido un nuevo destacamento de ovejas que deseaban escaparse. Se habían dispersado en grupos separados, cada uno con un objetivo y una velocidad diferentes. Mi tía les permitió dispersarse hasta que su terrible voz, que levantó tres veces, las hizo detenerse. Luego, en un recorrido en forma de lazo, mi tía, con una furia ciega, se puso en su flanco, bajó con una certeza, velocidad y cálculo que casi me recordaban a mi amigo el Vicomte. Aquellas difusas y errantes imbéciles se reunieron y se alejaron de ella en una masa de olores y gritos, ¡para encontrarse entonces acorraladas en un ángulo de la alambrada, mi tía tumbada a todo lo largo, mirándolas! Una tras otra bajaron la cabeza y volvieron a su eterno trabajo de echar carnes.

Mi tía volvió, con una afectación de decrepitud intensificada para realizar su actuación. ¿Y quién era yo, un artista también, para burlarme de ella?

—¿Te preguntas por qué mi genio no es más brusco? —dijo—. ¡Tú no podrías hacerlo!

—Pero al menos lo puedo valorar —exclamé—. ¡Fue soberbio! ¡Insuperable! ¡Impecable! Ni siquiera mordiste a ninguna.

—Con las ovejas eso sería un fallo —dijo—. ¿Tú roes tus trufas?

¡Era la primera vez que admitía su existencia! Mi auténtica admiración, más un poco de halago, abrió su corazón. Habló de los triunfos de su juventud en las exposiciones, en las exhibiciones de cuidadores de ovejas; del rescate de corderos perdidos. Oh, ella era una artista, mi tía de flacos ijares y ojos cansados, de adopción forzosa. ¡Hasta me dejó hablar del Vicomte! De repente (las sombras se habían extendido) dio un salto, con una gracia que nunca hubiera sospechado, a un muro de piedra y permaneció un rato mirando a lo lejos.

—Ya basta de tonterías —dijo brutalmente—. Ya has descansado. Vete a tu trabajo. Si miraras, sobrino mío, observarías a la hurona y a la gansa viniendo hacia aquí, a tres campos de distancia. Vuelven de nuevo en busca de mi hueso. Ellas seguirán el camino hecho para las personas. Vete de una

vez a la cabaña antes de que ellas lleguen: haz lo que puedas por obstacu-
lizarlas. ¡Corre, corre, charlatán, pedazo de imbécil!

Volví sobre mis huellas, como nosotros decimos, y tomé la línea directa
a través de los bien conocidos bosques a la mayor velocidad posible porque
sus órdenes me enviaban, sin pérdida alguna de dignidad, hacia el elegido
de mi corazón. Y él me recibió, y la muchacha, sin disimular su felicidad. Me
pasaron del uno al otro como la más rara de las trufas; me regañaron, no
muy severamente, por mi larga ausencia; se preocuparon por posibles heridas provocadas por las trampas; me trajeron pan y leche, que necesitaba ur-
gentemente, y una infinidad de atenciones me demostraron el seguro lugar
que yo ocupaba en sus corazones. Me olvidé de mi dignidad, y no es mucho
decir que nos mezclamos en un verdadero *pas de trois* cuando una sombra
se proyectó en nuestro umbral ¡y las dos enemigas entraron bruscamente!

Concebí, y lo desahogué, un odio instantáneo que durante un rato retrasó su ataque. Él y la muchacha lo aceptaron como una pareja de bueyes
enyugados recibe el azote sobre sus ojos, con la compasiva dignidad que
la tierra, que les ha dado tan poco, otorga a sus humildes. Como bueyes
también retrocedieron y se apretaron el uno contra el otro. Renové mis
amenazas desde cada ángulo porque vi que eso distraía a mis adversarias.
Entonces ellas me señalaron con el dedo apasionadamente, a mí y a mi cazo
de pan y leche, que la alegría me había impedido vaciar. Sentí que sus lenguas estaban sucias de reproches.

Al final, él habló. Mencionó mi nombre más de una vez, pero siempre
(debo decirlo) en mi defensa. La muchacha le apoyó. Me ayudó todo lo que
había escuchado en mi mundo perdido acerca de la *sans-kennailerie* de la
calle de la Fuente, lo cual era bastante. Las enemigas renovaron su asalto.
Evidentemente mi tía tenía razón. Su plan era llevarse de allí a la muchacha
a cambio de piezas de papel. Vi cómo la hurona blandía un papel ante la
nariz de él. Él movió la cabeza y emitió ese «No» de los campesinos, que es
igual en todas las lenguas.

Lo celebré con vehemencia, de modo continuo, monótonamente, en el
tono que también había aprendido en la calle de la Fuente. No había manera de soportarlo. Sentí que las enemigas amenazaban con una prodigiosa

acción; pero al final se fueron de nuestra vista. Las acompañé hasta el montón de carbón vegetal (el límite de nuestro dominio privado) en un silencio cargado de posibilidades para sus gruesos tobillos.

Volví y me encontré a *mis* dos hundidos en la miseria, pero por mi culpa. Creo que pensaban que podía marcharme otra vez, porque cerraron la puerta. Repetían tiernamente una y otra vez mi nombre, que para ellos era Teem. Finalmente él sacó un papel fino de la chimenea, me metió en su bolsillo exterior y caminó rápidamente hacia la aldea, que yo nunca había olido antes.

En un lugar donde una persona-hembra estaba encerrada entre barrotes, él intercambió el papel fino por uno que puso bajo mi hocico, diciendo: «¡Teem, mira! ¡Esta es la licencia legal!». En otro lugar me senté ante una persona que exhalaba un agradable aroma a pieles secas. Mi cuello fue rodeado por un collar que llevaba una brillante chapa. Todas las personas me rodearon expresando admiración y diciendo muchas veces «¡Lor!». Durante nuestro regreso a través de la aldea alargué mi adornado cuello fuera de su bolsillo, como uno de los chillones pájaros del *château,* para impresionar a algunos de los míos que anduvieran por ahí porque ya estaba bajo la entera protección de Monsieur La Ley (quienquiera que fuera), y que de esa forma ya era un igual de mi severa tía.

Aquella noche, junto al lecho de la muchacha, mi tía se mostró más difícil que nunca. Cortó en seco la historia de mi aventura y me interrogó fríamente acerca de lo que verdaderamente había pasado. Sus interpretaciones no fueron optimistas. Profetizó que nuestras enemigas volverían, más furiosas aún por haber sido frenadas. Me dijo que cuando ellas mencionaban mi nombre (como os he dicho) era para reprocharle a él por alimentarme a mí, a un vagabundo, con buen pan y leche, cuando yo, de acuerdo con Monsieur La Ley, no le pertenecía. (A ella misma, añadió, le escandalizaba con frecuencia la extravagancia de él en este aspecto). Observé que mi collar ponía fin a cuestiones inconvenientes. Mostró su acuerdo de manera brusca, pero (le había descrito la escena) objetó que él había cogido el papel fino de su escondite porque yo le había engatusado con mis trucos de «perro faldero» y que, sin ese papel, él no tendría comida, al igual que sin lo que se quemaba bajo su nariz, lo que sería muy grave.

Yo me quedé espantado.

—Pero, tía mía —le rogué—, ¡muéstrame la manera de enseñarle que la tierra sobre la que él se pasea con tanta arrogancia puede llenar su chimenea de papeles finos, y te prometo que ella comerá pollo!

Mi evidente sinceridad, y quizá también la estratagema de mi llamamiento final, la conmovió. Se metió una pata en la boca, reflexionando.

—¿Le has mostrado esas maravillosas cosas subterráneas tuyas? —concluyó.

—Con frecuencia. Y también a tu muchacha. Creyeron que eran piedras para arrojar. No me toman en serio por mi tamaño. Hubiera seguido lamentándome, pero ella me atacó. La muchacha se puso a toser.

—Cállate, desdichado. ¿Le has mostrado las trufas, o como tú las llames, a alguien más?

—Ellos dos son los únicos que he conocido en este mundo, tía mía.

—Eso era cierto hasta ayer —replicó—. Pero al volver al *château* esta tarde, ¿eh?

(Mi amigo el Vicomte tenía razón cuando me advirtió de que todas las viejas tienen seis orejas y diez hocicos. ¡Y cuanto mayores son más todavía!).

—Vi a esa persona solo de lejos. ¿La conoces entonces, tía mía?

—¡Que si la conozco! La encontré una vez cuando cojeaba porque se me clavaron unas espinas en las almohadillas de la pata izquierda. Me detuvo. Me las quitó. También me puso la mano en la cabeza.

—¡Por desgracia no tengo tus encantos! —repliqué.

—Escúchame antes de que mi cólera estalle, sobrino mío. Ha vuelto a su *château*. Deja una de esas cosas que tú sabes encontrar a sus pies. No me creo tus cuentos sobre ellas, pero *ella* tal vez sí. Es de raza. Lo sabe todo. Ella puede mostrarte el camino que tú tanto deseas encontrar. Es pura suerte. Pero, si lo consigues y mi hueso *no* come los pollos que le has prometido, puedes estar seguro de que te arrancaré la garganta.

—Tía mía —repliqué—. Te estoy infinitamente agradecido. Por lo menos me has mostrado un camino. ¡Qué pena que hayas nacido con tantas espinas bajo la lengua!

Y salí corriendo para ocupar mi puesto al pie de la cama de él, donde dormí profundamente (¡vaya día que había vivido!) hasta el momento de llevarle sus botas por la mañana.

Entonces fuimos a nuestro carbón vegetal. Como Guardián Oficial del Gabán no me permití excursiones hasta que él se afanó tapando los respiraderos de las llamas de los flancos del montículo. Entonces me fui hacia un trozo de terreno que había observado hacía mucho tiempo. En mi camino, un azar del viento me dijo que la Nacida del *château* paseaba por los linderos del bosque. Corrí hasta mi trozo de terreno, que era todavía más productivo de lo que había pensado. Había desenterrado varias trufas cuando el sonido de sus pasos se endureció en el desnudo suelo bajo los árboles. Seleccioné la mayor y más madura, la llevé hacia ella, la dejé en su camino, y adopté una actitud de humilde devoción. Su nariz le informó antes que sus ojos. Vi cómo la arrugaba y olfateaba con delicia. Se detuvo, y con sus manos relucientes tomó mi presente para olerlo. Su comprensiva apreciación me envalentonó para tirar del dobladillo de sus ropas en dirección a donde estaba mi pequeña despensa debajo del roble. Ella se arrodilló y, olisqueando extáticamente su aroma, las metió en una pequeña cesta que llevaba bajo el brazo. (Todas las Nacidas llevan cestas parecidas cuando pasean por sus propiedades).

Entonces él gritó mi nombre. Repliqué que ya iba, que un asunto de mayor importancia me retenía por un momento. Marchamos juntos, la Nacida y yo, y lo encontramos a él junto a su gabán, poniendo aparte para mí un cacho de pan y queso.

¡Vivíamos, los dos, compartiéndolo todo!

Había visto a menudo a Pierrounet, mi amo, el que me entregó a los desconocidos, con el sombrero en la mano y haciendo reverencias en la puerta lateral del *château,* en mi mundo perdido de entonces. Nunca fue hermoso. Pero él (¡mi propio hueso!), también sin sombrero, permaneció bellamente erguido como un campesino de raza haría cuando ni él ni los suyos son torturados por huronas y gansas. Durante un breve tiempo, él y la Nacida no se preocuparon de mí. Evidentemente se conocían hacía tiempo. Ella habló; movió sus manos relucientes; se rio. Él respondió con seriedad, con digno sosiego, como mi amigo el Vicomte. Entonces escuché mi nombre varias veces. Me imaginé que le dijo algo sobre mi aparición en este mundo. (Nosotros los campesinos no le decimos todo a cualquiera). Para que le mostrara mi carácter, tal como él lo entendía, lanzó una piedra. Con tanto énfasis como mi amor por él me lo permitía, dejé claro que los juegos de perros falderos no eran los míos. Ella nos mandó volver al bosque. Allí me dijo, como si se refiriera a sus magníficas botas:

—¡Busca, Teem! ¡Encuentra, Teem! —y agitó los brazos en todas las direcciones. ¡No lo sabía! ¡Ni siquiera entonces, mi hueso lo sabía!

¡Pero yo... yo estaba a la altura de las circunstancias! Sin gestos innecesarios; acallando los chillidos de arrebato que surgían de mi garganta; fríamente, casi como mi padre, punto a punto, reanudando el rastro y siguiéndolo (su azada me ahorró la dificultad de excavar) hasta que la cesta se llenó. En ese momento la muchacha (casi siempre estaban juntos) apareció con su cara marcada por todas las viejas desdichas, y detrás de ella (si no hubiera estado tan ocupado con mi Arte, hubiera captado su olor) ¡estaban las dos enemigas!

No nos habían visto entre los árboles porque la fueron riñendo hasta el montículo de carbón. Nuestra Nacida descendió hacia ellas tan suavemente como la bruma a través de la cual resplandecen las estrellas, y las saludó con la voz de una paloma que sale de entre el follaje del verano. Me quedé quieto.

¡Ella no necesitaba ayuda, ni hablar! Ellas levantaban cada vez más la voz; y ella se mostró cada vez más suave. Blandieron ante ella uno de sus detestables papeles, que recibió como si fueran todas las trufas del mundo. Ellas hablaron de Monsieur La Ley. De sus renovadas sonrisas comprendí que él también gozaba del honor de la amistad de ella. Siguieron hablando de él... Luego... ¡las desterró! ¿Cómo? Hablando con la mayor de las reverencias a ambas, me recordó a mi amigo el Vicomte, separando una aglomeración de terneros enloquecidos, y por lo tanto peligrosos, en la estación de ferrocarril. Hubo el mismo sabio movimiento de cabeza, la misma casi invisible rigidez de los hombros, la misma vocecita que sale de un lado de la boca, diciendo «Me hago cargo». Y luego (y luego) aquellas insoportables hijas de un *gentilhommier* advenedizo se transformaron en dos amistosas e impresionadas integrantes de su peculiar clase, cediendo, lentamente al principio, pero finalmente evaporándose (sí, evaporándose como los malos olores) del mundo en el que se habían inmiscuido.

Durante el alivio que siguió, la muchacha lloró sin parar. Nuestra Nacida la llevó hasta la cabaña y la consoló. Le mostramos nuestro lecho junto a la leña y todos nuestros pequeños objetos, incluida la botella en la que la muchacha solía beber. (La probé una vez que se vertió. Era como pescado podrido, bueno solo para los gatos). Miró, escuchó, lo tuvo todo en cuenta. Cada una de sus palabras transmitía tranquilidad. Quería darle a él algunas piezas, supongo, a cambio de su cesta llena. Él apuntó hacia mí con su dedo para indicar que el trabajo era mío. Ella repitió la mayor parte de las palabras que había utilizado antes (incluido mi nombre) porque uno tiene que explicar las cosas muchas veces a un campesino que *no* desea entender. Por fin él aceptó las piezas.

Luego mi Nacida se agachó junto a mí, al lado del pie de él, y en el idioma de mi mundo perdido, dijo:

—¿Sabes, Teem, que todo esto es trabajo tuyo? Sin ti no hubiéramos podido hacer nada. Tú lo sabes, ¿no?, mi querido Teem.

¡Claro que lo sabía! Si él me hubiera escuchado desde el principio, la situación se habría regularizado media temporada antes. Ahora podría llenar su escondite en la chimenea como mi padre se lo había llenado a aquel repugnante Pierrounet. Lógicamente, por supuesto, debería haber hecho una nueva demostración de mi Arte como prueba de mi celo por los intereses de mi familia. Pero no lo hice. ¡En lugar de ello, me puse a correr, a revolcarme, a dar saltos, a ladrar, a hacer fiestas en sus rodillas! ¿Qué hubieras hecho tú? Era un sentimiento atolondrado, ¡pero tuvo el éxito de un huracán! Me aceptaron como si fuera una persona, y él con menos reservas que nadie. ¡Fue mi momento supremo!

Por fin he reducido a mi familia a la rutina, lo cual es indispensable para los que son rectos entre los nuestros. Por ejemplo, periódicamente él y yo descendemos hasta el *château* con una cesta de trufas para nuestra Nacida. Si ella está allí, me acaricia. Si está en otra parte, la cesta la sigue en un carro. También la sigue su Chef, una persona de buen olor y, soy testigo, un artista. Esto, tengo entendido, es nuestro pago por el derecho de explotar todas las trufas que yo encuentre dentro del gran muro. Las ponemos en otro carro, lleno de deliciosos comestibles, que nos esperan regularmente en el camino de carros junto a la Casa del Portal donde el sin-autorización me persiguió. Nos pagan en mano (¡créannos los campesinos!) con piezas o papeles, mientras yo hago guardia contra los bandidos.

Como resultado, la muchacha ahora tiene una casita con tejado de madera, abierta por un lado y que él, con su poderosa mano, puede hacer girar contra los vientos. Allí ella ordena las botellas en las que bebe y allí la visita (pero cada vez menos) una persona seca, de mezclados olores, que aplica un palo, donde pone su oreja, a la delgada espalda de ella. Así, y debido a los pollos que come, como prometí a mi tía, la mancha de su moquillo disminuye. Mi tía niega que haya existido nunca, ¡pero su amor (¿no te lo he dicho?) no tiene límites! Ha sido honorablemente jubilada de sus deberes para con las ovejas y se ha instalado en la casita donde la muchacha tiene su cama, y no me anima a que entre. Lo puedo soportar. Yo también tengo mi hueso.

Solo que, como pasa con la mayoría de nosotros, que vivimos tan rápidamente, sueño mientras duermo. Entonces vuelvo a mi mundo perdido: a los delgados y silbantes robles de hojas secas, que no son como estos gigantes; a aquellas colinas pedregosas y a los traidores pozos del río, que no son estos seguros pastos; a los olores penetrantes, que no son como estos; a la compañía de los pobres Plutón y Dis; a la calle de la Fuente, por la que sube para encontrarse conmigo, como cuando era un rudo cachorro, mi amigo, mi protector, mi primera adoración, Monsieur le Vicomte Bouvier de Brie.

En ese momento siempre me despierto, y hasta que no siento su pie debajo de la ropa de cama y oigo su tranquila respiración, mi mundo perdido no se desvanece...

Ah, sabio y bien amado guardián y compañero de juegos de mi juventud, es verdad, es verdad, tú me lo advertiste, ¡fuera de su Arte, un artista nunca debe soñar!

LOS TRES PERROS

LUDWIG BECHSTEIN

Un pastor que solo podía dejar en herencia a sus dos hijos, un muchacho y una muchacha, tres ovejas y una casita, les dijo en su lecho de muerte:

—Repartidlos como buenos hermanos, que no haya pleitos ni rencillas entre vosotros.

Así que, cuando el pastor murió, el muchacho preguntó a su hermana con qué prefería quedarse: ¿las ovejas o la casita? Ella eligió la casita.

—Pues yo me quedaré con las ovejas —dijo él—, y me echaré al mundo. Hay quien ha encontrado así la fortuna, y yo he nacido con buena estrella.

Partió con su herencia, pero durante mucho tiempo la suerte no quiso salir a su encuentro. Un día se sentó muy disgustado en un cruce de caminos, sin saber cuál de ellos tomar; de pronto, vio a un hombre a su lado, acompañado por tres enormes perros negros, a cada cual más grande.

—Eh, amigo —dijo el hombre—, menudas tres ovejas tiene. ¿Sabe qué? Si me da las ovejas, le daré a cambio mis perros.

A pesar de su tristeza, el muchacho no pudo evitar reírse.

—¿Y qué voy a hacer yo con sus perros? —preguntó—. Mis ovejas se alimentan solas, pero a los perros tendría que darles yo de comer.

—Mis perros son de un tipo muy particular —contestó el extraño—. Serán ellos los que le den de comer a usted, y no al revés, y le traerán fortuna. Al más pequeño puede decirle «trae comida»; al segundo, «ataca»; y al más grandote, «rompe hierro y acero».

El pastor acabó por dejarse engatusar y le dio sus ovejas al hombre. Para probar las cualidades de sus perros, dijo: «¡Trae comida!» y, de inmediato, el correspondiente perro salió corriendo y volvió con una gran cesta de las más exquisitas viandas. El pastor no se arrepintió del cambio y se dio una vida regalada mientras recorría largamente el país.

Un día se encontró un carruaje tirado por dos caballos y cubierto de crespones; hasta los caballos llevaban mantas negras, y también el cochero iba vestido de luto. En la carroza iba sentada una muchacha increíblemente hermosa, con ropajes negros, que lloraba amargas lágrimas. Los caballos avanzaban despacio y tristemente, con la cabeza gacha.

—Cochero, ¿qué es todo esto? —preguntó el pastor.

El cochero respondió desabrido, pero el muchacho no dejó de preguntar hasta que aquel le contó que en la zona habitaba un gran dragón, al que habían prometido, para librarse de sus estragos, una doncella como tributo anual, que el dragón devoraba hasta no dejar ni los huesos. La suerte decidía siempre entre las doncellas de catorce años, y esta vez le había tocado a la hija del rey. Y, aunque este y todo el país estaban invadidos por una profunda congoja, el dragón debía recibir su víctima. El pastor sintió compasión por la hermosa joven y siguió al carruaje, que se detuvo, por fin, ante una alta montaña. La doncella descendió de la carroza y caminó triste y lentamente hacia su terrible destino. Entonces, el cochero vio que el forastero quería seguirla y le advirtió, pero el joven no se dejó detener. Cuando habían ascendido la mitad de la montaña, desde la cima descendió un aterrador monstruo con el cuerpo lleno de escamas, alas y unas inmensas garras en las patas; de su garganta salían grandes llamas sulfurosas mientras se dirigía hacia su botín.

—¡Ataca! —gritó el pastor.

Y el segundo de sus perros cayó sobre el dragón, le mordió en el costado con fiereza y lo acosó de tal forma que el monstruo acabó por sucumbir y dar un último suspiro ponzoñoso. El perro no dudó en comérselo por completo, hasta que no quedaron más que un par de colmillos, que el pastor se guardó. La hija del rey estaba desmayada, no sabía si más de miedo o de contento; el pastor la reanimó y ella se postró a los pies de su salvador y le pidió con vehemencia que la acompañase a ver a su padre, que querría recompensarlo generosamente. El joven contestó que había salido a ver el mundo y que no volvería hasta pasados tres años. Y se mantuvo firme en esta decisión. Así que la doncella volvió a sentarse en su carroza y el pastor siguió su camino.

Pero el cochero había dado en un mal pensamiento. Mientras cruzaban un puente, bajo el que fluía un río de ancho curso, se detuvo.

—Vuestro salvador —dijo, volviéndose hacia la hija del rey— se ha marchado sin aspirar a vuestro agradecimiento. Sería hermoso por vuestra parte hacer feliz a un hombre pobre. Podríais decir a vuestro padre que he sido yo quien mató al dragón; pero, si no queréis, os tiraré por aquí a la corriente y nadie preguntará por vos, pues todos creerán que habéis sido víctima del monstruo.

La doncella lloró e imploró misericordia, pero fue inútil. Por fin tuvo que jurar que haría pasar al cochero por su salvador y que no contaría a nadie su secreto. Así volvieron a la ciudad, donde los recibieron con entusiasmo; se arrancaron los pendones negros de las torres y se pusieron en su lugar otros de colores, y el rey abrazó con lágrimas de alegría a su hija y al supuesto salvador.

—No solo has librado a mi hija de un gran tormento, sino a todo el país —dijo—. Toda recompensa que te conceda será pequeña. Te casarás con mi hija; pero, como es aún demasiado joven, la boda no se celebrará hasta dentro de un año.

Al agradecido cochero lo vistieron con todo lujo, lo nombraron caballero y lo instruyeron en las buenas maneras que su estatus, ahora noble, le exigiría. La hija del rey, sin embargo, estaba aterrorizada, y vertió amargas lágrimas al saber todo esto; no se atrevió, sin embargo, a romper su juramento.

Cuando hubo pasado el año, no pudo conseguir más que otro año de plazo. Este también llegó a su fin, y ella se echó a los pies de su padre y le rogó un año más, pues no podía dejar de pensar en la promesa de su verdadero salvador. El rey no pudo resistir sus súplicas y cedió a su solicitud con la condición de que ese sería su último aplazamiento. ¡Qué rápido pasó el tiempo! El día del matrimonio estaba ya fijado, en las torres ondeaban pendones rojos y los súbditos resplandecían de contento.

Ese mismo día llegó a la ciudad un forastero con tres perros. Preguntó por la causa de la alegría general y averiguó que la hija del rey iba a casarse con el hombre que había matado al terrible dragón. El forastero llamó mentiroso a aquel hombre que se engalanaba con honras ajenas, por lo que la guardia lo apresó y lo arrojó a un oscuro calabozo con rejas de hierro. Allí tendido, en su jergón, considerando su triste estrella, creyó oír de pronto fuera los gemidos de sus perros y se le encendió una lucecilla: «¡Rompe hierro y acero!», gritó tan fuerte como pudo y, apenas lo hubo dicho, vio las garras de su enorme perro en las rejas de la ventana, a través de las cuales entraba en su celda la exigua luz del día. La reja se rompió y el perro entró en la celda y partió a dentelladas los grilletes con los que su dueño estaba encadenado; luego, volvió a salir de un salto, seguido por el muchacho. Ahora estaba libre, pero le dolía pensar que otro fuera a aprovecharse de su recompensa. También tenía hambre, así que le gritó al perro: «¡Trae comida!», y pronto este volvió con una servilleta que envolvía exquisitas viandas, y en la servilleta había una corona bordada.

El rey estaba, de hecho, sentado a la mesa con toda la corte cuando había aparecido el perro y le había lamido la mano a la doncella casadera. Con un sobresalto de alegría, esta lo había reconocido y había envuelto la comida en su propia servilleta. Para ella había sido como una señal del cielo, preguntó a su padre si podía hablar con él y, cuando estuvieron solos, le confió su secreto. El monarca envío un mensajero tras el perro, que pronto trajo al forastero ante su presencia. El rey introdujo al muchacho de la mano en el salón; el antiguo cochero palideció al verlo y pidió clemencia de rodillas. La hija del rey reconoció al forastero como su salvador y este presentó como prueba, además, los colmillos del dragón que aún llevaba consigo. Arrojaron al cochero a una profunda mazmorra y el pastor ocupó su lugar junto a la hija del rey. Esta vez, ella no pidió que la boda se aplazase.

La joven pareja llevaba ya un tiempo viviendo deliciosamente feliz, cuando el antiguo pastor se acordó de su pobre hermana y expresó su deseo de compartir con ella su suerte. Envió un carruaje a recogerla y no tardó mucho en poder abrazarla. Y, de pronto, uno de los perros comenzó a hablar.

—Nuestro momento ha llegado a su fin —dijo—. Tú ya no nos necesitas. Solo nos habíamos quedado para ver si no olvidabas a tu hermana en tu suerte y tu felicidad.

Y los tres perros se convirtieron en tres pájaros y se alejaron por el aire.

EL ORÁCULO DEL PERRO

G. K. CHESTERTON

—Sí —dijo el padre Brown—, siempre me han gustado los perros, con tal de que su nombre no se deletree al revés.

Los que son rápidos al hablar no lo son siempre al escuchar. A veces, incluso, su brillantez produce una especie de estupidez. El amigo y compañero del padre Brown era un joven con un torrente de ideas y de historias, un entusiasta llamado Fiennes, con ansiosos ojos azules y cabellos rubios que parecían cepillados para atrás, no solo por un cepillo sino por el viento del mundo a medida que se abría paso en él. Pero detuvo con un momentáneo desconcierto el torrente de su cháchara antes de considerar el simplísimo significado del comentario del cura.

—¿Quiere decir que la gente les da demasiada importancia? —dijo—. Bueno, no sé. Son criaturas maravillosas. A veces pienso que saben mucho más que nosotros. —El padre Brown no dijo nada, continuó acariciando la cabeza del gran retriever de modo distraído pero tranquilizador—. Vamos —dijo Fiennes, volviendo a su monólogo—, había un perro en el caso por el que he venido a verle: lo que llaman el «caso del asesino invisible», ¿sabe? Es una historia extraña, pero desde mi punto de vista el perro es casi lo más extraño que hay en ella. Por supuesto, está el misterio del caso en sí mismo, y de cómo el viejo Druce pudo ser asesinado cuando estaba completamente solo en el cenador.

La mano que acariciaba al perro detuvo un momento su movimiento rítmico, y el padre Brown dijo tranquilamente:

—Ah, era una casa de verano, ¿verdad?

—Creí que lo había leído en los periódicos —contestó Fiennes—. Espere un momento; creo que tengo un recorte donde figuran todos los detalles.

Sacó de su bolsillo un trozo de periódico y se lo dio al cura, que empezó a leerlo, sujetándolo con una mano cerca de sus ojos parpadeantes mientras la otra seguía acariciando al perro medio inconscientemente. Parecía la parábola del hombre cuya mano derecha no sabía lo que hacía la izquierda.

Muchas historias de misterio, de hombres asesinados detrás de puertas y ventanas cerradas, y de asesinos que se escapan sin forma de entrar o de salir, se hacían realidad en los extraordinarios acontecimientos de Cranston, en la costa de Yorkshire, donde el coronel Druce apareció apuñalado por la espalda con una daga que desapareció por completo de la escena y hasta del vecindario.

En realidad al cenador donde murió se accedía por una entrada, el portal común que daba al camino central del jardín que iba hacia la casa. Pero por una combinación de hechos que casi podrían llamarse coincidencias, al parecer tanto el camino como la entrada estaban vigilados en aquel preciso momento, y había una cadena de testigos que coincidían en confirmarlo. El cenador estaba situado al final del jardín, donde no había salida ni entrada de ningún tipo. El camino central del jardín era un sendero entre dos hileras de altas capuchinas, plantadas tan juntas que cualquier paso que se desviara del camino dejaría señales; y tanto el sendero como las plantas llegaban hasta la mismísima puerta del cenador, por lo que era imposible que se pasara por alto cualquier desviación del camino y era impensable otra forma de entrar.

Patrick Floyd, el secretario del asesinado, atestiguó que se encontraba en una posición desde la cual dominaba todo el jardín desde el momento en que el coronel Druce apareció vivo por última vez en la entrada hasta el momento en que se le descubrió muerto, puesto que Floyd se hallaba en la parte superior de una escalera de tijera recortando el seto del jardín. Janet Druce, la hija de la víctima, lo confirmó diciendo que había estado sentada en la terraza de la casa durante todo ese tiempo y había visto a Floyd trabajando. En cuanto al tiempo, lo confirmaba de nuevo Donald Druce, su hermano, que de pie en bata junto a la ventana de su dormitorio, ya que se había levantado tarde, dominaba el jardín. Por último, el relato era coherente con el del Dr. Valentine, un vecino, que habló con la señorita Druce en la terraza, y con el del abogado del coronel, el señor Aubrey Traill, que aparentemente fue el último en ver vivo al hombre asesinado, con la presumible excepción del asesino.

Todos se mostraban de acuerdo en que la secuencia de los hechos fue la siguiente: sobre las tres y media de la tarde, la señorita Druce bajó por el camino para preguntar a su padre cuándo quería tomar el té; pero Druce dijo que no lo iba a tomar y que estaba esperando la visita del señor Traill, su abogado, que debía ser llevado al cenador en cuanto llegara. Entonces la chica se fue y se encontró con Traill, que bajaba por el sendero; ella le condujo a donde estaba su padre y él entró por donde se le había dicho. Una media hora después volvió a salir, acompañándole hasta la puerta el coronel, cuyo aspecto era saludable y hasta jovial. Antes se había mostrado un tanto molesto por el irregular horario de su hijo, pero en apariencia recuperó su buen humor de una forma completamente normal, y durante otras visitas, incluida la de dos de sus sobrinos, que venían a pasar el día, estuvo muy afable. Pero como sus sobrinos se encontraban fuera, paseando, durante el tiempo en que se desarrolló la tragedia, no tenían nada que decir. Realmente, se decía que el coronel no tenía muy buenas relaciones con el Dr. Valentine, pero este caballero solo tuvo un breve encuentro con la hija de la casa, a la que se suponía que prestaba una especial atención.

Traill, el abogado, dijo que dejó al coronel completamente solo en el cenador, lo cual fue confirmado por la vista panorámica que del jardín tenía Floyd, que demostraba que nadie más había pasado por la única entrada. Diez minutos después, la señorita Druce bajó de nuevo por el jardín y no había llegado al final del sendero cuando vio a su padre, que era bien visible por su chaqueta blanca de lino, tirado en el suelo como si fuera un bulto. Lanzó un grito que atrajo a los demás y al llegar al lugar se encontraron al coronel muerto junto a su sillón de mimbre, que estaba volcado. El Dr. Valentine, que aún estaba cerca, testificó que la herida la había producido algún tipo de estilete, que le entró por el omóplato y le atravesó el corazón. La policía buscó por todo el barrio el arma, pero no se encontró ni rastro de ella.

—Así que el coronel llevaba una chaqueta blanca, ¿no? —dijo el padre Brown mientras soltaba el papel.

—Una costumbre que adquirió en el trópico —contestó Fiennes, con cierta perplejidad—. Allí tuvo algunas aventuras curiosas, según contaba él, y apostaría a que su antipatía hacia Valentine estaba en relación con el hecho de que el doctor también viniese del trópico. Pero todo es un enigma infernal. El relato ahí es bastante preciso; yo no vi la tragedia cuando se descubrió; estaba paseando con los sobrinos y el perro, el perro sobre el que quería hablarle. Pero vi el escenario tal y como ha sido descrito; el camino recto entre las flores azules hasta la oscura entrada, el abogado que baja vestido de negro con un sombrero de seda, y la roja cabeza del secretario por encima del seto mientras trabajaba con sus tijeras podadoras. Nadie podría confundir a ninguna distancia esa cabeza roja; y si la gente dice que la vieron allí en todo momento, puede estar seguro de que la vieron. Este secretario de cabeza roja, Floyd, es todo un personaje; un tipo apresurado e inquieto, siempre dedicado al trabajo de los demás tal y como estaba haciendo con el del jardinero. Creo que es americano; sin duda tiene una concepción americana de la vida, lo que llaman punto de vista, Dios los bendiga.

—¿Y el abogado? —preguntó el padre Brown.

Se produjo un silencio y luego Fiennes habló bastante lentamente como para ser él.

—Traill me pareció un hombre singular. Con su ropa negra de calidad se diría que es un presumido, pero es casi imposible decir que va a la moda, porque lleva unos abundantes bigotes negros de los que no se ven desde los tiempos victorianos. Su cara y sus modales son agradables y serios, aunque de vez en cuando se acuerda de que tiene que sonreír. Y cuando muestra su blanca dentadura parece perder algo de su dignidad, y hay algo de levemente adulador en él. Puede que fuese solo timidez, porque jugueteaba nerviosamente con su corbata y el alfiler de esta, dos objetos a la vez elegantes e inusuales, tal y como él es.

»Si pudiese pensar en alguien, ¿pero para qué, cuando todo el caso es imposible? Nadie sabe quién lo hizo. Nadie sabe cómo se hizo. Pero yo haría una excepción, y es la razón por la que mencioné todo el asunto. El perro lo sabe.

El padre Brown suspiró y luego dijo de forma ausente:

—Usted estaba allí como amigo del joven Donald, ¿no? ¿No fueron de paseo juntos?

—No —contestó Fiennes sonriendo—. El muy sinvergüenza se fue a dormir por la mañana y se levantó por la tarde. Yo me fui con sus primos, dos jóvenes oficiales de la India, y nuestra conversación fue bastante trivial. Recuerdo que el mayor, cuyo nombre creo que es Herbert Druce y que es una autoridad en la cría de caballos, no habló más que de una yegua que había comprado y del carácter moral de la persona que se la había vendido; mientras que su hermano Harry no hizo más que dar vueltas a su mala suerte en Montecarlo. Menciono esto únicamente a la luz de lo que ocurrió durante nuestro paseo, puesto que no estábamos predispuestos a los fenómenos psíquicos. El perro era el único místico en nuestra compañía.

—¿De qué raza es el perro? —preguntó el cura.

—De la misma raza que ese —contestó Fiennes—. Eso fue lo que me hizo empezar con la historia, cuando dijo que no se debía creer a un perro. Es un gran retriever negro, llamado Nox, un nombre de lo más sugerente; porque creo que lo que hizo es un misterio aún más oscuro que el asesinato. Ya sabe que la casa y el jardín de los Druce están junto al mar; nos alejamos como una milla andando por la arena y luego nos dimos la vuelta, yendo en la otra dirección. Pasamos frente a una roca bastante curiosa llamada la Roca de la Fortuna, famosa en la zona porque es uno de esos ejemplos de roca que se balancea ligeramente sobre otra, por lo que un simple toque la haría caer. La verdad es que no es muy alta, pero su silueta colgante le da un aire salvaje y siniestro; por lo menos esa es la sensación que me dio a mí, porque no creo que a mis joviales jóvenes compañeros les afligiera el pintoresco paisaje. Pero puede ser que yo empezara a sentir la atmósfera; porque fue entonces cuando surgió la pregunta de si era hora de volver para tomar el té, y creo que fue entonces cuando tuve la premonición de que el tiempo era muy importante en el asunto. Ni Herbert Druce ni yo teníamos reloj, por lo que llamamos a su hermano, que estaba unos cuantos pasos atrás, porque se había parado para encender su pipa bajo el seto. Nos dijo con su potente voz, bajo la luz del atardecer, que eran las cuatro y veinte; y de alguna forma fue su intensidad la que la hizo sonar como la proclamación de algo tremendo. Su inconsciencia pareció aumentarlo; pero siempre pasa así con los augurios, y los particulares tictacs del reloj fueron esa tarde realmente ominosos. Según el testimonio del Dr. Valentine, el pobre Druce murió hacia las cuatro y media.

»Bueno, dijeron que no teníamos que volver a casa hasta pasados diez minutos y anduvimos un poco más por la playa, sin hacer nada en particular, arrojando piedras para el perro y lanzando palos al mar para que nadara detrás de ellos. Pero para mí el crepúsculo parecía extenderse extrañamente opresivo, y la mismísima sombra de la pesada roca superior de la Roca de la Fortuna caía sobre mí como una carga. Y entonces ocurrió algo curioso. Nox acababa de traer de vuelta del mar el bastón de Herbert y su hermano acababa de tirar también el suyo. El perro volvió a nadar, pero, más o menos cuando debía de haber pasado media hora, dejó de nadar. Volvió a la orilla y se colocó frente a nosotros. Entonces levantó la cabeza y lanzó un aullido o un quejido dolorido como nunca he escuchado.

»—¿Qué diablos le ocurre al perro? —preguntó Herbert, pero ninguno de nosotros supo contestar.

»Hubo un largo silencio después de que el quejido y el gimoteo se extinguieran en la desolada orilla; y entonces se rompió el silencio. Tal y como lo viví, fue roto por un débil y lejano chillido, como el chillido de una mujer más allá de los setos del interior. Entonces no supimos lo que era, pero después sí. Fue el grito de la chica cuando vio por primera vez el cuerpo de su padre.

—Me imagino que volvieron —dijo el padre Brown pacientemente—. ¿Qué pasó después?

—Le diré lo que ocurrió después —dijo Fiennes con solemne énfasis—. Cuando volvimos al jardín al primero que vimos fue a Traill, el abogado; aún le veo con su sombrero y sus bigotes negros que resaltaban sobre la perspectiva de las flores azules que se extendían hasta el cenador, con la puesta de sol y el extraño perfil de la Roca de la Fortuna en la lejanía. Su rostro y su figura formaban una sombra contra la puesta de sol, pero juro que en el rostro se podían ver sus dientes blancos mientras sonreía.

»En el momento en que Nox vio al hombre se precipitó hacia él. Y se puso en medio del camino ladrándole como un loco, con aire asesino, lanzándole unas maldiciones, que casi parecían verbales, con un terrible e inconfundible odio. Y el hombre se volvió y se marchó corriendo por el camino entre las flores.

El padre Brown se puso de pie con una sorprendente impaciencia.

—Así que el perro le denunció, ¿no? —gritó—. El oráculo del perro le condenó. ¿Vio qué pájaros volaban y si estaban a la derecha o a la izquierda? ¿Consultó los augurios sobre los sacrificios? Sin duda no se le olvidó rajar al perro y examinar sus entrañas. Ese es el tipo de examen científico en el que vosotros, los paganos humanitarios, parecéis confiar cuando pensáis quitarle a un hombre su vida y su honor.

Fiennes se quedó sentado boquiabierto durante un instante antes de encontrar aliento para decir:

—¿Cómo? ¿Qué le ocurre? ¿Qué he hecho ahora?

Una especie de ansiedad volvió a los ojos del cura: la ansiedad de un hombre que en la oscuridad se golpea contra un poste y durante unos instantes se pregunta si lo ha dañado.

—Lo siento mucho —dijo con sincera desolación—. Le ruego que me disculpe por mostrarme tan brusco; por favor, perdóneme.

Fiennes le miró con curiosidad.

—A veces pienso que es usted más misterioso que cualquier misterio —dijo—. Pero, de cualquier modo, si no cree en el misterio del perro, por lo menos no puede pasar por alto el misterio del hombre. No puede negar que, en el mismísimo momento en que la bestia volvió del mar y rugió, el alma de su amo salió de su cuerpo mediante el soplido de una fuerza invisible que ningún mortal puede seguir o siquiera imaginarse. Y en cuanto al abogado (no solo me guío por el perro) también hay otros extraños detalles. Me pareció ese tipo de persona afable, sonriente y equívoca; y una de sus manías me pareció una especie de indicio. Sabe que el doctor y la policía llegaron al lugar con toda rapidez; a Valentine lo trajeron de vuelta cuando se alejaba de la casa, y él llamó por teléfono al instante. Eso, junto con la casa aislada, el número reducido de personas, el espacio cerrado, facilitó bastante investigar a todo el mundo que pudo estar cerca; y se les investigó a fondo, en busca de un arma. Toda la casa, el jardín y la orilla se peinaron en busca de un arma. La desaparición de la daga es casi tan disparatada como la desaparición del hombre.

—La desaparición de la daga —dijo el padre Brown, moviendo la cabeza.

Dio la impresión de que, de repente, estaba muy atento.

—Bueno —continuó Fiennes—, le dije que ese hombre, Traill, tenía la manía de jugar nerviosamente con su corbata y con el alfiler de esta, sobre todo con el alfiler. Su alfiler, como él, era a la vez llamativo y pasado de moda. Tiene una de esas piedras con anillos concéntricos rojizos que simulan un ojo; y concentrarme en él me ponía nervioso, como si fuese un cíclope con un ojo en el centro de su cuerpo. Pero el alfiler no solo era grande sino largo; y se me ocurrió que su ansiedad para ajustarlo estribaba en que era más largo de lo que parecía; en realidad tan largo como un estilete.

El padre Brown asintió pensativamente:

—¿Se habló de algún otro instrumento?

—Hubo otra sugerencia —contestó Fiennes— por parte de uno de los jóvenes Druce, quiero decir los primos. A nadie se le hubiera ocurrido que Herbert o Harry podrían ayudar en una búsqueda científica; pero mientras que Herbert es el prototipo tradicional del Dragón Fuerte, que no tiene más preocupación que los caballos y ser muy decorativo en la policía montada, su hermano más joven, Harry, estuvo en la policía india y sabía un poco de esas cosas. En realidad, a su manera es bastante listo, hasta creo que demasiado listo; quiero decir que dejó la policía por quebrantar algún trámite y asumir cierto tipo de riesgo y responsabilidad por él. En cierto modo es un detective sin trabajo y se metió en el asunto con más ardor que un aficionado. Y fue con él con quien tuve una discusión con respecto al arma, una discusión que nos llevó a una cosa nueva. No estuvo de acuerdo con mi descripción del perro que ladraba a Traill; dijo que un perro en sus peores momentos no ladra, sino que gruñe.

—En eso tiene bastante razón —añadió el cura.

—El muchacho continuó diciendo, en cuanto a eso, que había oído a Nox ladrar a otras personas antes de aquel momento; entre otros a Floyd, el secretario. Le repliqué que la resolución de su argumento estaba en el propio argumento; porque hay tres o cuatro personas a las que no se les puede imputar el crimen, y menos a Floyd, que es tan inocente como un niño atolondrado, y que fue visto por todos encaramado sobre el seto del jardín con su abanico de cabellos rojos tan visible como una cacatúa escarlata.

»—Sé que de todas formas hay dificultades —dijo mi colega—, pero me gustaría que bajase conmigo al jardín un minuto. Quiero enseñarle algo que creo que nadie ha visto.

»Eso fue el mismo día del descubrimiento, y el jardín estaba como antes. La escalera de tijera aún junto al seto, y justo debajo del seto se paró mi guía y desenredó algo de entre la profunda hierba. Eran las podadoras utilizadas para recortar el seto, y en la punta de una de ellas había una mancha de sangre.

Se produjo un breve silencio, y después el padre Brown dijo:

—¿Qué hacía allí el abogado?

—Nos dijo que el coronel le había llamado para modificar su testamento —contestó Fiennes—. Y, a propósito, hay otra cosa respecto al testamento que debo mencionar. Verá, en realidad el testamento no se firmó en el cenador esa tarde.

—Me imagino que no —dijo el padre Brown—; hubieran tenido que estar presentes dos testigos.

—El abogado vino el día antes y se firmó entonces; pero le llamaron de nuevo al día siguiente porque el viejo tenía una duda respecto a uno de los testigos y quería que lo tranquilizaran.

—¿Quiénes eran los dos testigos? —preguntó el padre Brown.

—Esa es la cuestión —contestó el informante ansiosamente—, los testigos eran Floyd, el secretario, y el tal Dr. Valentine, esa especie de cirujano extranjero o lo que sea; y los dos tuvieron una discusión. Ahora me veo en la obligación de decir que el secretario es un entrometido. Es una de esas personas apasionadas e impetuosas cuyo cordial temperamento desafortunadamente se convierte en terca desconfianza e irritabilidad, que recela de la gente en vez de confiar en ella. Esos tipos apasionados de cabellos rojos son o totalmente crédulos o totalmente incrédulos; y a veces ambas cosas a la vez. No solo conoce todos los oficios sino que sabe más que cualquier profesional. No solo lo sabe todo, sino que se dedica a advertir a unos contra otros. Todo esto se tiene que tener en cuenta para entender sus sospechas sobre Valentine; pero en este caso en particular parece como si hubiera algo detrás de ello. Dijo que el apellido Valentine no era su verdadero nombre. Dijo que le conoció en otro lugar con el apellido De Villon. Dijo que esto invalidaría el testamento; claro que fue lo bastante amable como para explicarle al abogado qué decía la ley al respecto. Entonces los dos se enfadaron terriblemente.

El padre Brown se rio:

—Les suele ocurrir a las personas que van de testigos a los testamentos —dijo—, y eso quiere decir que no se les ha dejado ni un céntimo. Pero ¿qué dijo el Dr. Valentine? Sin duda el secretario universal sabía más del nombre del doctor de lo que sabía este mismo. Pero puede que hasta el doctor tuviese alguna información sobre su propio apellido.

Fiennes hizo una pausa antes de contestar:

—El Dr. Valentine se lo tomó de forma curiosa. Es un hombre curioso. Tiene una apariencia bastante impresionante, pero muy extranjera. Es joven, pero lleva una barba muy recortada, y su cara es muy pálida, terriblemente pálida y seria. Sus ojos deben de sufrir de alguna dolencia, como si debiera llevar gafas, o como si pensar le produjese dolor de cabeza; pero es bastante apuesto y siempre va vestido muy formalmente, con sombrero

de copa, una chaqueta oscura y una pequeña escarapela roja. Sus modales son bastante fríos y altivos, y tiene una forma de mirar muy desconcertante. Cuando se le acusó de haberse cambiado el apellido, simplemente miró como una esfinge y luego dijo, con una pequeña risa, que suponía que los americanos no tenían apellido que cambiar. Ante esto creo que el coronel también se irritó y le dijo toda clase de improperios al doctor; y su enfado fue mayor por las pretensiones futuras del doctor de ocupar un lugar en su familia. Pero no le hubiera dado mayor importancia si no hubiese sido por algunas palabras que casualmente oí después, a primera hora de la tarde de la tragedia. No quiero exagerar su importancia, ya que no fueron de esas palabras a las que normalmente se da importancia. Cuando salía con mis dos compañeros y el perro, oí voces que me indicaron que el Dr. Valentine y la señorita Druce se habían retirado a la sombra de la casa, en un ángulo tras una fila de plantas floridas, y se hablaban en susurros apasionados, a veces casi como siseos; porque aquello tenía tanto de pelea de amantes como de cita amorosa. Las cosas que se dijeron no son como para repetirlas; pero en un desgraciado asunto como este estoy obligado a decir que se repitió más de una vez una frase sobre matar a alguien. En realidad, parecía que la chica le rogaba que no lo matase, o que ninguna provocación justificaba matar a nadie; lo que resulta una inusual conversación con un caballero que ha venido a tomar el té.

—¿Sabe —preguntó el cura— si el Dr. Valentine parecía muy enfadado tras la escena con el secretario y el coronel, quiero decir respecto a ser testigo del testamento?

—Sin duda —contestó el otro— no estaba ni la mitad de enfadado de lo que lo estaba el secretario. Fue el secretario quien se fue furioso tras haber atestiguado el testamento.

—¿Y qué pasó con el testamento? —dijo el padre Brown.

—El coronel era un hombre muy rico, y su testamento, importante. En esos momentos Traill no nos quiso contar el cambio, pero esta mañana he escuchado que la mayor parte del dinero se la ha dejado a la hija en vez de al hijo. Le dije que Druce estaba muy enfadado con mi amigo Donald por su vida disoluta.

—La cuestión del motivo ha quedado bastante ensombrecida por la cuestión del método —añadió el padre Brown pensativamente—. Por el momento, aparentemente, la señorita Druce es quien sale ganando con la muerte.

—¡Dios mío! ¡Cómo se puede hablar con tanta sangre fría! —exclamó Fiennes, mirándole fijamente—. No insinuará que ella...

—¿Se va a casar con el Dr. Valentine? —preguntó el otro.

—Hay gente que está en contra —contestó su amigo—. Pero en el lugar él es querido y respetado, y es un cirujano capaz y entregado.

—Tan entregado a la cirugía —dijo el padre Brown— que llevaba el instrumental quirúrgico con él cuando fue a visitar a la joven a la hora del té. Porque debió de utilizar un bisturí o algo semejante, y parece que no se fue a casa.

Fiennes se incorporó de pronto y le miró de forma inquisitiva.

—¿Insinúa que pudo utilizar su propio bisturí?

El padre Brown sacudió la cabeza:

—Todas estas hipótesis son simples fantasías por el momento —dijo—. El problema no es quién lo hizo o qué hizo, sino cómo lo hizo. Puede que encontremos a muchos hombres e incluso muchas herramientas: alfileres, tijeras y bisturíes. Pero ¿cómo entró un hombre en el cenador? ¿Y cómo metió allí una aguja? Miraba reflexivamente al techo a la vez que hablaba, pero al decir las últimas palabras alzó los ojos con inquietud como si de pronto hubiera descubierto allí una mosca extraña.

—Bueno, ¿qué haría usted? —preguntó el joven—. Tiene mucha experiencia, ¿qué recomienda que se haga?

—Me temo que no voy a ser de gran utilidad —dijo el padre Brown suspirando—. No puedo dar ningún consejo sin siquiera haber estado cerca del lugar ni de la gente. Por el momento lo único que se puede hacer es continuar con las pesquisas locales. Me imagino que su amigo de la policía india será más o menos el que dirija las pesquisas. Yo bajaría a ver qué tal le va. Ver qué hace al estilo de los detectives aficionados. Puede que ya haya noticias.

Cuando sus invitados, el bípedo y el cuadrúpedo, desaparecieron, el padre Brown tomó su pluma y volvió a su interrumpida ocupación de planear un ciclo de conferencias sobre la encíclica *Rerum Novarum*. El tema era amplio y tuvo que volver sobre él varias veces, así que seguía dándole vueltas cuando dos días después un gran perro negro entró saltando en la habitación y se le echó encima con entusiasmo y emoción. El dueño que seguía al perro compartía la emoción, aunque no el entusiasmo. Su emoción era poco agradable, ya que sus ojos azules parecían salírsele de las órbitas y en su rostro, un tanto pálido, había una expresión de ansiedad.

—Me dijo —advirtió abruptamente y sin preámbulos— que averiguase qué hacía Harry Druce. ¿Sabe lo que ha hecho? —el cura no respondió, y el joven continuó hablando espasmódicamente—: Le diré lo que ha hecho. Se ha suicidado —los labios del padre Brown se movieron levemente, y no había nada coherente en lo que decía, nada que tuviera que ver en absoluto con la historia o con este mundo—. A veces me pone la carne de gallina —dijo Fiennes—. ¿Es que esto es lo que esperaba?

—Lo creí posible —dijo el padre Brown—; por eso le pedí que fuese y viera lo que hacía. Esperaba que a lo mejor no llegaría demasiado tarde.

—Fui yo quien lo encontró —dijo Fiennes con voz ronca—. Es la cosa más desagradable y misteriosa que he visto nunca. Volví a bajar al viejo jardín, y supe que había algo nuevo y poco natural en él aparte del asesinato. Las flores aún estaban tiradas en montones azules a cada lado de la entrada negra que lleva al antiguo cenador gris; pero a mí las flores azules me parecían diablos azules que bailaban frente a una oscura caverna del submundo. Miré a mi alrededor, todo parecía estar en su lugar habitual. Pero dentro de mí creció una rara sensación de que había algo inhabitual en la forma del cielo. Y luego me di cuenta de lo que era. La Roca de la Fortuna ha estado siempre en lo alto y al fondo, más allá del seto del jardín y contra el mar, pero la Roca de la Fortuna había desaparecido —el padre Brown había levantado la cabeza y escuchaba atentamente—. Era como si una montaña se hubiese marchado andando del paisaje o como si la luna se hubiese caído del cielo; aunque yo sabía, claro está, que un toque en cualquier momento la habría desajustado por completo. Corrí como un poseso por el camino del jardín abajo y arramplé con el seto como si fuese una tela de araña. Realmente era un seto fino, aunque tan bien puesto que había servido de muro. En la orilla encontré la roca suelta caída de su pedestal, y al pobre Harry Druce tendido debajo, destrozado. Un brazo lo tenía encima, como en una especie de abrazo, como si se la hubiese tirado encima él mismo; y en las gruesas arenas marrones junto a él, en grandes y disparatadas letras, había garabateado las palabras: «La Roca de la Fortuna cae sobre el idiota».

—Eso lo provocó el testamento del coronel —dijo el padre Brown—. El joven lo arriesgó todo para aprovecharse de la desgracia de Donald, especialmente cuando su tío le hizo llamar el mismo día que al abogado, y le recibió tan cariñosamente. Sin la ayuda de su tío estaba acabado; había perdido su trabajo de policía; se había arruinado en Montecarlo. Y se suicidó cuando se enteró de que había matado a su pariente para nada.

—¡Pare aquí un momento! —gritó el despavorido Fiennes—. Va demasiado rápido para mí.

—A propósito, hablando del testamento —continuó el padre Brown calmadamente—, antes de que se me olvide, o pasemos a cosas más importantes, había una explicación simple, creo, para lo del apellido del doctor. Creo haber escuchado ambos apellidos antes en algún sitio. El doctor es realmente un noble francés con el título de marqués de Villon. Pero también es un ardiente republicano y ha abandonado su título y ha recuperado el olvidado apellido de la familia. «Con su ciudadano Riquetti ha desconcertado a Europa durante diez días».

—¿Qué es eso? —preguntó el joven bruscamente.

—Da igual —dijo el cura—. Nueve de cada diez veces el cambio de apellido se debe a una bribonada; pero en este caso fue puro fanatismo. Esa es la clave de su sarcasmo con respecto a que los americanos no tienen apellidos, es decir, que no tienen títulos. En Inglaterra al marqués de Harrington nunca le llaman señor Harrington; pero en Francia al marqués de Villon le llaman M. de Villon, por lo que puede parecer un cambio de apellido. En cuanto a la conversación sobre matar, creo que eso también forma parte de la etiqueta francesa. El doctor estaba hablando de retar a Floyd a un duelo, y la chica intentaba disuadirle.

—Ah, ya comprendo —dijo Fiennes lentamente—, ahora comprendo lo que ella quería decir.

—¿Y de qué se trata? —preguntó su compañero sonriendo.

—Bueno —dijo el joven—, es algo que me ocurrió antes de encontrar el cuerpo de ese pobre hombre; la catástrofe me hizo olvidarlo. Supongo que es difícil recordar un pequeño idilio romántico cuando acabas de encontrarte con una tragedia. Pero cuando bajaba por el camino que lleva a la casa del coronel me encontré a su hija paseando con el Dr. Valentine. Ella estaba de luto, claro, y él siempre va de negro, como si fuese a un funeral; pero no puedo decir que sus caras fuesen muy fúnebres. Nunca he visto a dos personas que parecieran tan respetablemente radiantes y alegres. Pararon y me saludaron, y luego ella me dijo que se habían casado y vivían en una casita en las afueras del pueblo, donde el doctor seguía ejerciendo. Esto me sorprendió bastante, porque sabía que en el anterior testamento de su padre le dejaba su propiedad; y se lo señalé delicadamente diciendo que me dirigía a la antigua casa de su padre y que más o menos esperaba encontrármela allí. Pero ella se limitó a reír y dijo: «Ah, hemos dejado todo eso. A mi esposo no le gustan las herederas». Y descubrí con cierta sorpresa que habían insistido en devolverle la propiedad al pobre Donald, por lo que espero que se haya llevado un susto saludable y que sepa cuidarla sensatamente. La verdad es que nunca hubo motivos de preocupación con él; es muy joven y su padre no muy avisado. En relación con eso ella dijo algo que no comprendí en ese momento, pero ahora creo que es como usted dice. Lo dijo con una especie de repentina y espléndida arrogancia completamente altruista: «Espero que esto detenga las protestas de ese idiota de pelo rojo sobre el testamento. ¿Cree que mi esposo, que ha dejado un penacho y una corona tan viejas como las cruzadas por sus principios, mataría a un viejo en su casa de verano por un legado como ese?». Se rio de nuevo y añadió: «Mi esposo no mata a nadie como no sea en su trabajo. Vamos, ni siquiera les dijo a sus amigos que se presentasen ante el secretario». Claro, ahora entiendo a qué se refería.

—Entiendo parte de lo que dijo, claro —indicó el padre Brown—. ¿Qué quería decir exactamente respecto a que el secretario discute el testamento?

Fiennes sonrió al responder:

—Me gustaría que conociese al secretario, padre Brown. Le divertiría ver cómo hace que las cosas bullan, como él dice. Hizo que la casa entera, enlutada, hirviera. El funeral tenía la energía y el nervio del más brillante acontecimiento deportivo. No había forma de pararle cuando se le ocurría una cosa. Le he contado cómo vigilaba al jardinero cuando este se ocupaba del jardín, y cómo le daba lecciones de derecho al abogado. No es necesario decir que también le dio clases de cirugía al cirujano; y como el cirujano era el Dr. Valentine, acabó acusándole de algo peor que ser un mal cirujano. Al secretario se le metió en su roja cabeza que el doctor había cometido un crimen, y cuando la policía llegó se mostró sublime. ¿He de decir que se convirtió, en el acto, en el más grande de los detectives aficionados? Sherlock Holmes nunca se puso por encima de Scotland Yard con un orgullo intelectual más titánico y despectivo que el del secretario privado del coronel Druce frente a la policía que está investigando la muerte del coronel. Verle fue de lo más divertido. Andaba a zancadas de un lado para otro con aire absorto, sacudiendo su cresta de pelo escarlata y dando breves e impacientes respuestas. Claro que fue su conducta durante estos días lo que hizo que la hija de Druce se enfureciese con él. Claro que tenía una teoría. Es exactamente el tipo de teoría que un hombre tendría en un libro, y Floyd es el tipo de hombre que debería estar en un libro. Sería más divertido y molestaría menos.

—¿Cuál era su teoría? —preguntó el otro.

—Ah, era muy divertida —contestó Fiennes sombríamente—. Hubiese sido espléndida si se hubiese sostenido diez minutos más. Decía que el coronel aún estaba vivo cuando le encontraron en el cenador, y que el doctor le mató con los instrumentos quirúrgicos haciendo como que le cortaba la ropa.

—Entiendo —dijo el cura—. Me imagino que estaba tumbado boca abajo en el suelo enlodado durmiendo la siesta.

—Es una maravilla lo que hace la prisa —continuó su informador—. Creo que Floyd habría publicado su gran teoría en los periódicos a toda costa, y a lo mejor habría hecho que arrestasen al doctor, cuando todo voló por los aires como con dinamita con el descubrimiento del muerto bajo la Roca de la Fortuna. Y después de todo es a esto a lo que volvemos. Me imagino que el suicidio es casi una confesión. Pero nadie sabrá nunca toda la historia.

Hubo un silencio, y el cura dijo modestamente:

—Yo creo saber toda la historia. Fiennes le miró fijamente.

—Pero, vamos a ver —exclamó—, ¿cómo puede saber toda la historia, o saber cuál es la verdadera historia? Ha estado aquí sentado a cien millas de distancia, escribiendo un sermón; ¿quiere decirme que ya sabe lo que ocurrió? Si de verdad ha llegado al final, ¿dónde ha empezado? ¿Qué le hizo elaborar su propia teoría?

El padre Brown se levantó de golpe con inusual agitación y su primera exclamación resonó como una explosión.

—¡El perro! —gritó—. ¡El perro, claro! Ha tenido la historia en sus manos cuando lo del perro en la playa, lo único que tenía que hacer era fijarse en él.

Fiennes le miró con más intensidad aún.

—Pero si antes me dijo que lo que yo pensaba de los perros eran insensateces, y que ese animal no tenía nada que ver.

—El perro tenía mucho que ver —dijo el padre Brown—, como hubiera descubierto por sí mismo solo con tratarlo como un perro, y no como a Dios Todopoderoso juzgando las almas de los hombres. —Se detuvo un momento como avergonzado y luego añadió con un aire apologético bastante patético—: La verdad es que me gustan mucho los perros. Y creo que en todo este espeluznante atajo de supersticiones perrunas nadie pensó para nada en el pobre perro. Por empezar por algo menor, que ladrase al abogado o gruñese al secretario. Me preguntó cómo puedo adivinar las cosas a cien millas de distancia; honestamente ha sido gracias a usted, porque describió tan bien a la gente que reconocí a cada tipo. Un hombre como Traill, que frunce el ceño con frecuencia y sonríe de forma forzada, un hombre que manosea los objetos, sobre todo cerca de su cuello, es un hombre nervioso y que se avergüenza con facilidad. No me extraña que Floyd, el eficiente secretario, sea nervioso y asustadizo también; a menudo esos despabilados yanquis lo son. Si no, no se hubiese cortado los dedos con la podadora y no la hubiese dejado caer cuando oyó a Janet Druce gritar. Los perros detestan a la gente nerviosa. No sé si ellos también ponen a los perros nerviosos; o si, al ser a fin de cuentas animales, les gusta intimidar; o si la vanidad canina (que es colosal) se siente ofendida si no gustan a alguien. El pobre Nox protestaba contra esa gente sencillamente porque no le gustaban, porque le tenían miedo. Ahora sé que es usted muy listo, y nadie con sentido común desprecia la inteligencia. Pero a veces creo, por ejemplo, que es usted demasiado inteligente como para comprender a los animales. A veces es usted demasiado listo como para comprender a los hombres, especialmente cuando actúan casi con tanta simpleza como los animales. Los animales son muy literales; viven en un mundo de tópicos. Fíjese en este caso: un perro ladra a un hombre y el hombre se aleja corriendo del perro. Usted es demasiado complicado como para ver el hecho: el perro ladró porque no le gustaba el hombre y el hombre huyó porque tenía miedo del perro. No tenían otros motivos ni los necesitaban; pero usted busca los misterios psicológicos, que no existen, y supone que el perro tuvo una visión sobrenatural y que actuó como un misterioso portavoz del destino. Supone que el hombre no huyó del perro sino del verdugo. Si reflexiona un poco, toda esta profunda psicología es extremadamente improbable. Si el perro de verdad pudiese saber completa y conscientemente quién era el asesino de su amo, no se hubiese quedado quieto ladrando como haría a un coadjutor a la hora del té; lo más probable es que se le hubiese tirado al cuello. Y, por otra parte, ¿de verdad cree que un hombre que ha tenido la sangre fría de matar a un viejo amigo y luego pasear sonriente entre la familia de este, bajo la mirada de su hija y un doctor *post mortem,* cree que un hombre así tendría remordimientos porque un perro ladre? Puede que percibiese la trágica ironía;

puede que se conmoviese su alma, como con cualquier otra trágica nadería. Pero no correría por el jardín para escapar del único testigo que sabe que no puede hablar. A la gente le entra ese tipo de pánico cuando tiene miedo, no de las trágicas ironías, sino de los dientes. El asunto es más simple de lo que pueda suponer. Pero entonces llegamos al asunto de la orilla, aquí las cosas son mucho más interesantes. Como usted las contó, son mucho más enigmáticas. No comprendí el cuento del perro que entraba y salía del agua; a mí no me pareció una cosa muy perruna. Si Nox hubiese estado muy preocupado por otra cosa, puede que se hubiese negado a ir detrás del palo. Probablemente se hubiese dedicado a olfatear en cualquiera que fuese la dirección por donde sospechaba que se iba a producir el daño. Pero una vez que un perro persigue una cosa, una piedra, un palo o a un conejo, mi experiencia me dice que no se parará por nada salvo que se le dé una orden perentoria, y a veces ni siquiera con eso. Que se dé la vuelta porque cambia de humor me parece impensable.

—Pero se dio la vuelta —insistió Fiennes—, y volvió sin el palo.

—Volvió sin el palo por la mejor razón del mundo —contestó el cura—. Volvió porque no lo encontraba. Gimoteaba porque no podía encontrarlo. Ese es el tipo de cosas por las que un perro gimotea de verdad. Un perro es un animal ritualista, que exige tanto de la rutina precisa de un juego como un niño de la repetición precisa de un cuento de hadas. En este caso algo había fallado en el juego. Volvió para quejarse seriamente de la conducta del palo. Nunca le había ocurrido nada parecido. Nunca un eminente y distinguido perro había sido tratado así por un asqueroso bastón.

—¿Cómo? ¿Qué había hecho el bastón? —preguntó el joven.

—Se había hundido —dijo el padre Brown. Fiennes no dijo nada, pero siguió mirando fijamente, y fue el cura quien continuó—: Se hundió porque realmente no era un palo, sino una barra de acero con un fino revestimiento de caña y una punta afilada. En otras palabras, era un bastón de estoque. Me imagino que un asesino nunca se ha deshecho de un arma ensangrentada de forma tan rara y a la vez de forma tan natural como es tirarla al mar para un retriever.

—Empiezo a comprender lo que quiere decir —admitió Fiennes—; pero, aunque fuera un bastón de estoque, no tengo ni idea de cómo se usó.

—Yo creo que me hice cierta idea —dijo el padre Brown—, al principio, cuando me dijo la palabra «cenador». Y de nuevo cuando dijo que Druce llevaba una chaqueta blanca. Mientras todo el mundo buscaba una daga corta, nadie pensó en ello; pero si admitimos que pudo ser una hoja bastante larga como puede ser un estoque, no es tan improbable —se echó hacia atrás, mirando al techo, y empezó como alguien que vuelve a sus primeros pensamientos y fundamentos—: Todas estas discusiones sobre historias de detectives como en el cuarto amarillo, sobre un hombre al que se encuentra muerto en una cámara completamente cerrada en la que nadie podía entrar, no valen para este caso, porque es un cenador. Cuando hablamos del cuarto amarillo, o de cualquier otra habitación, suponemos que tienen paredes que son completamente homogéneas e impenetrables. Pero un cenador no está hecho de ese modo; suele ser, como en este caso, de forma entrelazada, con ramas y tiras de madera separadas, en las que hay grietas aquí y allá. Había una exactamente detrás de la espalda de Druce cuando se sentó en su silla contra la pared. Pero al igual que la habitación era un cenador, la silla era una silla de mimbre. Eso también es un enrejado en forma de aspillera. Por último, el cenador junto al seto; usted me acaba de decir que era realmente un seto muy estrecho. Un hombre que estuviese fuera podría ver con facilidad, a pesar de la red de ramitas, ramas y cañas, la mancha blanca de la chaqueta del coronel de forma tan clara como el blanco de una diana. Ahora bien, lo de la geografía lo dejó un poco vago; pero me fue posible atar cabos. Dijo que la Roca de la Fortuna no estaba muy alta; pero también dijo que se la podía ver dominando el jardín como el pico de una montaña. En otras palabras, estaba muy cerca del final del jardín, a pesar de que en su paseo tardó en rodearla. Además, es poco probable que la joven gritase tanto como para que se la oyese a media milla. Dio un grito corriente, involuntario, y a pesar de todo ustedes la oyeron en la orilla. Y entre otras cosas interesantes que me contó, me permito el recordarle que dijo que Harry Druce se había quedado detrás encendiendo su pipa bajo el seto.

Fiennes se estremeció ligeramente.

—¿Quiere decir usted que sacó allí su estoque y que golpeó la mancha blanca a través del seto? Pero sin duda era un riesgo muy grande y una decisión muy repentina. Además, no podía estar seguro de que el dinero del anciano señor hubiese pasado a él, y de hecho no había pasado.

La cara del padre Brown se animó.

—Se equivoca con respecto al carácter del individuo —dijo, como si lo conociera de toda la vida—. Un carácter curioso pero no desconocido. Si hubiese *sabido* que el dinero era para él, de verdad creo que no lo hubiese hecho. Lo habría considerado tan sucio como realmente era.

—¿No es eso bastante paradójico? —preguntó el otro.

—Este hombre era un jugador —dijo el cura—, y un hombre deshonrado por haber asumido riesgos y anticipado órdenes. Probablemente un tanto inescrupuloso, porque cada policía imperial tiene más de policía secreto ruso de lo que nos gusta pensar. Pero él había rebasado la línea y había fracasado. Entonces, la tentación para este tipo de hombre es hacer una locura precisamente porque el riesgo le parecerá maravilloso retrospectivamente. Se dirá: «Nadie salvo yo podía asumir el riesgo y comprender que era en ese momento o nunca. Qué idea más salvaje y maravillosa, cuando lo junté todo: Donald caído en desgracia, se llama al abogado, a Herbert y a mí nos llaman al mismo tiempo, y luego nada más salvo la forma en la que el viejo me sonrió y agitó las manos. Cualquiera diría que era una locura arriesgarme; pero es así como se hacen las fortunas, con un hombre que está lo suficientemente loco como para prever algo». En pocas palabras, es la vanidad de adivinar. Es la megalomanía del jugador. Cuanto más incongruente es la coincidencia, más instantánea es la decisión, hay más posibilidades de que aproveche la oportunidad. El accidente, la trivialidad de la mancha blanca y del agujero en el seto, le embriagó como una visión de los deseos del mundo. ¡Nadie lo suficientemente listo como para ver tal combinación de accidentes podía ser tan cobarde como para no hacer uso de ellos! Así es como el diablo le habla al jugador. Pero el propio diablo difícilmente hubiese inducido a ese desdichado a rebajarse de una forma deliberada y despreciable y matar a un viejo tío del que siempre había esperado algo. Sería demasiado respetable —hizo una pausa momentánea, y luego siguió con cierto énfasis—. Y ahora intente imaginarse la escena, incluso tal y como usted la vio. Cuando estaba allí de pie, mareado ante su diabólica oportunidad, miró hacia arriba y vio el extraño contorno que podía ser la imagen de su propia alma vacilante; el peñasco peligrosamente equilibrado sobre el otro como una pirámide sobre su punta, y recordó que se la llamaba Roca de la Fortuna. ¿Puede imaginarse cómo un hombre como ese interpretaría tal signo en un momento así? Creo que le impulsó a actuar e incluso a burlar la vigilancia. Aquel que puede ser una torre no debe temer ser una torre tambaleante. De cualquier forma, actuó; la dificultad siguiente consistía en borrar las huellas. Que le encontraran en posesión de un bastón de estoque, dejar abandonado un bastón de estoque manchado de sangre, sería fatal en la búsqueda que sin duda vendría después. Si lo dejaba en algún sitio, lo encontrarían y probablemente se sabría de quién era. Incluso si lo tiraba al mar podía ser que alguien se extrañara, pensó sensatamente, a menos que pudiese pensar alguna forma natural de encubrir su acción. Como sabe, pensó en una, y muy buena. Como era el único de ustedes que llevaba reloj, les dijo que aún no era la hora de volver, pasearon un poco más y empezó el juego de lanzarle el palo al retriever. ¡Pero cómo debieron recorrer oscuramente sus ojos toda la desolada orilla antes de que se posasen en el perro!

Fiennes asintió, contemplando pensativamente el vacío. Su mente parecía haberse ido hasta una parte secundaria de la narración.

—Es curioso —dijo— que después de todo el perro tuviese un papel en la historia.

—El perro casi le podría haber contado la historia, si pudiese hablar —dijo el cura—. De lo que me quejo es de que, como no podía hablar, usted inventase la historia por él, y le hicieses hablar con la lengua de los hombres y de los ángeles. Eso forma parte de algo que noto cada vez más en el mundo moderno, puede verse en los rumores que aparecen en los periódicos y en los temas de conversación; algo que es arbitrario sin ser una versión contrastada. La gente se traga las afirmaciones no probadas de esto, aquello o lo otro. Está ahogando todo el viejo racionalismo y escepticismo; viene como el mar, y su nombre es superstición —se puso en pie bruscamente, con el rostro ensombrecido por el ceño fruncido, y siguió hablando como si estuviese solo—. El primer efecto de no creer en Dios es perder el sentido común y no poder ver las cosas tal y como son. Cualquier cosa de la que se hable, y de la que se afirme que tiene significado, se difunde indefinidamente como una visión de pesadilla. Y un perro es un augurio, y un gato es un misterio, y un cerdo es una mascota y un coleóptero es un escarabajo, que hace resurgir la casa de bestias del politeísmo egipcio y de la vieja India; el perro Anubis y el gran Pasht de ojos verdes y todos los sagrados y aulladores toros de Bashan; vuelta a los dioses bestiales del principio, escapando en elefantes y serpientes y cocodrilos; y todo porque teméis cuatro palabras: «Él se hizo Hombre».

El joven se levantó ligeramente desconcertado, casi como si hubiera sorprendido un soliloquio. Llamó al perro y abandonó la habitación con un vago pero despreocupado adiós. Pero tuvo que llamar dos veces al perro porque este permanecía detrás, casi inmóvil, mirando fijamente al padre Brown como el lobo había mirado a san Francisco.

●

EL VIEJO SULTÁN

JACOB Y WILHELM GRIMM

Un campesino tenía un fiel perro llamado Sultán, que por haberse vuelto viejo y haber perdido todos los dientes, ya nada podía atrapar con fuerza. Un día que el campesino estaba con su mujer delante de la puerta de su casa, dijo:

—Al viejo Sultán lo mataré de un tiro mañana; ya no sirve para nada.

La mujer, que sentía compasión por el pobre animal, respondió:

—Puesto que nos ha servido honradamente durante tantos años, bien podríamos mantenerlo por caridad.

—¡Qué va! —exclamó el hombre—. ¿Estás loca? Ya no tiene un solo diente en la boca y no hay ladrón que le tema; es hora de que desaparezca. Y si bien es cierto que nos ha servido, no menos cierto es que por ello le hemos dado una buena comida.

El pobre perro, que, tendido al sol no lejos de allí, había oído todo esto, se entristeció al saber que el próximo día debía ser para él el último. Pero tenía un buen amigo, el lobo, y por la noche fue a verlo al bosque y se quejó del destino que le aguardaba.

—¡Ánimo, compañero! —dijo el lobo—, yo te sacaré del apuro. Ya he pensado en algo. Mañana, muy temprano, tu amo y su mujer van a cortar el heno y llevan consigo a su hijo pequeño, porque nadie queda en casa para cuidarlo. Mientras trabajan, suelen dejar el niño a la sombra del seto: échate tú a su lado, como para cuidarlo. Entonces yo vendré desde el bosque y robaré al niño; y tú, por tu parte, deberás saltar prestamente detrás de mí, como para obligarme a soltar la presa. Yo la dejaré caer y tú devolverás el niño a sus padres, que creerán que lo has rescatado y te estarán demasiado agradecidos como para hacerte daño; al contrario, te beneficiarás de su total clemencia y, en adelante, ya no dejarán que te falte nada.

Al perro le gustó el ardid, que se llevó a cabo tal como había sido concebido. Al ver que el lobo corría con el niño a través del campo, el padre empezó a gritar, pero cuando el viejo Sultán lo trajo de nuevo se puso muy contento y, acariciándolo, le dijo:

—No te tocaremos ni un pelo y te mantendremos por tanto tiempo como vivas. —Y, dirigiéndose a su mujer, agregó—: Vuelve ahora mismo a casa y, como él no puede masticar, prepárale al viejo Sultán una papilla. Y saca la almohada de mi lecho, pues se la regalo para su cama.

En adelante, Sultán vivió tan gratamente como podía desear. Poco después, vino a visitarlo el lobo y, alegrándose de que todo hubiera resultado tan bien, le dijo:

—Pues bien, compañero, cuando se presente la ocasión y yo venga a sustraerle a tu amo uno de sus corderos bien cebados, tendrás que hacer la vista gorda. En estos tiempos, se hace cada vez más difícil salir adelante.

—No cuentes conmigo —respondió el perro—; yo me mantendré fiel a mi amo. No puedo consentir tal cosa.

Pensando que no lo había dicho en serio, por la noche el lobo se acercó sigilosamente para agarrar el cordero. Pero el campesino, a quien el fiel Sultán había revelado las intenciones del lobo, estaba acechándolo y lo peinó fuertemente con el rastrillo. El lobo tuvo que huir.

—¡Espérate, bribón! —le gritó al perro—. ¡Esta me la pagarás!

A la mañana siguiente, el lobo envió al jabalí con la exigencia de que el perro se presentara en el bosque, donde debían resolver el asunto. El pobre Sultán no pudo hallar más padrino que un gato que solo tenía tres patas y, cuando salieron juntos, el pobre gato iba cojeando, al tiempo que levantaba la cola de puro dolor. El lobo y su padrino se hallaban ya en el sitio indicado y, cuando vieron acercarse a su adversario, creyeron que venía armado de una espada, pues tomaron la cola enhiesta del gato por tal. Y como el pobre animal venía saltando sobre sus tres patas, se les ocurrió, ni más ni menos, que a cada paso se agachaba para agarrar una piedra que arrojaría contra ellos. Entonces los dos se asustaron; el jabalí se escondió en el ramaje y el lobo saltó a un árbol. Al llegar, el perro y el gato se sorprendieron de que no apareciera nadie. Sin embargo, el jabalí, por su parte, no había logrado esconderse bien entre el follaje, de modo que sus orejas asomaban y, mientras el gato miraba tranquilamente a su alrededor, de pronto las sacudió. El gato, creyendo que se trataba de un ratón, dio un salto y las mordió con ganas. Entonces el jabalí dio un brinco feroz y, en medio de alaridos, huyó corriendo, mientras gritaba:

—¡El culpable está ahí, en el árbol!

Mirando hacia arriba, el perro y el gato descubrieron al lobo que, avergonzado de haberse mostrado tan cobarde, aceptó la paz que el perro le ofreció.

UN PERRO AMARILLO

BRET HARTE

N unca supe por qué en la parte oeste de Estados Unidos un perro amarillo debía considerarse de forma inapelable el epítome de la degradación y la incompetencia caninas, ni por qué el poseer uno debía afectar de semejante modo al estatus social de su dueño. Pero, dado que así eran las cosas, creo que en Rattlers Ridge todos aceptábamos esa creencia sin cuestionarla. El tema de la propiedad era más difícil de delimitar; pues, aunque el perro que tengo en mente cuando escribo estas líneas se adhería de forma imparcial y ecuánime a cualquiera de los que estábamos en el campamento, nadie se aventuraba a reclamarlo en exclusiva; además, tras la realización de alguna atrocidad canina, todos lo repudiábamos con indecente rapidez.

«Yo diría que hace semanas que no se acerca a nuestra choza» o el reproche «La última vez lo vieron saliendo de tu cabaña, sí, de la tuya» expresaban el apremio con el que Rattlers Ridge se lavaba las manos ante cualquier responsabilidad. No obstante, no era en absoluto un perro corriente, ni siquiera un perro feo; y el hecho singular era que sus críticos más severos competían entre sí a la hora de narrar ejemplos de la sagacidad, buen tino y agilidad del can que ellos mismos habían presenciado.

Lo habían visto cruzando el «canal» que se extendía por el Grizzly Canyon a una altura de doscientos ochenta metros, sobre un madero de quince centímetros. Se había precipitado por el «barranco» del South Fork, de trescientos metros de profundidad, y lo habían encontrado junto a la orilla del río «sin un rasguño, rascándose con una de las patas de atrás, como si nada». Se lo habían olvidado en una ventisca de nieve en una cornisa de la Sierra y había vuelto a casa a principios de primavera con la arrogante complacencia de un alpinista y una redondez que se rumoreaba que era fruto de una dieta exclusiva a base de sacos de correos enterrados y de su contenido. Casi todo el mundo creía que leía los carteles de las elecciones anticipadas y desaparecía un par de días antes de que los candidatos y la banda de música (que odiaba) llegaran a Rattlers Ridge. Se sospechaba que había espiado los naipes de la baza del coronel Johnson mientras este jugaba al póquer y había avisado al contrincante del coronel, mediante una sucesión de ladridos, sobre el peligro de apostar contra cuatro reyes.

Pese a que estas afirmaciones eran expresadas por testigos cuya palabra no podía contrastar nadie, una de las debilidades muy humanas de Rattlers Ridge era que la responsabilidad de corroborarlas recayera en el propio perro, que era considerado un mentiroso redomado.

«Ya estás ahí fisgando, ¿eh? ¡Cómo te gusta chivar en el póquer! ¡Vete, rufián pajizo!», era una imprecación habitual cada vez que el desdichado animal se acercaba por casualidad a una partida de cartas. «Si hubiera una chispa, qué digo, ¡un átomo de verdad en ese perro!, creería lo que ven mis ojos: porque me ha parecido verlo ahí plantado, intentando magnetizar a un arrendajo para que bajara del árbol. Pero ¿qué se puede esperar de un liante amarillo pajizo como ese?».

He dicho que era amarillo, o para usar la expresión algo despectiva que le emplumaban, «amarillo pajizo». Desde luego, me inclino a pensar que gran parte de la ignominia unida al epíteto tenía que ver con esa coletilla que lo acompañaba. Hombres que solían hablar sin más de un «pájaro amarillo», un «martillo amarillo», una «hoja amarilla», siempre se referían a él como un «perro amarillo pajizo» o simplemente un «perro pajizo».

No cabe duda de que era amarillo. Después de un baño (casi siempre forzoso), presentaba una clara línea color gutagamba en el lomo, desde lo alto de la frente hasta el muñón de la cola, que se difuminaba por los flancos hasta adoptar un delicado color paja. El pecho, las patas y los pies (cuando no estaban enrojecidos por el estofado con tomate, en el que le encantaba zambullirse) eran blancos. Unos cuantos intentos de decoración ornamental del frasco de tinta india del tendero habían fracasado, en parte por la excesiva agilidad del perro amarillo, que nunca dejaba que la pintura tuviera tiempo de secarse en su pelaje, y en parte por el éxito a la hora de transferir sus huellas a los pantalones y las mantas del campamento.

El tamaño y la forma de su cola (que le habían cortado antes de su aparición en Rattlers Ridge) eran una de las fuentes de especulación favoritas entre los mineros, pues determinaban tanto su raza como la responsabilidad moral del propio perro al haber llegado al campamento en esas condiciones tan desfavorables. La opinión generalizada era que no podía tener peor aspecto con cola, así que cortársela había sido una desfachatez innecesaria.

Su mejor rasgo eran sus ojos, que mostraban un lustroso marrón Van Dyke y relucían de inteligencia; pero también en ese caso había sufrido la evolución a raíz del ambiente, y su natural apertura confiada se había visto ensuciada por la experiencia de ver piedras volando, palos y patadas dadas por detrás, de modo que no paraba de dirigir las pupilas hacia el ángulo externo del párpado por si acaso.

De todos modos, ninguna de esas características servía para dilucidar la compleja cuestión de su raza. Su velocidad y su buen olfato apuntaban a que era un perro de caza, en concreto, rastreador, y se cuenta que en una ocasión siguió el rastro de un gato salvaje con tanto éxito que, al parecer, salió tras él del estado y regresó al cabo de dos semanas, con los pies doloridos, pero relativamente satisfecho.

En otra ocasión, en la que se unió a una partida de inspección, lo mandaron con la misma creencia «a los matorrales» para que ahuyentara a un oso, que se suponía que merodeaba junto al fuego del campamento. Regresó al cabo de unos minutos, pero con el oso, y lo metió en medio del círculo desarmado, haciendo que todo el grupo de exploradores se desperdigara. Después de ese incidente abandonaron la creencia de que era un perro de caza. Aun así, se decía (como la habitual falta de pruebas, claro) que había «levantado» una perdiz; y sus cualidades como retriever, o cobrador de presas, fueron aceptadas durante mucho tiempo, hasta que, en el transcurso de una partida de caza de patos salvajes, se descubrió que al ave que había llevado al campamento no la habían disparado, y los cazadores tuvieron que reparar los daños de un colono vecino.

Su afición por los charcos y por las cazuelas de estofado sugirieron en una ocasión que era un spaniel de aguas. Sabía nadar y de vez en cuando era capaz de sacar palos del río y trozos de corteza arrojados allí; pero como siempre tenían que tirarlo también a él para que nadara y era un perro de tamaño considerable, su reputación acuática también decayó. Así pues, se quedó simplemente como «perro amarillo pajizo». ¿Qué más podría decirse? Su verdadero nombre era Huesos. Se lo habían puesto, sin duda, por la costumbre provinciana de confundir la ocupación del individuo con su cualidad, algo de lo que podían encontrarse precedentes en algunos apellidos antiguos.

Pero si Huesos no solía mostrar preferencia por ningún individuo concreto del campamento, siempre hacía una excepción en favor de los borrachos. Incluso la escandalosa bacanal más chabacana lograba hacerlo salir de debajo de un árbol o de un cobijo con inmensa satisfacción. Acompañaba al grupo de borrachos haciendo eses por la calle del asentamiento, ladrando de emoción a cada paso o tropiezo de los juerguistas, y sin rastro de esa mirada desconfiada que siempre lo acompañaba en presencia de los sobrios y respetables. Incluso aceptaba sus zafios juegos sin gruñir ni gemir, hasta era tan hipócrita de fingir que le gustaban; y me atrevería a decir que habría permitido que le pusieran una lata en la cola si la hubiera atado una mano temblorosa y la voz que le hubiera dicho «Quieto, no te muevas» hubiese apestado a licor. Encantado, «escoltaba» al grupo hasta un salón, esperaba junto a la puerta (con la lengua colgando de la boca en muestra de diversión) hasta que reaparecían todos, incluso permitía que se le tiraran encima, y luego trotaba alegre delante de ellos, sin importarle las piedras arrojadas con poca puntería ni los improperios. Después los acompañaba a casa por separado o se tumbaba con ellos en algún cruce de caminos hasta que alguien los ayudaba a volver a sus cabañas. A continuación, trotaba sin remordimientos de vuelta a su refugio junto al fuego del salón, con la leve conciencia de haber sido un perro malo, pero de habérselo pasado bien.

Jamás nos dio la satisfacción de aclararnos si su diversión nacía de la mera convicción egoísta de encontrarse más seguro entre los incompetentes físicos y mentales, o de una especie de empatía activa hacia la maldad, o bien de un lúgubre sentido de su propia superioridad intelectual en tales momentos. No obstante, la creencia generalizada se decantaba por su empatía gregaria como «perro amarillo pajizo» hacia todo lo que era poco respetable. Y eso se apoyaba en otra manifestación canina muy peculiar: los «sinceros halagos» de la simulación o la imitación.

Durante una corta temporada, «tío Billy» Riley gozó del honor de ser el borracho del campamento y, de inmediato, se convirtió en el objeto de todas las atenciones de Huesos. No solo lo acompañaba a todas partes, se acurrucaba a sus pies o junto a su cabeza, según la actitud del tío Billy en cada momento, sino que, tal como advertimos, el perro empezó a manifestar una singular alteración en sus propias costumbres y en su aspecto. De ser un buscador y recolector activo e incansable, un rapiñador atrevido e incontrolable, pasó a ser vago y apático; dejaba que las ratas de abazones merodeasen bajo sus patas sin dejar agujereado el asentamiento a base de frenéticos esfuerzos por hacer hoyos para atraparlas, permitía que las ardillas lo saludaran provocativas moviendo la cola a cien metros de distancia, se olvidaba de sus escondites habituales, dejaba sus huesos favoritos sin enterrar, blanqueándose al sol. Sus ojos perdían brillo y su pelaje perdía lustre, conforme su compañero se ponía ciego de tanto beber y vestía harapos; cuando corría, su acostumbrada línea recta y precisa como una flecha empezó a desviarse, y no era raro encontrarse a la pareja junta, haciendo eses por la colina. De hecho, era posible saber el estado de tío Billy a partir de la aparición de Huesos en momentos en los que su amo temporal todavía era invisible. «Hoy el viejo debe de haber pillado una buena», comentaba la gente cuando se apreciaba una imbecilidad y falta de objetivo más marcada en Huesos al verlo pasar. Al principio se creía que el perro también bebía, pero cuando una cuidadosa investigación demostró que esa hipótesis era insostenible, nadie tuvo empacho en decir que era un «maldito hipócrita pajizo, oportunista». Más de uno se atrevió a opinar que, si Huesos no era quien llevaba a tío Billy por el mal camino, por lo menos «lo servía y lo mimaba hasta que el viejo se crecía, engreído, en su maldad». Como era de esperar, eso acabó desencadenando un divorcio forzoso entre ambos, y tío Billy fue enviado, para alegría de todos, a una localidad cercana y al médico.

Huesos parecía echarlo muchísimo de menos, estuvo perdido dos días y se supone que fue a visitar a tío Billy, quedó muy impactado por su convalecencia y se sintió «cortado» por el carácter reformado del hombre; luego volvió a su antigua vida activa y enterró su pasado con los huesos olvidados. Se cuenta que después lo detectaron intentando guiar a un vagabundo ebrio para que entrase en el campamento usando métodos propios de un perro de ciego, pero lo descubrió a tiempo el (por supuesto) narrador no contrastado.

Me sentiría tentado a dejarlo aquí, con su pecado original y pintoresco, pero la misma veracidad que me ha impelido a transcribir sus faltas y maldades me obliga ahora a describir su reforma definitiva y algo monótona, que sucedió sin que él tuviera la culpa.

Era un alegre día en Rattlers Ridge que, a la vez, marcó el principio del cambio en el corazón de Huesos y la llegada del primer carruaje que se vio inducido a desviarse de la carretera principal y parar con regularidad en nuestro asentamiento. Las banderas ondeaban en la oficina de correos y en el salón de polca, y Huesos corría como alma que lleva el diablo delante de la banda municipal que tanto detestaba, cuando la chica más dulce del condado, Pinkey Preston, hija del juez del condado y amada sin esperanzas por todos los de Rattlers Ridge, bajó del carruaje que había alcanzado la gloria gracias a albergar a una invitada tan excepcional.

—¿Qué es lo que le hace huir? —preguntó enseguida la joven, abriendo sus preciosos ojos con un asombro seguramente inocente ante la posibilidad de que algo pudiera desear apartarse de ella.

—No le gusta la banda de música —le aclaramos encantados.

—Qué curioso —murmuró ella—. ¿Tanto desafinan?

Ese irresistible comentario ingenioso habría bastado para satisfacernos —nos pasamos el día siguiente repitiéndonoslo unos a otros—, pero la cosa no quedó ahí: nos sentimos absolutamente maravillados cuando vimos que, de repente, se recogía las delicadas faldas con una mano y caminaba a paso ligero por el polvo rojo hacia Huesos, quien, mirando de reojo por encima de su hombro amarillo, se había parado en mitad de la calle y había vuelto la cabeza en una mezcla de asco y rabia ante el espectáculo del trombón que bajaba. Contuvimos la respiración mientras la joven se le acercaba. ¿Acaso Huesos la esquivaría como hacía con nosotros en situaciones semejantes, o salvaría nuestra reputación y consentiría, de momento, aceptarla como un tipo nuevo de persona ebria? La joven se acercó; el perro la vio; poco a poco empezó a temblar de la emoción: el muñón de su cola vibraba con tal rapidez que apenas se apreciaba que le faltaba una porción. De pronto, la joven se detuvo ante él, tomó su cabeza amarilla entre las delicadas manos, la levantó y miró en el fondo de los bonitos ojos marrones del perro con sus preciosos ojos azules. Nadie supo jamás qué ocurrió entre ellos durante esa mirada magnética. El caso es que regresó con él donde estábamos los demás y le dijo como si nada:

—No nos dan miedo las bandas de música, ¿a que no?

Ante lo cual, da la impresión de que él asintió, o por lo menos reprimió su repulsión mientras estaba junto a ella... lo cual fue casi todo el tiempo que duró el acto.

Durante el discurso, la mano enguantada de la joven y la cabeza amarilla del can estuvieron casi pegadas en todo momento, y en la ceremonia de coronación —la revisión pública y la firma por parte de ella de la «hoja de ruta» de Yuba Bill en nombre de la alcaldía, con una pluma dorada que le ofreció la compañía de transporte—, el gozo de Huesos, lejos de no conocer límites, parecía no conocer nada salvo estos, y daba la impresión de que quería ser testigo de todo desde el aire. Nadie se atrevió a intervenir. Por primera vez, el orgullo local de Huesos saltó en nuestros corazones... y nos mentimos los unos a los otros alabándolo de forma explícita y descarada.

Entonces llegó el momento de la despedida. Estábamos junto a la portezuela del carruaje, con el sombrero en la mano, mientras la señorita Pinkey se disponía a entrar en él; Huesos aguardaba a su lado y miraba confiado hacia el interior; ya parecía estar eligiendo dónde se sentaría, sobre el regazo del juez Preston, en el rincón, cuando la señorita Pinkey levantó los dedos admonitorios más dulces del mundo. Entonces tomó la cabeza del perro entre las manos y de nuevo lo miró a los ojos relucientes y dijo simplemente «Buen perro», con un ligerísimo énfasis en el adjetivo, antes de subirse al carruaje.

Los seis caballos se pusieron en marcha a la vez, el imponente vehículo verde y dorado empezó a traquetear dejando una estela de polvo rojo y el perro amarillo fue corriendo alrededor de esa estela hasta los límites mismos del asentamiento. Después, regresó con total sobriedad.

Al cabo de un par de días desapareció... Pero más adelante se supo que estaba en Spring Valley, la capital del municipio, en la que vivía la señorita Preston, y se lo perdonaron. Una semana más tarde volvió a desaparecer, pero esta vez durante más tiempo, y entonces llegó una carta patética desde Sacramento para la esposa del tendero. Decía así:

> ¿Le importaría pedir a alguno de sus mozos que viniera a Sacramento y se llevara a Huesos? No me molesta que el querido perro me acompañe por Spring Valley, donde todo el mundo me conoce; pero aquí se hace notar demasiado, debido a SU COLOR. Apenas tengo vestidos que combinen con él. No encaja con mi muselina rosada, y cuando me pongo esa prenda tan bonita teñida de beige, el perro hace que parezca tres tonos más clara. Ya sabe que el amarillo es un color complicado.

Al instante hicimos una asamblea con todos los trabajadores y mandamos una delegación a Sacramento para liberar a la desafortunada muchacha. Todos sentíamos una gran indignación hacia Huesos... Pero, por extraño que parezca, creo que estaba teñida de nuestro nuevo orgullo por él. Mientras había estado solo con nosotros, apenas habíamos apreciado sus peculiaridades, pero la expresión recurrente «ese perro amarillo que tienen en el campamento Rattlers» nos daba una misteriosa importancia en la zona, como si hubiéramos convertido una «mascota» en una especie de curiosidad zoológica.

Esta sensación se acentuó a raíz de un acontecimiento singular. En el cruce de caminos habían construido una iglesia nueva, y un eminente clérigo se había desplazado desde San Francisco para dar el sermón inaugural. Tras un exhaustivo análisis de los roperos del campamento y un provechoso cambio de atuendo, nos eligieron a unos cuantos para que representáramos a Rattlers en la ceremonia dominical. Con nuestros pantalones de lino blanco, los sombreros de paja y las camisas de franela, éramos lo bastante pintorescos y encarnábamos la imagen de «auténticos mineros» de tal modo que pudimos colocarnos en uno de los primeros bancos.

Sentados cerca de las muchachas más guapas, que nos ofrecieron sus salterios, entre el olor a limpio de las lociones para el afeitado de pino fresco y la muselina planchada, entre el aroma de las especies arbóreas de nuestros propios bosques, que se colaba por las ventanas abiertas, nos embargó un profundo sentimiento de paz eterna en la comunión cristiana. En este momento supremo alguien murmuró en un susurro cargado de admiración:

—Anda, mirad a Huesos.

Lo miramos. Huesos había entrado en la iglesia y se había subido a la tarima del coro con una ignorancia y modestia perdonables; pero, al percatarse de su error, ahora estaba caminando por la barandilla del coro ante los asombrados feligreses. Al llegar al final, se detuvo un momento y miró hacia abajo con despreocupación. Alrededor de cuatro metros y medio de altura lo separaban del suelo: el salto más fácil del mundo para un perro criado en las montañas como Huesos. Con delicadeza y cautela, casi con

pereza, y a la vez con aire engreído, como si, en términos humanos, se hubiera metido una pata en el bolsillo y utilizara solo tres, salvó la distancia y cayó justo delante del presbiterio, sin el menor ruido, dio tres vueltas completas y luego se tumbó cómodamente.

Al instante, tres diáconos se presentaron en el pasillo y se postraron ante la eminencia divina, quien, nos dio la impresión, lucía una sonrisa contenida. Oímos los susurros apresurados:

—Es de ellos.

—Es casi una institución local, ¿sabe?

—No queremos ofender la sensibilidad de nadie.

A eso siguió el comentario del párroco:

—Bajo ningún concepto.

Luego continuó con el sermón.

Apenas un mes antes habríamos repudiado a Huesos; hoy estábamos ahí sentados con actitud algo altanera, como si quisiéramos indicar que cualquier afrenta hecha a Huesos sería un insulto hacia nosotros y conllevaría que nos marchásemos del templo de manera instantánea y en bloque.

Sin embargo, todo fue bien hasta que el clérigo, levantando la inmensa Biblia desde el altar y sujetándola con las dos manos ante él, caminó hacia el púlpito que había junto a la barandilla del altar. Huesos emitió un claro gruñido. El clérigo se detuvo.

Nosotros, y solo nosotros, comprendimos al instante toda la situación. La Biblia era, en tamaño y forma, muy parecida a esos montones de tierra compacta que teníamos por costumbre tirarle en broma a Huesos cuando estaba adormilado al sol, para ver cómo los esquivaba con pericia.

Contuvimos la respiración. ¿Qué podíamos hacer? La oportunidad de actuar recayó en nuestro cabecilla, Jeff Briggs, un tipo irritantemente guapo, con el bigote dorado de un vikingo del norte y los rizos de un Apolo. Con la seguridad que le daba su belleza y la templanza que nace de la arrogancia, se levantó del banco y se plantó delante de la barandilla del presbiterio.

—Yo en su lugar esperaría un momento, señor —dijo con respeto—. Verá cómo el perro sale en silencio.

—¿Qué ocurre? —susurró el clérigo algo preocupado.

—Piensa que va a tirarle ese libro, señor, para tomarle el pelo, como hacemos nosotros.

El clérigo parecía perplejo, pero se quedó inmóvil, con el libro en las manos. Huesos se levantó, recorrió la mitad del pasillo ¡y se esfumó como un rayo amarillo!

Al amparo de su reputación reforzada por el incidente, Huesos desapareció durante una semana entera. Al final de ese plazo, recibimos una nota educada del juez Preston, en la que decía que el perro se había instalado en su casa y suplicaba que el campamento, sin perder su valiosa propiedad sobre este, permitiera que el animal se quedara en Spring Valley por un tiempo indefinido; según decía, tanto el juez como su hija —de quien Huesos ya era íntimo amigo— estarían encantados de que los miembros del campamento fueran a visitar a su viejo perro favorito siempre que lo desearan, para comprobar de primera mano que estaba bien cuidado.

Me temo que el cebo que nos lanzó de forma tan ingenua influyó mucho en nuestra cesión definitiva. Sin embargo, las opiniones de quienes visitaron a Huesos eran maravillosas y extraordinarias. Residía dentro de la mansión, tumbado en alfombras en la sala de estar, acurrucado bajo el escritorio judicial en el despacho del juez, dormía con frecuencia en el felpudo que había junto a la puerta del dormitorio de la señorita Pinkey o se dedicaba a espantar moscas sin esfuerzo en el césped del juez.

—Es tan pajizo como siempre —dijo uno de los informadores—, pero no parece tener el mismo lomo sobre el que solíamos romper los terrones apelmazados en los viejos tiempos para ver cómo se sacudía el polvo.

Y ahora debo dejar constancia de un hecho que soy consciente que todos los amantes de los perros negarán con indignación y contra el que aullarán todos los perros fieles desde los tiempos de Ulises. Huesos no solo se olvidó de nosotros, sino que ¡nos repudió! Quienes se presentaban en casa del juez con «ropa de compra» a veces tenían la suerte de que les prestara atención un momento, pero los olfateaba como si los detectara y lamentase verlos bajo ese exterior superficial. Ante el resto sencillamente hacía oídos sordos. El término más cariñoso de «Huesitos» —que antes empleábamos en nuestros escasos momentos de ternura— no obtenía respuesta alguna.

Esto hacía sufrir, me parece, a algunos de los más jóvenes del campamento; pero, a través de alguna extraña debilidad humana, también incrementó el respeto del campamento por él. Pese a todo, hablábamos de él con familiaridad ante los desconocidos en el mismo momento en que él nos ninguneaba. Me temo que también nos costaba mucho reconocer que estaba cada vez más gordo y torpe, y que iba perdiendo elasticidad, con lo que queríamos insinuar que su elección era un error y su vida, un fracaso.

Un año después murió, rodeado de santidad y respetabilidad; lo encontraron una mañana enroscado y tieso en el felpudo delante de la puerta de la señorita Pinkey. Cuando nos dieron la noticia, pedimos permiso, dado que el campamento pasaba por una época próspera, para erigir una lápida sobre su tumba. Pero cuando tuvimos que elegir la inscripción, solo se nos ocurrían las dos palabras que le había murmurado tiempo atrás la señorita Pinkey, algo que siempre creímos que había provocado su conversión: «¡Buen perro!».

VERDUN BELLE

ALEXANDER WOOLLCOTT

Escuché por primera vez la leyenda de la aventura de Verdun Belle tal y como la contaron una tarde de junio bajo un amodorrado manzano en el agitado valle del Marne.

La historia comenzaba en un frío y sucio pueblo de Lorena, donde en cobertizos y heniles, un desconsolado destacamento de marines de los Estados Unidos esperaba la orden de subir al laberinto de trincheras cuyos desmoronados vestigios aún tejen una telaraña embrujada alrededor de la ciudadela que lleva el inmortal nombre de Verdun.

A este pueblo, en el crepúsculo de un día del principio de la primavera de 1918, llegó una zarrapastrosa y solitaria perra, una gordita setter de indiscreto, complejo e incierto abolengo. Cualquiera que la viese trotar resueltamente a lo largo de la aromática calle del pueblo hubiese jurado que tenía una importante cita con el alcalde y que, lamentablemente, llegaba un poco tarde.

Al final de la calle llegó a donde un joven soldado holgazaneaba tristemente en un umbral. Se paró, y se sentó a contemplarle. Entonces, aparentemente satisfecha por lo que sintió y vio, se acercó y se dejó caer junto a él de forma muy afable, acomodándose como si por fin hubiese llegado al final de su largo camino. Él alargó su agradecida mano y jugó con una de sus sedosas orejas color chocolate.

De alguna forma este gesto selló un pacto entre los dos. Desde entonces no hubo ninguna duda en la mente de ambos de que el uno pertenecía al otro en lo bueno y en lo malo, en la enfermedad y en la salud, en la felicidad y en la desdicha, por los siglos de los siglos.

Ella comía cuando y lo mismo que él comía. Dormía junto a él durante el día, con su morro sobre una de sus piernas para que él no se pudiese levantar por la noche e irse a América sin que ella se diese cuenta.

Para un espectador profano puede que el entusiasmo de ella no fuese explicable de inmediato. A los ojos de su sargento superior y del clérigo de su compañía puede que él fuese un soldado cualquiera, con la cara llena de pecas y completamente indiferente respecto al asunto de asegurar el mundo para la democracia.

Verdun Belle le veía como la persona más encantadora del mundo. Corría de boca en boca la idea de que ella se había unido a la compañía como mascota y les pertenecía a todos. Ella amablemente les dejaba pensar esto, pero tenía sus propias ideas sobre el asunto.

Cuando avanzaban dentro de las líneas enemigas ella también lo hacía, y estaba tan acostumbrada a las trincheras que pensaron que ya había servido en un regimiento francés en aquella región en otro tiempo heroica.

Hasta se inventaron la no imposible teoría de que ella había venido de la solitaria tumba perdida de algún soldadito en el borroso horizonte azul.

Sin duda conocía las costumbres de las trincheras, sabía cómo no estorbar en el pasadizo más estrecho y conocía tan bien los peligros del parapeto que un plato de huesos de pollo puesto allí arriba no le hubiese interesado. Hasta sabía lo que era el gas, y tras una bocanada recordatoria se hizo más que amiga de la máscara reglamentaria, que ellos inutilizaron pacientemente para cualquier futuro uso humano, porque un departamento de guerra carente de imaginación no había previsto las peculiares condiciones anatómicas de Verdun Belle.

En mayo, cuando la tropa estaba comprometida en agotadoras tareas que el alto mando se felicitaba en calificar de «descanso», Belle pensó que era el momento conveniente para presentarle al interesado, pero ya bien avisado regimiento, siete serpenteantes imprevistos, algunos negros y blancos y veteados como el cielo aborregado, otros manchados del mismo marrón que ella.

Estos recién llegados complicaron la economía doméstica del henal de los marines, pero no se convirtieron en un serio problema hasta esa memorable noche de finales de mes cuando la jadeante voz ordenó a la tropa que se levantase y se pusiese en marcha.

La segunda división de la AEF (Fuerza Expedicionaria Estadounidense) siempre se veía agarrada por el cogote y arrojada a través de Francia. Esta vez el enemigo había tomado rápidamente Soissons y Reims y empujaba con gran facilidad y celeridad hacia el recordado Marne.

Foch había llamado a los americanos para ayudar a contener la marea. Delante de los marines, según se atravesaban desordenadamente las monótonas llanuras de Champagne, había, entre los campos de trigo maduro, una extensión de bosque maderero y montuoso llamado Belleau Wood. Verdun Belle fue hacia allí.

El marine había resuelto el problema de los cachorros ahogando a cuatro y metiendo a los otros tres en una cesta que le había pedido a una mujer del pueblo.

Su idea de que podía llevar una cesta hubiese supuesto un sobresalto para el funcionario de Washington que había diseñado la mochila del marine, que, con su ordenado surtido de raciones de comida, ropa adicional, medicamentos de urgencia y horribles utensilios de destrucción, había sido concienzudamente calculada para agotar la capacidad de la espalda humana. Pero, ante la necesidad, el joven marine de alguna manera ideó el modo de añadir un artículo no incluido en el reglamento, es decir, una cesta con tres cachorros sin destetar y levemente resentidos.

La tropa se movía de día y de noche, a veces en jadeantes trenes, otras en camiones repletos, otras a pie.

A veces el amigo de Belle iba montado. A veces (bajo la presión del clamor popular por el espacio que ocupaba) cedía su sitio a la cesta y corría sujetándose con la mano a la escalera de cola, con Belle trotando detrás de él.

Parecía como si todos los soldados de la cristiandad se estuviesen moviendo a través de Francia hacia algún cruce de caminos sin nombre al otro lado de la colina. Evidentemente no era un mero movimiento de un sector tranquilo a otro. Iban a la guerra.

Todo el mundo le había dicho al obstinado joven que no lo lograría, y ahora las dudas se posaban sobre él como cuervos. Pensaba que Verdun Belle también debía de estar dudando.

Se volvió para asegurarle que todo iría bien. No estaba allí. Ni delante de él ni detrás había rastro de ella. Nadie cercano la había visto abandonar la formación. No hacía más que repetirse que ella volvería. Pero pasó el día y llegó la noche sin que se la viese.

Se deshizo de la cesta y se metió los cachorros en la camisa de camuflaje como hacen las canguros. Por la mañana uno de los tres estaba muerto. Y el problema de transportar los otros dos ahora se complicaba con el hecho de que tenía que alimentarlos.

Una señora mayor del pueblo donde pararon al anochecer, extremadamente divertida por el espectáculo de un soldado que intentaba llevar consigo a la guerra a dos cachorros lactantes, se interesó y ofreció un poco de leche para su ración, y con muchos consejos sarcásticos de todos, con el cuentagotas de su mochila, el soldado intentó tímidamente hacer de madre de los dos animales abandonados. El intento no fue un éxito brillante.

Le entraron ganas de lanzarlos por encima de la verja. Pero si Verdun Belle no había sido atropellada por un atronador camión, si seguía viva, le encontraría, ¿y entonces qué diría él cuando sus ojos le preguntasen qué había hecho con sus cachorros?

Así que, al darse la orden de formar filas, enganchó su mochila a la espalda y volvió a meter su carga en la camisa.

Ahora, con la luz de la mañana, la carretera estaba atascada. Bajando de la línea en una desordenada y grotesca desbandada venía un torrente de víctimas francesas que escapaban de la amenazada campiña, enredados con fragmentos de regimientos franceses que huían. Pero América estaba subiendo por la carretera.

Fue una semana durante la cual el mundo contuvo la respiración.

La batalla estaba cerca. Los hospitales de campaña, abriéndose paso a empujones en el río de tráfico, buscaban espacio para montar sus tiendas. El sargento al mando de uno de esos equipos estaba al volante de una ambulancia. Los marines, en infinitas cantidades, ascendían con rapidez.

Fue uno de estos quien, en el momento de parar, se salió de la formación, subió el escalón de la ambulancia atascada y miró ansiosamente a los ojos del sargento médico al mando.

—Oye, amigo —susurró el joven—, cuídalos por mí. He perdido a su madre en el atasco.

El sargento se vio a sí mismo sujetando con ambas manos dos soñolientos cachorros. Durante todo ese día el personal del hospital de campaña se preocupó por conseguir comida para aquellos dos inesperados seres que se les habían unido y necesitaban raciones. Una vez situados en una granja (de la que prontamente fueron expulsados a bombazos), el sargento examinó la probable comida y se dio cuenta de que los cachorros aún no estaban preparados para una dieta a base de pan, papilla de maíz y ternera en lata. Una vaca extraviada, que se había perdido de sus pastos durante la gran huida, pacía de forma tentadora en el campo contiguo, y dos oficiales, que irreflexivamente se habían acordado de la vida en la granja en sus hogares, recibieron instrucciones de inducirla a cooperar.

Pero el bombardeo había desquiciado a la vaca, y no les permitía acercarse a ella. Tras una persecución peligrosa y alocada que duró dos horas, los dos lecheros informaron a su disgustado jefe que habían fracasado por completo.

Al anochecer el problema seguía sin solución, y los cachorros estaban tumbados, débiles, en su cama de algodón hidrófilo en el jardín, cuando, junto a la cola de un destacamento de marines rezagados, apareció trotando una setter marrón y blanca.

—Sería estupendo que tuviera leche —dijo pensativamente el sargento al mando, discurriendo cómo podría salvar a la mascota de la unidad que marchaba.

Pero sus ideas de hurto fueron un desperdicio. En la puerta se clavó en seco, alzó la cabeza para oler el aire, giró bruscamente a la izquierda y se convirtió únicamente en una raya blanca y marrón contra el suelo. Todo el estado mayor salió y formó a empujones un círculo para ver la reunión familiar.

Después de esto se asumió tácitamente que los perros inesperados eran de ella. Cuando se ordenó que el hospital retrocediese lejos del alcance de las zumbantes granadas, Verdun Belle y los cachorros fueron confiados a un conductor de ambulancia y se fueron cómodamente con él. Todos se fueron —bolsa, equipaje y ganado— al pequeño Château del Ángel Guardián, cuyas ventanas frontales tenían cortinas que protegían de las miradas y del polvo de la carretera, pero cuyas ventanas traseras daban, a través de árboles de fruta madura, a un valle soñoliento, murmurante y multicolor, hermoso como el jardín del Señor.

Las mesas para operar, con linternas de acetileno para iluminarlas, habían sido montadas en lo que fue un cobertizo de herramientas. Se esparcieron hamacas en el huerto contiguo. A partir de ese momento, durante un mes no se descansó ni un instante en el hospital.

Los cirujanos y los enfermeros hacían turnos, durmiendo a ratos y volviendo unas horas después a relevar a los otros. Pero Verdun Belle no descansaba. Entre cortas siestas en la esquina, las debidas atenciones a su inquieta prole y un ocasional tentempié para sí, de alguna forma se las arreglaba para estar junto a cada ambulancia, examinando con cuidado cada baja depositada sobre el suelo.

Entonces, en la oscuridad de las cuatro de la madrugada, una mañana, el enfermero que se agachaba sobre una camilla que acababa de ser depositada en el suelo fue golpeado por algo que casi le hizo caer.

El proyectil era Verdun Belle. Cada mínima parte de su tembloroso cuerpo proclamaba que de este caso se ocupaba ella personalmente. Desde el hocico hasta la punta de la cola estaba tensa de excitación, y una especie de ansioso gimoteo salía a borbotones de ella, como si ansiase sentarse sobre sus caderas y rugir al cielo estrellado; pero realmente estaba demasiado ocupada en ese momento como para consentir aliviar satisfactoriamente su alma. Había que limpiarle la suciedad a este marine antes que nada. ¡Tan propio de él ensuciarse en el momento en que ella se daba la vuelta! La primera cosa que percibió al recuperar el sentido fue la sensación de una áspera lengua rosa limpiándole los oídos.

Los vi durante todo el día siguiente. Iba deambulando como un transeúnte cuando me encontré con dos hamacas juntas bajo un manzano. Belle y sus voraces cachorros ocupaban una. En la otra estaba el joven marine —creo que se trataba de gas, pero tal vez su estupor se debía a la conmoción por los bombardeos, a lo mejor solo tenía una brecha en la cabeza—, dormido profundamente sin soñar. Antes de dejarse llevar por el sueño había tomado la reconfortante precaución de alargar una de sus manos y cerrarla en torno a una sedosa oreja.

Más tarde, en ese día me habló de su perro. Creo que nunca llegué a saber el nombre del soldado, pero algún capricho de la memoria me hace pensar que era de West Philadelphia y que se había enrolado en los marines al terminar el colegio.

Seguí mi camino antes de que oscureciese y nunca volví a verlos, ni nunca llegué a saber qué fue del chaval y de su perro. Nunca supe, si es que ocurrió, cuándo lo volvieron a mandar al frente, ni a dónde, ni si los dos se volvieron a reunir. Es, como se ve, una historia sin final, aunque debe de haber aquí y allá en este país testigos que puedan contarnos el capítulo que nunca ha sido escrito.

Espero que haya algo profético en este último párrafo sobre el relato anónimo de Verdun Belle que apareció a la semana siguiente en el periódico de la AEF, *The Star and Stripes*. Ese párrafo fue una bendición que decía así:

> Al poco tiempo le tendrían que mandar al hospital de evacuación, de allí al hospital principal, y así en adelante. Nadie tenía muy claro cómo se podía evitar otra separación. Era una pregunta complicada, pero sabían, en el fondo de sus corazones, que podían dejar sin riesgo la respuesta a otro. Se la podían dejar a Verdun Belle.

DE PERROS Y PERSONAS

Suele decirse que «el perro es el mejor amigo del hombre», una frase que queda patente en el poema de Rubén Darío y en el cuento de Katherine Mansfield, donde amo y perro acaban por parecerse. No obstante, a veces los canes tienen que ganarse esa amistad (y la supervivencia) a pulso, y otras veces, sin quererlo, provocan miedo y tensión en determinadas personas, sobre todo en la infancia, tal como refleja el relato de Mary E. Wilkins Freeman. Sea cual sea la relación entre humanos y canes, de lo que no cabe duda es de que, quince mil años después de que se acercaran a aquella primera hoguera, seguimos cautivados por la posibilidad de entrar en su mente, como hace el narrador omnisciente de Jack London.

UN HOMBRE Y SU PERRO

KATHERINE MANSFIELD

Al mirar al señor Potts dirías que allí al menos iba alguien que no tenía nada de qué jactarse. Era un hombrecillo insignificante, con la corbata torcida, un sombrero que le quedaba demasiado pequeño y un abrigo demasiado grande. La cartera de lona marrón que llevaba y traía todos los días de la oficina de correos no parecía la típica de un hombre de negocios, sino que parecía la cartera escolar de un niño; incluso se cerraba con un botón redondito. Imaginabas migas y el corazón de una manzana mordisqueada en el fondo. Y luego había algo en sus botas que llamaba la atención, ¿no? A través de los cordones asomaban unos calcetines de colores. ¿Qué demonios había hecho el tipo con las lengüetas? «Freírlas», sugería el ingenio del autobús de Chesney. ¡Pobre viejo Potts! «Más bien las enterró en su jardín». Bajo el brazo llevaba un paraguas. Y cuando lo abría para guarecerse de la lluvia, desaparecía por completo. No estaba. Era un paraguas andante, nada más; el paraguas se convertía en su caparazón.

El señor Potts vivía en un chalecito en Chesney Flat. La mole del depósito de agua a un lado le daba un aire lúgubre, como una casita con un flemón. No tenía jardín. Un sendero atravesaba el pasto del prado desde la verja hasta la puerta principal, y se habían trazado dos parterres, uno redondo y otro rectangular, en lo que iba a ser el césped delantero. Por aquel sendero bajaba Potts cada mañana a las ocho y media a tomar el autobús de Chesney; por aquel sendero subía Potts todas las tardes mientras aquella cafetera de autobús se alejaba zumbando. Al anochecer, cuando se arrastraba hasta la verja, deseoso de fumar en pipa —no le permitían fumar más cerca de la casa—, tenía un aire tan humilde y modesto que las grandes estrellas, brillando alegremente, parecían guiñarse un ojo, risueñas, y decir: «¡Miradle! ¡Lancemos algo!».

Cuando Potts se apeó del tranvía en la estación de bomberos para hacer transbordo al autobús de Chesney vio que pasaba algo. El coche estaba allí, pero el conductor no ocupaba su sitio; yacía medio tumbado debajo del motor, y el revisor, sin la gorra, esperaba sentado en un escalón liándose un cigarrillo con expresión soñadora. Un corrillo de hombres de negocios y un par de dependientas contemplaban el coche vacío; daba una impresión lúgubre, patética, inclinado hacia un lado y temblando débilmente cuando el conductor sacudía alguna pieza. Era como alguien que hubiera sufrido un accidente e intentara decir: «¡No me toques! ¡No te acerques! ¡No me hagas daño!».

Sin embargo, la escena resultaba tan familiar —los coches apenas llevaban unos meses circulando hasta Chesney— que nadie dijo nada, nadie preguntó nada. Se limitaron a esperar, por si las moscas. De hecho, dos o tres decidieron irse andando justo cuando Potts llegaba, pero él no quería caminar a menos que fuera necesario. Estaba cansado. Había pasado la mitad de la noche en vela, dando friegas en el pecho a su esposa —tenía una de sus misteriosas dolencias— y ayudando a la somnolienta sirvienta a calentar compresas y bolsas de agua caliente y a preparar té. En la ventana ya clareaba el día y los gallos habían empezado a cantar antes de que él por fin se acostara, con los pies fríos como el hielo. Y todo eso también le resultaba familiar.

De pie en el bordillo, cambiando de vez en cuando su cartera de lona marrón de una mano a la otra, Potts empezó a rememorar la noche anterior, pero tenía un recuerdo vago, sombrío. Se vio moviéndose como un cangrejo, recorriendo el pasillo hasta la fría cocina y de nuevo al dormitorio. Las dos velas temblaban sobre la cómoda oscura y, cuando se acercó a su mujer, vio que lo miraba con un destello repentino en sus ojos desorbitados y se echaba a llorar:

—No me compadeces, no me compadeces... Me cuidas solo por obligación. No me contradigas. Veo que lo haces con rencor.

Intentar calmarla solo empeoró las cosas. Hubo una escena espantosa en la que su mujer acabó incorporada mientras decía solemnemente con la mano levantada:

—No te preocupes, que no será por mucho tiempo. —Pero el sonido de estas palabras la asustó tanto que se dejó caer otra vez sobre la almohada y sollozó—: ¡Robert! ¡Robert!

Robert era el nombre del joven con quien había estado prometida años atrás, antes de conocer a Potts. Y Potts se alegró mucho de oír que lo invocaba. Había acabado por saber que eso significaba que la crisis tocaba a su fin y ella empezaría a calmarse...

Para entonces Potts ya había dado media vuelta; había cruzado la acera hasta la cerca de madera del otro lado. Una franja de hierba clara asomaba entre los tablones y unas esbeltas margaritas sedosas. De pronto vio que una abeja se posaba en una de las margaritas y la flor se inclinó, balanceándose, estremeciéndose, mientras la abejita seguía agarrada y se columpiaba. Y cuando se alejó volando, los pétalos revolotearon con una alegría... Por un instante Potts pasó por el mundo donde eso sucedía, y se trajo consigo la tímida sonrisa con la que regresó al coche. Sin embargo, todo el mundo había desaparecido ya, salvo una joven que leía de pie junto al coche vacío.

En la cola de la procesión iba Potts con una sotana que le quedaba tan grande que parecía un camisón, y daba la impresión de que no debería llevar un cantoral y un devocionario, sino una palmatoria. Tenía una voz de tenor ligera y quejumbrosa. Sorprendía a todo el mundo. A él también parecía sorprenderle. Pero era tan lastimera que cuando cantó «por las alas, por las alas de una paloma» las señoras de la congregación quisieron hacer colecta y comprarle un par.

A Lino le temblaba el hocico con tanto patetismo, había tanta melancolía y timidez en sus ojos, que a Potts se le encogió el corazón, aunque por supuesto disimuló.

—Bueno, supongo que será mejor que te vengas a casa —le dijo con severidad.

Y se levantó del banco. Lino se levantó también, pero se quedó quieto, dándole una patita.

—Pero quiero que dejemos una cosa clara antes de que vengas. Y es la siguiente —dijo Potts volviéndose hacia el perro y señalándolo con el dedo.

Lino se sobresaltó como si fueran a dispararle, pero no apartó de su amo sus ojos desconcertados y melancólicos.

—Deja de fingir que eres un perro de pelea —dijo Potts con más severidad que nunca—. No eres un perro de pelea. Eres un perro guardián. Eso es lo que eres. Pues muy bien. Cíñete a eso. Esa endiablada jactancia no la soporto. Me molesta.

En el instante en suspenso que siguió mientras Lino y su amo se miraban, fue curioso el gran parecido que había entre ambos. Luego Potts dio media vuelta otra vez y se dirigió a su casa.

Y tímidamente, como si tropezara con sus propias patas, Lino fue detrás de la humilde e insignificante figura de su amo...

PAISAJE CON DOS TUMBAS Y UN PERRO ASIRIO

FEDERICO GARCÍA LORCA

Amigo,
levántate para que oigas aullar
al perro asirio.
Las tres ninfas del cáncer han estado bailando,
hijo mío.
Trajeron unas montañas de lacre rojo
y unas sábanas duras donde estaba el cáncer dormido.
El caballo tenía un ojo en el cuello
y la luna estaba en un cielo tan frío
que tuvo que desgarrarse su monte de Venus
y ahogar en sangre y ceniza los cementerios antiguos.

Amigo,
despierta, que los montes todavía no respiran
y las hierbas de mi corazón están en otro sitio.
No importa que estés lleno de agua de mar.

Yo amé mucho tiempo a un niño
que tenía una plumilla en la lengua
y vivimos cien años dentro de un cuchillo.
Despierta. Calla. Escucha. Incorpórate un poco.
El aullido
es una larga lengua morada que deja
hormigas de espanto y licor de lirios.
Ya vienen hacia la roca. ¡No alargues tus raíces!
Se acerca. Gime. No solloces en sueños, amigo.

¡Amigo!
Levántate para que oigas aullar
al perro asirio.

TEMOR A UN PERRO

MARY E. WILKINS FREEMAN

—Las gallinas ya han empezado a poner huevos otra vez —dijo Martha, la tía de Emmeline—, así que Emmeline podrá volver a llevarles huevos a los pobres Ticknor mañana.

Martha, que era bastante joven y guapa, miró con ilusión a Emmeline, como si le estuviera proponiendo un gran placer.

La madre de Emmeline se hizo eco de su hermana.

—Sí, desde luego. Sydney —era el empleado— dijo ayer que las gallinas están poniendo muchos huevos. Mañana Emmeline puede empezar a llevárselos.

—Ay, sí, piensa lo mucho que se alegrará esa pobre familia Ticknor, con tantos hijos, al tener media docena de huevos frescos al día —dijo Martha, mirando de nuevo a su sobrinita como si la felicitara, mientras la niña, sentada junto a la ventana, agarraba su mejor muñeca.

—Me atrevería a decir que algunos días podremos regalarles incluso más —dijo la madre de Emmeline—. Tal vez, cuando vaya a la tienda, compre una bonita cesta nueva para que les lleves allí los huevos, cariño.

—Sí, madre —dijo Emmeline en voz baja.

Estaba totalmente bañada por el resplandor del sol de atardecer invernal y toda su cabecita rubia y su delicado rostro tenían un halo dorado. Era imposible que su madre y su tía vieran que se había puesto muy pálida. Mantuvo la cara vuelta hacia la ventana y cuando dijo «Sí, madre», añadió un hipócrita tono de alegría en las palabras, como si fuese la niña más sincera y obediente del mundo. De hecho, presuponía que debía sentir alegría debido a un tema de conciencia originado en los jesuitas, que afectaba a cómo se trataba a sí misma.

Los Ticknor, los pobres Ticknor, con su extensa prole, vivían a menos de un kilómetro de allí, siguiendo la carretera, y la madre y la tía de Emmeline consideraban que a la niña le encantaba llevarles huevos cuando tenían en abundancia. Emmeline nunca había negado tal placer, pero solo Dios sabía cuánto se alegraba, sí, cuánto y con qué malicia (se decía a sí misma que era fruto de la malicia) se alegraba cuando, alrededor del día de Acción de Gracias, momento en que la gente, como era natural, quería emplear más huevos, las gallinas, debido a la perversa naturaleza de su especie, ponían menos huevos, y apenas había suficientes para abastecer a la familia. Entonces Emmeline tenía un respiro. Se ponía más rolliza, sus pequeñas, suaves y redondeadas mejillas adquirían más color. «Parece que Emmeline siempre mejora en esta época del año», solía decir su madre; y nunca acertaba a adivinar por qué, aunque Emmeline podría habérselo dicho, de no ser por su conciencia, que la reconcomía pese a sus sufrimientos.

Los Ticknor tenían un perro —un perrillo muy pequeño, es cierto, pero con una voz equiparable a la de una jauría entera— y Emmeline le tenía pavor. Siempre le ladraba cuando llevaba los huevos, y siempre le olisqueaba ominosamente los tobillos. A veces daba brincos de viciosa alegría ante ella, subiendo casi hasta su cara, aunque era un perro pequeño. Emmeline era una niña pequeña, menuda para su edad, que no llegaba a los diez años. Vivía en gran medida bajo el dominio, un dominio de lo más cariñoso, de su madre y su tía. Su padre había muerto. Las Ames (sí, el apellido de Emmeline era Ames) vivían en una pequeña granja, y Sydney era quien la gestionaba. En la aldea en la que vivían las consideraban una familia acaudalada, y también ellas se veían bajo ese prisma. Así pues, eran conscientes de la sensación de deber, un deber agradable, hacia las personas menos afortunadas que las rodeaban. En ese mismo momento, tanto Martha como la señora Ames estaban cosiendo prendas para los pobres: unas enaguas de franela muy duraderas y fuertes en tonos rosa palo y azul. A veces, también a la propia Emmeline le pedían que cosiera una costura de esas suaves prendas, y siempre obedecía con la mayor docilidad, aunque no le gustaba mucho coser. Era una niña seria y reflexiva, no exactamente indolente, pero sí dada a sentarse en silencio, mientras su joven mente se perdía en ensoñaciones sobre el futuro, en concepciones de la vida y en el discreto papel que ella misma desempeñaba en el esquema universal de las cosas, algo que habría asombrado bastante a su madre y a su tía Martha si lo hubieran sabido. Lo único que veían en Emmeline era una niñita dulce, obediente y cariñosa que sujetaba su muñeca; no la veían tal como era: ardiendo en llamas por su propia imaginación y el sol. Tampoco soñaban que, mientras la chiquilla estaba ahí sentada diciendo «Sí, madre» con tanta educación, en realidad temblaba en lo más profundo de su alma con un miedo casi exagerado al perrillo de los Ticknor, miedo estimulado por una imaginación que superaba con creces la de su madre y su tía.

Al cabo de poco, el brillo cobrizo y dorado desapareció de la cabeza y la cara de Emmeline y se quedó sentada, una sombra pequeña y pálida en el crepúsculo, hasta que su madre encendió la lámpara y Annie, la criada, entró para avisarlas de que estaba lista la cena. Aquella noche Emmeline no tenía demasiado apetito, aunque habían preparado algunos de sus platos favoritos: ostras fritas y gofres. Era como si no pudiera quitarse de la cabeza el tema de los huevos y los Ticknor, algo que la llevaba a proyectar de forma más nítida su visión del miedo en relación con el perrillo. Apenas se habían sentado alrededor de la mesa cuando Annie mencionó la gran cantidad de huevos que habían recogido ese día. Annie llevaba mucho tiempo sirviendo a las Ames y casi la consideraban parte de la familia.

—Creo que mañana podrás llevarles una docena de huevos entera, cariño —dijo la madre de Emmeline, muy contenta.

—Sí, madre —respondió Emmeline.

Entonces la madre de Emmeline se fijó en que la niña no estaba comiendo como de costumbre.

—Vaya, Emmeline, ¡no te has acabado las ostras!

Emmeline, impotente, miró el plato y dijo que no tenía mucha hambre. Sintió que era mala por haber perdido el apetito a causa del pavor hacia el perrillo de los Ticknor; tenía tanto miedo que no quería llevarles los huevos a la mañana siguiente, pese a que ellos eran muy pobres y necesitaban mucho los huevos.

—Si no te comes las ostras, tendrás que tragarte dos huevos crudos —dijo la madre de Emmeline de repente—. Annie, bate dos huevos y échales una pizca de azúcar, nuez moscada y un poco de leche.

En ese momento Emmeline sintió algo más que una aversión física: sintió una aversión moral ante todo lo que tuviera forma de huevo; pero se tragó la mezcla, que Annie le llevó entonces, con su habitual docilidad.

—Eso será igual de nutritivo que las ostras —dijo la tía Martha.

La tía Martha llevaba puesto su bonito vestido azul. Esperaba la visita del señor John Adams por la tarde. Era miércoles, y el señor John siempre iba a verla el miércoles y el domingo por la tarde. Emmeline sabía por qué. Lo sabía con una admiración tímida y secreta, y anticipaba los miércoles y domingos futuros en los que un joven iría a verla para pasar la velada. Decidió que en esas ocasiones tan interesantes se vestiría de rojo, algo que, a su tierna edad, la llenaba de una dulce sensación de misterio y presagio. Observó a la hermosa tía Martha, con su vestido azul claro, con el escote de corte cuadrado, que dejaba a la vista su larga garganta blanca. Se olvidó por un segundo de los Ticknor y de su perro, que representaba la auténtica pesadilla de su infancia. Luego el viejo miedo se apoderó de ella de nuevo. Su madre la miró y la tía Martha también la miró; entonces, las dos mujeres cruzaron la mirada. Después de cenar, cuando todas habían vuelto a la sala de estar, la madre de Emmeline susurró ansiosa al oído de Martha:

—No tiene buen aspecto.

Martha asintió, con la cabeza en otras cosas.

—Me parece que últimamente no le ha dado demasiado el aire —dijo en voz baja—. Le irá bien el paseo matutino hasta la casa de los Ticknor.

—Exacto —asintió la madre de Emmeline—. Le diré que se vaya pronto a dormir esta noche; así, mañana por la mañana, en cuanto haya desayunado, cuando todavía haga fresco, podrá llevar los huevos a los Ticknor.

Emmeline se fue a dormir antes de que llegase el señor John Adams. Su madre la arropó y le dio un beso, luego sopló la vela de la lámpara para apagarla y bajó a la sala. Emmeline rezó sus oraciones e introdujo mentalmente una pequeña frase en relación con el perro de los Ticknor. Era un piadoso anexo infantil al padrenuestro y al «Cuatro esquinitas tiene mi cama» que siempre rezaba.

Después de que su madre bajara a la planta inferior, Emmeline se quedó despierta mirando la oscuridad. Al cabo de poco, le pareció que la oscuridad llameaba como un incendio; unas caras grotescas se reían de ella dentro de ese fuego, que era y no era visible. Un terror indescriptible, nacido del perro de sus pesadillas, la sobrecogió. Se moría de ganas de llamar a su madre, levantarse y correr escaleras abajo para reunirse con los demás en la sala de estar iluminada por la lámpara; pero se quedó tumbada, rígida y tensa. Tenía tanto autocontrol que iba en su perjuicio, pese a ser tan joven. En ese momento oyó el distante tintineo de la campanilla de la puerta y luego oyó que la tía Martha abría la puerta y saludaba al señor John Adams. De nuevo, por un segundo la embargó su propio espíritu de gozosa profecía; pero en cuanto el señor John Adams y la tía Martha se metieron en el salón y la chiquilla solo alcanzó a distinguir el leve murmullo de sus voces, volvió a pensar en lo que antes la atormentaba. Sin embargo, su atención no tardó mucho en desviarse de nuevo. El señor John Adams tenía un tono de voz muy grave. De repente, ese intenso tono bajo subió de volumen. Emmeline no pudo distinguir ni una palabra, pero le sonó como un rugido. A continuación, también oyó la dulce voz aguda de la tía Martha, casi lo bastante alta para identificar las palabras. Y luego oyó puertas que se abrían y se cerraban casi de un portazo; después, casi con total seguridad, oyó sollozos en la entrada. Entonces oyó que la puerta de la sala de estar se abría de golpe y, a continuación, distintos murmullos seguidos: una conversación entre su madre y su tía. Emmeline se preguntó por qué se habría ido tan pronto el señor John Adams, y por qué había estado a punto de dar un portazo; también le habría gustado saber de qué hablaban su tía y su madre con tanta agitación. Pero luego, como no tenía demasiada curiosidad, su mente se desvió hacia sus propios desvelos y de nuevo vio las llamaradas de la oscuridad y las caras grotescas que se reían de ella, y todas las apacibles puertas del sueño y de los sueños estaban vigiladas por el perrillo de los Ticknor.

Aquella noche, Emmeline durmió muy poco. Cuando por fin cerró los ojos, tuvo sueños horribles. En un momento dado se despertó chillando y tenía a su madre al lado con una lámpara encendida.

—¿Qué te pasa? ¿Estás enferma? —preguntó su madre.

Era mucho mayor que la tía Martha, pero estaba muy guapa con su bata larga de color blanco con cola, y con el brillo de la palmatoria sobre su rostro cariñoso y preocupado.

—He soñado una cosa —dijo Emmeline con un hilillo de voz.

—Seguro que estabas tumbada bocarriba —dijo su madre—. Ponte de lado, cariño, e intenta dormirte otra vez. No pienses en el sueño. Recuerda que mañana temprano vas a llevarles los huevos a esos pobres niños de los Ticknor. Sé que así dormirás mejor.

—Sí, madre —dijo Emmeline; obediente, se puso de lado y su madre salió de la habitación.

Emmeline ya no pudo dormir más aquella noche. Eran las cuatro de la madrugada. Las Ames desayunaban temprano, a las siete. Emmeline pensaba que tres horas más tarde tendría que levantarse y vestirse y presentarse para desayunar; calculaba que el desayuno duraría media hora; es decir, en tres horas y media estaría rumbo a casa de los Ticknor. Se sintió casi como un criminal condenado a muerte en la mañana de su ejecución.

Cuando bajó decaída las escaleras, mientras Annie tocaba una melodía discordante en la hilera de campanillas japonesas, la niña se sentía débil y estaba muy pálida. Su madre y Martha, quien también parecía devastada, como si hubiera estado llorando toda la noche, la miraron y luego volvieron a mirarse a los ojos.

—Le irá bien salir a tomar el aire —dijo Martha, y soltó un gran suspiro.

La madre de Emmeline miró con compasión a su hermana.

—¿Por qué no te pones el vestido marrón y la acompañas, querida? —le propuso—. Me parece que a ti también te iría bien el aire fresco.

Annie, que entró entonces con los huevos, miró con fijeza y una mezcla de indignación y empatía a la señorita Martha. Sabía perfectamente qué le sucedía. Tenía un oído increíblemente fino y se hallaba en el comedor, la noche anterior, cuando el señor John Adams estaba con la señorita Martha en el salón, y apenas los separaba una puerta, una puerta mal cerrada y con grietas en la madera, y lo había oído todo. No tenía intención de escucharles, aunque consideraba que todos los asuntos de la familia Ames le atañían y tenía perfecto derecho a enterarse de ellos. Sabía que el señor John Adams había estado hablando de dónde vivirían la señorita Martha y él cuando se casaran, y había insistido en que ella fuese a vivir a la vieja casa familiar de los Adams con su madre, su hermano mayor y sus dos hermanas, en lugar de seguir viviendo con Emmeline, su madre y ella misma (Annie). La criada consideraba que la señorita Martha había hecho lo que tenía que hacer cuando se había plantado. Todo el mundo sabía cómo era la señora Adams, y una de las hermanas tenía lo que se decía una mecha corta, y el hermano mayor estaba soltero, así que no había razón posible por la que el señor John Adams tuviera que sentirse obligado a permanecer en la casa familiar después de casarse. Por otra parte, era evidente que a la madre de Emmeline le resultaría muy duro despedirse de su hermana y vivir sola en esa casa tan grande con Emmeline y Annie. Era una casa enorme y había espacio de sobra; en contraste, la de los Adams era pequeña. No había lugar a dudas, o eso pensaba Annie, y eso pensaba la madre de Emmeline, y eso pensaba la propia Martha, así que la mujer había hecho lo correcto. Por dentro, Martha se convenció de que John Adams no debía de apreciarla demasiado, pues de lo contrario no habría insistido en someterla a semejante incomodidad y molestia como sin duda experimentaría si tenía que vivir en casa de los Adams después de la boda.

John siempre había sido sincero acerca del mal carácter de su madre y de su hermana, aunque era un hijo y hermano devoto. El hombre también sabía que Martha no podría tener una sala de estar para ella sola en la que exponer todos los regalos de bodas, mientras que en la casa de las Ames sí cabría todo. La tía de Emmeline pensó que era imposible que la amase tanto como ella creía antes, pues el pretendiente no había expuesto motivo alguno que justificara su insistencia para que ella se doblegara ante sus deseos, salvo el hecho de que era lo que deseaba él. Martha tenía mucha personalidad y despreciaba cualquier tipo de tiranía, incluso la de sus seres queridos. Así pues, levantó mucho la cabeza, aunque tenía los ojos enrojecidos, y dijo, en respuesta a la sugerencia de su hermana, que prefería no acompañar a la niña. Pensaba coger el tren de las diez y media a Bolton e ir allí de compras. Quería hacerse un traje primaveral y, cuanto antes le llevara la tela a la modista, mejor. Lo dijo como si nada, obviando que antes tenía previsto hacerse ese mismo traje primaveral como vestido de novia. Martha se había hecho a la idea de que se casaría el 1 de junio. Estaban en marzo. Cuando comentó lo de ir a Bolton, a su hermana se le iluminó la cara y por dentro sintió un gran orgullo.

—Yo haría lo mismo —comentó.

No se percató de cómo se apagó la ilusión del rostro de Emmeline. Por un segundo, pensar que su tía iba a acompañarla a casa de los Ticknor y ahuyentar con su valentía y su fuerza superiores al terrorífico perrillo había hecho que su corazón brincara de alegría. Pero ahora esa posibilidad de escapar se había esfumado. Tomó una cucharada de cereales e hizo pucheros de un modo tristísimo después de tragárselos. No le gustaban los cereales, solo los comía porque su madre y su tía decían que eran buenos para ella. Emmeline había empezado a preguntarse por qué tantas cosas que le desagradaban, y tantas cosas que hacían mucho más que desagradarle, eran tan buenas para ella. Aceptaba la sabiduría de los mayores, pero le llamaba la atención.

Se comió los cereales, luego el huevo hervido un poco crudo con una tostada. Aquella mañana le dieron manía los huevos, pese a que normalmente le gustaban. Se sentía como si casi estuviera comiéndose su terror ante lo que la aguardaba: los huevos estaban íntimamente relacionados con eso. Pensaba que ya tenía suficiente con notar el miedo en el corazón, sin la obligación de notarlo también en el estómago.

Después del desayuno, Emmeline se puso el abrigo rojo y el sombrero (todavía llevaba la ropa de invierno) y su madre le dio la cesta de huevos y un beso.

—No corras, que te cansarás, cariño —le advirtió.

Martha y ella se quedaron junto a la ventana observando a la pequeña silueta alegre que caminaba despacio por la carretera. No habría hecho falta que le advirtieran que no corriese. No tenía la menor intención de apresurarse.

—La niña no tiene buen aspecto esta mañana —dijo la señora Ames—. Vuelve a tener esa expresión ansiosa de antaño, y está pálida, y se ha comido el desayuno como si no le apeteciera.

—Se lo ha comido como el que se traga una pastilla —dijo Annie.

—Pues sí —coincidió la señora Ames, ansiosa.

—Bueno, el paseo con el aire de la mañana le irá bien —dijo Martha—. Es hora de ponerme en marcha si quiero coger el tren de las diez y media. Debo arreglarme los guantes. Creo que me pondré el tafetán marrón. Y tal vez haga una visita a los Robins cuando esté en Bolton.

—Yo lo haría —dijo la señora Ames.

Ambas comprendieron de manera tácita que no se volvería a nombrar al señor John Adams, que el tema se apartaría de la vista y del oído y todo continuaría como era antes. Sin embargo, cuando el último atisbo de rojo desapareció por la carretera y se oyó el paso de Martha en la planta de arriba, su hermana pensó que era una suerte que se le hubiera ocurrido ir a Bolton.

«Eso la ayudará a aclararse las ideas», pensó, pero no se lo habría dicho a Martha ni por todo el oro del mundo.

Mientras tanto, la chiquilla continuó caminando lenta pero segura hacia la casa de los Ticknor. El camino era totalmente recto durante cuatrocientos metros, luego había una curva. Hasta que no se pasaba la curva no se veía la maltrecha y escuálida residencia de los Ticknor. Entonces, aparecía como un borrón en el paisaje. ¡Cuánto temía Emmeline girar en esa curva! Andaba muy despacio, casi de puntillas, como solía hacer cuando estaba nerviosa y dubitativa. Rezaba sin cesar y su pobre oración decía lo siguiente: «Padre, que estás en el cielo, por favor, cuida de mí y no dejes que Spotty se me acerque ni me haga daño ni me ladre».

Emmeline repitió esta oración una y otra vez en una especie de cadencia rítmica. Casi seguía el ritmo de las frases al andar, aunque en realidad no tenía la menor fe puesta en el rezo. No acababa de ver por qué tendría que creer en él. Siempre había rezado del mismo modo cuando llevaba huevos a los Ticknor, y Spotty, siempre y sin excepción, había salido corriendo a su encuentro ladrando y olfateándola con nerviosismo, sacudiendo las patas y dándole tirones y mordisquitos en las faldas. Hasta entonces, jamás había visto que su oración obtuviera respuesta, así que ¿por qué iba a esperar que Dios sí la escuchase ahora? Emmeline era una niña muy sincera. Era piadosa y sí creía que Dios tuviera potestad para impedir que Spotty le ladrara; lo que no creía era que Él fuera a hacerlo. Lo que es más, era lo bastante cristiana para confiar en que, de algún modo, esas terroríficas agonías que se había visto llamada a superar en el fondo tuvieran como propósito su bien espiritual. No se quejaba, pero era consciente de su sufrimiento, y sabía que Spotty le ladraría como siempre.

En ese momento tomó por fin la temida curva de la carretera y pudo ver el lugar desvencijado en el que vivían los Ticknor. La casa en sí estaba sin pintar, era una chabola destartalada, se inclinaba tanto hacia un lado que parecía que fuera a volcarse pero se hubiera salvado gracias a un bandazo en otra dirección. Era como una casa borracha, un habitáculo que había adquirido el carácter de sus habitantes. Era degenerada, miserable y ajena a su propia miseria. Junto a esa choza principal había una cuadra, lejos de ser perpendicular, por la que asomaba una vaca de caderas altas. A veces, Emmeline tenía miedo de la vaca, que a menudo campaba por ahí, pero nunca la temía tanto como al perro. También había una pocilga de cerdos y varios anexos horribles más pegados al edificio principal. Emmeline se estremeció al verlo. El mero aspecto del lugar ya le habría puesto los pelos de punta aun si no hubiera estado Spotty. Pero de inmediato, desoyendo una vez más su plegaria, llegó el ya conocido chucho malvado.

Spotty era un perro mestizo, pero tenía unas orejas asombrosas. Emmeline espiaba al pequeño animal mientras se le acercaba tan rápido que no era más que una mera línea de velocidad, sin dejar de ladrar en ningún momento. Emmeline continuó rezando y caminando. Era curioso que, en esa situación, jamás se le ocurriera darse la vuelta y echar a correr. Nunca se planteó desobedecer a su madre y no llevarles los huevos a los Ticknor. Siguió caminando, rezando, con el corazón latiendo a mil y las piernas temblorosas. El perrillo la alcanzó. Era pequeño y resultaba ridículo que le tuviera tanto miedo. El animal se puso a bailar en círculos, un inconfundible baile de guerra canino, mientras ella avanzaba. Sus ladridos eran cada vez más fuertes. Parecía inconcebible que un animal tan pequeño pudiera tener un ladrido tan terrorífico. Emmeline siguió caminando sin pausa, de puntillas, sujetando la cesta de huevos en una mano que daba la impresión de no pertenecerle. En realidad, parecía que su cuerpo entero no le pertenecía salvo en el sentido de ser una máquina que contenía su consciencia, su obediencia, su miedo y la cesta de huevos.

Cuando llegó a la casa de los Ticknor, se había puesto de un blanco azulado, temblaba con una curiosa rigidez. Llamó a la puerta y el perrillo ladró furioso y frenético una vez más y le tiró de la falda. Entonces llegó el instante de la entrega. Se abrió la puerta. Apareció una mujer enorme y desaliñada, una montaña de carne inerte. Mandó callar al perro. Este no la obedeció, pero Emmeline tuvo la sensación de estar protegida. Más de una vez se le había ocurrido que tal vez la señora Ticknor, en consideración por los huevos, se sentaría encima del perro si el animal llegaba a atacar a la niña de verdad; no dejaría que la mordiese. Detrás de la señora Ticknor había un cuarto abarrotado de niños: mocosos con caras sonrientes, otros boquiabiertos, algunos con caras impúdicas, pero en su mayoría tan plácidamente inertes como su madre. Los Ticknor representaban todo el estancamiento de la humanidad. Ninguno de ellos trabajaba ni progresaba, salvo el padre, quien de vez en cuando podía verse inducido a realizar alguna chapuza para los vecinos cuando las provisiones disminuían todavía más en la casa y el miedo a enfrentarse a la auténtica hambruna lo llamaba a la acción durante una temporada. Ese día estaba arando para un campesino, caminaba con apatía detrás de un caballo pesado y viejo. A duras penas podía decirse que trabajase. Emmeline se alegró de que no estuviera en casa. Algunas veces, bebía grandes cantidades de sidra cargada y, aunque nunca hablaba con la chiquilla, el rojo intenso de su rostro la inquietaba, así como la mirada vidriosa de sus estúpidos ojos.

—Madre les manda estos huevos —dijo Emmeline en voz baja y débil.

La señora Ticknor los cogió y se lo agradeció con un gesto, sin abrir la boca, como si fuese una bestia muda. Los niños la miraron, sonrieron y abrieron la boca. El perrillo ladró como un poseso, cada vez más alto. Era increíble el *crescendo* del que era capaz ese perro tan pequeño. Emmeline se aferraba a su fe en que la señora Ticknor saldría a socorrerla en caso de un ataque de verdad, pero a cada minuto que pasaba temía notar los dientes como alfileres en el tobillo. Toda su carne se encogió y se estremeció. Parecía que la señora Ticknor no iba a encontrar nunca un plato en el que depositar los huevos. No obstante, al final sí lo halló y Emmeline pudo recuperar la cesta. El perrillo la siguió, con su baile de guerra circular y su *crescendo* de ladridos, hasta la curva de la carretera. Entonces, como siempre ocurría, el can se dio la vuelta de repente y corrió hacia la casa, como si tuviera la repentina convicción de que aquella presa no merecía tantos esfuerzos.

En ese momento, Emmeline solía alejarse de puntillas, luego apretaba el paso, con la cabeza alta; su odisea del día había acabado.

Cuando llegaba a casa, su madre la miraba y se le iluminaba la cara.

—Ay, cariño, tienes mucho mejor aspecto.

Entonces le preguntaba si a los Ticknor les habían gustado los huevos. Emmeline dudaba un poco en cuanto al grado de alegría mostrado por los Ticknor, pero contestaba:

—Sí, madre.

—Significa mucho para ellos, pobrecitos —decía su madre—. Cuánto me alegro de poder ayudarlos un poco. Y me alegro mucho de que puedas colaborar.

—Sí, madre —respondía Emmeline.

A la mañana siguiente se repetía la tortura. Era como un paseo histórico entre las filas de los indios armados con crueles armas. Sin embargo, la niña sobrevivía al ataque, y cuando volvía a casa, tanto su madre como su tía comentaban que la chiquilla tenía mejor aspecto. Eso era lo que las despistaba. Todas las mañanas, Emmeline regresaba de su excursión caritativa con tal sensación de alivio momentáneo que, como es natural, su rostro estaba más reluciente que cuando se había marchado, pero al mismo tiempo, iba perdiendo energía por el esfuerzo diario. Al final, llamaron al médico, que le recetó un jarabe, y cuando empezó el colegio, después de las vacaciones de primavera, decidieron que Emmeline se quedaría en casa, pero trataría de seguir el ritmo de las clases con la ayuda de la tía Martha.

—En fin, creo que lo único que permite que la pobre criatura mantenga algo de alegría es su visita matutina a los Ticknor —dijo la madre de Emmeline, que había acompañado al médico hasta la puerta.

—Es probable —respondió él—. Haga que la niña pase al aire libre todo el tiempo que pueda y mándela a hacer recados que le interesen.

—Eso le interesa —dijo la señora Ames—. Le encanta pensar que ayuda a esa pobre familia Ticknor. Ay, mi niñita.

Emmeline oyó lo que decían; la puerta estaba entreabierta. Sin querer, torció un poco la sensible boca. Por muy atormentada que estuviera, veía la gracia de la situación. La única cosa que la estaba poniendo enferma era la que su madre consideraba su mejor medicina.

Parece extraño que Emmeline no le contara a su madre qué le ocurría en realidad. De haberlo hecho, las expediciones habrían cesado de inmediato. Sin embargo, el caso es que no se lo contó, probablemente por motivos que ni ella misma comprendía. En todas las personalidades complejas hay un lado sombrío, oculto para todos salvo para uno mismo y para Dios, así que Emmeline era consciente de esa parte oscura de sí misma, aunque solo de una manera difusa. Sabía perfectamente que ninguna de las personas que la querían, ni siquiera su madre, podría entender bien ese lado oscuro, que consideraba sagrado. Sabía que si le contaba a su madre cuánto miedo le daba el perrillo de los Ticknor la consolaría y protegería, y Emmeline no tendría que volver a enfrentarse a ese miedo jamás; y, sin embargo, también sabía que su madre se reiría de ella en secreto y no comprendería de verdad cómo se sentía, y le daba la impresión de que no podía enfrentarse a eso. Prefería enfrentarse al perro.

Así pues, continuó llevando los huevos y rezando, y el perrillo continuó ladrándole y mordiéndole los tacones de los zapatos y tirándole del vestido, y ella se tomaba el medicamento pero, pese a todo, cada vez estaba más pálida y más flaca, y dormía menos y comía aún menos, y su madre y su tía pensaban que el paseo diario al aire libre era lo único que daba energía a la niña para levantarse de la cama. Entonces, tres semanas después de que comenzaran sus excursiones caritativas, sucedió algo.

Casi estaban en abril, pero la primavera iba con retraso, y ese miércoles por la mañana parecía haberse producido un retroceso: había vuelto el invierno. El viento del noroeste soplaba frío, como si procediera de los campos de nieve y hielo; el terreno estaba congelado y los campesinos se habían visto obligados a dejar de arar, una actividad que habían empezado en los días templados. Los largos surcos de un campo por el que Emmeline debía pasar antes de llegar a la curva de la carretera se extendían tiesos y rígidos como cadáveres. En medio había un pequeño granero, cuya puerta estaba abierta. Emmeline echó un vistazo a través del campo mientras avanzaba sin ánimo. Todavía llevaba el abrigo rojo y el sombrero, bajo cuya suave lana ondeaba su pelo rubio igual que una bandera. Miró con despreocupación; luego le dio un vuelco el corazón y tuvo la impresión de que se le paraba.

Sobre ese campo endurecido había visto un pequeño objeto vivo que correteaba e iba directo al granero, en el que había entrado, sin duda persiguiendo alguna otra cosa más pequeña y rápida que la chiquilla no podía ver, seguramente un ratón de campo o un topo. Emmeline sabía que el perseguidor era el perro de los Ticknor. Un pensamiento le cruzó la mente: un pensamiento tan salvaje y audaz que tardó un momento en asimilarlo por completo. Luego, todas sus facultades se pusieron en marcha. En el suelo dejó la cesta de huevos. Saltó sobre la valla, con la maraña de viñas sin hojas, y por el campo corrió, sus piececillos saltaban de surco en surco, con el pelo al viento. Llegó al granero, agarró la puerta, que se abría hacia fuera y crujía con el viento frío, casi con desesperación. La cerró de golpe y pasó el cerrojo. Emmeline por fin tenía a su enemigo a salvo en la cárcel. Un ladrido enfadado y unos arañazos le dañaron los oídos mientras corría como el rayo hasta la carretera, pero Spotty no podría liberarse. Estaba convencida. Era una construcción pequeña pero robusta.

Emmeline agarró la cesta de huevos y siguió su camino. Nadie la había visto. Era un punto solitario de la carretera. Una loca exaltación le embargó el corazón. Por primera vez, iba a casa de los Ticknor sin el temor atenazándole el cuerpo y el alma. Cuando tomó la curva de la carretera y atisbó el escuálido grupito de edificaciones, casi le parecieron hermosas. Estuvo a punto de reírse de sí misma. Casi bailaba al caminar. Cuando llegó a la casa y la señora Ticknor le abrió la puerta como de costumbre, advirtió por primera vez qué carita encantadora tenía la segunda hija más pequeña después del bebé, a pesar de la mugre. Sonrió mientras entregaba los huevos y se quedó ahí, radiante, mientras la señora Ticknor vaciaba la cesta y se la devolvía. No le hizo falta mirar alrededor ni aguzar el oído por si había algún animal rencoroso. Estaba a salvo. Volvió a casa a paso ligero. Estaba bastante sonrosada cuando llegó.

—La querida niña está mucho mejor, desde luego —le dijo su tía a su madre cuando Emmeline se fue a guardar la ropa de abrigo.

—Sí —dijo la señora Ames—, no cabe duda de que tiene mejor aspecto, y creo que solo se debe a que el paseo de todas las mañanas y el aire fresco le van muy bien.

—Yo también lo creo —dijo Martha—. Me parece que la ha ayudado mucho más que el jarabe del médico.

La pobre Martha, sin embargo, pese a su orgullo y a lo alta que llevaba la cabeza, daba la impresión de necesitar algún tónico útil, ya fuera para el alma o para el cuerpo, o para ambos. Estaba cada vez más delgada y, aunque sonreía, la sonrisa no parecía espontánea. En aquella época Martha sonreía de forma mecánica y solo con los labios. Sí, sus labios se curvaban con hermosura, pero sus ojos continuaban serios y pensativos, incluso mientras hablaba de la recuperación de Emmeline.

En realidad, era cierto que Emmeline tenía cada día mejor aspecto. Incluso pidió comer algo entre el desayuno y el almuerzo. Aquella noche durmió bien. Tomó el desayuno con apetito a la mañana siguiente y, muy contenta, se dispuso a hacer el recado y fue rumbo a casa de los Ticknor. Aún hacía frío y el viento del noroeste no había amainado. Había soplado con furia toda la noche. Cuando llegó al campo en el que estaba el granero, halló la puerta bien cerrada; nadie había ido a trabajar y los surcos del campo de labranza que más tarde estarían verdes con las ondeantes banderas del maíz ahora yacían tiesos como cadáveres, igual que el día anterior. Emmeline dirigió la mirada hacia el granero. Le pareció oír, aunque no estaba del todo segura, un sonido suplicante, algo entre un gemido y un ladrido. En el camino de vuelta, no le cupo duda. Sabía que lo había oído. Se le ensombreció el rostro. Cuando llegó a casa, su madre y su tía se miraron a los ojos y su madre fue a la cocina a pedirle a Annie que le preparase un caldo de ternera. Emmeline tuvo que beber una taza en cuanto estuvo hecho. Su madre y su tía coincidían, con preocupación, en que ya no tenía tan buen aspecto como el día anterior.

Y todavía empeoró más conforme avanzó el día y conforme avanzaron los días. Durante tres jornadas, Emmeline sufrió la tortura de los remordimientos por el perrillo encerrado en el granero, que quizá se muriera de hambre, salvo que hubiera algunas mazorcas de maíz desperdigadas, restos del año anterior, o alguna rata. Emmeline no estaba del todo segura de si Spotty comería ratas, aunque estuviera a punto de morir de inanición. Sorprendió a su madre la tarde del segundo día al preguntarle, sin que viniera a cuento: «Madre, ¿los perros comen ratas alguna vez?». Y, cuando tanto su madre como su tía parecieron incapaces de darle una rotunda respuesta afirmativa, la carita adoptó una expresión de blanca pena que las dejó anonadadas. Una vez que Emmeline se fue a dormir aquella noche, su madre le dijo a su tía que, si la chiquilla no mejoraba en breve, tendrían que llamar a otro médico.

Aquellos días, para Emmeline era una tortura pasar por delante del granero, con su puerta cerrada y su campo desolado. Se sentía como una asesina. No estaba muy segura de si oía o no el gemido suplicante de Spotty. Se preguntó si habría muerto por su culpa.

Fue la tarde del tercer día cuando Emmeline tomó una decisión. La suerte estuvo de su parte. Annie se había olvidado de encargar levadura y comentó el hecho en presencia de la niña justo antes de cenar. Annie dijo que iría a la tienda después de la cena para comprarla, porque debía preparar pan esa noche. Entonces, Emmeline intervino ansiosa:

—Madre, ¿puedo ir yo? Tengo tiempo de sobra antes de la cena. Por favor, déjeme ir.

Su tía la animó.

—Yo, en tu lugar, la dejaría ir —comentó—. Así dormirá mejor. Corre un aire estupendo, aunque haga un poco de frío para la época del año.

—Martha acababa de regresar de la oficina de correos—. Qué rabia, porque he pasado por delante de la tienda y, de haberlo sabido, habría podido comprarla. Pero de verdad creo que a Emmeline le irá bien salir, y le dará tiempo de volver antes de que anochezca.

Así pues, Emmeline se marchó. Había conseguido meter misteriosamente por la manga del abrigo rojo un paquetito con dos huesos de pollo. Eran huesos buenos y pequeños, envueltos en papel blanco. También llevaba el pequeño monedero, en el que guardaba algunas monedas suyas, además de los peniques que su madre le había dado para comprar la levadura.

Emmeline se alejó, veloz como el rayo, y la vieron desaparecer desde la ventana, una pequeña y rápida silueta de rojo.

—Me tiene desconcertada —dijo la madre de Emmeline—. Lleva dos días y medio como un alma en pena y, de repente, muestra más interés por ir a la tienda que por cualquier otra cosa que le haya visto hacer en la vida. Tenía los ojos relucientes como las estrellas.

—Si fuese adulta, diría que trama algo —dijo Martha, reflexiva.

—¡Vamos, Martha, no digas bobadas! ¿Qué puede tramar una niña pequeña como Emmeline, con todo lo que he hecho por ella?

—Nada, nada, por supuesto que no —dijo Martha, pero su mirada seguía pensativa.

Mientras tanto, Emmeline apretó el paso. La tienda estaba en una calle que cruzaba con la carretera por la que se iba a casa de los Ticknor, que empezaba justo antes de llegar al campo del granero. Emmeline se apresuró a ir a la tienda, compró la levadura y, con su propio dinero, también una bolsita de papel con galletas secas. Luego, rauda y veloz, sin dudarlo un instante, tomó la carretera y cruzó el campo rumbo al granero. Prestó atención un segundo antes de abrir la puerta. Oyó un gemido... ya no era un ladrido, solo un gemido. Entonces Emmeline abrió la puerta, pese a que ningún soldado a punto de disparar al enemigo ha requerido más aplomo que ella; pero sí, la abrió. Sacó los huesos de pollo. Luego se los tiró al pobre Spotty, que salió rastreando del polvoriento interior. Spotty atrapó los huesecillos y los machacó con los dientes. Después, Emmeline lo alimentó con las galletas. Dejó una en el suelo. Luego, mientras el animalito la cogía, un sentimiento de gran amor y lástima la sobrecogió. Y, de repente, empezó a amar aquello que había temido. Le dio a Spotty el resto de galletas secas con la mano cubierta con el guante rojo y no sintió ni el menor escalofrío de terror, ni siquiera cuando los afilados dientecillos se acercaron mucho a sus dedos.

Cuando el perro se hubo terminado las galletas, Emmeline emprendió el camino de vuelta a casa y Spotty la siguió. Iba pegado a ella, saltando y ladrando de alegría. Era un pobre chucho, y debido a su herencia y a la falta de adiestramiento, había carecido de los mejores rasgos de su especie. Había sido travieso, cobarde y malicioso. No había amado a nadie. Pero ahora amaba a Emmeline por liberarlo y darle comida. No recordaba nada de la afrenta que la niña le había hecho. Solo era consciente del beneficio. Así pues, la siguió como nunca había seguido a ninguno de los Ticknor. En realidad, ellos nunca se habían preocupado del perro. Simplemente habían sido demasiado indolentes e indiferentes para echarlo cuando él, un pobre vagabundo canino, se había acoplado a ellos sin que lo invitaran. Pero esto era diferente. Amaba a esa niñita, que había abierto la puerta de su prisión y lo había alimentado con buenos huesos de pollo y galletas secas. Él había sufrido y ella había ido a socorrerlo. Todavía tenía sed, pero ella la saciaría. La siguió por el campo arado con una jubilosa fe. Cuando llegaron al camino que llevaba a la tienda, justo salió de allí un hombre, que caminaba apresurado. Emmeline lo reconoció de inmediato. Era el señor John Adams.

John le habló con cierta confusión.

—¡Ay, pero si eres tú, Emmeline! —exclamó.

—Sí, señor —respondió la chiquilla.

—¿Qué tal están tu madre y tu tía?

—Bastante bien, gracias.

—¿Ya has cenado?

—No, señor.

Al señor Adams le entraron todavía más dudas.

—Bueno, yo hoy he cenado pronto, así que..., así que...

Emmeline lo miró a la cara y, para su asombro, vio que se estaba poniendo colorado y que sonreía como un tonto.

—Se me ha ocurrido que... —dijo, por fin— que podía ir a vuestra casa esta tarde y... He pensado que iría pronto porque... Bueno, se me ha ocurrido que era la tarde de la ceremonia religiosa y no estaba seguro pero ella... o sea, tu madre y tu tía a lo mejor iban y... He pensado que si ellas... O si yo iba pronto, podría acompañarlas.

—Madre y la tía Martha no irán a la celebración. Se lo he oído decir —respondió Emmeline. Luego añadió, con toda la inocencia de su corazón—. Sé que la tía Martha se alegraría muchísimo de verlo.

—¿Lo dices de verdad? —preguntó el señor Adams, ansioso.

—Sí, señor.

—¿Qué te parecería si yo fuera a vivir a vuestra casa, contigo y con tu madre y tu tía? —preguntó de pronto John Adams.

Emmeline le dio la mano como si nada.

—Creo que sería muy bonito.

—¡Ay, angelito! —dijo el señor John Adams. Le apretujó la mano con la suya, mucho más fuerte—. ¿Ese perro tan pequeño es tuyo? —le preguntó.

—No, señor.

—No sabía que, desde la última vez que estuve en vuestra casa, os habíais comprado una mascota.

—Es el perro de los Ticknor; me ha seguido.

Justo entonces el perro dio un salto y Emmeline le acarició la cabeza y se rio.

—Es un chucho, pero parece un perrito muy listo —dijo el señor John Adams—. En mi opinión, te lo podrías quedar. Dudo que con los Ticknor tenga un buen hogar.

—Me lo quedaré si madre me deja —dijo Emmeline, con repentina seguridad.

La pequeña comitiva triunfal continuó su camino. El oeste tenía un nítido color rojo. Pasaron por un campo en el que había montones desperdigados de plantas de maíz del año anterior. En la oscuridad, las hojas secas y blanquecinas tenían la curiosa crudeza vívida de algo que era más bien tono que color. Relucían como la madera recién talada, como la piel desnuda. Eran elementales, pertenecían al origen: muerte seca, para la que no hay pinturas en la paleta, igual que no las hay para la luz y el aire y la vida sensible. Pero donde el resplandor rojo de poniente tocaba esas hojas del maíz, estas se iluminaban con reflejos brillantes y parecían arder en llamas de oro rojizo.

En el cielo se apreciaba apenas el arco velado de la luna nueva. Una estrella grande iba acumulando luz poco a poco a su lado. Emmeline iba bailando, sin soltarle la mano al señor John Adams. Tenía la cabeza erguida. Toda su cara se reía. El perrillo correteaba delante de ella; luego retrocedía; saltaba y emitía ladridos cortos y jubilosos. Todos eran conquistadores, gracias a ese poderío que da el abanico espiritual de amor con el que habían nacido equipados. Estaba el perro, en el que el amor había conquistado al bruto rencor y la malicia; el hombre, en quien el amor había conquistado a la obstinación. Pero la niña era la mayor conquistadora de los tres, pues en ella el amor había conquistado al miedo, el mayor enemigo que tiene en la creación, ya que es la propia antítesis del amor.

ENCENDER UNA HOGUERA

JACK LONDON

El día amanecía frío y gris, demasiado frío y gris, cuando el hombre se desvió de la ruta principal del Yukón y ascendió por el altísimo terraplén para tomar un sendero apenas visible y poco transitado que discurría hacia el este a través de un bosque de abetos. La pendiente era muy pronunciada y al llegar a la cima el hombre se detuvo a tomar aliento, disculpándose el descanso con el pretexto de consultar el reloj. Eran las nueve en punto. No hacía sol ni parecía que fuese a salir, aunque no había ni una sola nube en el cielo. El día era claro y, sin embargo, parecía que una pátina intangible cubriera la superficie de todas las cosas, una sutil penumbra que lo oscurecía todo, y se debía a la ausencia de sol. Pero eso no le preocupaba. Estaba acostumbrado a la falta de sol. Hacía varios días que no lo veía y sabía que habrían de pasar algunos días más antes de que la alegre esfera asomara por el sur, sobre la línea del horizonte, para después desaparecer de su vista enseguida.

El hombre volvió la vista hacia el camino que había recorrido. El Yukón, que medía un kilómetro y medio de ancho, estaba oculto bajo un metro de hielo sobre el que yacía una capa de nieve, también de un metro. Era un manto blanco con suaves ondulaciones formadas por la presión de las masas de hielo. De norte a sur, todo lo que alcanzaba su vista era completamente blanco, salvo por una fina línea oscura que, partiendo de una isla cubierta de abetos, se enroscaba y giraba hacia el sur, y se enroscaba y giraba de nuevo hacia el norte, donde desaparecía detrás de otra isla también cubierta de abetos. Aquella línea oscura era el camino, la ruta principal, que discurría a lo largo de ochocientos kilómetros al sur hasta el Paso de Chilcoot, en Dyea, y llegaba hasta el agua salada; y seguía ciento doce kilómetros hacia el norte hasta llegar a Dawson, y otros mil seiscientos kilómetros hasta Nulato, además de cubrir otro tramo de casi dos mil kilómetros hasta St. Michel, a orillas del mar de Bering.

Pero nada de esto —el misterioso y lejano camino, la ausencia de sol en el cielo, el terrible frío, la luz extraña y sombría que lo dominaba todo— causaba en el hombre la menor impresión. No se debía a que ya estuviera muy acostumbrado. Acababa de llegar a aquellas tierras, era un *chechaquo,* y ese era su primer invierno. Su problema era que no tenía imaginación. Era rápido con las cosas de la vida, pero solo con las cosas, no con sus significados. Estaban a cuarenta y cinco grados bajo cero, es decir, cuarenta y cinco grados por debajo del punto de congelación. Ese dato significaba para él que sentiría un frío muy desagradable, pero nada más. No le llevaba a pensar en la fragilidad de las criaturas de sangre caliente ni en la fragilidad del ser humano en general, capaz únicamente de vivir dentro de unos estrechos límites de calor y frío; ni tampoco a plantearse conjeturas sobre la inmortalidad y el lugar que ocupa el ser humano en el universo. Cuarenta y cinco grados bajo cero significaban un frío endemoniado del que debía protegerse utilizando manoplas, orejeras, unos mocasines forrados y calcetines gruesos. Para él cuarenta y cinco grados bajo cero solo eran eso: cuarenta y cinco grados bajo cero. Que pudieran significar algo más era algo que simplemente no se le pasaba por la cabeza.

Cuando se volvió para proseguir su camino, escupió en el suelo para ver qué pasaba. Se oyó un chasquido que lo sobresaltó. Volvió a escupir y la saliva volvió a crujir en el aire antes de llegar a caer en la nieve. El hombre sabía que a cuarenta y cinco grados bajo cero la saliva crujía al tocar la nieve, pero la suya lo había hecho en el aire. Era evidente que la temperatura era inferior a cuarenta y cinco grados bajo cero, aunque no sabía cuánto. Pero no importaba. Se dirigía al viejo campamento del ramal izquierdo del arroyo Henderson, donde lo estaban esperando sus compañeros. Ellos habían llegado por la línea divisoria que marcaba el arroyo indio, mientras que él iba dando un rodeo para valorar la posibilidad de extraer madera de las islas del Yukón en primavera. Llegaría al campamento a las seis; un poco después de anochecer, era cierto, pero los muchachos ya estarían allí, habría una hoguera encendida y la cena estaría caliente. En cuanto al almuerzo, palpó con la mano el bulto que le sobresalía de la chaqueta. Lo llevaba debajo de la camisa, envuelto en un pañuelo y pegado contra la piel desnuda. Era la única forma de evitar que los panecillos se congelaran. Sonrió satisfecho al pensar en aquellos panecillos abiertos por la mitad, empapados en grasa de cerdo y con una generosa loncha de tocino frito dentro.

Se adentró por entre los enormes abetos. El sendero apenas se distinguía. Había caído un palmo de nieve desde que había pasado el último trineo y se alegró de no llevar vehículo y viajar ligero. En realidad, tan solo llevaba su almuerzo envuelto en un pañuelo. Sin embargo, le sorprendía el frío que hacía. Realmente hacía mucho frío, concluyó mientras se frotaba la nariz y las mejillas entumecidas con las manoplas. Era un hombre con un gran bigote, pero el vello de la cara no le protegía los pómulos y la nariz puntiaguda que se asomaba con agresividad al aire helado.

A los pies del hombre trotaba un gran perro esquimal autóctono de la zona, un perro lobo auténtico de color gris y temperamento muy semejante al de su hermano, el lobo salvaje. El animal estaba abatido por el tremendo frío. Sabía que no era un buen día para viajar. Su instinto era más certero que el juicio del hombre al que acompañaba. En realidad, no estaban a más de cuarenta y cinco grados bajo cero, en realidad estaban a más de cincuenta grados bajo cero, de cincuenta y cinco bajo cero. Estaban a sesenta bajo cero. A sesenta grados por debajo del punto de congelación. El perro no sabía nada de termómetros. Probablemente en su cerebro no existiera ninguna conciencia del frío como sí existe en el cerebro del hombre. Pero el animal tenía su instinto. Sentía una vaga y amenazante aprensión que le subyugaba y le empujaba a pegarse a los talones del hombre y que le hacía cuestionarse cada inusitado movimiento del hombre como si estuviera esperando que acampara o buscara refugio en alguna parte y encendiera una hoguera. El perro ya sabía lo que era el fuego y lo deseaba, o, a falta de él, al menos preferiría enterrarse en la nieve, hacerse un ovillo y protegerse del aire.

El vaho helado de su respiración le cubría el pelaje de un fino polvo de escarcha, en especial las fauces, el hocico y las pestañas, que blanqueaban al contacto con su aliento cristalizado. La barba y el bigote pelirrojo del hombre también estaban congelados, pero en este caso se trataba de una escarcha más gruesa que aumentaba tras cada bocanada de aire cálida y húmeda. Además, el hombre mascaba tabaco y se le había formado una capa de hielo tan rígida sobre los labios que era incapaz de limpiarse la barbilla cada vez que escupía el jugo. El resultado era una barba de cristal del color y la solidez del ámbar que no dejaba de crecer y que, de caer al suelo, se rompería en mil pedazos, como el cristal. Pero al hombre no le importaba que le hubiera salido aquel apéndice. Era el precio que pagaban quienes mascaban tabaco por aquellas tierras, y él lo sabía bien, pues había salido dos veces en días de muchísimo frío. No tanto como esa vez, desde luego, pero por el termómetro del Sixty Mile sabía que habían llegado a estar a menos cuarenta y cinco, e incluso a menos cuarenta y ocho.

Recorrió varios kilómetros por una planicie salpicada de abetos, cruzó una amplia llanura cubierta de matorrales y descendió hasta el cauce helado de un riachuelo. Se trataba del arroyo Henderson, y el hombre supo que se encontraba a unos quince kilómetros de la bifurcación. Consultó el reloj. Eran las diez. Avanzaba a unos seis kilómetros por hora y calculó que llegaría a la confluencia a las doce y media. Decidió celebrarlo parando a almorzar allí.

Mientras el hombre avanzaba por el lecho del arroyo, el perro volvió a pegarse a sus talones con la cola baja de desánimo. Todavía se veían bastante bien los surcos del antiguo paso de trineos, pero treinta centímetros de nieve tapaban el rastro de los últimos viajeros. Hacía un mes que ningún hombre pasaba por aquel silencioso arroyo. El hombre avanzaba sin descanso. No era muy dado a reflexionar, y en ese momento en particular no tenía nada en qué pensar salvo que comería en la bifurcación y que a las seis de la tarde estaría en el campamento con sus compañeros. No tenía nadie con quien hablar y, de haberlo tenido, no habría podido articular palabra a causa del bozal de hielo que le sellaba los labios, así que siguió mascando tabaco monótonamente y alargando su barba de ámbar.

De vez en cuando volvía a pensar que hacía mucho frío y que nunca había experimentado los efectos de esas temperaturas. Mientras caminaba se frotaba los pómulos y la nariz con el dorso de la mano enfundada en una manopla. Lo hacía sin pensar, alternando ambas manos. Pero por mucho que se las frotaba, en cuanto dejaba de hacerlo se le entumecían las mejillas y a continuación se le quedaba insensible la punta de la nariz. Estaba convencido de que se le congelarían las mejillas; lo sabía, y lamentaba no haberse fabricado algo para taparse la nariz, como lo que llevaba Bud cuando hacía mucho frío, hecho con unas tiras que le protegían también las mejillas. Pero tampoco importaba mucho. ¿Qué más daba que se le congelaran las mejillas? Solo le dolía un poco, nada más, no era nada grave.

A pesar de no ser un hombre reflexivo, era muy observador, y enseguida advirtió los cambios que se habían producido en el arroyo, las curvas, los meandros y los depósitos de troncos, y siempre tenía especial cuidado en mirar dónde ponía los pies. En una ocasión, al doblar una curva, se asustó de pronto, como un caballo espantado. Retrocedió un poco y dio un rodeo. Sabía muy bien que el arroyo estaba congelado hasta el fondo (ningún riachuelo podía contener agua con ese invierno ártico), pero también sabía que había manantiales que brotaban de las colinas y se deslizaban bajo la nieve y sobre el hielo del arroyo. Sabía que ni la ola de frío más gélida conseguía helar aquellos manantiales, y también era consciente del peligro que entrañaban. Eran trampas, pues formaban charcas ocultas bajo la nieve que podían tener entre siete centímetros y un metro de profundidad. A veces estaban cubiertas por una capa de hielo de un centímetro que, a su vez, estaba oculta por un manto de nieve. En otras ocasiones había capas alternas de agua y finísimo hielo, de forma que, si alguien rompía la primera, seguía rompiendo las sucesivas, y podía acabar mojado hasta la cintura.

Por eso se había asustado tanto. Había notado cómo el terreno cedía bajo sus pies y había oído el crujido de la finísima capa de hielo escondida bajo la nieve. Y mojarse los pies con aquella temperatura era un problema y un peligro. Como mínimo le supondría un retraso, pues se vería obligado a pararse, encender una hoguera y descalzarse al calor del fuego para secar los calcetines y los mocasines. Se detuvo y estudió el lecho y las orillas del arroyo, y decidió que la corriente de agua procedía de la derecha. Reflexionó un momento mientras se frotaba las mejillas y la nariz, después viró hacia la izquierda, pisando con cautela y comprobando la solidez del suelo a cada paso. Cuando estuvo fuera de peligro se metió un puñado de tabaco en la boca y reanudó la marcha a un ritmo de más de seis kilómetros por hora.

A lo largo de las dos horas siguientes fue encontrándose trampas similares. Normalmente la nieve acumulada sobre esas capas ocultas formaba una depresión y tenía un aspecto glaseado que advertía del peligro. Sin embargo, en una ocasión estuvo a punto de volver a caer, y otra vez, sospechando el peligro, obligó al perro a caminar delante de él. El animal no quería adelantarse. Se quedó atrás hasta que el hombre lo empujó y entonces pasó rápidamente por encima de la superficie blanca y lisa. De pronto el suelo cedió bajo sus patas, el animal se tambaleó pero consiguió saltar hasta terreno más firme. Se había mojado las patas delanteras y el agua pegada a ellas se convirtió casi de inmediato en hielo. Trató de lamerse las patas, después se sentó en la nieve y empezó a morderse el hielo que se le había formado entre los dedos. Lo hizo por instinto. Si dejaba el hielo ahí, después le dolerían las pezuñas. El animal no lo sabía, solo obedecía al misterioso impulso que emergía de las profundidades de su ser. Pero el hombre sí lo sabía, pues la razón le había ayudado a comprenderlo, y por eso se quitó el guante de la mano derecha y le ayudó a quitarse los trocitos de hielo. No dejó los dedos expuestos al frío más de un minuto, y le sorprendió la rapidez con que se le entumecieron. Realmente hacía mucho frío. Se volvió a poner la manopla con rapidez y se golpeó el pecho con la mano.

A las doce el día estaba en su momento más claro, pero el sol seguía demasiado al sur en su viaje invernal como para iluminar el horizonte. La curva de la Tierra se interponía entre él y el arroyo Henderson, donde el hombre caminaba bajo el cielo despejado del mediodía sin proyectar sombra alguna. A las doce y media en punto llegó a la bifurcación del arroyo.

Estaba contento con el ritmo que llevaba. Si lo mantenía conseguiría estar con los muchachos a las seis. Se desabrochó la chaqueta y la camisa y sacó el almuerzo. La acción no le llevó ni un cuarto de minuto y, sin embargo, en ese breve momento el entumecimiento se había apoderado de sus dedos desnudos. No volvió a ponerse la manopla, sino que sacudió la mano una docena de veces contra su pierna. Después se sentó a comer en un tronco cubierto de nieve. Le sorprendió la rapidez con que desapareció la punzada de dolor que había sentido después de golpearse la mano contra la pierna, no había tenido ocasión de dar ni un solo bocado al panecillo. Volvió a sacudir los dedos varias veces y se puso de nuevo la manopla, quitándose el guante de la otra mano para comer. Intentó dar un bocado, pero el hocico de hielo le impidió abrir la boca. Había olvidado encender una hoguera para descongelarla. Se rio de su descuido y mientras se reía notó cómo el entumecimiento le trepaba por los dedos que estaban al descubierto. También notó que la punzada que había sentido en los pies al sentarse estaba desapareciendo. Se preguntó si sería porque tenía los pies más calientes o porque había perdido la sensibilidad. Los movió dentro de los mocasines y concluyó que los tenía entumecidos.

Se puso la manopla enseguida y se levantó. Estaba un poco asustado. Pateó el suelo con fuerza hasta que volvió a sentir esa punzada de dolor en los pies. Realmente hacía mucho frío, pensó. Aquel hombre que había conocido en Sulphur Creek no mentía cuando hablaba del frío que podía llegar a hacer en aquella región. ¡Y él se había reído al escucharlo! Eso demostraba que uno nunca puede estar muy seguro de nada. No había duda, hacía un frío de mil demonios. Paseó de un lado a otro pateando el suelo y agitando los brazos hasta que estuvo seguro de que había recuperado el calor. Entonces sacó las cerillas y empezó a encender una hoguera. Sacó la madera de entre la maleza, donde el deshielo de la pasada primavera había acumulado una buena cantidad de ramas. Fue añadiendo ramas con mucha cautela y pronto tuvo un buen fuego, y al calor de las llamas consiguió deshacerse del hielo de la cara y comerse los panecillos. Por el momento había logrado vencer el frío. El perro se acurrucó junto al fuego, tumbándose sobre la nieve lo bastante cerca como para calentarse sin peligro de quemarse.

Cuando hubo terminado de comer, llenó la pipa y se relajó fumando un rato. Luego se puso los guantes, se colocó bien las orejeras del gorro y tomó el sendero del arroyo por la orilla izquierda. El perro, disgustado, se resistía a separarse del fuego. Aquel hombre no sabía lo que era el frío. Probablemente todos sus antepasados ignoraban lo que era el frío, el frío de verdad, el que sobrepasaba los setenta y siete grados por debajo del punto de congelación. Pero el perro sí lo sabía, todos sus ancestros lo habían experimentado y él había heredado ese conocimiento. Y sabía que no era buena idea estar a la intemperie con un frío tan aterrador. Era momento de meterse en un hoyo en la nieve y esperar a que una cortina de nubes se tendiese sobre el espacio exterior de donde procedía ese frío. Sin embargo, no existía una verdadera intimidad entre el perro y el hombre. Uno era el esclavo del otro, y las únicas caricias que había recibido eran las de los correazos y las ásperas amenazas que las acompañaban. Por eso el perro no se esforzó por intentar comunicarle al hombre sus temores. No le preocupaba el bienestar del hombre, si se resistía a separarse del fuego era por el suyo propio. Pero el hombre le silbó, le habló con ese lenguaje propio de los correazos y el perro se pegó de nuevo a sus talones y lo siguió.

El hombre se metió en la boca una nueva porción de tabaco y se dispuso a iniciar una nueva barba de ámbar. Además, su húmedo aliento pronto le cubrió de un polvo blanco el bigote, las cejas y las pestañas. No parecía haber demasiados manantiales en la orilla izquierda del Henderson, y durante media hora siguió caminando sin hallar ningún peligro. Entonces ocurrió. En un lugar donde no había ningún indicio de peligro, donde la nieve suave y lisa parecía ocultar una superficie sólida, allí fue donde el hombre se hundió. No era un agujero muy profundo, pero antes de poder regresar a tierra firme se hundió hasta las rodillas.

Se enfadó y maldijo su suerte a gritos. Su intención era llegar al campamento a las seis y aquello lo retrasaría una hora, pues tendría que encender una hoguera y secarse los pies, los calcetines y los mocasines. Sabía muy bien que con las bajísimas temperaturas no podía hacer otra cosa, así que trepó por el terraplén que formaba la ribera del arroyo. En lo alto, enredada entre la maleza de algunos abetos pequeños, encontró una buena cantidad de madera seca: básicamente eran palos y ramitas, pero también había ramas más grandes y hierba seca del año anterior. Colocó los troncos más grandes sobre la nieve para que le sirvieran de base, así evitaría que la pequeña llama se hundiera en la nieve. Consiguió encenderla arrimando una cerilla a una pequeña corteza de abedul que se sacó del bolsillo, pues la corteza prendía mucho más rápido que el papel. La colocó en la base de troncos y alimentó la pequeña llama con los manojos de hierba seca y las ramas más pequeñas.

Trabajó muy despacio y con cuidado, consciente del peligro. Gradualmente, a medida que la llama iba creciendo, fue aumentando el tamaño de las ramitas con las que la alimentaba. Se puso en cuclillas en la nieve para sacar las ramitas enredadas en la maleza y tirarlas directamente al fuego. Sabía que no podía permitirse ni un solo fallo. A sesenta grados bajo cero y con los pies mojados, un hombre no puede fracasar en su primer intento de encender una hoguera. Con los pies secos siempre puede correr medio kilómetro para recuperar la circulación de la sangre, pero a sesenta grados bajo cero es imposible restablecer la circulación por unos pies mojados y helados. Por mucho que uno corra, los pies acabarán congelados.

El hombre lo sabía muy bien. El anciano de Sulphur Creek se lo había contado el otoño anterior y ahora agradecía sus consejos. Ya había perdido la sensibilidad en ambos pies. Para encender la hoguera había tenido que quitarse las manoplas y los dedos se le habían entumecido enseguida. Caminar a seis kilómetros por hora le había ayudado a que el corazón bombeara la sangre suficiente a la superficie de su cuerpo y a todas las extremidades, pero en cuanto se detuvo el bombeo de sangre disminuyó. El frío castigaba aquella parte desprotegida del planeta y él, por hallarse allí, sufría las durísimas consecuencias. La sangre había retrocedido ante aquella temperatura extrema. La sangre estaba viva, como el perro, y, como él, también quería esconderse y protegerse de ese frío implacable. Mientras el hombre caminara a seis kilómetros por hora obligaría a esa sangre a circular hasta la superficie, pero ahora retrocedía y se hundía en los confines de su cuerpo. Las extremidades fueron las primeras en sentir su ausencia. Sus pies mojados se congelaban con mayor rapidez y sus dedos desnudos se entumecían con mayor rapidez, aunque todavía no habían empezado a congelarse. La nariz y las mejillas habían empezado a congelarse y la piel del cuerpo se enfriaba a medida que la sangre se retiraba.

Pero estaba a salvo. La congelación solo le había acariciado los dedos de los pies, la nariz y las mejillas, pues el fuego había empezado a arder con fuerza. Lo estaba alimentando con ramitas del tamaño de un dedo. En un minuto ya podría arrojarle ramas del tamaño de su muñeca y entonces se quitaría el calzado mojado y los calcetines y, mientras se secaban, se calentaría los pies junto al fuego, aunque antes debería frotárselos con un poco de nieve. La hoguera era un éxito. Estaba a salvo. Recordó los consejos del anciano de Sulphur Creek y sonrió. El anciano había afirmado con absoluta rotundidad que ningún hombre debía viajar solo por la región del Klondike cuando el termómetro marcaba cuarenta y cinco grados bajo cero. Pues bien, allí estaba él; había tenido un accidente, estaba solo y se había salvado. Aquellos ancianos eran un poco cobardes, pensó, al menos algunos. Lo único que había que hacer era conservar la calma y él lo estaba haciendo. Un hombre de verdad podía viajar solo. Sin embargo, le había sorprendido lo rápido que se le habían congelado las mejillas y la nariz. Nunca había imaginado que se le pudieran entumecer los dedos en tan poco tiempo. Y seguían entumecidos, pues apenas podía moverlos para agarrar una ramita, y tenía la sensación de que no le pertenecían, los sentía lejos de él y de su cuerpo. Cada vez que tocaba una ramita tenía que mirar para asegurarse de que la tenía en la mano. Apenas quedaba ya conexión entre su cerebro y las yemas de sus dedos.

Nada de eso importaba mucho. Allí estaba la hoguera, crujiendo y crepitando y prometiendo vida con cada una de sus llamas danzarinas. Empezó a desatarse los mocasines, estaban cubiertos de hielo; los gruesos calcetines alemanes que le llegaban casi hasta las rodillas parecían ahora fundas de hierro, y los cordones de los mocasines eran como cables de acero retorcidos y enredados en una extraña conspiración. Trató de desatarlos con los dedos entumecidos y al darse cuenta de lo absurdo que era lo que estaba haciendo sacó la navaja.

Pero antes de que pudiera cortar los cordones ocurrió la catástrofe. Fue su culpa o, mejor dicho, su error. No debería haber encendido la hoguera debajo del abeto, tendría que haberlo hecho en un claro, pero le había resultado más fácil sacar las ramitas de la maleza y arrojarlas directamente al fuego. Ahora, el árbol bajo el que la había encendido tenía un montón de nieve sobre las ramas. Hacía semanas que no soplaba viento y las ramas estaban muy cargadas. Cada vez que arrancaba una ramita de la maleza sacudía ligeramente el árbol, era una sacudida imperceptible para él, pero lo suficiente para provocar el desastre. En lo alto del árbol una de las ramas volcó su carga de nieve en las ramas inferiores, y el proceso continuó repitiéndose por todo el árbol. La nieve fue acumulándose como en una avalancha y se desplomó sin previo aviso sobre el hombre y la hoguera, que se apagó en el acto. Donde hacía unos segundos había ardido una llama ahora yacía un manto de nieve fresca.

El hombre se quedó conmocionado. Fue como si acabara de escuchar su sentencia de muerte. Durante unos segundos se quedó mirando el lugar donde hacía unos instantes había ardido su hoguera. Después se tranquilizó. Quizá el anciano de Sulphur Creek tuviera razón. Si hubiera ido acompañado ahora no estaría en peligro. El compañero podría haber encendido la hoguera. Ahora le correspondía a él volver a encender la hoguera y esa vez no podía fallar. Incluso si lo hacía bien, muy probablemente perdería algunos dedos de los pies. Ya debía de tenerlos muy congelados y tardaría un rato en encender la segunda hoguera.

Esos eran sus pensamientos, pero no se paró a meditar sobre ellos. Mientras esas ideas le pasaban por la cabeza estuvo muy ocupado construyendo una nueva base para la hoguera, esta vez en campo abierto, donde ningún árbol traicionero pudiera apagarla. Después reunió hierba seca y diminutas ramitas de entre los restos de la crecida. No lograba agarrarlas con los dedos, pero consiguió sacarlas a puñados. Al tener que hacerlo de esa forma sacó muchas ramas podridas y pedazos de musgo verde que eran perjudiciales para el fuego, pero no podía evitarlo. Trabajaba metódicamente, incluso agarró un buen puñado de ramas más grandes para utilizarlas más tarde, cuando el fuego hubiera cobrado fuerza. Entretanto, el perro permanecía sentado y le observaba con cierta ansiedad, pues le consideraba el encargado de proporcionarle el fuego, y el fuego tardaba en llegar.

Cuando ya lo tenía todo preparado, el hombre se metió la mano en el bolsillo para sacar otro trozo de corteza de abedul. Sabía que la tenía allí y, aunque no podía sentirla con los dedos, la oía crujir mientras rebuscaba en el bolsillo. Por mucho que se esforzaba no conseguía hacerse con ella. Y, mientras tanto, no podía dejar de pensar que a cada segundo sus pies seguían congelándose. Este pensamiento lo aterró, pero luchó contra él y conservó la calma. Se puso las manoplas con los dientes, agitó los brazos y se golpeó los costados con las manos con todas sus fuerzas. Primero lo hizo sentado, y después de pie, mientras el perro seguía sentado en la nieve y le miraba con su cola de lobo enroscada sobre las patas delanteras para calentarlas y sus despiertas orejas de lobo vueltas hacia delante. El hombre, que seguía golpeándose y sacudiendo brazos y manos, sintió una gran envidia al pensar que el animal estaba caliente y seguro con su abrigo natural.

Al rato empezó a percibir las primeras señales remotas en sus dedos helados. El ligero cosquilleo inicial fue aumentando hasta convertirse en un dolor horroroso, insoportable, pero que el hombre recibió con gran satisfacción. Se quitó la manopla de la mano derecha y consiguió agarrar la corteza de abedul. Sus dedos desnudos empezaron a entumecerse rápidamente. Después sacó un manojo de cerillas, pero el intenso frío ya le había vuelto a helar los dedos. En su esfuerzo por separar una de las cerillas del resto se le cayeron todas al suelo. Intentó recogerlas de la nieve, pero no lo consiguió. Con aquellos dedos muertos no podía tocar ni agarrar nada. Se movía con mucha cautela. Se concentró completamente en las cerillas, intentando no pensar en los pies, la nariz y las mejillas, que ya se le estaban congelando. Recurrió al sentido de la vista para sustituir la torpeza del tacto, y cuando vio que tenía los dedos colocados a ambos lados de las cerillas, los cerró, es decir, intentó cerrarlos, pues la comunicación entre su cerebro y los dedos estaba cortada y los dedos no obedecieron. Se puso la manopla en la mano derecha y la golpeó con fuerza contra la rodilla. Entonces, y con los dos guantes puestos, agarró el paquete de cerillas junto con un puñado de nieve y se las llevó al regazo. Pero no le sirvió de mucho.

Después de varios intentos, consiguió poner las cerillas en la base de las manos y llevárselas a la boca. El hielo que le sellaba los labios crujió cuando, tras un gran esfuerzo, consiguió abrir la boca. Contrajo la mandíbula inferior, curvó el labio superior hacia fuera y consiguió separar con los dientes una de las cerillas, que después dejó caer sobre su regazo. Pero tampoco sirvió de mucho. No conseguía recogerla. Entonces se le ocurrió una idea: la agarró con los dientes y la frotó contra su pierna. Tuvo que repetir la maniobra veinte veces hasta que consiguió encenderla. Cuando prendió la acercó a la corteza de abedul, pero el vapor de azufre le llegó a la nariz y le entró en los pulmones, produciéndole una tos espasmódica. La cerilla cayó en la nieve y se apagó.

El anciano de Sulphur Creek tenía razón, pensó en el momento de desesperación controlada que sobrevino: a cuarenta y cinco grados bajo cero siempre hay que viajar acompañado. Se golpeó las manos, pero no consiguió sentir nada. Se quitó las dos manoplas con los dientes y agarró todas las cerillas con la base de las manos. Como no tenía congelados los músculos de los brazos pudo presionar las cerillas. Después las frotó todas contra su pierna. Y prendieron, ¡setenta cerillas a la vez! No soplaba viento que pudiera apagarlas. Ladeó la cabeza para evitar el humo y acercó las cerillas encendidas a la corteza de abedul. Mientras las sostenía fue consciente de notar una sensación en la mano. Se estaba quemando. Podía olerlo. Allí dentro, bajo la superficie, lo sintió. La sensación se convirtió en un dolor muy intenso, pero aguantó con torpeza sin despegar las llamas de la corteza, que tardaba en prender porque sus manos se interponían, absorbiendo la mayor parte de las llamas.

Al final, cuando ya no lo soportaba más, separó las manos. Las cerillas encendidas cayeron chisporroteando en la nieve, pero la corteza de abedul había prendido. Empezó a echar hojas secas y pequeñas ramas en las llamas. No podía elegir bien lo que tiraba al fuego porque tenía que agarrar el combustible con las bases de las manos. Había pequeños trozos de madera podrida y musgo verde pegados a las ramas, y él los iba apartando como podía con ayuda de los dientes. Cuidó la llama con mimo y torpeza. Esa llama significaba la vida y no podía perderla. La ausencia de sangre en la superficie de su cuerpo le hizo tiritar y empezó a moverse con mayor torpeza. Un gran trozo de musgo cayó en el centro de la hoguera. Intentó apartarlo con los dedos, pero el temblor hizo que empujara con demasiada fuerza y destrozó el núcleo de la diminuta hoguera, y las hojas en llamas y las pequeñas ramitas se dispersaron. Intentó reunirlas, pero a pesar del gran esfuerzo el temblor se apoderó de él y las ramas se separaron. Cada una expulsó una nube de humo y se apagó. El proveedor de fuego había fracasado. Mientras miraba con apatía a su alrededor sus ojos se toparon con el perro, que estaba sentado en la nieve, frente a los restos de la hoguera, y se movía con inquietud, levantando ligeramente una pata y después la otra y cambiando así el peso de su cuerpo.

Al ver al perro se le ocurrió una idea descabellada. Recordó la historia de un hombre que, tras ser sorprendido por una tormenta de nieve, mató a un ciervo, se metió dentro de la carcasa y así consiguió sobrevivir. Mataría al perro e introduciría las manos en su cuerpo caliente hasta que desapareciera el entumecimiento. Después podría encender otra hoguera. Llamó al perro para que acudiera a su lado, pero el pánico que desprendía su voz asustó al animal, que nunca había oído al hombre hablar de forma semejante. Algo extraño estaba ocurriendo y su naturaleza desconfiada detectaba el peligro. No sabía de qué se trataba exactamente, pero en algún lugar de su cerebro brotó ese temor hacia el hombre. Al escuchar la voz de su dueño el animal agachó las orejas y retomó sus movimientos inquietos, pero no se acercó. El hombre se puso de rodillas y gateó hacia el perro. Aquella extraña postura volvió a levantar sospechas en el animal, que se alejó un poco más.

El hombre se sentó un momento en la nieve e intentó mantener la calma. Después se puso las manoplas con los dientes y se levantó. Primero miró hacia abajo para asegurarse de que se había levantado, pues la falta de sensibilidad en los pies hacía que no notase el contacto con la tierra. Al verlo en posición erecta el animal olvidó sus sospechas y cuando volvió a dirigirse a él con tono autoritario, con ese sonido de los correazos en la voz, el perro recuperó su habitual lealtad y se acercó a él. Cuando llegaba a su lado, el hombre perdió el control. Alargó los brazos hasta el perro, pero se quedó absolutamente sorprendido cuando descubrió que no podía utilizar las manos para agarrar nada, que no sentía nada en los dedos. Había olvidado por un momento que los tenía congelados y que cuanto más tiempo pasaba más grave era la situación. Todo ocurrió muy deprisa y, antes de que el animal pudiera escapar, lo rodeó con los brazos. Se sentó en la nieve y sujetó al perro contra su cuerpo mientras gruñía, gimoteaba y trataba de zafarse.

Pero eso era todo cuanto podía hacer, rodearlo con los brazos y esperar. Se dio cuenta de que no podía matar al perro. No tenía forma de hacerlo. Con las manos congeladas no podía empuñar la navaja ni asfixiar al animal. Lo soltó y el perro escapó desesperado con el rabo entre las piernas y sin dejar de gruñir. Se detuvo a diez metros de distancia y desde allí observó al hombre con curiosidad y las orejas de punta y apuntando hacia delante. El hombre se miró las manos para localizarlas y las encontró colgando de sus brazos. Le pareció extraño tener que utilizar los ojos para saber dónde tenía las manos. Empezó a sacudir los brazos de un lado a otro golpeándose las manos enguantadas contra los costados. Lo hizo durante cinco minutos y con violencia, y su corazón bombeó a la superficie de su cuerpo suficiente sangre para que dejara de tiritar. Pero seguía sin sentir las manos. Tenía la sensación de que colgaban como pesos muertos al final de los brazos, pero cuando trataba de localizar esa percepción no la encontraba.

Empezó a sentir cierto temor a la muerte, un temor sordo y opresivo. El miedo se agudizó cuando se dio cuenta de que ya no se trataba de perder unos cuantos dedos de las manos y de los pies, sino que ahora era una cuestión de vida o muerte en la que llevaba todas las de perder. Aquello le provocó un ataque de pánico: se volvió y empezó a correr arroyo arriba por el viejo y desdibujado camino. El perro le siguió, trotando a su lado. Corrió a ciegas, sin propósito, nunca había tenido tanto miedo. Mientras corría por la nieve empezó a ver cosas de nuevo: las orillas del arroyo, las ramitas de la maleza, los álamos desnudos y el cielo. Correr le hizo sentir mejor. Ya no tiritaba. Quizá si seguía corriendo se le descongelarían los pies, y, en cualquier caso, si corría la distancia suficiente llegaría al campamento con los muchachos. No había duda de que perdería algunos dedos de las manos y de los pies y parte de la cara, pero sus compañeros cuidarían de él y salvarían el resto de su cuerpo cuando llegase allí. Pero, al mismo tiempo, también le asaltó la idea de que nunca llegaría al campamento con los muchachos, que estaba demasiado lejos, que ya estaba demasiado congelado, y que pronto estaría tieso y muerto. Se negó a aceptar ese pensamiento y lo relegó al lugar más recóndito de su mente. De vez en cuando trataba de hacerse oír de nuevo, pero él lo ignoraba y se esforzaba por pensar en otras cosas.

Le parecía curioso que fuera capaz de correr con los pies tan congelados que no podía sentirlos cuando pisaban la tierra y les confiaba todo el peso de su cuerpo. Tenía la sensación de estar deslizándose sobre la superficie sin tener ninguna conexión con la tierra. En algún sitio había visto una vez un Mercurio alado, y se preguntó si Mercurio sentiría lo mismo que él cuando flotaba sobre la tierra.

Su teoría de correr hasta llegar al campamento con los muchachos tenía un fallo: le faltaba resistencia. Tropezó varias veces y se tambaleó hasta caer al suelo. Cuando trató de levantarse no lo consiguió. Decidió que tenía que descansar y que la próxima vez se limitaría a caminar hasta llegar a su destino. Mientras recuperaba fuerzas le invadió una sensación de calor y bienestar. Ya no tiritaba, e incluso le pareció sentir en el pecho un calor agradable. Y, sin embargo, cuando se tocaba la nariz o las mejillas no sentía nada. Correr no le había servido para descongelarlas. Tampoco las manos y los pies. Entonces pensó que el hielo debía de estar avanzando por su cuerpo. Intentó olvidarse de eso, pensar en otra cosa; era consciente del pánico que le provocaba y tenía miedo al pánico. Pero el pensamiento persistió y ganó terreno hasta que proyectó una visión de su cuerpo completamente congelado. Aquello lo superó y echó a correr otra vez por el camino. Hubo un momento en que aminoró el ritmo y se puso a caminar, pero la idea de la congelación extendiéndose por su cuerpo le empujó a seguir corriendo.

Cada vez que corría el perro le seguía, pegado a sus talones. Cuando se cayó por segunda vez, el animal se sentó, enroscó la cola entre las patas delanteras y se sentó a mirarlo con extrañeza. El calor y la seguridad del animal le enfurecieron tanto que le insultó hasta que el perro agachó las orejas con actitud conciliadora. Esa vez el temblor se apoderó de él más rápidamente. Estaba perdiendo la batalla contra el hielo, que se le colaba por todas partes. Esa idea lo empujó a seguir, pero no consiguió correr más de treinta metros: tropezó y cayó de bruces sobre la nieve. Fue su último ataque de pánico. Cuando recuperó el aliento y el control, se sentó y empezó a pensar que debía afrontar la muerte con dignidad. Sin embargo, la idea no se le presentó en esos términos. Pensó que había estado haciendo el ridículo, corriendo por ahí como un pollo sin cabeza, ese fue el símil que se le ocurrió. Ya que iba a congelarse de todas formas, lo mejor que podía hacer era tomárselo con dignidad. Y con esa nueva tranquilidad aparecieron los primeros síntomas de somnolencia. Qué buena idea, pensó, morir durmiendo. Era como una anestesia. Congelarse no era tan horrible como la gente creía. Había formas mucho peores de morir.

Imaginó que los muchachos encontrarían su cuerpo al día siguiente. De pronto se vio con ellos, llegando por el camino en busca de su propio cuerpo. Doblaba junto a ellos una curva del camino y encontraba su cadáver tumbado en la nieve. Estaba con sus compañeros, contemplándose muerto sobre la nieve: su cuerpo ya no le pertenecía. Volvió a pensar en el frío que hacía. Cuando regresara con los suyos les contaría a todos lo que era el frío de verdad. Y entonces recordó al anciano de Sulphur Creek con total claridad, calentito y cómodo, fumando en pipa.

—Tenías razón, amigo, tenías razón —susurró el hombre al anciano de Sulphur Creek.

Y entonces se dejó llevar por el sueño más dulce y placentero de su vida. El perro siguió sentado, mirándole y esperando. El breve día llegó a su fin en un largo y lento crepúsculo. No había ninguna señal de que el hombre fuera a encender una hoguera y, además, el perro nunca había visto a nadie sentarse en la nieve sin intención de encender fuego. A medida que avanzaba el crepúsculo, la necesidad de calor iba apoderándose del animal, y mientras levantaba y movía las patas delanteras comenzó a gruñir suavemente, al tiempo que bajaba las orejas en espera del castigo de aquel hombre. Pero el hombre siguió en silencio. Más tarde, el perro gruñó con mayor intensidad. Y más tarde todavía se acercó al hombre y percibió el olor a muerte. Se le erizó el pelo y retrocedió. Permaneció allí un rato más, aullando bajo las estrellas que saltaban, bailaban y brillaban en el cielo gélido. Después dio media vuelta y se marchó a trote por el sendero en dirección al campamento, donde estaban los otros proveedores de alimento y fuego.

EL QUIN

LEOPOLDO ALAS «CLARÍN»

Lo siento por los que en materias de gusto no tienen más criterio que la moda, y no han de encontrar de su agrado esta verídica historia, porque en ella se trata de estudiar el estado de alma de un perro; y ya se sabe que el arte psicológico, que estuvo muy en boga hace muchos años, volvió a estarlo hace unos diez, ahora les parece pueril, arbitrario y soso a los modistos de las letras parisienses, que son los tiranos de la última novedad.

Los griegos, los clásicos, no tenían palabra para el concepto que hoy expresamos con esta de la moda; allí la belleza, por lo visto, según Egger, no dependía de estos vaivenes del capricho y del tedio. ¡Ah! Los griegos hubieran podido comprender a mi héroe, cuya historia viene al mundo un poco retrasada, cuando ya los muchachos de París y hasta los de Guatemala, que escriben revistas efímeras, se burlan de Stendhal y del mismísimo Paul Bourget.

De todas suertes, el Quin era un perro de lanas, blanco. Él no sabía por qué le llamaban el Quin, pero estaba persuadido de que este era su nombre y a él atendía, satisfecho con este conocimiento relativo, como lo están los filósofos positivistas con los suyos, que llama Clay conocimientos sin garantía, y que no alcanzan más firme asiento. Si hubiera sabido firmar, y poco le faltaba, porque perro más listo y hasta nervioso no lo ha habido, hubiera firmado así: El Quin; sin sospechar que firmaba, aunque con muy mala ortografía: Yo el rey. Sí, porque sin duda su verdadero nombre era King, rey; solo que las personas de pocas letras con quien se trataba pronunciaban mal el vocablo inglés, y resultaba en español Quin, y así hay que escribirlo.

Mayor ironía, por antífrasis, no cabe; porque animal que menos reinase, no lo ha habido en el mundo. Todos mandaban en él, perros y hombres, y hasta los gatos; porque le parecía una preocupación de raza, indigna de un pensador, dejarse llevar del instinto de antipatía inveterado que hace enemigos de gatos y perros sin motivo racional ninguno.

El Quin había nacido en muy buenos pañales; era hijo de una perrita de lanas muy fina, propiedad de una señorita muy sensible y muy rica, que se pasaba el día comiendo bombones y leyendo novelas inglesas de Braddon, Holifant y otras escritoras británicas. Nació el Quin, con otros cuatro o cinco hermanos, en una cesta muy mona, que bien puede llamarse dorada cuna; a los pocos días, la muerte, más o menos violenta, de sus compañeros de cesta le dejó solo a sus anchas con su madre. La señorita de las novelas le cuidaba como a un príncipe heredero; pero según crecía el Quin, y crecía muy deprisa, iba marchitando las ilusiones de su ama, que había soñado tener en él un perrito enano, una miniatura de lana como seda. La lana empezó a ser menos fina y rizosa; la piel era como raso, purísima, sonrosada... pero el Quin ¡daba cada estirón! Un perito declaró a la señorita fantástica que se trataba de un bastardo; aquella perrita, ¡preciso es confesarlo!, había tenido algún desliz; había allí contubernio; por parte de padre el Quin era de sangre plebeya sin duda... De aquí se originó cierto despego de la sensible española-inglesa respecto del perro de sus ensueños; sin embargo, se le atendía, se le trataba como a un infante, si no ya como a príncipe heredero. Al principio, por miedo a que lo arrojara a la calle, a la vida de vagabundo, que le horrorizaba, porque es casi imposible para un perro, sin el pillaje y el escándalo; al principio, digo, Quin procuró mantenerse en la gracia de su dueño haciendo olvidar el vicio grosero de su crecimiento aborrecido, a fuerza de ingenio... y, valga la verdad, payasadas.

Un escritor muy joven y de mucho talento, Mr. Pujo, en un libro reciente hace una observación muy atinada, que no me coge de nuevas, respecto de lo mucho que se engañan las personas mayores, de juicio, respecto del alcance intelectual de los niños. El niño, en general, es mucho más precoz de lo que se piensa. Yo de mí sé decir que, cuando contaba muy pocos años, me reía a solas de los señores que me negaban un buen sentido y un juicio que yo poseía hace mucho tiempo, para mis adentros. Pues esto que les suele pasar a los niños, le pasaba al Quin, que había llegado a entender perfectamente el lenguaje humano a su manera, aunque no distinguía las palabras de los gestos y actitudes porque en todo ello veía la expresión directa de ideas y sentimientos. El Quin no acababa de comprender por qué extrañaban los hombres que él fuera tan inteligente; y los encontraba ridículos cuando los veía tomar por habilidad suma el tenerse en dos pies, el cargar con un bastón al hombro, hacer el ejercicio, saltar por un aro, contar los años de las personas con la pata, etc., etc.

Todas estas nimiedades que le conservaban en el favor relativo de su ama le parecían a él indignas de sus altos pensares, cosa de comedia que le repugnaba. Si se le quería por payaso, no por haber nacido allí, en aquel palacio, poco agradecimiento debía a tal cariño. Además, delante de otros perros menos mimados, que no hacían títeres, le daba vergüenza aquel modo de ganar la *vita bona*. Él deseaba ser querido, halagado por el hombre, porque su naturaleza le pedía este cariño, esta alianza misteriosa, en que no median pactos explícitos, y en que, sin embargo, suele haber tanta fidelidad... a lo menos por parte del perro. «Quiero amo, decía, pero que me quiera por perro, no por prodigio. Que me deje crecer cuanto sea natural que crezca, y que no me enseñe como un portento, poniéndome en ridículo».

Y huyó, no sin esfuerzo, del palacio en que había visto la luz primera.

Pasaba junto a la puerta de un cuartel, y el soldado que estaba de centinela lo llamó, le arrojó un poco de queso y el Quin, que no había comido hacía doce horas, porque todavía no sabía buscárselas, mordió el queso y atendió a las caricias del soldado. ¿Por qué ir más lejos? Él, amo sí lo quería; la vida de perdis le horrorizaba: si le admitían, se quedaría allí. Y se quedó. Ocultó al regimiento, que a poco prohijó al animal, las habilidades que tenía; pero dejó ver su nobleza, su lealtad; y todo el cuartel estaba loco de contento con el Quin, cuyo nombre se supo porque lo llevaba grabado en el collar de cuero fino con que se había escapado.

Desde el coronel al último recluta, todos se juzgaban dueños y amigos *pro indiviso* del noble animal. El Quin ocultaba sus gracias, su gran ingenio, pero se esmeraba en las artes de la buena conducta, era leal, discreto en el trato, varonil, hasta donde puede serlo un perro, en su fidelidad al regimiento no había nada de amanerado, de comedia. Era el encanto y el orgullo del cuartel y a él no le iba mal del todo con aquella vida. Desde luego la prefería a la del palacio. A lo menos aquí no era un bufón, y podía crecer y engordar cuanto quisiera. Huía de que le cortaran la lana al ras del pellejo, porque no quería lucir la seda de color de rosa de su piel; no quería mostrar aquellas pruebas de su origen aristocrático. La lana larga le parecía mejor para su modestia, para su incógnito; la llevaba como una mujer honesta y hermosa lleva un hábito. Procuraba estar limpio, pero nada más.

Trabó algunas amistades por aquellos barrios y le presentaron sus compañeros en el oficio de azotacalles a una eminencia que llamaba muchísimo la atención en Madrid por aquella época. Le presentaron al perro Paco. El Quin le saludó con mucha frialdad. Le caló enseguida. Era un *poseur,* un cómico, un bufón público. En el fondo era una medianía; su talento, su instinto, que tanto admiraban los madrileños, eran vulgares; el perro Paco tenía la poca dignidad de hacer valer aquellas habilidades que otros canes ocultaban por pudor, por dignidad, por no merecer la aclamación humillante de los hombres, que se asombraban de que un perro tuviera sentido común. Entre los perros, Paco llegó pronto a desacreditarse; los más grandes de su especie, o lo que fuese, le despreciaban en medio de sus triunfos populares; prostituía el honor de la raza; todo su arte era una superchería; todo lo hacía por la gloria; llegó al histrionismo y al libertinaje asqueroso. Las vigilias de los colmados, sus hazañas de la plaza de toros las vituperaban los perros dignos, serios, valientes y las miraban como Agamemnon y Ayax, de Shakespeare, los chistes y agudezas satíricas de Tersites.

El Quin era de los que le desdeñaba más y mejor, sin decírselo. El perro Paco cada vez que le encontraba se ponía colorado, como se ponen colorados los perros negros, es decir, por los ojos, y en su presencia afectaba naturalidad y fingía estar cansado de aquella vida de parada, de exhibición y plataforma. Por no ver aquellas cosas, el Quin deseaba salir de la corte. «Perro chistoso, pensaba el Quin, recordando a Pascal, mal carácter». Empezó, además, a encontrar poco digna de su pensamiento más hondo la vida del cuartel. Algunos soldados eran groseros, abusaban de su docilidad... y aquella fama de perro leal que tenía y tanto había cundido acabó por molestarle. Deseaba oscurecerse, irse a provincias; pero ¿con quién?

Un comandante del regimiento que había declarado al Quin, si no hijo, perro adoptivo, tenía pendiente de resolución en las oficinas de Clases pasivas la jubilación de un pariente cercano, y con el tal comandante solía nuestro héroe entrar en aquellas oficinas; pero es claro que no pasaba de la portería, donde le toleraban; y allí esperaba a que saliera su comandante para irse de paseo con él. Pues en aquella portería, donde el Quin llevaba grandes plantones, encontró a la persona con quien pudo realizar su gran deseo de marcharse a provincias.

Observaba el Quin que, después de mayor o menor lucha con los porteros, todos los que pretendían entrar a vérselas con los empleados lo conseguían. Notó el perro que los más audaces, los más groseros en sus modales eran los que entraban más fácilmente, aunque no fueran personajes. Los tímidos sudaban humillación y vergüenza antes de vencer la resistencia de los cancerberos con galones. Y un joven delgado, de barba rala, de color cetrino, de traje no muy lucido, de ojos azules claros muy melancólicos, a pesar de no faltar ni un día solo a la portería defendida como una fortaleza, nunca podía pasar adelante; y eso que, a juzgar por el gesto de ansiedad que ponía cada vez que le negaban el permiso de entrar donde tanto le importaba, aquella negativa debía de causarle angustias de muerte. El Quin, tendido en un felpudo, con el hocico entre las patas, seguía con interés y simpatía la pantomima cotidiana del portero y el joven cobarde.

El cancerbero ministerial le leía en los ojos al mísero provinciano (que lo era, y harto se le conocía en el acento) que venía sin más recomendaciones y sin más ánimos que otras veces; y en él desahogaba toda su soberbia y todo su despotismo vengándose de los desprecios de otros más valientes. En el rostro del joven se pintaba la angustia, la desesperación; se leía un momento un relámpago de energía, que pasaba para dejar en tinieblas de debilidad y timidez aquella cara abandonada a la expresión de la tristeza abatida.

Llegó a conocer el Quin que el portero todavía tenía en menos al tal muchacho que a él mismo, con ser perro. Puede que primero le hubiera dejado pasar a él a preguntar por su expediente.

El de los pantalones de color de canela, como el Quin llamaba para sus adentros al provinciano de barba rala, se sentaba en un banco de felpa y allí se estaba las horas muertas, como podía estar un saco, para los efectos del caso que le hacían.

Por algunos pedazos de conversación que el Quin sorprendió, supo que aquel chico venía de una ciudad lejana a procurar poner en claro los servicios de su padre, difunto, a fin de obtener una corta pensión de viuda para su madre, pobre y enferma. No tenía padrinos, luego no tenía razón; ni siquiera le permitían ponerse al habla con el alto empleado que se empeñaba en interpretar mal cierto decreto; equivocación, o mala voluntad, de que nacían los apuros del pretendiente, llamémosle así.

Pretendiente de justicia, el más desahuciado.

A fuerza de verse muchas veces solos en la portería el Quin y Sindulfo (el nombre del tímido mancebo), con el compañerismo de su humildad, de aquel *non plus ultra* que los detenía en el umbral de la gracia burocrática, llegaron a tratarse y a estimarse. Los dos se tenían a sí propios, en muy poco; los dos sentían la sorda, constante tristeza de estar debajo, y sin hablarse, se comprendían. De modo que, con poco que buenas palabras sin más que algunas muestras de deferencias, tal como dejarle el Quin un sitio mejor que el suyo a Sindulfo, algunas caricias de una mano y otras de un hocico, se hicieron muy buenos amigos. Y cuando ya lo eran, y compartían en silencios eternos su común desgracia de ser insignificantes, una tarde entró un mozo de cordel con un telegrama para Sindulfo, que se puso pálido al ver el papelito azul. Apenas era nada. La muerte de su madre; todo lo que tenía en el mundo. Se desmayó; el portero se puso furioso; le dieron al provinciano, de mala gana, un poco de agua, y en cuanto pudo tenerse en pie casi le echaron de allí. Sindulfo no volvió a las oficinas de Clases pasivas. ¿Para qué? La viuda ya no necesitaba viudedad; se había muerto antes de que le arreglaran el expediente. Nuestros covachuelistas jamás cuentan con eso, con que somos mortales.

Pero no perdió Sindulfo el amigo que había ganado en la portería. La tarde de su desgracia el Quin dejó, sin despedirse, al comandante, y siguió al huérfano hasta su posada humilde.

En la soledad del Madrid desconocido, el provinciano de los pantalones de color de canela no tuvo más paño de lágrimas, si quiso alguno, que las lanas de un perro.

Y en un coche de tercera se fueron los dos a la ciudad triste y lejana de Sindulfo. El Quin, por no separarse de su amo, se agazapó bajo un banco, y así llegó a la provincia: lo que él quería; a la oscuridad, al silencio.

Aquel poco ruido y poco tránsito de las calles le encantaba al Quin. Le parecía que salía a la orilla después de haber estado zambullido entre las olas de un mar encrespado.

Se trataba con pocos perros. Prefería la vida doméstica. Su amo vivía en una casita humilde, pero bien acariciada por el sol, en las afueras. Vivía con una criada. Por la mañana iba a un almacén donde llevaba los libros de un tráfico que no había por la tarde. Y entonces volvía junto al Quin, y trabajaba silencioso, triste, en obras primorosas de taracea, que eran su encanto, su orgullo, y una ayuda para vivir. El ruido rápido, nervioso, de la sierrecilla, algo molestaba al Quin al principio; pero se acostumbró a él, y llegó a dormir grandes siestas mecido por aquel ritmo del trabajo.

¡Ay, respiraba! Aquello era vivir.

Los primeros meses Sindulfo trabajaba en la marquetería callado, triste. A veces se le asomaban lágrimas a los ojos.

«Piensa en su madre», se decía el Quin; y batía un poco la cola y alargando el hocico se lo ponía al amo sobre las flacas rodillas, que cubría el paño de color de canela. Una tarde de mayo el Quin vio con grata sorpresa que su dueño, después de terminar una torre gótica de tejo, sacaba de un estuche una flauta y se ponía a tocar muy dulcemente.

¡Qué encanto! Aquellas dancitas antiguas, aquellas melodías románticas, monótonas, pero de sencillez y naturalidad simpáticas, apacibles, entrañables, le sabían a gloria al perro.

El Quin nunca había amado. Las perras le dejaban frío. Aquella brutal poligamia de la raza le hacía repugnante el amor sexual. Además, ¡qué escándalos daban los suyos por las calles! ¡Y qué lamentables complicaciones fisiológicas las de la cópula canina! «Si algún día me enamoro, pensó, será en la aldea, en el campo».

La flauta de su dueño le hacía pensar en el amor, no en los amores. Para temperamentos como el del Quin, la amistad puede ser un amor tibio; sublime en la solidez de su misteriosa tibieza.

Sus amores eran su dueño. Le leía en los ojos, y en el modo de trabajar en la taracea, y, sobre todo, en el de tañer la flauta, el fondo del alma. Era un fondo muy triste, no desesperado, pero sí desconsolado. Era Sindulfo hombre nacido para que le quisieran mucho, pero incapaz de procurar traer a casa el amor, en pasando de la personalidad íntima de un perro. Había llevado al Quin; no se atrevería a llevar una compañera, mujer o querida.

Pero Sindulfo, como el Quin, en la paz tenía un bálsamo. Sí, se comprendían por señas, por actos acordes. La vida sistemática, el silencio en el orden, la ausencia de peripecias en la vida, como una especie de castidad; la humildad como un ambiente. Esto querían.

El cariño del Quin era más fuerte, más firme que el de Sindulfo. El perro, como inferior, amaba más. No temía, sin embargo, una rival. «No, pensaba el perro; aquí no entrará una mujer a robarme este halago. Mi amo no me dejará nunca por una esposa ni por una querida. No se atreve con ellas».

—Nos vamos al campo, amigo —entró un día diciendo Sindulfo. Y se fueron. A pocas leguas de la ciudad, donde la madre había dejado unas poquísimas tierras que llevaba en renta un criado antiguo, Sindulfo iba a pescar, y a corregir las condiciones del arrendamiento.

Al Quin, a la vista de los prados y los bosques y las granjas sembradas por la ladera, le corrió un frío nervioso por el espinazo. Se acordó de su antiguo pensamiento: «Yo solo podría amar en la aldea».

«¡Si todavía podré ser yo feliz con algo más que paz y resignación dulce!». Sentir esta esperanza le pareció una soberbia. Además, era una infidelidad. ¿No se había casi prometido él, en secreto, no querer más que a su amo, al amo definitivo?

Pero tenía disculpa su vanidad de soñar con poder ser feliz voluptuosamente, en las nuevas intensas emociones que le causaba el ambiente campesino, la soledad augusta del valle nemoroso.

Con delicia de artista contemplaba ahora el Quin los pasos de su vida: de la corte a la ciudad provinciana, de la ciudad a la aldea... Y cada paso en el retiro le parecía un paso más cerca de su alma. Cuanta más soledad, más conciencia de sí.

Cuando llegó la noche, los caseros le dejaron en la quintana, en la calle, delante de la casa. ¡Oh memorables horas! Las aves del corral yacían recogidas en el gallinero, y allá a lo lejos se oían sus misteriosos murmullos del sueño perezoso. El ganado de cerda, en cubil de piedra, dormitaba soñando, con gruñidos voluptuosos; el aire movía suavemente, con plática de cita amorosa, las bíblicas y orientales hojas de la higuera; la luna corría entre nubes, y en toda la extensión del valle, hasta la colina de enfrente, resonaban como acompañamiento de la luz de plata, que cantaba la canción de la eterna poesía del milagro de la creación enigmática, resonaban los ladridos de los perros, esparcidos por las alquerías. Ladraban a la luna, como sacerdotes de un miedoso culto primitivo, o como poetas inconscientes, exasperados y tenaces en su ilusión mística.

El Quin se sintió unido, con nuevos lazos, de iniciación pagana, a la madre naturaleza, al culto de Cibeles... y a las pasiones de su raza... De los castaños de Indias se desprendía un perfume de simiente prolífica; amor le pareció un rito de una fe universal, común a todo lo vivo. De la próxima calleja, sumida en la obscuridad de los árboles que hacían bóveda, esperaba el Quin que surgiera la clave del enigma amoroso.

El alma toda, con las voces de la noche de estío, le gritaba que por aquella obscuridad iba a presentarse el misterio; por allí debía de aparecer... la perra.

Sintió ruido hacia la calleja... surgieron dos bultos... Eran dos mastines. Dos mastines que le comían al Quin las sopas en la cabeza.

El Quin ignoraba las costumbres de la aldea. No sabía que allí, los perros como los hombres, iban a rondar, a cortejar a las hembras.

Aquellos dos mastines eran dos valientes de la parroquia que habían olido perro nuevo en ca el Cutu, y venían a ver si era perra.

Olieron al Quin con cierta grosería aldeana, y, desengañados, con medianos modos le invitaron a seguirles. Iban a pelar la pava, o, como por aquella tierra se dice, a mozas, es decir, a perras.

¡Oh desencanto! La perra, en el campo, como en la corte, como en la ciudad, vivía en la poligamia.

El Quin, sin embargo, no resistió a la tentación; y más por la ira del desengaño que por la seducción de la noche de efluvios lascivos, siguió a los mastines; como tantos poetas de alma virginal, tras la muerte helada del primer amor puro, se arrojan a morder furiosos la carne de la orgía.

El Quin-Rollá pasó aquella noche al sereno.

Siguió a los mastines por la calleja obscura, sin saber a punto fijo adónde le llevaban, aturdido, lleno de remordimientos y repugnancia antes del pecado. Le zumbaban los oídos. Pero iba. Era la inercia del mal, de la herencia de mil generaciones de perros lascivos.

Desembocaron en los prados anchos, iluminados por la luna, cubiertos por una neblina, recuerdo del diluvio según Chateaubriand, la cual, como una laguna de plata, inundaba el valle. Era sábado. Los mozos de todas las parroquias del valle cortejaban en las misteriosas obscuridades poéticas de las dos colinas que al norte y al sur limitaban el horizonte, junto a las alquerías escondidas en la espesura de castaños y robledales.

El ixuxú prehistórico del aldeano celta resonaba en las entrañas de las laderas y bajo las bóvedas de los bosques, mezclándose con el canto del grillo, la wagneriana exclamación estridente de la cigarra y el ladrido de los perros lejanos.

Jamás es la prosa del vicio grosero tan aborrecible como cuando tiene por escenario la poesía de la naturaleza.

En aquel valle, de silencio solemne, que hacían resaltar los lamentos de los animales en vela, aquellos gritos como perdidos en la inmensa soledad callada de la tierra y el aire; en aquella extensión alumbrada con luz elegiaca por la eterna romántica del cielo, ¡cuánto hubiera deseado el Quin alguna pasión casta, un amor puro!... Pronto se enteró de lo que ocurría. Se trataba de una perra nueva que había llegado a una de aquellas parroquias rurales por aquellos días. La escasez de perras en la aldea es uno de los males que más afligen a la raza canina del campo; por una selección interesada, en las alquerías se proscribe el sexo débil para la guarda de los ganados y de las casas; y al perro más valiente le cuesta una guerra de Troya el más pequeño favor amoroso, por la competencia segura de cien rivales.

Pero aquellos mastines hicieron comprender al Quin aquella noche, con datos de observación, que menos racionalmente obraban los hombres. Al fin, los perros se atacaban, se mordían para conquistar una hembra, o por lo menos alcanzar la prioridad de sus favores; pero los mozos de la aldea, que gritaban ¡ixuxú! y, como los perros, atravesaban los prados a la luz de la luna, y se escondían en las cañadas sombrías, y daban asaltos a los hórreos y paneras en mitad de la noche, ¿por qué se molían a palos y se daban de puñaladas con navajas barberas y disparaban *ad vultum tuum* cachorrillos y revólveres? Por el amor de la guerra; porque, pacíficamente, hubieran podido repartirse las zagalas casaderas, que abundan más que los zagales y no eran tan recatadas que no echaran la persona (galanteo redicho, conceptuoso, a lo galán de Moreto), con diez o doce en una sola noche, a la puerta de casa, a la luz de las estrellas, como Margarita la de Fausto, menos poéticas, pero más provistas de armas defensivas de la virginidad putativa, gracias a los buenos puños.

Sí; los hombres, como los perros, hacían del valle poético, en la noche del sábado, campo de batalla, disputándose en la soledad la presa del amor. La diferencia estaba en que las aventuras perrunas llegaban siempre al matrimonio consumado, aunque deleznable y en una repugnante poligamia, mientras los deslices graves eran menos frecuentes entre mozos y mozas.

Al amanecer, jadeante, despeado, con una cuarta de lengua fuera, la lana mancillada por el lodo de cien charcos, el Quin llegó a la puerta de la granja en que descansaba su amo, arrepentido de delitos que no había cometido, con la repugnancia y el dejo amargo de placeres furtivos que no había gustado. Traía la vergüenza de la bacanal y la orgía, sin la delicia material de sus voluptuosidades. La perra dichosa, tan disputada por ochenta mastines aquella noche, había repartido sus favores a diestro y siniestro; pero la timidez, la frialdad de Quin, no habían sido elemento a propósito para fijar un momento la atención de aquella Mesalina de caza; porque era de caza.

En fin, nuestro héroe volvió a la puerta de su casa sin haber conocido perra aquella noche, y en cambio humillado por las patadas y someros mordiscos de otros perros, que le habían creído rival y le habían maltratado.

Pero faltaba lo peor. Sindulfo, el dueño, más querido que todas las perras del mundo, había desaparecido. Se había ido de pesca antes de amanecer. El Quin no sabía adónde. Esperó todo el día a la puerta de la granja, y el amo no apareció. Ni de noche vino. Al día siguiente supo Quin que un recado urgente de la ciudad lo había hecho abandonar su proyectada estancia en el campo y volverse al almacén, donde era indispensable su presencia. Más supo el perro: el casero de Sindulfo, el aldeano que llevaba en arriendo sus cuatro terrones, se había enamorado del buen carácter del animal, y había suplicado a Sindulfo que se lo dejara en la granja, ya que él no tenía perro por entonces. Y el Quin, en calidad de comodato, estaba en poder de aquellos campesinos.

Toda la extensión del ancho valle le pareció un calabozo, una insoportable esclavitud.

Él era humilde, obediente, resignado; pero aquella ingratitud del amo no podía sufrirla. ¡Cómo! ¿El destino enemigo le castigaba tan rudamente al primer desliz? ¡Solo por una tentativa, casi involuntaria, de crápula pasajera, le caía encima el tremendo azote de quedarse sin el amparo del único real cariño que tenía en el mundo! No pensaba el Quin que esta forma toman los más exquisitos favores de la gracia; que los deslices de los llamados a no tenerlos tienen pronta y aguda pena, para que el justo no se habitúe al extravío.

Tomó vientos, y con la nariz abierta al fresco nordeste, como hubiera hecho Ariadna, a ser podenco, el Quin, huyendo de la alquería a buen trote, buscó el camino de la ciudad y llegó a su casa de las afueras en pocas horas.

No le recibió de buen talante Sindulfo, aunque orgulloso del apego del perro a su persona y de la hazaña del viaje; pero el Quin tuvo que volver a la aldea, porque la palabra es la palabra, y el préstamo del perro había de cumplirse. No se rebeló el humilde animal. Ante un mandato directo y terminante, ya no se atrevió a invocar los fueros de su libertad.

El cariño le ataba a la obediencia. Aquel amo lo había escogido él entre todos. Era el amo absoluto. Lloró a su modo la ingratitud, y la pagó con la lealtad, viviendo entre aquellos groseros campesinos, que le trataban como a un villano mastín de los que daba la tierra.

Al principio la vida de la aldea, con su prosa vil de corral, le repugnaba; pero poco a poco empezó a sentir, como nueva cadena, la fuerza de la costumbre. Empezó a despreciarse a sí mismo al verse sumirse, sin gran repugnancia ya, en aquella existencia de vegetal semoviente.

Y ¡horror de los horrores! empezó a perder la memoria de la vida pasada, y con ella su ideal: el cariño al amo. No fue que dejara de quererle, dejó de acordarse de él, de verle, de sentir lo que le quería; velo sobre velo, en su cerebro fueron cayendo cendales de olvido; pero olvidaba... las imágenes, las ideas; desapareció la figura de Sindulfo, en concepto de amo, el de ciudad, el de aquellos tiempos. Perro al fin, el Quin no era ajeno a nada de lo canino, y su cerebro no tenía fuerza para mantener en actualidad constante las imágenes y las ideas. Pero le quedó el dolor de su desencanto; de lo que había perdido. Siguió padeciendo sin saber por qué. Le faltaba algo, y no sabía que era su amo; sentía una decepción inmensa, radical, que entristecía el mundo, y no sabía que era la de una ingratitud.

¡Quién sabe si muchas tristezas humanas, que no se explican, tendrán causas análogas! ¡Quién sabe si los poetas irremediablemente tristes serán ángeles desterrados... del cielo... y sin memoria!

El Quin se amodorraba; como no tenía el recurso de hacerse simbolista, ni de crear un sistema filosófico, ni una religión, se dejaba caer en la sensualidad desabrida como en un pozo; escogía la forma más pasiva de la sensualidad, el sueño; siempre que le dejaban, estaba tendido, con la cabeza entre las patas. Y con la paciencia de Job, un Job sin teja, miraba las moscas y los gusanos que se emboscaban en sus lanas, sucias, largas, desaliñadas, lamentables.

Y así pasó mucho tiempo. Era el perro más soso del valle. No vivía ni para afuera ni para adentro; ni para el mundo ni para sí. No hacía más que dormir y sentir un dolor raro.

Una tarde, dormitaba el perro de lanas sobre la saltadera del muro que separaba la corrada de la llosa, por entre cuya verdura de maíz iba el sendero, que llevaba a la carretera, haciendo eses. Por allí se iba a la ciudad, y el Quin despertó mirando con ojos entreabiertos la estrecha cinta de la trocha, según instintiva costumbre, sin acordarse ya de que por allí había marchado el ingrato amigo.

De repente, sintió... un olor que le puso las orejas tiesas, le hizo erguir la cabeza, gruñir y después lanzar dos o tres ladridos secos, estridentes, nerviosos. Se puso en pie. Oyó un rumor entre el maíz. ¡Aquel olor! Olía a una resurrección, a un ideal que despertaba, a un amor que salía del olvido como un desenterrado... Al olor siguió una voz... El Quin dio un salto... y en aquel instante, allá abajo, a los pocos metros, apareció Sindulfo, con su pantalón candela todavía.

De un brinco el Quin se arrojó de la pared sobre su amo; y en dos pies, con la lengua flotando al aire como una bandera, se puso a dar saltos como un *clown* para llegar a las barbas ralas del dueño, que reaparecía brotando entre las tinieblas del olvido del latente dolor nostálgico.

¡Todo lo comprendía el Quin! ¡Aquello era lo que le dolía a él sordamente!

¡Aquella ausencia, aquella ingratitud, que ya estaba perdonando, en cuanto se hizo cargo de ella! ¡Perdonaba, ya lo creo! ¿Cómo no, si el ingrato estaba otra vez allí?

Saltaba el Quin, aullando tembloroso de delicia suprema... Saltaba... y en uno de esos saltos, en el aire, sintió que, como una sierra de agudísimos dientes, le cogían por mitad del cuerpo y le arrojaban en tierra. Mientras el lomo le dolía con ardor infernal, sintió que le oprimía el pecho y el vientre con dos patazas de fiera, y vio, espantado, sobre sus ojos la faz terrible de un enorme perro danés, gigante, que le enseñaba las fauces ensangrentadas, amenazando tragarle...

Acudió Sindulfo y libró a su pobre Quin de las garras de la muerte.

—¡Fuera, Tigre! ¡Malvado! ¿Habrase visto? ¡Son celos, ja, ja; son celos!

Cuando el Quin volvió de su terror y aturdimiento, se enteró de lo que pasaba. Ello era que con Sindulfo venía su nuevo amigo fiel, el Tigre, un perro danés de pura raza, fiera hermosa y terrible.

No consentía rivales ni enemigos de su amo, y al ver los extremos de aquel perruco de lanas, se había lanzado a defender a su dueño o a librarle de caricias que a él, al Tigre, le ofendían.

Sí; tal era la triste verdad. El Quin había hecho nacer un Sindulfo el amor genérico a la raza canina; el individuo ya le era indiferente; no podía vivir sin perro, y ahora tenía otro, al cual le unían lazos firmes y estrechos.

¡Cosa más natural!

Sindulfo acarició al Quin, le cató las heridas, que eran crueles; pero en el fondo estaba orgulloso y satisfecho de la hazaña del Tigre. ¡Qué celo el de su danés!

Aquella noche la pasó el Quin desesperado de dolor; con ascuas de fuego material en las heridas de sus lomos, y fuego de un infierno moral en las entrañas de perro sensible.

¡Para esto volvía el recuerdo, para esto renacía la clara conciencia de la amistad perdida! No pudo resistir su pasión.

Se pasó la horrible noche rascando la puerta del cuarto de Sindulfo; y por la mañana, cuando la abrieron, saltó dentro de la alcoba con ímpetu loco, y sin reparar en el lodo y la sangre de sus lanas miserables, se lanzó sobre el lecho en que aún descansaba el amo ingrato, saltando por encima del Tigre, que en vano quiso coger por el aire al intruso.

El Quin, tembloroso, casi arrepentido de su hazaña, se refugió en el regazo de su dueño, dispuesto a morir entre los dientes del rival odiado, pero a morir al calor de aquel pecho querido.

No hubo muertes; Sindulfo evitó nuevos atropellos; pero aquella tarde dejó la aldea, se volvió a la ciudad con el Tigre, se despidió del Quin con tres palmadas y prohibiéndole que le acompañara más allá de la saltadera de la corrada.

Y el Quin, herido, maltrecho, humillado, los vio partir, al amo y al perro favorito, por el sendero abajo, camino de la carretera, de la ciudad, del olvido...

Era la hora del *Angelus;* en una capilla que había al lado de la granja se juntaba la gente de la aldea a rezar el rosario. Iban los campesinos entrando en el templo, sin fijarse en el Quin y menos en sus penas.

El perro de lanas, cuando perdió de vista al ingrato, dejó su atalaya, anduvo un rato aturdido, y al oír el rumor de la oración en la capilla, atravesó el umbral y se metió en el sagrado asilo. No entendía aquello; pero le olía a consuelo, a último refugio de espíritus buenos, doloridos... Mas cuando sentía estas vaguedades, sintió también una grandísima patada que uno de los fieles le aplicaba al cuarto trasero para arrojarlo del recinto.

«Es verdad», pensó; saliendo de prisa sin protestar.

«¿Qué hago yo ahí? Lo que los perros en misa. Yo no tengo un alma inmortal. Yo no tengo nada». Y volvió a su atalaya, en adelante inútil, de la saltadera, sobre el muro que dominaba el sendero, el sendero de la eterna ausencia.

No pudiendo con el peso de sus dolores, se dejó caer, más muerto que echado... Oscurecía; el cielo plomizo parecía desgajarse sobre la tierra. Metió la cabeza entre las patas y cerró los ojos... Para él no había religión, para él no había habido amor: había despreciado la vanidad, la ostentación; se había refugiado en el afecto tibio, sublime en su opaca luz, de la amistad fiel... y la amistad le vendía, le ultrajaba, le despreciaba...

Y para colmo de injurias, volvería la condición de su cerebro, de su alma perruna, a traerle el olvido rápido del ideal perdido... y le quedaría el dolor sordo, intenso, sin conciencia de su causa...

¡Pobre Quin! Como era un perro, no podían consolarse pensando que, con eso y con todo, a pesar de tanta desgracia, de tanta miseria, solo por haber sido humilde, leal, sincero, era más feliz que muchos reyes de los que más ruido han hecho en la tierra.

KRAMBAMBULI

MARIE VON EBNER-ESCHENBACH

E l hombre siente predilección por toda clase de objetos. El amor, el verdadero, el eterno, lo conoce —si llega a suceder— una sola vez. Al menos eso es lo que dice el guarda de coto Hopp. Muchos perros ha tenido ya, y con gusto, pero amor, lo que se dice amor, e inolvidable además, solo lo ha sentido por uno: Krambambuli. Se lo había comprado en la taberna que llamaban Del León, en Wischau (a la que los checos llaman Vyškov), a un forestal vagabundo, aunque más bien hizo un trueque con él. Ya nada más ver al perro sintió por él el afecto que había de durarle hasta su último aliento. El dueño del hermoso animal, sentado a la mesa ante un vasito de aguardiente vacío, estaba increpando al posadero porque este no le quería servir otro gratis, y tenía pinta de canalla. Un tipejo bajito, aún joven y, sin embargo, tan macilento como un árbol muerto, con el pelo rubio y una rala barba también rubia. El uniforme de forestal, seguramente un residuo de la ya pasada gloria de su último oficio, lucía las marcas de haber trasnochado en una cuneta húmeda. Aunque a Hopp no le gustaba andar en malas compañías, no dudó en tomar asiento junto al muchacho y comenzó enseguida a hablar con él. Así se enteró pronto de que el tunante ya había entregado al posadero la carabina y el morral en prenda y de que ahora tenía intención de hacer lo mismo con el perro; sin embargo, el sucio y vil posadero no quería ni oír hablar de una prenda con dientes.

El señor Hopp no dijo, en principio, ni una palabra sobre la buena impresión que le había causado el perro, pero hizo que les trajesen una botella del buen aguardiente de guindas de Dánzig que vendía en aquel entonces la Posada Del León, y sirvió generosamente al pícaro. Así, al cabo de una hora, habían arreglado lo siguiente: el guarda le daría al vagabundo una docena de botellas del mencionado licor, a cambio de lo cual, para cerrar el trato, el vagabundo le daría el perro. En su honor, se ha de decir que no fue fácil convencerlo. Las manos le temblaban tanto al ponerle al animal la correa en torno al cuello que parecía que nunca lograría terminar la maniobra. Hopp esperó con paciencia y admiró en silencio a aquel perro maravilloso, pese a las terribles condiciones en las que se encontraba. Debía de tener como mucho dos años y, en el color, se parecía al canalla que se lo daba, aunque el suyo era un par de tonos más oscuro. En la frente tenía una marca, una mancha blanca, que a derecha e izquierda terminaba en finas líneas, como las agujas de una ramita de abeto. Tenía los ojos grandes, negros, luminosos, rodeados de arcos rubios clarísimos, las orejas erguidas, largas, perfectas. Y perfecto era todo en el perro desde las garras al fino morro; la forma robusta y ágil, el porte augusto por encima de todo elogio, sobre cuatro columnas vivas que hubiesen podido soportar también el cuerpo de un venado y que no eran, en cambio, mucho más gruesas que las patas de una liebre. ¡Por san Huberto, patrón de los cazadores!, tal criatura debía de tener un pedigrí tan antiguo y puro como el de un caballero del hábito alemán.

Al guarda se le reían los huesos por el magnífico trato que había hecho. Se levantó, tomó la correa que el granuja había conseguido por fin anudar y preguntó:

—¿Cómo se llama el perro?

—Se llama como el licor que me ha dado usted por él: Krambambuli —fue la respuesta.

—Bien, bien. ¡Krambambuli! ¡Ven! ¿Quieres pasear? ¡Vamos!

Daba igual lo que gritase, silbase o tirase, el perro no obedecía, volvía la cabeza hacia quien tenía aún por su dueño, y gemía cuando este le gritaba, acompañando la orden con un fuerte puntapié: «¡Vete!»; no dejaba de intentar volver con él. Solo después de una intensa lucha, consiguió el señor Hopp hacerse con el perro. Atado y amordazado tuvo que meterlo en un saco y echárselo al hombro para así llevarlo las varias horas de camino que lo separaban de su cabaña.

Dos meses enteros le hicieron falta hasta que Krambambuli, apaleado hasta medio muerto y atado con la carlanca después de cada intento de huida, entendió por fin a quién pertenecía. Pero, entonces, cuando estuvo sometido, ¡en qué perro se convirtió! No hay lengua que pueda describir, no hay palabra que pueda expresar el nivel de perfección que alcanzó no solo en el ejercicio de sus tareas, sino también en la vida diaria como servidor diligente, buen camarada y fiel amigo y protector. «Solo le falta hablar», se dice de otros perros inteligentes; en el caso de Krambambuli, ni siquiera esto faltaba: su dueño, al menos, sostenía largas conversaciones con él. La mujer del guarda se puso bien celosa de «Buli», como lo llamaba con desprecio. A veces se lo reprochaba a su marido: durante todo el día, en las horas que no había pasado limpiando, lavando o cocinando, no había hecho otra cosa que tejer en silencio. Por la noche, después de cenar, cuando se ponía de nuevo a tejer, le habría gustado charlar un rato.

—¿Siempre tienes algo que contarle a Buli, Hopp, y a mí nada? De tanto hablar con el animal se te va a olvidar hablar con las personas.

El guarda reconocía que había algo de verdad en esto, pero no sabía cómo evitarlo. ¿De qué iba a hablar con su señora? No habían tenido hijos, no se podían permitir una vaca y las aves domésticas no interesan a un guarda lo más mínimo cuando están vivas y solo brevemente si están asadas. Para los cultivos y las historias de cazadores, sin embargo, la mujer no tenía cabeza. Hopp acabó por encontrar una salida a su dilema: en vez de hablar con Krambambuli, hablaba de él, de los triunfos que celebraba con él doquier, de la envidia que su posesión despertaba, de las sumas ridículamente altas que le ofrecían por el perro y que él rechazaba con desdén.

Habían pasado así dos años y, entonces, apareció un día en la casa del guarda la condesa, la mujer de su señor. Supo enseguida lo que significaba la visita y, cuando la hermosa dama comenzó: «Buenos días, querido Hopp, es el cumpleaños del conde...», él continuó tranquilo y sonriendo satisfecho la frase: «Y a la señora condesa le gustaría hacerle al señor conde un regalo y está convencida de que nada lo honraría más que Krambambuli».

—Eso es, querido Hopp... —se sonrojó la condesa, satisfecha por la amable concesión, se la agradeció de inmediato y le pidió que nombrase el precio que lo satisfaría por el perro.

El viejo zorro del guarda reprimió una risita, se mostró muy abatido y dio de inmediato una aclaración.

—Señora condesa, si el perro se queda en palacio, no rompe a dentelladas todas las correas que le pongan, no arranca todas las cadenas y, si no puede arrancarlas, se estrangula intentándolo, puede su señoría quedárselo gratis, para mí no tendría ya valor.

La prueba se hizo, pero no hubo que llegar al estrangulamiento, pues el conde perdió antes la alegría por el caprichoso animal. En vano habían intentado ganarlo con amor, domarlo por la fuerza. Mordía a todo el que se le acercaba, se negaba a comer y —mucho peso no tiene para perder el perro de un guarda— pronto se agotó. Tras unas semanas, Hopp recibió el mensaje de que podía recoger a su perro. Cuando se apresuró a hacer uso del permiso y fue a buscarlo a su perrera, qué reencuentro tuvieron: lleno de inmenso júbilo. Krambambuli aulló como loco, no dejó de dar saltos ante su dueño, apoyó las patas delanteras en su pecho y lamió las lágrimas de alegría que le corrían al viejo por las mejillas.

Por la noche de aquel alegre día, fueron paseando juntos hasta la posada. El guarda jugó a las cartas con el médico y el administrador. Krambambuli se tumbó en el rincón detrás de su dueño. De vez en cuando, este miraba a su alrededor, y el perro, por profundamente dormido que pareciese, comenzaba al instante a dar con el rabo en el suelo como si quisiera decir: «¡Presente!». Y, cuando Hopp, descuidado, entonó, como si de un canto triunfal se tratase, la cancioncilla «¿En qué anda mi Krambambuli?», el perro se irguió respetuoso, y sus claros ojos contestaron: «Está bien a gusto».

En torno a la misma época, hacía de las suyas no solo en los bosques condales, sino también en los alrededores, una banda de furtivos verdaderamente atrevida. Se decía que el cabecilla era un sujeto sin moral.

Los leñadores que lo habían encontrado en algún antro tomando aguardiente lo llamaban el Rubio, y también los guardabosques que le habían seguido la pista aquí y allá, pero que no habían podido dar con él, y los espías, de los cuales él tenía varios en cada pueblo, entre la chusma.

Era seguramente el tipo más sinvergüenza con el que habían de vérselas entonces los forestales, y debía de haber sido uno de ellos porque, si no, no habría sabido encontrar la caza con tanta pericia ni habría podido eludir tan diestramente cada trampa que le habían puesto.

Los daños en el bosque y la caza alcanzaron un nivel inaudito, los forestales se encontraban en una agitación furibunda. Sucedía demasiado a menudo que la gente sencilla a la que pillaban en algún malcorte sin importancia sufría un trato más duro que en cualquier otro momento y de lo que resultaba justificable. Había una gran irritación por ello en todas partes. Al inspector de montes, contra quien se dirigió en primera instancia el odio, le llegaron numerosas advertencias bienintencionadas. Decían que los ladrones habían prestado un juramento según el cual, a la primera oportunidad, se vengarían del inspector ejemplarmente. Él, un hombre impulsivo e intrépido, desechó los rumores y se preocupó más que nunca por hacer saber a los cuatro vientos que había sido él y solo él quien había ordenado a sus subordinados que aplicasen la fuerza sin miramientos y que se hacía responsable de cualquier posible consecuencia. A quien más a menudo recordaba el inspector de montes la aplicación enérgica de sus deberes profesionales era al guarda Hopp, a quien reprochaba de vez en cuando su falta de «agallas»; a lo que el viejo subordinado no hacía sino sonreír. Krambambuli, sin embargo, en tales ocasiones, solía entrecerrar los ojos y bostezar fuerte y con desdén. Aunque ni él ni su dueño se tomaban a mal nada que viniese del inspector. Este era, en realidad, hijo del inolvidable guarda de quien Hopp había aprendido el noble arte forestal, y Hopp había iniciado, a su vez, al inspector, cuando era un jovenzuelo, en los rudimentos del oficio. El tormento que había tenido entonces con él le parecía aún hoy una alegría, estaba orgulloso de su antiguo pupilo y lo adoraba a pesar del áspero trato que le reservaba a él, igual que a todos los demás.

Una mañana de junio presenció de nuevo una ejecución.

Fue en la plaza de los tilos, al final del regio parque que lindaba con los «bosques condales» y en las proximidades de los cultivos que el inspector de montes habría preferido rodear con grava. Los tilos estaban en lo más granado de su floración, y a ellos había trepado una docena de muchachitos. Estaban agazapados como ardillas en las ramas de los soberbios árboles y rompían todas las ramitas que alcanzaban a atrapar para tirarlas al suelo. Dos mujeres recogían las ramitas a toda velocidad y las metían en sus cestas, que ya estaban llenas hasta más de la mitad con el fragante botín. El inspector se enfureció inconmensurablemente. Hizo que sus guardabosques sacudiesen a los muchachos de los árboles sin importar la altura desde la que caerían. Mientras estos intentaban ponerse en pie sollozando y gritando, uno con la cara destrozada, otro con el brazo dislocado, un tercero con la pierna rota, él mismo molía a palos a las dos mujeres. En ese mismo momento, Hopp reconoció a la imprudente muchacha que, según los rumores, era la querida del Rubio. Y, cuando se tomaron las cestas y los mantos de las mujeres y los sombreros de los muchachos en garantía, y Hopp recibió el encargo de llevarlos al tribunal, no pudo tener un peor presentimiento.

La orden que en esa ocasión le gritó el inspector de montes, furibundo como un diablo en el infierno y, como tal, rodeado de penitentes afligidos y quejumbrosos, fue la última que el guarda recibió de él. Una semana más tarde se lo encontró de nuevo en la plaza de los tilos: muerto. El estado del cadáver daba a entender que lo habían arrastrado hasta allí entre ciénagas y guijarros. El inspector estaba sobre ramas taladas, en la frente una gruesa corona de flores de tilo trenzadas, otra corona igual como tahalí en torno al pecho. Su sombrero estaba junto a él, lleno de flores de tilo. También el morral lo había dejado allí el asesino: solo había sacado los cartuchos y los había sustituido también con flores. El hermoso mosquetón del inspector faltaba y, en su lugar, habían dejado un miserable trabuco. Cuando se encontraron más tarde las balas que habían causado su muerte, en el pecho de la víctima, resultaron ser justo las correspondientes a este trabuco que habían puesto al hombro del forestal como burla. Hopp se quedó rígido de espanto a la vista del caricaturesco cadáver. No podía mover ni un dedo y tenía la mente también como paralizada; solo miraba y miraba y al principio no pensaba en nada, y solo tras un rato pudo observar algo, una pregunta muda: «¿Qué le pasa al perro?».

Krambambuli olfatea el cadáver, da vueltas a su alrededor como un loco, con la nariz pegada al suelo. De pronto gime, de pronto aúlla de alegría, da un par de saltos, ladra y es como si se despertase en él un recuerdo largamente dormido...

—¡Ven aquí! —grita Hopp—. ¡Ven!

Y Krambambuli obedece, pero mira a su dueño con extrema agitación y —¿cómo podría expresarlo el guarda?— le dice:

—Te lo ruego por todo lo que hay en el mundo, ¿es que no lo ves? ¿Es que no lo hueles? Ay, amo y señor, ¡mira! ¡Huele! Ay, amo y señor, ven conmigo. ¡Vamos!

Y toca ligeramente con el morro la rodilla del guarda y camina con cuidado, mirando a menudo a su alrededor, como preguntando: «¿Me sigues?», de vuelta hasta el cadáver, y comienza a levantar la pesada arma y a arrastrarla en la boca con la clara intención de cobrársela.

Al guarda, un estremecimiento le recorre la espalda, y varias suposiciones se hacen claras en su mente. Pero la sutileza no es lo suyo y tampoco le apetece tener que explicar nada a las autoridades, sino más bien dejar el espantoso hallazgo allí intacto y seguir su camino —en este caso, directo al tribunal—: hace simplemente lo que le incumbe.

Después de hacerlo y de haber cumplido todas las formalidades que prescribe la ley en caso de tales catástrofes, que le han ocupado el día, así como una parte de la noche, Hopp, en vez de irse a dormir, se ocupa aún de su perro.

—Mi querido animal —le dice—, ahora que la policía ya está en ello, habrá rondas sin fin. ¿Queremos dejar que sean otros los que libren al mundo del miserable que ha matado a nuestro inspector? Mi querido perro conoce al infame, ¡lo conoce! ¡Ja, ja! Pero no es preciso que nadie lo sepa, eso no lo he declarado... Yo, ¡jo, jo!, ahora usaré a mi perro... ¡Se me ocurrirá cómo!

Se inclinó sobre Krambambuli, quien, entretanto, se había sentado entre sus rodillas esparrancadas, apretó la mejilla contra la cabeza del animal y recibió sus agradecidos lametones. Y susurró al hacerlo: «¿En qué anda mi Krambambuli?», hasta que el sueño lo venció.

Los conocedores del alma humana tienen la urgencia secreta de intentar aclarar lo que lleva a algunos criminales a volver una y otra vez al escenario de sus fechorías. Hopp no sabía nada de tan doctas deducciones y, sin embargo, paseaba sin descanso con su perro por las proximidades de la plaza de los tilos.

En el décimo día tras la muerte del inspector de montes, había estado pensando por primera vez durante un par de horas en otra cosa que no fuese su venganza, y se había ocupado en sus «bosques condales» con el marcado de los árboles que debían cortarse en la siguiente tala.

Al terminar su trabajo, se cuelga de nuevo la carabina y toma el camino más corto, a través del bosque, hacia los cultivos cerca de la plaza de los tilos. En el momento en el que va a pisar la vereda que corre a lo largo del cercado de haya, le parece oír algo que cruje en las hojas secas. Acto seguido reina, en cambio, la más absoluta calma, una calma absoluta y continuada. Casi podría haber dicho que no había sido nada digno de atención si el perro no hubiese mirado de manera tan extraña. Se había parado con el pelo erizado, el cuello estirado y el rabo levantado, y no dejaba de mirar un punto concreto de la valla. «¡Tente! No sabes lo que te espera, muchacho, si eres tú», pensó Hopp; se escondió tras un árbol y tensó el disparador de su carabina. Qué rápido le latía el corazón, y su rápida respiración quería fallarle cuando, de pronto, ¡Dios del cielo!, cruzando la valla, apareció el Rubio. Dos jóvenes liebres colgaban de su morral y, sobre el hombro, de la conocida correa de cuero, colgaba el mosquetón del inspector. Cómo le habría gustado reducir a cenizas al pillo desde su emboscada segura.

Pero el guarda Hopp no dispararía jamás ni al peor de los tipos sin haberlo avisado. De un brinco, salta de detrás del árbol.

—¡Entrégate, despreciable! —grita.

Y cuando el furtivo, como respuesta, se descuelga el mosquetón del hombro, el guarda dispara... ¡Por todos los santos! Un tiro sin pólvora. La carabina cruje en vez de estallar. Ha pasado mucho tiempo en el bosque húmedo, apoyada en un árbol: el percutor falla.

«Buenas noches, así que esto es la muerte...», piensa el viejo. Pero no: está ileso, solo su sombrero sale volando, agujereado por los balines, hasta la hierba... El otro tampoco tiene suerte: ese era el último disparo de su arma y, para el siguiente, ha de sacar primero un cartucho del bolsillo...

—¡Ataca! —grita enronquecido Hopp a su perro—. ¡Ataca! Aquí, ¡a mí! ¡Aquí, Krambambuli! —lo reclama con voz tierna, cariñosa, ay, tan familiar...

Pero el perro...

Lo que sucedió entonces, sucedió mucho más rápido de lo que se puede contar.

Krambambuli había reconocido a su primer dueño y corrió hacia él hasta... la mitad del camino. Entonces, silba Hopp, y el perro da la vuelta; ahora silba el Rubio y el perro vuelve a girar, y se retuerce lleno de dudas sin moverse del sitio, a la misma distancia del guarda que del furtivo, al mismo tiempo pasmado y conjurado.

Por fin, el pobre animal abandona la desesperada e innecesaria lucha y termina con sus dudas, pero no con su sufrimiento. Ladrando, gimiendo, con la tripa en el suelo, el cuerpo extendido como un tendón, la cabeza elevada como clamando al cielo como testigo del dolor de su alma, se arrastra hacia su primer dueño.

Ante eso, a Hopp lo invade la sed de sangre. Con los dedos temblorosos ha cargado de nuevo el percutor, con tranquila seguridad lo ha encajado. También el Rubio ha vuelto a dirigir hacia él el cañón del arma. ¡Esta es la buena! Eso lo saben los dos, que tienen al otro en la mira y, pase lo que pase, apuntan tan tranquilos como un par de guardias en un cuadro.

Hay dos disparos. El guarda acierta. El furtivo falla.

¿Por qué? Porque, embestido por el perro cariñoso que quiere halagarlo, ha dado un respingo en el instante del disparo.

—¡Mala bestia! —sisea aún, cae de espaldas y no vuelve a moverse.

Quien le ha disparado se le acerca despacio. «Tienes suficiente, más perdigones serían una pérdida contigo», piensa. Y, sin embargo, deja la carabina en el suelo y la carga de nuevo. El perro está sentado ante él, con la lengua colgando, jadea con el aliento corto, y lo mira. Y, cuando el guarda ha terminado y toma de nuevo la carabina en las manos, mantienen una conversación de la que ningún testigo habría podido captar una palabra aunque, en vez de muerto, estuviese vivo.

—¿Sabes para quién es este plomo?

—Me lo imagino.

—Desertor, traidor, canalla que abandona su deber y su lealtad.

—Sí, amo y señor.

—Eras mi alegría. Ya no. Ya no te quiero para nada.

—Es comprensible, amo y señor.

Y Krambambuli se tumbó, apoyó la cabeza en las patas delanteras estiradas, y miró al guarda.

Sí, si el condenado animal no lo hubiese estado mirando... habría sido un final rápido y habría ahorrado al perro mucho sufrimiento. Pero así no son las cosas. ¿Quién puede pegar un tiro a una criatura que lo mira así? El señor Hopp murmura media docena de maldiciones entre dientes, una blasfemia tras otra, vuelve a colgarse la carabina del hombro, le arranca las liebres al ladrón y se va.

El perro lo sigue con los ojos hasta que desaparece entre los árboles, luego se pone en pie y sus aullidos de dolor, que le conmueven el corazón y las patas, atraviesan el bosque. Da un par de vueltas sobre sí mismo y se sienta junto al muerto. Así lo encontró la comisión judicial que, dirigida por Hopp, llegó al caer la noche para tomar testimonio de la muerte del ladrón y trasladar su cadáver. Krambambuli retrocedió unos pasos al ver a los señores.

—Ahí está su perro —le dijo uno de ellos al guarda.

—Lo he dejado aquí vigilando —contestó Hopp, a quien avergonzaba reconocer la verdad.

Pero ¿podía evitar que se supiese? Salió a la luz porque, cuando cargaron el cadáver en el carro y se pusieron en marcha, Krambambuli trotó con la cabeza gacha y el rabo entre las patas tras él. No lejos de la morgue en la que yacía el Rubio, el alguacil volvió a verlo rondar al día siguiente. Le dio un puntapié y le gritó: «¡Vete a casa!». Pero Krambambuli le enseñó los dientes y huyó; como el hombre había dicho, en dirección a la casa del guarda. Aunque no llegó a ella y llevó, en cambio, una miserable vida vagabunda.

Asalvajado, en los huesos, rondó una vez las pobres viviendas de los vecinos al final del pueblo. Una vez se arrojó contra un niño que estaba delante de la última choza y le arrancó codicioso el mendrugo de pan que comía.

El niño se quedó tieso de miedo, pero un perrillo salió corriendo de la casa y ladró hasta ahuyentar al ladrón, que dejó de inmediato el botín y huyó.

Ese mismo día, estaba Hopp antes de irse a dormir mirando por su ventana hacia la tenue luz de la noche de verano y le pareció ver, al otro lado del prado, en la linde del bosque, al perro sentado, observando inmóvil y con añoranza la morada de su antigua felicidad, el más fiel de los fieles, ¡sin dueño!

El guarda cerró las contraventanas y se fue a la cama. Pero, tras un rato, se levantó, volvió a mirar: el perro ya no estaba. Y de nuevo quiso dormirse y de nuevo no pudo.

No lo soportaba ya más. Que fuese lo que fuese. No aguantaba más sin su perro. «Lo traeré a casa», pensó, y se sintió renacido tras decidirlo.

Al primer albor del día ya estaba vestido, pidió a su señora que no lo esperase a comer y se apresuró a marcharse. Pero, nada más salir de casa, su pie dio con aquel a quien se disponía a buscar lo lejos que fuese necesario. Krambambuli yacía cadáver ante él, la cabeza apretada contra el umbral que no se había atrevido a volver a cruzar.

El guarda no volvió a encontrar consuelo. Los mejores momentos que tenía eran cuando conseguía olvidar lo que había perdido. Absorto en memorias amables, entonaba entonces su familiar «¿En qué anda mi Krambam...?», antes de interrumpirse en medio de la frase, sacudir la cabeza y decir con un profundo suspiro:

—¡Qué lástima de perro!

LA HISTORIA DE ROBIN EL LOCO

MARY WOLLSTONECRAFT

Por la tarde, los niños saltaron por encima de la hierba baja del ejido y pasearon bajo la sombra de la montaña hasta llegar a una parte escarpada; allí nacía un arroyo, que corría por la pendiente, enfrentándose a las enormes piedras que impedían su progreso, y ocasionaba un ruido que interrumpía de un modo nada desagradable el solemne silencio del lugar. El arroyo se perdía al cabo de poco en un bosque cercano y los niños volvieron los ojos hacia la cara cortada de la montaña, sobre la que la hiedra crecía en abundancia. La señora Mason señaló una pequeña cueva y les indicó que se sentaran en unos tocones mientras les contaba la historia prometida.

En esa cueva vivía antaño un pobre, a quien solían llamar Robin el Loco. En su juventud había trabajado con ahínco y se había casado con la lechera de mi padre; una chica que merecía un marido tan bueno como él. Durante un tiempo siguieron viviendo con comodidades; su trabajo diario les procuraba el pan de cada día; pero Robin, considerando que era probable que tuvieran una familia numerosa, pidió prestada una nimiedad, que añadió a la menudencia que había ahorrado trabajando y arrendó una pequeña granja en un condado vecino. Entonces yo era una niña.

Diez o doce años más tarde me contaron que un hombre loco, de aspecto bastante indefenso, se dedicaba a apilar gran cantidad de piedras junto a la orilla del arroyo; se zambullía en el río para cogerlas, seguido de un perro callejero, al que con frecuencia llamaba su Jacky, e incluso su Nancy; y luego murmuraba para sus adentros: «Tú no me dejarás, viviremos con los búhos entre la hiedra». Algunos búhos habían buscado refugio en la cueva. Las piedras que sacaba del río las iba colocando luego en la boca de la gruta, hasta dejar apenas espacio suficiente para entrar arrastrándose. Por fin, algunos vecinos reconocieron su cara y me mandaron allí para averiguar qué desgracia lo había reducido a un estado tan deplorable.

Os comunicaré con la mayor concisión que pueda la información que recibí de parte de distintas personas.

Varios de sus hijos habían muerto en su tierna infancia; y, dos años antes de que regresara a su tierra natal, una desgracia había seguido a otra, hasta que el hombre se había hundido bajo el peso acumulado de tanto sufrimiento. Por distintas vicisitudes, se retrasó en los pagos a su arrendador, quien, al ver que era un hombre honesto que se esforzaba por sacar adelante a su familia, no lo hostigaba; pero cuando su mujer se estaba recuperando del parto de su último hijo, justo murió el arrendador, y el hijo de este reclamó y subió el precio del alquiler; y la persona que le había prestado dinero al hombre, exasperada al ver que había desaparecido todo, lo mandó arrestar de inmediato y lo metieron en la cárcel, sin ser capaz de dejar dinero a su familia. La pobre mujer no podía permitir que sus hijos murieran de hambre, así que intentó buscarles sustento como fuera antes de haber recuperado del todo las fuerzas después del parto, así que al final se resfrió; y debido a la dejadez y a su deseo de conseguir una nutrición adecuada para su familia, su enfermedad desembocó en el tifus; dos de sus hijos se contagiaron y murieron con ella. Los dos que quedaban, Jacky y Nancy, fueron con su padre y llevaron consigo un perro callejero, que desde hacía mucho compartía sus frugales comidas.

Los niños pedían limosna por el día y dormían con su maltrecho padre en la cárcel. La pobreza y la suciedad no tardaron en robar a sus mejillas las rosas que el aire campestre había hecho florecer con una peculiar frescura;

así pues, pronto contrajeron una fiebre en la prisión... y murieron. El pobre padre, a quien habían sido arrebatados todos sus hijos, se quedó junto a su cama en una muda angustia; ni un gemido ni una lágrima se le escapó, mientras estuvo allí plantado, dos o tres horas, en la misma actitud, contemplando los cuerpos inertes de sus queridísimos retoños. El perro le lamía las manos y trataba de llamar su atención; pero durante un tiempo pareció no percatarse de sus caricias; cuando por fin lo hizo, dijo lleno de dolor: «Tú no me dejarás...». Y entonces se echó a reír. Sacaron los cadáveres y el hombre se quedó en un estado de gran agitación, con frecuentes ataques frenéticos; al final, su histeria fue cediendo y dio paso a la melancolía y la indefensión. A partir de entonces no lo vigilaban con tanta atención; así que un día planeó su fuga, el perro lo siguió y fue directo a su aldea natal.

Después de que me relataran estos hechos, decidí que habría que dejarlo vivir en el lugar que había elegido, sin molestarlo. Le mandé algunas comodidades, pero las rechazó todas salvo una esterilla en la que el hombre dormía a veces...; el perro lo hacía siempre. Traté de animarlo a comer, pero continuamente le daba al perro lo que fuera que le enviaba, y vivía a base de bayas de espino y de moras, y de toda clase de restos. A menudo me pasaba a saludarlo; algunas veces el hombre me seguía luego hasta la casa en la que vivo ahora, y en invierno iba a visitarme por propia iniciativa y aceptaba un pedazo de pan. Recogía berros del estanque y me los regalaba, junto con ramilletes de tomillo silvestre, que arrancaba de las laderas de la montaña. Ya he mencionado antes que el perro era un chucho. Sin duda, tenía las malas costumbres de los perros callejeros y siempre corría y ladraba a las patas de los caballos. Un día, cuando su amo estaba recogiendo berros y el perro perseguía el corcel de un joven caballero, asustó al animal, que dio un respingo y casi tiró al jinete; este se enfadó tanto que, aunque sabía que era el perro del pobre loco, le apuntó a la cabeza con la pistola..., le disparó... y se alejó al galope de inmediato. Robin corrió hacia su perro... Le miró las heridas y, sin percatarse de que estaba muerto, lo llamó para que lo siguiera; pero cuando descubrió que el animal no podía, lo llevó al estanque y le lavó la sangre antes de que empezara a coagularse y después lo trasladó a casa y lo tumbó en la esterilla.

Caí en la cuenta de que hacía unos días que no lo veía paseando por las colinas como de costumbre, así que mandé a alguien a que preguntara por él. Lo encontraron sentado junto al perro, y no hubo forma humana de lograr que se apartara del cuerpo sin vida o que aceptase refrigerio alguno. De inmediato me puse en camino hacia su cueva con la esperanza de que, como yo siempre había sido su favorita, tal vez pudiera convencerlo para comer algo. Pero cuando me aproximé, vi que la mano de la muerte estaba sobre él. Continuaba invadido por la melancolía; sin embargo, ya no había mezcla de salvajismo en ella, como antes. Le insistí en que comiera; pero, en lugar de responderme o apartar la cara, rompió a llorar (algo que no le había visto hacer nunca) y, sollozando, me dijo: «¿Alguien puede ser amable conmigo...? ¡Me van a matar...! No vi morir a mi mujer... ¡No!... Me apartaron a rastras de ella... Pero sí vi morir a Jack y a Nancy... Y ¿quién tuvo compasión de mí? ¡Solo mi perro!». El hombre volvió la mirada hacia el cuerpo... Y lloré con él. En ese momento, por fin habría accedido a tomar algún alimento, pero la naturaleza estaba agotada... y falleció.

«¿Fue en esta cueva?», preguntó Mary. Corrieron hasta ella. «¡Pobre Robin! ¿Alguna vez había oído algo tan cruel?». «Sí —contestó la señora Mason—, y mientras volvemos andando a casa, os relataré un episodio todavía más bárbaro».

PIERROT

GUY DE MAUPASSANT

La señora Lefèvre era una señora pueblerina, una viuda, una de esas medio campesinas con cintajos y pomposos sombreros, de esas personas que trabucan las palabras, que en público se dan grandes aires y ocultan bajo una apariencia cómica y emperifollada un espíritu vulgar y pretencioso, así como disimulan bajo sus guantes de seda cruda las manos gruesas y enrojecidas. Tenía de criada a una buena y sencilla campesina, llamada Rose. Las dos mujeres vivían en una casita con las persianas verdes, a la vera del camino, en Normandía, en el centro de la región de Caux. En el jardincillo de delante de casa cultivaban algunas hortalizas. Una noche les robaron una docena de cebollas.

Rose, apenas reparó en el hurto, corrió a dar aviso a su señora, que bajó en falda de lana. Fue un espanto, una desesperación. ¡Habían robado, robado a la señora Lefèvre! Por tanto, había ladrones en la región, y podían volver.

Las dos mujeres, espantadas, contemplaban las huellas de los pasos, hablaban, hacían conjeturas:

—Sí, han pasado por aquí; han trepado por la tapia; han saltado dentro del cercado.

Estaban asustadas por el futuro. ¿Cómo poder dormir tranquilas en adelante?

La noticia del robo cundió. Se presentaron los vecinos, hicieron sus comprobaciones, expresando cada uno su parecer; y las dos mujeres, a cada nuevo recién llegado, le exponían sus observaciones e ideas.

Un campesino de las cercanías les dio el consejo siguiente: «Tendrían que tener ustedes un perro».

Era cierto; tenían que tener un perro, aunque solo fuera para dar la alarma. No un perro grande, ¡Dios mío! ¿Qué harían ellas con un perro grande? Había para arruinarse manteniéndolo. Sino un perrito (en Normandía lo llaman *quin*), un chiquilicuatro de *quin* que ladrara.

Una vez que se hubieron ido todos, la señora Lefèvre discutió largo y tendido esta idea del perro. Tras pensarlo bien, ponía mil objeciones, y le aterraba por la simple imagen de un cuenco lleno de comida, pues era de esas señoras pueblerinas cicateras que siempre llevan en el bolsillo unos céntimos para dar ostentosamente limosna a los pobres de la calle y en las cuestaciones dominicales.

Rose, a quien le gustaban los animales, adujo sus razones y las defendió con astucia. Así pues, se decidió que tendrían un perro, un perrito chiquitín.

Se pusieron a buscarlo, pero no encontraban más que grandes, esos devoradores de sopa para ponerse a temblar. El tendero de Rolleville tenía uno, uno muy canijo; pero pretendía que le pagasen dos francos, para cubrir los gastos de crianza. La señora Lefèvre declaró que estaba dispuesta a mantener un *quin*, pero de ningún modo a comprarlo.

Una mañana, el panadero, que estaba al corriente de lo sucedido, trajo, en su vehículo, un extraño animalito amarillento, casi sin patas, con un cuerpecito de cocodrilo, la cabeza de zorro y la cola encorvada hacia arriba, un verdadero penacho tan grande como el resto del cuerpo. Un cliente quería deshacerse de él. A la señora Lefèvre le pareció muy bonito aquel horrendo gozque, que no costaba nada. Rose lo besó y preguntó cómo se llamaba. El panadero respondió: «Pierrot».

Lo instalaron en una vieja caja para guardar los jabones y primero le dieron de beber agua. Se la bebió. Luego le pusieron delante un pedazo de pan.

Se lo comió. La señora Lefèvre, preocupada, tuvo una idea: «Una vez que se haya acostumbrado a la casa, le dejaremos libre. Ya encontrará él qué comer por el pueblo».

Lo dejaron libre, pero esto no fue óbice para que tuviera siempre hambre. Solo ladraba para pedir de comer; y en ese caso ladraba obstinadamente.

Cualquiera podía entrar en el jardín. Pierrot les hacía fiestas a todos y se quedaba completamente mudo.

Sin embargo, la señora Lefèvre se había acostumbrado al animal. También ella le había tomado cariño y de vez en cuando le daba algún bocado de pan que mojaba en la salsa de su guiso.

Pero no había pensado en absoluto en el impuesto municipal, y cuando vinieron a cobrarle los ocho francos —¡ocho francos, señora!— por aquel chiquilicuatro de *quin* que ni siquiera ladraba, poco faltó para que le diera un síncope.

Inmediatamente decidieron desembarazarse del perro. Nadie lo quiso. Todos los vecinos en un radio de diez leguas a la redonda lo rechazaron. Entonces decidieron, a falta de otro medio, hacerle *piquer du mas. Piquer du mas* significa «comer marga». Se hace *piquer du mas* a todos los perros de los que uno desea desembarazarse.

En medio de una vasta llanura se ve una especie de cabaña, o más bien una pequeña techumbre de bálago, plantada en el suelo. Es la entrada de la marguera. Un gran pozo desciende en vertical unos veinte metros bajo tierra, para desembocar en una serie de largas galerías de mina.

Se baja una vez al año a esa cantera, en la estación en que se abonan los campos con marga. El resto del tiempo sirve de cementerio de los perros condenados; y a menudo, cuando se pasa cerca del pozo, se oyen salir gritos quejumbrosos, ladridos furiosos o desesperados, llamadas desgarradoras.

Los perros de los cazadores y de los pastores huyen despavoridos de las inmediaciones de aquel pozo gemebundo; y, cuando uno se asoma a él, sale un pestilente olor a putrefacción.

Horrendas tragedias acontecen en aquella oscuridad.

Mientras un animal agoniza desde hace diez o doce días en el fondo, nutriéndose de los restos inmundos de los que le han precedido, es arrojado de improviso otro animal, más gordo, y sin duda más vigoroso. Están solos, hambrientos, con los ojos relucientes. Se acechan, se siguen, vacilan, ansiosos. Pero el hambre aprieta: se asaltan, luchan largo rato encarnizadamente; y el más fuerte se come al más débil, devorándolo vivo.

En cuanto se decidió que se haría *piquer du mas* a Pierrot, se pusieron a buscar un ejecutor. El peón caminero que quitaba la hierba de la carretera pidió diez sueldos por tomarse la molestia. A la señora Lefèvre le pareció una verdadera locura. El mozo del vecino se contentaba con cinco sueldos; seguía siendo demasiado; y, tras haberle hecho ver Rose que sería mejor llevarlo personalmente, para que no fuera maltratado por el camino y no se diera cuenta de cuál iba a ser su destino, decidieron ir ellas dos al caer la noche.

Primero le dieron unas buenas sopas con dos dedos de manteca. Él se las zampó hasta la última gota y, mientras movía la cola de contento, Rose le cogió en su delantal.

Fueron a paso largo por el llano, como dos merodeadores. No tardaron en divisar la marguera y cuando llegaron la señora Lefèvre se asomó para oír si gemía algún animal. No, no había ninguno, Pierrot estaría solo. Entonces Rose, llorando, lo besó y lo tiró dentro del pozo; acto seguido las dos se inclinaron, aguzando el oído.

Primero oyeron un ruido sordo; luego el lamento agudo, desgarrador, de un animal herido y una sucesión de gritos de dolor, a continuación llamadas desesperadas, súplicas de perro implorante, con el hocico alzado hacia la abertura.

¡Ladraba, oh, si ladraba!

Les entraron remordimientos, sintieron espanto, un miedo irracional e inexplicable; y escaparon a todo correr. Y, como Rose iba más rápido, la señora Lefèvre gritaba:

—¡Espéreme, Rose, espéreme!

Pasaron una noche de espantosas pesadillas.

La señora Lefèvre soñó que estaba sentada a la mesa para tomarse las sopas y, cuando levantaba la tapa de la sopera, dentro estaba Pierrot, que saltaba y le mordía la nariz.

Se despertó y le pareció oírle ladrar. Se puso a la escucha; estaba en un error.

Volvió a dormirse y soñó que se encontraba en una gran carretera y caminaba por esa carretera interminable. De pronto, justo en medio, aparecía una de esas cestas grandes de granjero, allí abandonada; y aquella cesta le infundía miedo.

Pero al final la abría y Pierrot, que estaba acurrucado dentro, le mordía la mano, sin soltar su presa; y ella escapaba espantada, llevando en el extremo del brazo al perro colgando, con las fauces apretadas.

Se levantó al alba, medio loca, y corrió a la marguera.

Él ladraba; ladraba aún, había ladrado toda la noche. Ella se puso a sollozar y le llamó con mil diminutivos cariñosos. Él respondió con todas las inflexiones tiernas de su voz perruna.

Entonces quiso volver a verle, prometiéndose hacerle feliz hasta su muerte.

Corrió a casa del pocero encargado de la extracción de la marga y le contó su historia. El hombre escuchaba sin decir nada. Cuando ella hubo terminado, dijo:

—¿Quiere a su perrito? Pues le costará cuatro francos.

Le dio un patatús; todo su dolor se esfumó de golpe.

—¡Cuatro francos! ¡Antes muerta que pagar cuatro francos!

Él respondió:

—¿Se cree usted que voy a llevar mis cuerdas, mis manivelas, montarlo todo y bajar allí con mi ayudante para que me muerda su maldito *quin,* por la simple satisfacción de devolvérselo? ¡No hubiera tenido que tirarlo!

Ella se fue indignada:

—¡Cuatro francos!

Apenas llegó a casa, llamó a Rose y le contó las pretensiones del pocero. Rose, resignada como siempre, repetía:

—¡Cuatro francos! Es dinero, señora... Luego añadió:

—¿Y si le echásemos de comer a ese pobre perrito para no dejarle morirse así?

Toda contenta, la señora Lefèvre dio su aprobación; y helas de nuevo en marcha, con un buen pedazo de pan untado con manteca.

Lo cortaron en rebanadas, que echaban una tras otra, hablándole alternativamente a Pierrot. Y tan pronto como este se había acabado un pedazo, ladraba para reclamar el siguiente.

Regresaron por la tarde, luego al día siguiente, todos los días. Pero ya no hacían más que un viaje.

Ahora bien, una mañana, justo en el momento en que iban a dejar caer la primera rebanada, oyeron de repente un ladrido formidable en el pozo. ¡Eran dos! ¡Habían tirado a otro perro, a uno grande!

Rose exclamó:

—¡Pierrot!

Y Pierrot ladró y ladró. Entonces se pusieron a tirarle el alimento, pero, cada vez, distinguían perfectamente una gresca tremenda, luego los gritos quejumbrosos de Pierrot mordido por su compañero, que se lo comía todo, al ser más fuerte.

Por más que especificaban: «¡Es para ti, Pierrot!», a Pierrot, evidentemente, no le llegaba nada.

Las dos mujeres se miraron desconcertadas; y la señora Lefèvre dijo con acritud:

—No puedo dar de comer a todos los perros que tiren aquí dentro. No hay más remedio que renunciar.

Y, aterrada ante la idea de que todos aquellos perros vivieran a su costa, se fue, llevándose también lo que quedaba del pan, que se comió por el camino.

Rose la siguió, secándose las lágrimas con el pico de su delantal azul.

TENGO DE CRIAR UN PERRO

RUBÉN DARÍO

Tengo de criar un perro,
ya que en este mundo estoy.
No me importa lo que sea,
alano, galgo o bulldog;
lo quiero para tener
un tierno y fiel queredor
que sonría con el rabo
cuando le acaricie yo;
para que me ofrezca todo
su perruno corazón,

y gruña a quien me amenace
y se alegre con mi voz;
y para, si me da el cólera
y huyen de mi alrededor,
juntos, parientes y amigos,
que nos quedemos los dos:
yo, cadáver, como huella
de una vida que pasó;
él lanzando tristemente
sus aullidos de dolor.